J.R. WARD

Os reis do
BOURBON

São Paulo
2016

UNIVERSO DOS L

CB008272

The Bourbon Kings

The Bourbon Kings, volume 1

Copyright © Love Conquers All, Inc., 2015

All rights reserved.

© 2016 by Universo dos Livros

Todos os direitos reservados e protegidos pela Lei 9.610 de 19/02/1998.

Nenhuma parte deste livro, sem autorização prévia por escrito da editora, poderá ser reproduzida ou transmitida sejam quais forem os meios empregados: eletrônicos, mecânicos, fotográficos, gravação ou quaisquer outros.

Diretor editorial Luis Matos	**Preparação** Raquel Nakasone
Editora-chefe Marcia Batista	**Revisão** Juliana Gregolin e Francisco Sória
Assistentes editoriais Aline Graça e Letícia Nakamura	**Arte e adaptação de capa** Francine C. Silva e Valdinei Gomes
Tradução Cristina Tognelli	**Design original de capa** Anthony Ramondo

Dados Internacionais de Catalogação na Publicação (CIP)

Angélica Ilacqua CRB-8/7057

W259b

    Ward, J.R.

    The Bourbon Kings / J.R. Ward; [tradução de Cristina Tognelli]. – São Paulo: Universo dos Livros, 2016.

    304 p. (The Bourbon Kings; 1)

    ISBN: 978-85-7930-973-1

    Título original: *The Bourbon Kings*

    1. Literatura norte-americana I. Título II. Tognelli, Cristina

16-0024   CDD 813.6

Universo dos Livros Editora Ltda.

Rua do Bosque, 1589 • 6º andar • Bloco 2 • Conj. 603/606

Barra Funda • CEP 01136-001 • São Paulo • SP

Telefone/Fax: (11) 3392-3336

www.universodoslivros.com.br

e-mail: editor@universodoslivros.com.br

Siga-nos no Twitter: @univdoslivros

Dedicado ao meu cavalheiro sulista,
John Neville Blakemore III,
sem o qual este livro — e muito mais —
não teria sido possível.

Você está cordialmente convidado para o

Brunch do Derby

em comemoração à

centésima trigésima nona corrida

do Derby de Charlemont

Sábado, 4 de maio

10 horas da manhã

Easterly

RSVP: newarkharris@gmail.com

UM

Charlemont, Kentucky

Uma névoa pairava sobre as águas preguiçosas de Ohio como um sopro de Deus, e as árvores às margens da estrada River do lado de Charlemont tinham tantas nuances de verde que a cor exigia um sexto sentido para absorvê-las todas. Acima, o céu era de um azul-claro leitoso, o tipo de coisa que você via no norte apenas no mês de julho. Às sete e meia da manhã, a temperatura já passava dos vinte graus.

Era a primeira semana de maio. Os sete dias mais importantes do calendário, superando o nascimento de Cristo, a independência americana e as comemorações do Ano-Novo.

A 139ª disputa do Derby de Charlemont aconteceria no sábado.

O que significava que todo o Estado do Kentucky estava imerso na loucura das corridas de cavalos puros-sangues.

Lizzie King se aproximava de seu trabalho, sentindo a forte descarga de adrenalina que a vinha acompanhando nas últimas três semanas. Ela sabia, por experiência prévia, que aquela agitação não se apaziguaria até a limpeza do sábado à tarde. Pelo menos estava indo, como de hábito, contra o fluxo que seguia para o centro da cidade, e chegaria rapidamente. Ela levava quarenta minutos em cada trajeto, mas isso não se comparava à hora do *rush* de Nova York, Boston ou Los Angeles, o que, no seu atual estado de espírito, faria com que seu cérebro explodisse como uma bomba nuclear. Não, o seu caminho para o trabalho consistia em vinte e oito minutos de paisagens rurais em Indiana, seguido de seis minutos de retardo em pontes e entroncamentos, completado por seis a dez minutos de tráfego ao longo do rio, contra a corrente.

Às vezes, ela pensava que os únicos carros que seguiam na mesma direção eram do restante dos funcionários que trabalhavam em Easterly junto dela.

Ah, sim, Easterly.

A Propriedade da Família Bradford, ou PFB, como vinha escrito nas notas de entrega, estava fincada na parte mais alta da área metropolitana de Charlemont, e abrangia a casa principal de 1 800 metros quadrados, três jardins formais, duas piscinas e uma visão de trezentos e sessenta graus do condado de Washington. Também havia doze chalés de serventes, dez construções externas, uma fazenda ativa de mais de 8 000 hectares, um estábulo para vinte cavalos, que fora convertido num escritório, e um campo de golfe com nove buracos. O campo era iluminado para o caso de você querer praticar as suas tacadas à uma da madrugada.

Até onde ela sabia, o enorme terreno fora concedido à família em 1778, depois que o primeiro Bradford chegara ao sul, vindo da Pensilvânia com o então coronel George Rogers Clark, trazendo tanto a sua ambição quanto a sua tradição na fabricação do bourbon. Quase duzentos e cinquenta anos depois, eles possuíam uma mansão ao estilo Federal[1] do tamanho de uma cidade pequena no alto da colina e cerca de setenta e duas pessoas trabalhando na propriedade em meio período ou período integral.

Todos seguiam regras feudais e um rígido sistema de castas, retirado diretamente de *Downton Abbey*.

Ou talvez a rotina da Condessa Viúva de Grantham fosse um pouco progressista demais.

Provavelmente a época de Guilherme, o Conquistador, fosse algo mais próximo.

---

1   "Estilo Federal" é uma tendência arquitetônica e decorativa que se aplica a edificações e mobiliário. Popularizou-se nos EUA durante os séculos XVIII e XIX e conta com traços neoclássicos. (N. E.)

Então, por exemplo – e isso seria apenas uma conjectura de cinema – se uma jardineira se apaixonasse por um dos preciosos filhos da família? Mesmo que ela fosse uma das horticultoras-chefes e tivesse reputação nacional e um mestrado de Cornell em paisagismo?

Isso não seria aceitável.

Sabrina sem um final feliz, meu bem.

Xingando, Lizzie ligou o rádio na esperança de fazer seu cérebro se calar. Mas não foi muito longe. Seu Toyota Yaris tinha alto-falantes dignos da Barbie: a música supostamente deveria sair pelos pequenos círculos nas portas do automóvel, mas o sistema de som era quase de fachada e, neste dia, a música que vazava daquelas coisinhas simplesmente não era suficiente...

O som de uma ambulância se aproximando a toda velocidade por trás dela superou com muita facilidade a conversa da BBC News. Ela pressionou o freio e foi para o acostamento. Depois que a sirene e as luzes sumiram à distância, ela voltou para a estrada e fez a curva aberta ao longo do rio e da estrada... E lá estava a enorme mansão branca dos Bradford, bem no alto, o sol nascente sendo obrigado a se espalhar ao redor da simétrica e magnífica construção.

Ela crescera em Plattsburgh, no Estado de Nova York, num pomar de maçãs.

O que diabos tinha pensado quase dois anos atrás quando permitira que Lane Baldwine, o filho mais novo, entrasse em sua vida?

E por que ainda estava ali, depois de todo esse tempo, refletindo sobre aqueles detalhes?

Porque, sejamos sinceros, ela não era a primeira mulher que fora seduzida por ele...

Lizzie franziu a testa e se inclinou sobre o volante.

A ambulância que a ultrapassara estava indo para a parte de trás da colina da PFB, com suas luzes vermelhas e brancas girando ao longo da alameda de bordos.

– Ah, meu Deus – sussurrou.

Rezou para que não fosse quem ela pensava.

Ela não podia ser tão azarada assim.

E não era lamentável que isso fosse a primeira coisa a lhe passar pela mente? Ela não devia estar preocupada com quem quer que estivesse machucado/doente/desmaiado?

Passando pelos portões de ferro – com o monograma da família – que estavam para se fechar, Lizzie virou a primeira à direita uns trezentos metros mais adiante.

Como empregada, ela tinha que usar a entrada de serviço. Sem desculpas, sem exceções.

Por que Deus não permitiria que um veículo com valor inferior a uma centena de milhares de dólares fosse visto diante da casa?

Puxa, estava ficando azeda, concluiu. E, depois do Derby, precisaria tirar umas férias antes que as pessoas pensassem que ela estava enfrentando a menopausa uma década antes do previsto.

A máquina de costura debaixo do capô do Yaris rugiu quando ela desceu pelo caminho que dava a volta até a base da colina. Passou pelos campos de milho; o esterco já estava espalhado e revolvido na preparação do plantio. Em seguida, passou pelos jardins bem podados, com suas primeiras plantas perenes e anuais; os topos das peônias eram fofos como bolas de algodão, não muito mais escuras que o rubor nas faces de uma menina inocente. Depois, havia os orquidários e as estufas, seguidas pelos prédios externos com os equipamentos de fazenda e jardinagem, e então a fileira de chalés dos anos 1950, de dois e três dormitórios.

Eram tão variados e cheios de estilo quanto um par de latas de açúcar e de farinha de trigo sobre um balcão de fórmica.

Chegando ao estacionamento dos funcionários, parou o carro e saiu, deixando sua caixa térmica, o chapéu e a bolsa com o protetor solar para trás.

Apressando-se para a salinha do prédio principal, entrou na caverna com cheiro de gasolina e óleo pela baia aberta à esquerda. O escritório de Gary McAdams, o chefe da manutenção, ficava ao lado, com as portas de vidro jateadas ainda translúcidas o bastante para indicar que as luzes estavam acesas e que havia alguém lá dentro.

Ela não se deu ao trabalho de bater. Empurrando a porta, ignorou o calendário da Pirelli com mulheres praticamente nuas.

– Gary…

O homem de sessenta e dois anos acabava de colocar o telefone no gancho com sua mão de urso. Seu rosto curtido de sol, com sua pele de casca de árvore, estava mais sério do que ela jamais vira. Quando ele a fitou por sobre a mesa bagunçada, ela entendeu para quem era a ambulância antes mesmo que ele dissesse o nome.

Lizzie levou as mãos ao rosto e se recostou no batente.

Claro que lamentava pela família, mas seria impossível não personalizar a tragédia e querer vomitar em algum lugar.

O homem que nunca mais queria ver na vida... estava voltando para casa.

Ela podia muito bem disparar um cronômetro.

Nova York, NY

— Vamos lá... sei que você me quer.

Jonathan Tulane Baldwine olhou para o quadril que estava apoiado ao lado da sua pilha de fichas de pôquer.

— Aumentem as apostas, rapazes.

— Estou falando com você. — Um par de seios falsos parcialmente cobertos apareceu sobre o leque de cartas na mão dele. — *Oooiii.*

Hora de fingir interesse em alguma outra coisa, qualquer outra coisa, pensou Lane. Uma pena que o apartamento de um quarto em Midtown fosse de solteiro, decorado com apenas o estritamente funcional. E por que se dar ao trabalho de olhar para os rostos do que restava dos seis bastardos com quem começara a jogar pôquer oito horas antes? Nenhum deles se mostrou à altura de nada além de simplesmente cobrir apostas altas.

Decifrar as pistas deixadas por eles só para escapar não valia o cansaço dos olhos às sete e meia da manhã.

— *Ooooiiii...*

— Desista, meu bem, ele não está interessado — alguém murmurou.

— Todos se interessam por mim.

– Ele não. – Jeff Stern, o anfitrião e seu colega de apartamento jogaram fichas equivalentes a mil dólares. – Não é mesmo, Lane?

– Você é gay? Ele é gay?

Lane passou a rainha de copas para o lado do rei de copas. Colocou o valete ao lado da rainha. Quis empurrar aqueles seios falsos e aquela boca grande para o chão.

– Dois de vocês não cobriram a aposta.

– Estou fora, Baldwine. Está alto demais para mim.

– Estou dentro, se alguém me emprestar mil.

Jeff olhou por sobre a mesa de feltro verde e sorriu.

– Somos você e eu, mais uma vez, Baldwine.

– Mal posso esperar para arrancar o seu dinheiro. – Lane fechou as cartas. – A aposta é sua…

A mulher voltou a se inclinar.

– Adoro o seu sotaque sulista.

Os olhos de Jeff se estreitaram por trás da armação transparente dos óculos.

– É melhor desistir, garota.

– Não sou idiota – ela disse arrastado. – Sei exatamente quem você é e quanto dinheiro você tem. Bebo do seu bourbon…

Lane se recostou e se dirigiu para o imbecil que trouxera o acessório falante.

– Billy? Fala sério?

– Tá bom. Tá bom. – O cara que queria aumentar seu débito em mil dólares se levantou. – O sol já está nascendo mesmo. Vamos embora.

– Ei, eu quero ficar…

– Não, já chega. – Billy levou a loira burra com autoestima inflada pelo braço e a acompanhou até a porta. – Eu te levo pra casa. E não, ele não é quem você está pensando. Até mais, bundões.

– É sim. Vi nas revistas…

Antes que a porta se fechasse, o outro cara que fora depenado também se levantou.

– Também vou. Me lembrem de nunca mais jogar com vocês dois.

— Não vou fazer isso — Jeff disse ao erguer a palma. — Mande um olá pra sua esposa.

— Você mesmo pode fazê-lo quando nos encontrarmos no Sabbath.

— De novo?

— Toda sexta-feira. E se você não gosta, por que fica aparecendo na minha casa?

— Comida grátis. Simples assim.

— Como se você precisasse de esmola.

Então ficaram sozinhos. Com o equivalente a 250 mil dólares em fichas de pôquer, dois baralhos e um cinzeiro cheio de bitucas de cigarro, e nenhuma loira burra.

— É a sua vez — disse Lane.

— Acho que ele quer se casar com ela — murmurou Jeff, jogando mais fichas no meio da mesa. — Billy, quero dizer. E aqui estão vinte mil.

— Então ele deveria ter a cabeça examinada. — Lane cobriu a aposta do seu velho amigo da fraternidade, e depois dobrou o valor. — Patético. Os dois.

Jeff abaixou as cartas.

— Deixa eu te perguntar uma coisa.

— Nada que seja muito difícil. Estou bêbado.

— Você gosta delas?

— Das fichas de pôquer? — Ao fundo, um celular começou a tocar. — Claro que sim. Por isso, se não se importar em colocar algumas mais…

— Não. Mulheres.

Lane ergueu os olhos.

— Como é?

O seu amigo mais antigo apoiou um cotovelo na mesa e se inclinou. A gravata fora arrancada no começo do jogo, e sua outrora camisa branca e engomada agora estava tão maleável quanto uma camiseta polo. Os olhos, contudo, estavam tragicamente alertas e concentrados.

— Você me ouviu. Olha só, sei que não é da minha conta, mas quando foi mesmo que você apareceu aqui? Uns dois anos atrás? Você mora no meu sofá, não trabalha… coisa que até entendo, por causa da sua família. Mas não existe nenhuma mulher, nenhuma…

— Pare de pensar, Jeff.

— Estou falando sério.

— Então aposte.

O celular se calou. Mas seu amigo não.

— A Universidade da Virgínia ficou pra trás há muito tempo. Muita coisa pode mudar.

— Pelo visto, não se ainda estou no seu sofá...

— O que aconteceu com você, cara?

— Morri enquanto esperava você aumentar a aposta ou desistir.

Jeff resmungou, formando uma pilha azul e vermelha e a jogando no meio da mesa.

— Mais vinte mil.

— É assim que eu gosto. — O celular começou a tocar de novo. — Cubro. E ponho mais cinquenta se você calar a boca.

— Tem certeza de que quer fazer isso?

— Calar a sua boca? Tenho.

— Ser agressivo no pôquer com um investidor de bancos como eu. Clichês existem por um motivo: sou ganancioso e ótimo com números. Ao contrário do seu pessoal.

— O meu pessoal?

— Pessoas como vocês, os Bradford, não sabem ganhar dinheiro. Vocês foram treinados para gastar. Agora, ao contrário dos amadores, a sua família tem, de fato, um fluxo financeiro, ainda que isso o impeça de aprender qualquer coisa. Portanto, não sei se, a longo prazo, vai ser uma vantagem.

Lane refletiu sobre os motivos que o levaram a abandonar Charlemont de uma vez por todas.

— Aprendi muita coisa, acredite em mim.

— E agora você está me parecendo amargo.

— Você está me entediando. Era pra eu gostar disso?

— Por que nunca vai pra casa no Natal? No dia de Ação de Graças? Na Páscoa?

Lane abaixou as cartas, pousando-as sobre o feltro.

— Não acredito mais no Papai Noel nem no Coelhinho da Páscoa, cacete. E peru é superestimado. Qual é o *seu* problema?

Pergunta errada. Ainda mais depois de uma noite de jogatina e bebedeira. Ainda mais para um cara como Stern, que era categoricamente incapaz de ser outra coisa que não absolutamente honesto.

— Odeio que você seja tão sozinho.

— Você só pode estar de brincadeira...

— Sou um dos seus amigos mais antigos, não sou? Se eu não te disser, quem vai dizer? Não fique irritadinho comigo. Você escolheu um judeu nova-iorquino, e não um dos milhares de sulistas amantes de frango frito metidos a besta daquela faculdade ridícula pra ser o seu eterno colega de quarto. Por isso, vá se foder.

— Vamos terminar esse jogo?

O olhar perspicaz de Jeff se estreitou.

— Responda uma coisa.

— Sim, estou me perguntando por que não pensei em ficar com o Wedge ou o Chenoweth agora mesmo.

— Rá. Você não suportava nenhum dos dois por mais de um dia. A menos que estivesse bêbado, o que, de fato, você tem estado nos últimos três meses e meio. E essa é outra coisa que me incomoda.

— Aposte. Agora. Pelo amor de Deus.

— Por que...

Quando o celular começou a tocar pela terceira vez, Lane se levantou e atravessou a sala. Em cima do balcão do bar, ao lado da sua carteira, a tela estava iluminada. Nem se deu ao trabalho de ver quem era.

Atendeu à chamada porque as alternativas eram isso ou cometer homicídio.

A voz masculina com sotaque sulista do outro lado da linha disse quatro palavras: sua mãe está morrendo.

Enquanto o significado penetrava em sua consciência, tudo se desestabilizou à sua volta; as paredes começaram a se fechar ao seu redor, o chão ondulou, o teto caiu em sua cabeça. As lembranças não só voltaram, mas o atacaram, e o álcool em seu sistema não fez nada para reduzir o impacto.

Não, ele pensou. *Não agora. Não esta manhã.*

Haveria uma hora certa?

"Jamais" era a única opção aceitável para ele.

De longe, ele se ouviu dizendo:

– Chego antes do meio-dia.

E desligou.

– Lane? – Jeff se pôs de pé. – Ai, merda, não desmaie. Tenho que estar na Eleven Wall dentro de uma hora e ainda preciso tomar um banho.

De uma vasta distância, Lane viu sua mão se esticar e apanhar a carteira. Colocou-a no bolso da calça junto do celular e seguiu para a porta.

– Lane! Pra onde você vai, cacete?

– Não espere por mim – ele respondeu ao abrir a porta para sair.

– Quando você vai voltar? Ei, Lane? Mas que diabos!

Seu bom e velho amigo ainda falava quando ele saiu, deixando a porta se fechar sozinha. No fim do corredor, empurrou o portão de aço e começou a trotar escada abaixo. Enquanto suas passadas ecoavam no piso de concreto e ele fazia curva após curva, ligou para um número conhecido.

Quando atenderam, ele disse:

– Lane Baldwine. Preciso de um jatinho em Teterboro agora, vou para Charlemont.

Houve uma pequena pausa, em seguida a assistente executiva do seu pai voltou a falar:

– Senhor Baldwine, temos um jatinho disponível. Falei diretamente com o piloto. O plano de voo está sendo preenchido enquanto conversamos. Assim que chegar ao aeroporto, siga para...

– Sei onde fica o nosso terminal. – Chegou ao saguão de mármore, acenou para o porteiro e passou pelas portas giratórias. – Obrigado.

Uma rapidinha, disse a si mesmo ao desligar e chamar um táxi. Com um pouco de sorte, estaria de volta a Manhattan ao cair do dia, entediando Jeff à noite. Meia-noite, pelo menos.

Umas dez horas. Quinze, no máximo.

Ele tinha que ir ver a mãe. Era isso o que os rapazes do sul faziam.

DOIS

Três horas, vinte e dois minutos e alguns segundos mais tarde, Lane olhava para fora da janela oval do novíssimo jatinho corporativo Embraer Lineage 1000E da Cia. Bourbon Bradford. Abaixo, a cidade de Charlemont estava disposta como um diorama de Lego, com suas seções ricas e pobres, comerciais e agrícolas, com fazendas e estradas dispostas no que parecia ser apenas duas dimensões. Por um instante, tentou visualizar a terra como fora quando sua família ali chegara em 1778.

Florestas. Rios. Americanos nativos. Vida selvagem.

Seu povo viera da Pensilvânia atravessando Cumberland Gap duzentos e cinquenta anos antes, e agora ali estava ele, a dez mil pés de altura, circundando a cidade junto com outros cinquenta e tantos outros caras em suas várias aeronaves.

Só que ele não estava ali para apostar em cavalos, se embebedar e fazer sexo.

— Posso servir mais nº 15 antes de aterrissarmos, senhor Baldwine? Lamento, mas estamos numa fila de espera. Pode demorar um pouco até pousarmos.

– Obrigado. – Sorveu o que restava em seu copo de cristal. Os cubos de gelo escorregaram e bateram em seu lábio superior. – Você não poderia ter chegado em melhor hora.

Ok, talvez ele acabasse bebendo um pouco.

– É um prazer.

Quando a mulher na saia de uniforme se afastou, olhou por sobre o ombro para ver se ele a estava encarando. Seus olhos azuis reluziam debaixo dos cílios postiços.

A vida sexual dele há muito passara a depender da bondade de tais desconhecidas. Especialmente de loiras como ela, com pernas como aquelas, e quadris como aqueles, e seios como aqueles.

Mas não mais.

– Senhor Baldwine – o capitão informou pelo alto-falante –, quando descobriram que se tratava do senhor, eles nos adiantaram na fila, por isso estamos aterrissando agora.

– Quanta gentileza a deles – murmurou Lane quando a comissária de bordo retornou.

O modo como ela abriu a garrafa lhe deu uma pista de como ela desceria o zíper da calça de um homem; seu corpo todo se dedicava à libertação da rolha. Em seguida, ela se inclinou para servi-lo, encorajando-o a dar uma espiada em sua lingerie La Perla.

Tamanho desperdício de esforços.

– Assim está bom. – Ergueu a mão. – Obrigado.

– Posso ajudá-lo com mais alguma coisa?

– Não, obrigado.

Pausa. Como se ela não estivesse acostumada a receber um não como resposta, e quisesse lembrá-lo de que dispunham de pouco tempo.

Depois de um instante, ela ergueu o queixo.

– Pois não, senhor.

Era o modo dela de mandá-lo para o inferno: jogando o cabelo para trás e se afastar com um rebolado, balançando o que havia debaixo daquela saia como se segurasse um gato pelo rabo e tivesse um alvo para acertar.

Lane ergueu o copo e girou o seu nº 15. Nunca se envolvera nos negócios da família, isso era trabalho do seu irmão mais velho, Edward.

Ou, pelo menos, fora trabalho dele. Mas, mesmo como um mero espectador, Lane conhecia o apelido do produto mais vendido da Cia. Bourbon Bradford: nº 15, o elemento principal da linha de produção, vendido em quantidades tão grandes que era chamado de A Grande Borracha – porque seu lucro era tão gigantesco que o dinheiro poderia eclipsar o prejuízo de qualquer erro corporativo interno ou externo, qualquer cálculo indevido ou recessão no mercado.

Enquanto o jato se preparava para a aterrissagem, um raio de sol atravessou a janela oval, caindo sobre a mesinha dobrável de nogueira falsa, o couro cor de creme do banco, o azul do seu jeans, a fivela de latão dos seus mocassins Gucci.

E depois atingiu o nº 15 em seu copo, ressaltando as nuances de rubi do líquido âmbar. Ao sorver mais um gole pela borda de cristal, sentiu o calor do sol sobre o dorso da mão e a frieza do gelo nas pontas dos dedos.

Algum estudo feito recentemente divulgou que a indústria do bourbon tinha receitas anuais na casa dos 3 bilhões de dólares. Desse total, a CBB detinha mais de um quarto, quase um terço do total. Havia outra empresa no Estado, maior que eles – a odiada Destilaria Sutton Corporation – e, depois disso, uns outros oito ou dez produtores. Mas a CBB era o diamante em meio a outras pedras semipreciosas, a escolha dos bebedores de paladar mais apurado.

Como um consumidor leal, ele tinha que concordar com tal tendência.

Uma alteração no nível de bourbon em seu copo anunciou a aterrissagem, e ele relembrou a primeira vez que experimentara o produto da família.

Considerando-se o que acontecera, ele deveria ter se transformado num abstêmio.

– *É noite de Ano-Novo, vamos. Não seja medroso.*

Como de costume, foi Maxwell quem começou a festa. Dos quatro filhos, Max era o encrenqueiro, com Gin, a caçula, ocupando o segundo lugar na recalcitrante escala Richter. Edward, o mais velho e mais austero deles, não fora convidado para a festa; e Lane, que estava mais ou menos no meio, tanto em termos de ordem de nascença quanto na probabilidade de ser preso ainda em idade juvenil, fora forçado àquela excursão porque Max odiava aprontar sem ter público – e meninas não contavam para ele.

Lane sabia que era uma péssima ideia. Se iam beber álcool, deveriam pegar uma garrafa da despensa e subir para os quartos, onde não havia a mínima possibilidade de serem apanhados. Mas beber assim, às vistas de qualquer um, na sala de estar? Debaixo do olhar desaprovador do quadro de Elijah Bradford sobre a cornija da lareira?

Idiotice...

– Então, quer dizer que não vai beber nada, Lame?[2]

Ah, sim. O apelido predileto de Max para ele.

No alaranjado das luzes externas de segurança, Max o fitou do alto com uma expressão de tamanho desafio que seu olhar poderia muito bem estar acompanhado de uma faixa de largada e uma pistola, usados nas pistas de corrida.

Lane relanceou para a garrafa que o irmão segurava. O rótulo indicava um dos requintados, com as palavras "Reserva de família" em letras rebuscadas.

Se ele não fizesse aquilo, eles nunca o deixariam em paz.

– Só quero um copo – disse ele. – Um copo apropriado. Com gelo.

Porque era assim que o pai deles bebia. E era a única explicação varonil para a sua demora.

Max franziu a testa, como se considerasse a questão da apresentação.

– Tudo bem.

– Não preciso de um copo. – Gin, que contava com sete anos, estava com as mãos nos quadris e os olhos fixos em Max. Dentro da sua camisolinha de renda, ela parecia a Wendy do Peter Pan. Com aquela expressão agressiva no rosto, ela era praticamente uma lutadora profissional. – Preciso de uma colher.

– Uma colher? – Max perguntou, surpreso. – Do que está falando?

– É remédio, não é?

Max lançou a cabeça para trás e gargalhou.

– Mas o que...

---

2   Em inglês, o apelido cria uma brincadeira com o nome do personagem, Lane, e a palavra "lame", que pode significar perdedor, fraco, coxo, defeituoso ou careta.

Lane cobriu a boca do irmão.

— Cala a boca! Quer ser apanhado?

Max se livrou da mão dele.

— O que eles vão fazer comigo? Bater?

Bem, sim, se o pai deles os visse ou ficasse sabendo daquilo. Ainda que o grande William Baldwine delegasse a maior parte das atribuições paternas para outras pessoas, o cinto era ele quem empunhava.

— Espere um instante, você quer ser apanhado — Lane disse com suavidade. Não quer?

Max se virou para o carrinho de bebidas de vidro e latão. O aparador ornamental era uma antiguidade, assim como a maioria das coisas em Easterly, e o brasão da família estava entalhado nos quatro cantos. Com suas rodas finas e grandes e sua bandeja de cristal, era o anfitrião da casa, amparando quatro tipos diferentes de bourbon Bradford, meia dúzia de copos de cristal e um balde de gelo de prata que constantemente era reabastecido pelo mordomo.

— Aqui está o seu copo. — Max o empurrou na direção de Lane. — Vou beber direto da garrafa.

— Onde está a minha colher? — Gin perguntou.

— Pode tomar um gole do meu — Lane sussurrou.

— Não. Quero o meu...

O debate foi interrompido quando Max empurrou a rolha e o projétil saiu voando, batendo no candelabro no meio da sala. O cristal sacudiu, fez barulho e os três ficaram imobilizados.

— Calados — ordenou Max, antes que fizessem qualquer comentário. — E nada de gelo pra você.

O bourbon fez um barulho gorgolejante enquanto seu irmão o derramava no copo de Lane, só parando quando a taça estava tão cheia quanto seu copo de leite durante as refeições.

— Agora beba tudo — Max lhe disse ao levar a garrafa à boca, inclinando a cabeça para trás.

A encenação de cara durão só durou o tempo da primeira golada; Max começou a tossir tão alto que poderia despertar os mortos. Deixando que o irmão se engasgasse ou morresse na tentativa de se recuperar, Lane ficou olhando para o próprio copo.

Levou o cristal até a boca, e deu um gole cuidadoso.

Fogo. Era como se estivesse engolindo fogo, e uma trilha ardeu-lhe até o estômago. Soltou um xingamento, meio que esperando ver labaredas saindo do seu rosto, como se fosse um dragão.

– Minha vez – Gin disse.

Ele segurou o copo, não permitindo que ela o pegasse. Nesse meio-tempo, Max tomava o segundo e o terceiro goles.

Gin mal tocou no líquido, apenas umedeceu os lábios, e se retraiu revelando seu desgosto.

– O que estão fazendo?

Quando a luz do candelabro foi acesa, os três deram um salto. Lane derrubou o bourbon do seu copo no pijama de monograma.

Edward estava parado perto da porta com um olhar de fúria absoluta no rosto.

– O que diabos há de errado com vocês? – ele disse, marchando e tirando o copo das mãos de Lane e a garrafa de Max.

– Só estávamos brincando – murmurou Gin.

– Vá pra cama, Gin. – Ele colocou o copo no carrinho e apontou para a porta com a garrafa. – Vá pra cama agora.

– Hum... Por quê?

– A menos que queira que eu chute o seu traseiro também.

Até mesmo Gin sabia respeitar aquela lógica.

Enquanto ela avançava para o arco da entrada, com os ombros pensos e chinelos arrastando sobre o tapete oriental, Edward sibilou:

– E use a escada da criadagem. Se papai ouvir alguma coisa, vai descer pela da frente.

O coração de Lane disparou. E seu estômago ardeu. Não sabia se por terem sido flagrados ou por causa do bourbon.

– Ela tem sete anos – Edward disse depois que Gin se afastou. – Sete!

– Sabemos quantos anos ela tem...

– Cale a boca, Max. Apenas cale a boca. – Ele encarou Max de cima. – Se quer se corromper, não me importo. Mas não contamine os dois com as suas idiotices.

Palavras grandes. Xingamentos. E a conduta de alguém que poderia colocar os dois de castigo.

Pensando bem, Edward sempre parecera adulto, mesmo antes de chegar à adolescência.

— Não tenho que ficar aqui te escutando — Max replicou. Mas o espírito de combate já começava a abandoná-lo; sua língua estava frouxa, seus olhos caíam para o tapete.

— Tem, sim.

Então as coisas se acalmaram.

— Sinto muito — disse Lane.

— Não estou preocupado com você. — Edward meneou a cabeça. — É ele quem me preocupa.

— Peça desculpas — Lane sussurrou. — Vamos, Max.

— Não.

— Ele não é o papai, você sabe.

Max encarou Edward.

— Mas age como se fosse.

— Só porque você está descontrolado.

Lane pegou Max pela mão.

— Ele também sente muito, Edward. Venha, vamos antes que alguém nos ouça.

Ele precisou fazer um pouco mais de força, porém, no fim, Max o acompanhou sem mais nenhum comentário: a briga tendo terminado, o lance de independência fora lançado. Estavam na metade do piso de mármore preto e branco do vestíbulo pouco iluminado quando Lane percebeu algo no fim do corredor.

Alguém se movimentava nas sombras.

Alguém grande demais para ser Gin.

Lane puxou o irmão para a total escuridão do salão de baile do lado oposto.

— Shhh.

Através do arco da sala de estar, ele viu quando Edward se virou para o carrinho à procura da rolha e quis alertar o irmão...

Quando o pai deles entrou, o corpo alto de William Baldwine bloqueou a vista de Edward.

– O que está fazendo?

As mesmas palavras, o mesmo tom, grave e profundo.

Edward se virou com tranquilidade, com a garrafa na mão. O copo quase cheio de Lane estava bem no meio do carrinho.

– Responda – o pai ordenou. – O que está fazendo?

Ele e Max estavam mortos, pensou Lane. Assim que Edward contasse ao homem o que eles estavam fazendo ali embaixo, William explodiria.

Ao lado de Lane, Max tremia.

– Eu não devia ter feito isso... – sussurrou ele.

– Onde está o seu cinto? – Edward replicou.

– Responda.

– Fui eu. Onde está o cinto?

Não!, Lane pensou. Não, fomos nós!

O pai deles avançou, o roupão de seda com monograma reluzindo na luz, cor de sangue fresco.

– Maldição, garoto! Me diga o que está fazendo aqui com as minhas bebidas.

– O nome é Bourbon Bradford, pai. O senhor se casou com a família, lembra?

Quando o pai ergueu o braço à frente do tronco, seu pesado anel de sinete de ouro da mão esquerda brilhou como se estivesse antecipando o golpe, ansioso pelo contato com a pele. Em seguida, com um movimento elegante e poderoso, Edward foi atingido com um tapa tão violento que o som ricocheteou até o salão de baile.

– Agora vou lhe perguntar mais uma vez: o que está fazendo com as minhas bebidas? – William exigiu saber enquanto Edward cambaleava de lado, amparando o rosto.

Depois de um instante de respiração laboriosa, Edward se endireitou. Seu pijama parecia vivo de tanto que seu corpo tremeu, mas ele permaneceu de pé.

Pigarreando, respondeu com voz grave:

– Estava comemorando o Ano-Novo.

Um rastro de sangue descia pela lateral do rosto dele, manchando a pele clara.

— Então não deixe que eu atrapalhe o seu divertimento. — O pai apontou para o copo de Lane. — Beba.

Lane fechou os olhos e quis vomitar.

— Beba.

Os sons de engasgo e de ânsia continuaram por uma eternidade enquanto Edward consumia quase um quarto da garrafa do bourbon.

— Não vomite, garoto — ameaçou o pai. — Não ouse...

Quando o jatinho sacolejou ao entrar em contato com a pista, Lane voltou do passado. Não se surpreendeu ao ver que o copo que segurava tremia, e não por causa da aterrissagem.

Depositando o nº 15 na bandeja sobre a mesinha, enxugou a testa.

Aquela não fora a única vez que Edward fora punido no lugar deles.

E nem fora a pior das vezes. Não, a pior de todas acontecera quando ele já era adulto, e fizera tudo o que a educação torpe fracassara em conseguir.

Edward agora estava arruinado, e não apenas fisicamente.

Deus, existiam tantos motivos para Lane não querer voltar para Easterly. E nem todas eram por causa da mulher que ele amava, mas que perdera.

No entanto, tinha que confessar... Lizzie King estava no topo daquela extensa lista.

TRÊS

Propriedade da Família Bradford, Charlemont

A estufa Amdega Machin era uma extensão da ala sul de Easterly e, como tal, nenhum custo fora poupado em sua construção, em 1956. A estrutura era uma obra-prima ao estilo gótico; seu esqueleto delicado de ossos pintados de branco suportavam centenas de painéis de vidro, criando um interior maior e mais bem-acabado que a casa de fazenda na qual Lizzie morava. Com piso de ardósia e uma área de descanso com sofás e poltronas de tecidos florais, havia flores e plantas ao longo das laterais, na altura dos quadris, e vasos em cada um dos cantos. Mas tudo isso era apenas para demonstração. O verdadeiro trabalho de horticultura, a germinação e a reabilitação, as podas e os cuidados, eram executados longe das vistas da família, em outras estufas.

— *Wo sind die Rosen? Wir brauchen mehr Rosen...*[3]

— Não sei. — Lizzie abriu outra caixa de papelão tão comprida quanto a perna de um jogador de basquete. Dentro dela, duas dúzias de talos de hidrângeas brancas estavam embaladas em plástico individualmente, as cabeças protegidas por delicados colares de papelão. — Este é o total da entrega, por isso elas devem estar aqui.

---

3 "Onde estão as rosas? Precisamos de mais rosas!"

— *Ich bestellte zehn weitere Dutzend. Wo sind sie...?*[4]

— Tudo bem, agora chega de alemão.

— Não pode *serr* só isto. — Greta von Schlieber ergueu um punhado de flores rosa-claro minúsculas que estavam envolvidas numa página de um jornal colombiano. — Não vamos *conseguirr*.

— Você diz isso todos os anos.

— Desta vez, eu tenho razão. — Greta empurrou os pesados óculos com aro de tartaruga pelo nariz e fitou a pilha de outras vinte e cinco caixas. — Estou dizendo, estamos *encrrencadas*.

E... era essa a essência do relacionamento entre ela e sua colega de trabalho.

Começando com a rotina pessimista/otimista, Greta era basicamente tudo o que Lizzie não era. Para começar, a mulher era europeia, não americana; o sotaque alemão era bem marcado em sua pronúncia, apesar de ela estar nos Estados Unidos havia trinta anos. Também era casada com um homem incrível, mãe de três filhos fantásticos na casa dos vinte anos e tinha dinheiro suficiente para que não apenas não tivesse que trabalhar, como seus dois rapazes e sua moça também não.

Nada de Yaris para ela. Ela dirigia uma perua Mercedes preta. E o anel de diamante que ela usava ao lado da aliança era grande o bastante para rivalizar com um dos Bradford.

Ah, e ao contrário de Lizzie, seu cabelo loiro era curto como o de um homem, o que era algo a invejar quando você tinha que prender o seu com o que quer que conseguisse ter à mão: cordinhas de saco de lixo, arames florais e elásticos que amarravam os brócolis.

A única coisa que tinham em comum? Nenhuma delas suportava ficar imóvel, desocupada ou ociosa por um segundo sequer. Vinham trabalhando lado a lado na PFB havia quase cinco anos — não, mais que isso. Seriam sete?

Oh, Deus, já estavam perto dos dez.

E Lizzie não conseguia visualizar uma vida sem aquela mulher, mesmo que, às vezes, Greta fosse o tipo que via o copo meio vazio em vez de meio cheio.

— *Ich sage Ihnen, wir haben Schwierigkeiten.*[5]

---

4 "Pedi mais dez dúzias. Onde elas estão?"

5 "Eu te digo, estamos com problemas."

– Você acabou de repetir que estamos em apuros?

– *Kann sein.*[6]

Lizzie revirou os olhos, mas se deixou levar pela adrenalina, observando a linha de produção que tinham preparado: no fim da estufa de vinte metros de comprimento, uma fila dupla de mesas dobráveis estava formada e, sobre elas, setenta e cinco cubas de prata para buquês do tamanho de baldes de gelo.

O brilho era tão forte que Lizzie desejou não ter deixado os óculos escuros no carro.

E também desejou não ter que lidar com a situação, ciente que Lane Baldwine provavelmente estaria aterrissando no aeroporto naquele instante.

Como se ela precisasse também dessa pressão.

Conforme sua cabeça começava a latejar, tentou se concentrar no que podia controlar. Infelizmente, isso lhe deixava apenas se perguntando como ela e Greta preencheriam aqueles vasos com o equivalente a 50 mil dólares em flores entregues, mas que ainda precisavam ser desembaladas, inspecionadas, limpas, cortadas e arranjadas de maneira adequada.

Pensando bem, era a pressão que sempre a acometia nas quarenta e oito horas que precediam o *Brunch* do Derby.

Ou BD, como era chamado ali na propriedade.

Porque, sim, trabalhar em Easterly era o mesmo que estar no exército: tudo era reduzido, menos as horas de trabalho.

E, sim, apesar da ambulância daquela manhã, o evento ainda aconteceria. Como um trem que não parava para nada nem ninguém em seu caminho. Na verdade, ela e Greta costumavam dizer que, se eclodisse uma guerra nuclear, as únicas coisas que resistiriam depois que a nuvem de cogumelo se dissipasse seriam baratas, Twinkies... e o BD.

Deixando as piadas de lado, o *Brunch* era tão exclusivo e acontecia havia tanto tempo que tinha um nome próprio. As vagas na lista de convidados eram guardadas e passadas para a geração seguinte como herança. Era uma reunião de quase setecentas pessoas, composta pela elite financeira e política da cidade e da nação. Elas conversavam e se misturavam em meio aos jardins de Easterly, tomando julepos de menta e mimosas[7] por apenas duas horas antes da partida para Steeplehill

---

6 "Pode ser."

7 Julepo de menta é uma bebida feita de uísque, açúcar, gelo moído e hortelã. Mimosa é um coquetel feito com três partes de vinho espumante e duas partes de suco de

Downs, para o dia mais importante da corrida de cavalos e a primeira etapa da Tríplice Coroa do Turfe. As regras do *Brunch* eram simples e diretas: as damas tinham que usar chapéus, não eram permitidas fotografias, tampouco fotógrafos, e não importava se você viesse num Phantom Drophead ou numa limusine corporativa, todos os carros ficavam estacionados nos campos ao pé da colina, e todos chegavam nas vans que os conduziriam até a entrada da mansão.

Bem, quase todas as pessoas. As únicas que não precisavam pegar o transporte eram governadores e quaisquer presidentes que aparecessem, e o treinador-chefe da equipe masculina de basquete da Universidade de Charlemont.

No Kentucky, ou você era vermelho da UC, ou azul da Universidade do Kentucky, e o basquete era importante, quer você fosse rico ou pobre.

Os Bradford eram fãs dos Águias da UC. E era quase shakespeariano que seus rivais no negócio do bourbon, os Sutton, fossem todos Tigres da UK.

— Estou ouvindo você resmungar — Lizzie comentou. — Pense positivo. Vamos conseguir.

— *Wir müssen alle Pfingstrosen zahlen*[8] — Greta anunciou ao abrir mais uma caixa de papelão. — No ano passado, eles nos *entrregarram* florres a menos.

Uma das portas duplas que dava para a casa foi aberta, e o senhor Newark Harris entrou como uma brisa fria. Com seu 1,67 metro de altura, ele parecia mais alto em seu terno e gravata pretos — mas, pensando bem, a ilusão talvez se devesse às sobrancelhas eternamente erguidas, e ao fato de ele sempre estar prestes a dizer "seu americano idiota" depois de tudo o que pronunciava. Fazendo um retrocesso na tradição centenária de um adequado criado inglês, ele não apenas nascera e fora criado em Londres, como também servira como criado de libré para a rainha Elizabeth no Palácio de Buckingham e, depois, como mordomo do príncipe Edward, conde de Wessex, em Bagshot Park. O pedigree da Casa de Windsor fora crucial para a sua contratação no ano anterior.

Por certo, não fora a sua personalidade.

— A senhora Baldwine está à beira da piscina. — Dirigiu-se a Lizzie. Greta, por sua nacionalidade alemã e por ainda ter um sotaque

laranja gelado, tradicionalmente servido em uma taça alta chamada flute. (N.E.)

8 "Precisamos pagar todas as peônias"

carregado, era *persona non grata* para ele. — Por favor, leve um buquê para ela. Obrigado.

E *puf!*, sumiu pela porta, fechando-a silenciosamente.

Lizzie cerrou os olhos. Havia duas senhoras Baldwine na propriedade, mas somente uma poderia estar fora do quarto, tomando sol à beira da piscina.

Um golpe duplo naquele dia, Lizzie pensou. Não só teria que ver seu antigo amante, agora teria que servir a esposa dele.

Fantástico.

– *Ich hoffe, dass dem Idiot ein Klavier auf den Kopf fallt.*[9]

– Você acabou de dizer que espera que um piano caia sobre a cabeça dele?

– E você diz que não entende alemão.

– Dez anos com você e eu estou chegando lá.

Lizzie relanceou ao redor para ver o que poderia usar da imensa entrega de flores. Depois que as caixas fossem abertas, as folhas precisariam ser arrancadas das hastes e as flores teriam que ser afofadas uma a uma para encorajar as pétalas a se abrirem, permitindo uma inspeção de qualidade. Ela e Greta não estavam nem perto daquele estágio ainda, mas o que a senhora Baldwine queria, ela tinha.

De muitas maneiras.

Quinze minutos de escolha, corte e arranjo, e Lizzie tinha montado um buquê razoável, enfiado numa espuma dentro de um vaso de prata.

Greta apareceu diante dela e estendeu as mãos, com aquele diamante enorme no dedo reluzindo.

– Deixe que eu levo.

– Não, pode deixar...

– Você não vai *querrer* lidar com ela hoje.

– Nunca quero lidar com ela.

– Lizzie.

– Estou bem. Sério.

Felizmente, sua velha amiga acreditou na mentira. A verdade? Lizzie estava longe de se sentir bem, ela sequer conseguia enxergar essa possibilidade, mas não significava que recuaria.

---

9   "Espero que um piano caia sobre a cabeça desse idiota."

– Volto já.

– *Estarrei* contando as peônias.

– Tudo vai ficar bem.

Era o que esperava.

Enquanto Lizzie seguia para as portas duplas que davam para o jardim, sua cabeça começou a latejar de verdade, e ser atingida pelo calor e umidade do lado de fora não ajudou em nada. *Motrin*, pensou ela. Depois daquilo, ela tomaria quatro comprimidos e voltaria ao trabalho.

A grama estava cortada bem rente, mais parecida com um campo de golfe do que qualquer outra coisa que a Mãe Natureza tivesse imaginado. Apesar de ter muitas coisas em mente, ela fez uma lista mental de tarefas, como cuidar das moitas e do replantio nos dois hectares que compunham o jardim fechado. A boa notícia era que depois do início tardio da primavera, as árvores frutíferas vicejavam nos cantos do muro de tijolos, e as delicadas pétalas brancas começavam a cair como flocos de neve nos caminhos debaixo das copas. E a compostagem espalhada duas semanas antes perdera seu odor forte. Em um mês, os quatro cantos marcados pelas esculturas greco-romanas de mulheres em vestes e poses régias estariam todas rosadas e embranquecidas, em contraste com o verde e cinza tranquilizador do rio.

Mas, claro, agora tudo se tratava do Derby.

A casa de madeira branca da piscina ficava no canto à esquerda. Parecia o lar de uma família pequena e típica de médicos/advogados ao estilo colonial, atrás da piscina quase olímpica e seu azul-marinho. O caminho que ligava a casa à piscina era coberto por galhos de glicínias, que logo teriam flores brancas e lilases penduradas como lanternas caindo do emaranhado verde.

E debaixo da cobertura, estendida numa espreguiçadeira Brown Jordan, a senhora Chantal Baldwine era tão bela quanto uma inestimável estátua de mármore.

E continha o mesmo calor.

Sua pele era reluzente, graças ao spray bronzeador perfeitamente aplicado, seus cabelos loiros estavam artisticamente penteados e curvos nas pontas, e seu corpo provocaria complexo de inferioridade até em Rosie Huntington-Whiteley. As unhas eram postiças, mas perfeitas, nada de Jersey em seu tamanho e cor, e o anel de noivado e a aliança de casamento pareciam saídos da *Town & Country*, tão brancos e ofuscantes quando o sorriso dela.

Ela era a perfeita e moderna *belle* do sul, o tipo de mulher que as pessoas de Charlemont consideravam, aos sussurros, ser "de boa linhagem, apesar de ser da Virgínia".

Lizzie sempre se perguntou se os Bradford verificavam os dentes das debutantes com quem seus filhos saíam – assim como se faz com cavalos puros-sangues.

– ... desmaiou e a ambulância foi chamada. – A mão pesada devido ao diamante se ergueu e afastou uma mecha dos cabelos, em seguida passou o iPhone no qual falava com alguém para a outra orelha. – Levaram-na pela porta *da frente*. Dá para acreditar nisso? Eles deveriam tê-lo feito pela porta dos fundos... Ah, essas são adoráveis!

Chantal Baldwine levou a mão à frente da boca, numa postura de gueixa, enquanto Lizzie carregava as flores até a bancada de mármore do bar, colocando-as na ponta que não estava diretamente exposta ao sol.

– Newark fez isso? Ele é *tão* atencioso.

Lizzie assentiu e se virou para sair. Quanto menos tempo desperdiçasse ali, melhor.

– Ah, Lisa, você poderia...

– É Lizzie. – Ela parou. – Posso ajudá-la com mais alguma coisa?

– Você faria a gentileza de me trazer mais disto? – A mulher apontou para um jarro pela metade. – O gelo derreteu e ficou aguado. Vou almoçar no clube, mas só daqui a uma hora. *Muito* obrigada.

Lizzie desviou o olhar para a limonada e tentou, tentou mesmo – tinha Deus como testemunha – não se imaginar afogando a mulher naquela coisa.

– Avisarei o senhor Harris para que ele mande alguém...

– Ah, mas ele é muito ocupado. E você mesma pode dar um pulo lá dentro... Você é tão prestativa. – A mulher voltou ao iPhone com a capinha da Universidade de Charlemont. – Onde eu estava? Ah, então, eles a levaram pela porta da frente. Quero dizer, com toda a sinceridade, consegue imaginar?

Lizzie se aproximou, pegou o jarro e voltou a cruzar o terraço branco na direção do gramado.

– Será um prazer.

Será um prazer.

Ah, sim, e como. Mas era isso o que você devia dizer quando alguém da família lhe pedia alguma coisa. Era a única resposta aceitável. E certamente melhor que "Que tal se eu pegar essa limonada e enfiá-la onde o sol não alcança, sua miserável filha de uma…?".

– Ah, Lisa! Virgem, ok? Obrigada.

Lizzie apenas continuou em frente, lançando mais uma granada de "Será um prazer" por sobre o ombro.

Aproximando-se da mansão, teve que escolher sua via de entrada. Como membro do staff, não tinha permissão de entrar pelas quatro entradas principais: a da frente, a lateral da biblioteca, a dos fundos da sala de jantar e a dos fundos da sala de jogos. E era "desencorajada" a usar outras portas que não as da cozinha e da sala de utensílios, ainda que tivesse permissão se estivesse fazendo as três distribuições semanais de buquês pela casa.

Escolheu a porta que estava no meio do caminho entre a sala de jantar e a cozinha porque se recusava a dar toda a volta até a entrada de funcionários. Pisando no interior fresco, manteve a cabeça abaixada, não porque se preocupasse em irritar alguém, mas porque tinha esperanças e rezava para entrar e sair sem ser flagrada por…

– Fiquei pensando se a encontraria hoje aqui.

Lizzie congelou como um ladrão pego em flagrante e sentiu lágrimas ameaçando cair nos cantos dos olhos. Mas não iria chorar.

Não diante de Lane Baldwine.

E não por causa dele.

Aprumando os ombros, ergueu o queixo… e começou a se virar.

Antes de se deparar com os olhos de Lane pela primeira vez desde que o mandara para o inferno ao fim do relacionamento deles, Lizzie entendeu três coisas: um, sua aparência seria exatamente a mesma de antes; dois, isso não seria uma boa notícia para ela; e três, se tivesse um pouco de cérebro dentro da cabeça, colocaria aquilo que ele lhe fizera quase dois anos antes em *autolooping* e não pensaria em nada mais.

Autoconfiança, um lugar agradável…

Ah, merda, ele ainda tinha que ser assim tão bonito?

Lane não se lembrava muito da experiência de entrar em Easterly pela primeira vez desde o que o parecia ser uma eternidade.

Nada ficou muito registrado. Não a imponente porta de entrada com suas aldravas em forma de cabeça de leão e seu painel preto reluzente. Não o vestíbulo do tamanho de um campo de futebol e todos os quadros a óleo dos Bradford do passado e do presente. Não o candelabro de cristal ou os candeeiros de ouro, nem os tapetes orientais vermelho rubi ou as pesadas cortinas de brocado. Tampouco a sala de estar e o salão de baile em lados opostos.

A elegância sulista de Easterly, aliada à eterna fragrância cítrica do antigo lustra-móveis, era como um belo terno que, uma vez no corpo, não se percebia no resto do dia porque foi feito sob medida por um alfaiate, moldando-se ao seu esqueleto e músculos. Para ele, não houve nenhuma estranheza ao entrar ali: era uma imersão total em águas mansas, à temperatura ideal. Era como respirar o ar parado, com a umidade perfeita. Era como um cochilo ao estar sentado numa poltrona de couro do clube.

Esse era, ao mesmo tempo, seu lar e seu inimigo e, muito provavelmente, não sentiu nada porque estava oprimido por emoções que reprimia.

No entanto, notou cada detalhe a respeito do seu reencontro com Lizzie King.

A colisão aconteceu bem quando ele passava pela sala de jantar à procura daquela pela qual ele viajara.

Ah, Deus, pensou. *Ah, bom Deus.*

Depois de ter apenas confiado em suas lembranças por tanto tempo, estar diante de Lizzie era a diferença entre uma passagem descritiva e a coisa real – e seu corpo reagiu de pronto, o sangue bombeando, todos aqueles instintos dormentes não apenas despertando, mas explodindo em suas veias.

O cabelo dela ainda era loiro por causa do sol, não pelo trabalho de algum cabeleireiro, e estava preso para trás com um laço, as pontas aparadas como uma corda náutica que fora cortada com fogo. Seu rosto ainda estava sem maquiagem, a pele bronzeada e reluzente, a estrutura óssea lembrando-o de que a boa genética era muito melhor que cirurgias plásticas de milhares de dólares. E seu corpo... aquele corpo forte que apresentava curvas onde ele mais apreciava, e a firmeza que testemunhava todo o trabalho físico que ela executava tão bem. Ela estava exatamente como ele se lembrava. Até estava vestida do mesmo modo, com shorts cáqui e a camiseta polo preta com o brasão Easterly bordado.

Seu perfume era Coppertone, e não Chanel. Seus sapatos eram Merrel, não Manolo. Seu relógio era Nike, não Rolex.

Para ele, ela era a mulher mais bela e mais bem-vestida que já vira.

Infelizmente, aquele olhar também permanecia inalterado.

Aquele que lhe dizia que ela também pensara nele desde a sua partida.

Mas não de uma maneira boa.

Lane movia a boca, percebendo que pronunciava uma combinação de palavras, mas não as acompanhava. Imagens demais se infiltravam em seu cérebro, todas as lembranças do passado: o corpo nu de Lizzie em meio aos lençóis revoltos, o cabelo emaranhado em seus dedos, suas mãos entre as pernas dela. Em sua mente, ele a ouvia pronunciar-lhe o nome enquanto a penetrava fundo, balançando a cama até que a cabeceira se chocasse contra a parede...

— Sim, eu sei por que veio — ela disse num tom neutro.

Pense em diferentes ondas cerebrais. Ele estava desequilibrado até as pontas dos seus Gucci, revivendo o relacionamento deles, e ela estava completamente impassível diante da sua presença.

— Você já a viu? — ela perguntou. Depois franziu o cenho. — Oi?

Que diabos ela estava falando? Ah, sim.

— Fiquei sabendo que ela já voltou do hospital.

— Cerca de uma hora atrás.

— Ela está bem?

— Ela saiu daqui numa ambulância com uma máscara de oxigênio. O que você acha? — Lizzie relanceou na direção para onde estava indo. — Olha, preciso pedir licença, tenho que...

— Lizzie — ele disse em voz baixa. — Lizzie, eu...

Como ele não concluiu a frase, ela se mostrou aborrecida.

— Faça um favor e nem pense em terminar essa frase, ok? Apenas vá vê-la e... e faça o que veio fazer, está bem? Me deixe fora disso.

— Nossa, Lizzie, por que você não quer me ouvir...?

— "Por que eu deveria?" é a pergunta correta.

— Porque pessoas civilizadas são gentis umas com as outras...

E BUM! Começaram a discutir.

— O que disse? – ela exigiu saber. – Só porque moro do outro lado do rio e trabalho para a sua família, isso faz de mim uma espécie de símio? Mesmo? Vai começar por aí?

— Não foi isso o que eu quis dizer...

— Ah, mas eu acho que foi mesmo...

— Eu juro – ele murmurou –, esse seu orgulho...

— O que tem ele, Lane? Está se mostrando de novo? É isso? Sinto muito, você não pode distorcer as coisas como se fosse eu quem tem problemas. Isso é com você. *Sempre* foi com você.

Lane ergueu as mãos.

— Não consigo falar com você. E eu só quero explicar...

— Quer fazer uma coisa por mim? Ótimo, maravilha. Segure isto aqui. – Ela enfiou o jarro pela metade com o que lhe pareceu ser uma limonada. – Leve-o para a cozinha e peça para alguém enchê-lo. Depois, mande alguém levá-lo de volta à piscina, ou, quem sabe, leve você mesmo... para a sua *esposa*.

Dito isso, ela girou e saiu pela porta mais próxima. E enquanto atravessava o gramado em direção à estufa, Lane não conseguia decidir o que o atraía mais: bater a cabeça na parede, quebrar o jarro no chão ou uma combinação dos dois.

Escolheu a quarta opção.

— Maldição, *filha de uma... merda...*

— Senhor? Posso ajudá-lo?

Ante o sotaque britânico, Lane relanceou para um homem de cerca cinquenta anos que se vestia como se fosse um recepcionista de uma funerária.

— Quem diabos é você?

— Harris, senhor. Sou Newark Harris, o mordomo. – O homem se curvou na altura da cintura. – Os pilotos foram gentis o bastante para nos telefonar e avisar que o senhor estava a caminho. Posso cuidar da sua bagagem?

— Não trouxe nenhuma.

– Pois não, senhor. Os seus aposentos estão arrumados, e caso necessite de algo, será um prazer providenciar o que o senhor necessitar.

Ah, não, Lane pensou. Nada disso, ele não ia ficar – ele sabia muito bem qual final de semana se aproximava, e o objetivo da sua visita não tinha nada a ver com o circo armado do Derby.

Empurrou o jarro nas mãos do senhor Engomadinho.

– Não sei o que tem aqui dentro e não me importo. Apenas reabasteça e leve-o para o seu devido lugar.

– Será um prazer, senhor. O senhor precisará de…

– Não, é só isso.

O homem pareceu surpreso quando Lane passou por ele e partiu para a ala da casa reservada à criadagem. Mas, obviamente, o inglês não o questionou. O que, levando em consideração o seu humor, não apenas era adequado à etiqueta de um mordomo, como também se enquadraria numa questão de autopreservação.

Dois minutos dentro daquela casa. Dois malditos minutos.

E já estava em ponto de bala.

QUATRO

Lane marchou pela imensa cozinha industrial e foi imediatamente surpreendido pelo "barulho olfativo" e pelo silêncio do auditório. Mesmo havendo uma bela dúzia de chefs inclinados sobre as bancadas de aço inoxidável e sobre os enormes fogões, nenhum dos homens em seus dolmãs brancos conversava enquanto trabalhava. Alguns poucos ergueram o olhar, reconhecendo-o e parando o que quer que estivessem fazendo. Lane ignorou os "Oh, meu Deus!". Àquela altura, já estava acostumado quando o olhavam duas vezes só para se certificarem de que era ele mesmo, sua reputação o precedia por toda a nação havia muito tempo.

Obrigado, *Vanity Fair*, pelo artigo sobre a família uma década atrás. E pelos que vieram depois disso. E tinha as especulações dos tabloides. Sem falar no que aparecia na internet.

O que acontecia quando o status de celebridade, com o menor denominador comum embalado pela mídia, fisgava você?

Não havia mais como se livrar.

Conforme avançava na direção da porta com a placa de PARTICULAR, viu-se colocando a camisa para dentro, ajeitando a calça e alisando os cabelos. Queria ter se permitido um tempo para tomar banho, se barbear e trocar de roupa.

E queria muito que seu reencontro com Lizzie tivesse sido um pouco melhor. Como se ele precisasse de outra coisa na cabeça agora.

Bateu na porta baixinho, respeitosamente. Mas a resposta que conseguiu não foi nada respeitosa:

— Pra que é que você está batendo? — exclamou uma voz feminina com forte sotaque sulista.

Lane franziu o cenho e empurrou a porta. E parou de pronto.

A senhorita Aurora estava junto ao fogão, o cheiro forte de óleo e os estalos do frango fritando na frigideira subiam pelo ar. Seus cabelos estavam puxados para cima num rabo de cachos negros e pequeninos, e ela usava o mesmo avental que ele vira nela no dia em que partira para o norte.

Ele só conseguiu piscar e se perguntar se alguém lhe pregara uma peça.

— Ora, ora, não fique parado aí — ela ralhou. — Lave as mãos e pegue as bandejas. Só deve demorar uns cinco minutinhos.

Certo, ele esperava encontrá-la deitada na cama com o lençol a cobrir-lhe o peito, com um brilho fraco no olhar enquanto aguardava que seu amado Jesus viesse buscá-la.

— Lane, mexa-se, ainda não morri.

Ele esfregou o alto do nariz quando uma onda de exaustão o acometeu.

— Sim, senhora.

Quando fechou a porta atrás de si, procurou por sinais de fraqueza física naqueles ombros e pernas fortes. Não encontrou nenhum. Não havia absolutamente nada naquela mulher de sessenta e cinco anos que sugerisse que ela fora parar no pronto-socorro naquela mesma manhã.

Ok, então estava num impasse, ele concluiu, espiando a comida que ela tinha preparado. Um impasse entre se sentir aliviado… e furioso por ter perdido tempo para ir até ali.

De uma coisa ele tinha certeza: não iria embora antes de comer. Em parte porque ela o amarraria numa cadeira e o forçaria a se alimentar, mas principalmente porque, no instante em que sentiu aqueles aromas, seu estômago roncou a valer.

— Você está bem? — ele tinha que perguntar.

O olhar que ela lhe lançou sugeria que, se ele continuasse naquele caminho, ela ficaria mais do que feliz em socá-lo até ele fechar a matraca.

Entendido, senhora, ele pensou.

Atravessando o cômodo, descobriu que as bandejas nas quais eles dois comiam estavam exatamente onde as vira pela última vez: num dos cantos, apoiadas entre o móvel da TV e uma prateleira de livros. O par de poltronas também estava no mesmo lugar, cada uma diante de uma janela alta, com paninhos de crochê sobre o encosto da cabeça.

Fotos de crianças estavam espalhadas por toda a parte, em diferentes porta-retratos, e em meio aos rostos morenos e belos, também havia alguns rostos brancos: ali estava ele na sua formatura do jardim de infância; seu irmão Max fazendo um gol num jogo de lacrosse; sua irmã, Gin, num vestido branco, como leiteira numa peça escolar; seu irmão mais velho, Edward, de terno e gravata no seu último ano na Universidade da Virgínia.

— Bom Deus, você está magro demais, menino — murmurou a senhorita Aurora enquanto mexia numa panela que ele sabia estar cheia de vagem com cubos de bacon. — Eles não têm comida lá em Nova York?

— Não como esta, senhora.

O som que ela emitiu no fundo da garganta foi como o de um velho Chevrolet com escapamento ruim.

— Pegue os pratos.

— Sim, senhora.

Descobriu que suas mãos estavam tremendo quando pegou dois pratos no armário e os ouviu batendo um contra o outro. Ao contrário da mulher que lhe dera a luz – que sem dúvida estaria "descansando" num torpor medicinal do tipo "Não sou viciada porque o médico me receitou essas pílulas" –, a senhorita Aurora sempre parecera não ter a idade que tinha e ser forte como uma heroína. O que fazer com a ideia de que o câncer tivesse voltado?

Inferno. Para início de conversa, ele não aceitava que ela tivesse passado por isso da primeira vez. Mas não se enganava. Aquele devia ser o motivo de ela ter desmaiado.

Depois de pegar os talheres e os guardanapos, colocando-os nas bandejas, e de ter servido copos de chá, foi até as poltronas e se sentou na da direita.

– Você não devia estar cozinhando – ele disse quando ela começou a servir os pratos.

– E você não devia ter ficado longe por tanto tempo. O que deu em você?

Ela definitivamente não está à beira da morte, ele pensou.

– O que o médico disse? – ele perguntou.

– Na minha opinião, nada que valesse a pena. – Ela trouxe todo tipo de comida celestial. – Agora fique quieto e coma.

– Sim, senhora.

Hummm, bom Jesus, pensou ele ao olhar para o prato. Quiabo frito. Miúdo de porco. Bolinhos de batata. Vagens naquele cozido de bacon. E frango frito.

Quando o estômago dele roncou alto, ela gargalhou.

Mas ele não. E, de repente, teve que limpar a garganta. Isso era seu lar. Essa comida, preparada especificamente por essa mulher, era seu lar. Ele comera exatamente o que estava neste prato durante toda a sua vida, especialmente antes de sua mãe se afastar de tudo, quando ela e seu pai sumiam cinco noites por semana para socializar. Doentes ou saudáveis, felizes ou tristes, no calor ou no frio, ele e seus irmãos sentavam-se naquela cozinha com a senhorita Aurora e se comportavam bem, para não se arriscarem a levar um tapinha no cocuruto.

Nunca houve nenhum encrenqueiro na cozinha da senhorita Aurora.

– Vá em frente – ela disse com suavidade. – Não deixe esfriar.

Ele atacou a comida e gemeu com a primeira garfada, que explodiu em sabores na sua boca.

– Hum, senhorita Aurora…

– Você precisa voltar pra casa, menino. – Ela balançou a cabeça ao se sentar com o próprio prato. – Aquela coisa lá do norte não é pra você. Não sei como aguenta o clima… muito menos as pessoas.

– Então, vai me contar o que aconteceu? – perguntou, indicando a bolinha de algodão e o esparadrapo na curva do braço dela.

– Não preciso daquele carro que comprou pra mim. Foi o que aconteceu.

Ele limpou a boca.

– Que carro?

Os olhos negros se estreitaram.

– Não tente brincar comigo, menino.

– Senhorita Aurora, a senhora estava dirigindo um pedaço de… hum, sucata. Não vou tolerar esse tipo de coisa.

Ele podia distinguir o sotaque sulista ficando mais forte em sua voz. Não demorou muito, demorou?

– O meu Malibu está muitíssimo bom…

Foi a vez de Lane encará-la.

– Era um carro barato, pra início de conversa, e tinha mais de cem mil quilômetros rodados.

– Não entendo por q…

– Senhorita Aurora, não vou deixar que dirija aquela lata velha. Lamento.

Ela o encarou com determinação suficiente para abrir um buraco em sua testa, mas como ele não recuou, ela abaixou o olhar. E assim era a natureza do relacionamento deles. Dois teimosos, nenhum deles querendo ceder um milímetro sequer.

– Não preciso de um Mercedes – ela murmurou.

– Com tração nas quatro rodas, senhora.

– Não gosto da cor. É profana.

– Besteira. É vermelha da UC e a senhora adora.

Mesmo que ela tenha resmungado uma vez mais, ele sabia. Ela adorava o carro novo. A irmã dela, a senhorita Patience, ligara para ele e lhe dissera que a senhorita Aurora vinha dirigindo o E350 4Matic para cima e para baixo pela cidade. Claro, a senhorita Aurora nunca lhe telefonara para agradecer, e ele já esperava que ela protestasse – ela sempre fora orgulhosa demais para aceitar qualquer coisa de graça.

Mas a senhorita Aurora também não queria aborrecê-lo; e ela sabia que ele estava certo.

– Mas, então, o que aconteceu hoje cedo… – Já não era mais uma pergunta. Não perguntaria mais nada.

– Só fiquei um pouco tonta.

– Disseram que desmaiou.

– Estou bem.

— Disseram que o câncer voltou.

— Quem são eles?

— Senhorita Aurora…

— Meu Senhor e Salvador já me curou antes e vai me curar de novo. — Ela levantou uma palma para o céu e fechou os olhos. Depois olhou para ele. — Vou ficar bem. Já menti pra você antes, menino?

— Não, senhora.

— Agora coma.

A ordem calou a boca dele pelos próximos vinte minutos.

Lane já estava terminando o segundo prato quando teve que perguntar:

— A senhora o tem visto ultimamente?

Não havia motivo para especificar de quem estava falando. Edward. Todos se referiam a "ele" em vozes sussurradas.

O rosto da senhorita Aurora se fechou.

— Não.

Houve mais um longo período de silêncio.

— Vai procurá-lo enquanto estiver aqui? — ela perguntou.

— Não.

— Alguém tem que fazer isso.

— Não vai fazer nenhuma diferença. Além do mais, tenho que voltar pra Nova York. Só vim aqui pra ver como a senhora estava…

— Você vai até ele. Antes de voltar para o norte.

Lane fechou os olhos. Depois de um instante, disse:

— Sim, senhora.

— Bom menino.

Depois do terceiro prato, Lane lavou a louça, e teve que ignorar o fato de que a senhorita Aurora parecia não ter comido nada. A conversa se voltara para os sobrinhos e sobrinhas dela, para os irmãos e irmãs, onze ao todo, e o pai dela, Tom, que por fim falecera aos oitenta e seis anos.

Ela se chamava Aurora Toms porque era uma entre os vários filhos de Tom. Havia boatos que, além dos doze que tivera com a esposa, existiam inúmeros outros fora do casamento. Lane encontrava o homem na igreja de Aurora de tempos em tempos; ele tinha sido grandioso, tão sulista quanto o Mississipi, tão carismático quanto um orador e tão belo quanto o pecado.

Embora não quisesse ser arrogante, Lane sabia que sempre fora o predileto dela, e imaginava que Tom era o motivo pelo qual ela o mimava tanto: assim como aconteceu com seu pai, também diziam que Lane era mais bonito do que lhe faria bem, e ele também tivera sua época de mulherengo. Quando tinha seus vinte e poucos anos, Lane estivera pau a pau com o bom e velho senhor Toms.

Lizzie o curara disso tudo. Mais ou menos como uma barragem que detém um carro a toda velocidade.

– Suba e cumprimente a sua mãe antes de ir embora, também – disse a senhorita Aurora, depois que ele lavou, enxugou e guardou os pratos e os talheres.

Deixou a frigideira e as demais panelas no fogão. Sabia que era melhor não tocar nelas.

Girando, dobrou o pano de prato e se recostou contra a pia de aço inoxidável.

Da sua poltrona, ela levantou a mão.

– É melhor vocês todos pararem de…

– Senhorita Aurora…

– Não me diga que voou mais de mil quilômetros só pra olhar pra mim como se eu fosse uma inválida. Não faz nenhum sentido.

– A sua comida fez a viagem valer a pena.

– Isso é verdade. Agora vá ver a sua mãe.

Eu já vi, ele pensou, olhando para ela.

– Senhorita Aurora, vai ter ajuda para o Derby?

– O que acha que é aquele monte de bobalhões ali na minha cozinha?

– É muita coisa pra fazer. Não me diga que a senhora não fica ali dando ordens.

O conhecido olhar se cravou nele, mas foi só isso que ele recebeu e isso o assustou. Normalmente, ela se levantaria da poltrona e o empurraria porta afora. Em vez disso, permaneceu sentada.

– Vou ficar bem, menino.

— É melhor mesmo. Sem você, não tenho ninguém pra me manter na linha.

Ela murmurou alguma coisa bem baixinho e fixou o olhar acima do ombro dele, enquanto ele esperava calado.

Por fim, gesticulou para que ele se aproximasse, e ele obedeceu de pronto, atravessando o piso de linóleo e se ajoelhando diante da sua poltrona. Uma das mãos, uma das lindas, fortes e negras mãos dela, se esticou e alisou o cabelo de Lane.

— Precisa cortar isso.

— Sim, senhora.

Ela lhe tocou o rosto.

— Você é bonito demais para o seu próprio bem.

— Como acabei de dizer, a senhora tem que ficar por perto pra me manter na linha.

A senhorita Aurora assentiu.

— Pode contar com isso. — Houve uma longa pausa. — Obrigada pelo meu carro novo.

Ele pressionou um beijo na palma dela.

43

— De nada.

— E você precisa se lembrar de uma coisa. — Seus olhos, aqueles olhos negros que o fitaram quando ele era menino, adolescente, jovem… até se tornar um homem crescido, vasculharam seu rosto, como se ela estivesse tomando nota das mudanças que o passar dos anos causara nas feições que ela conhecia por mais de trinta anos. — Tenho você e tenho Deus. Sou mais rica do que poderia sonhar… Entendeu, menino? Não preciso de um Mercedes. Não preciso de uma casa luxuosa e de roupas elegantes. Não tem nenhum buraco em mim que precisa ser preenchido… Entendeu?

— Sim, senhora. — Fechou os olhos, pensando que ela era a mulher mais nobre que já conhecera.

Isto é, ela e Lizzie.

— Entendo o que quer dizer, senhora — ele disse, rouco.

Aproximadamente uma hora depois do episódio da limonada com Lane, Lizzie saiu da estufa com dois grandes arranjos. A senhora Bradford sempre insistira em ter flores frescas nos cômodos sociais e em todos os quartos ocupados, e esse padrão fora preservado mesmo depois que ela se recolhera à sua suíte havia três anos, ali permanecendo. Lizzie gostava de imaginar que se continuasse com esse costume, talvez a Pequena V.E., como a família a chamava, voltasse a aparecer e ser a dona da casa.

Easterly tinha bem uns cinquenta cômodos, mas muitos deles eram escritórios, aposentos e banheiros de funcionários, ou cozinha, adega, salas de imprensa, ou quartos desocupados que não necessitavam das flores. Os buquês do primeiro andar estavam em ordem; ela já os inspecionara e retirara uma rosa murcha na noite anterior. Aquelas flores frescas iriam para o vestíbulo do piso superior e para o quarto do senhor Baldwine. O vaso da senhora Bradford só deveria ser trocado no dia seguinte, bem como o de Chantal e...

Será que Lane ficaria no quarto da esposa?

Provavelmente, e isso lhe provocou ânsias.

Seguindo para a escada dos empregados, os dois vasos de prata pesavam-lhe nos braços e pulsos, enrijecendo-lhe os bíceps, mas ela seguiu em frente. A queimação não duraria muito tempo, e descansar em algum lugar só prolongaria a tarefa.

O corredor de cima era tão longo quanto uma pista de corrida de cavalos, bifurcando-se numa espécie de sala de estar, seguindo para um total de vinte e uma suítes que se abriam em cada um dos lados. Os aposentos do senhor Baldwine ficavam ao lado dos da esposa, ambos com vista para o jardim e o rio. Uma porta unia os dois *closets*, mas ela sabia que nunca era usada.

Pelo que sabia, depois do nascimento dos filhos, aquela parte do relacionamento deles não fora "retomada", para usar um vocábulo mais sutil.

Assim que começara a trabalhar em Easterly, confundia-se com os nomes, e certa vez referira-se à senhora Bradford pelo seu nome de casada, senhora Baldwine. Inaceitável. Fora corrigida pelo encarregado dos funcionários: a dona da mansão Bradford seria chamada de "senhora" e de "Bradford", pouco importando qual fosse o sobrenome do marido.

Confuso. Até ela perceber que marido e mulher tinham vidas separadas, assim como seus aposentos. Portanto, havia um senhor Baldwine com uma suíte em tons de azul-marinho e pesadas antiguidades em mogno, e uma senhora Bradford com uma suíte em tons pastéis, mobília Luís XIV e uma cama de dossel.

Na verdade, talvez os dois tivessem algo em comum: ele se escondia no escritório no centro de negócios; ela, em seus aposentos.

Loucura.

Lizzie seguiu para a escada curva e formal e trocou o buquê da mesa de centro da área social. Depois foi em frente e parou diante da suíte do senhor Baldwine. Bateu duas vezes na madeira e esperou, apesar de saber que não havia ninguém no interior. Todas as manhãs, ele ia para o centro de negócios ao lado da propriedade e só regressava às sete da noite para o jantar.

Colocou o arranjo floral da sala de estar no chão, girou a maçaneta, empurrou a porta e avançou até uma cômoda antiga que deveria pertencer a um museu. Não havia nada de muito errado com as flores ali, mas nada tinha permissão de perecer em Easterly. Ali, naquele casulo de riqueza, não se permitia que existisse entropia.

Enquanto trocava os vasos, ouviu vozes no jardim e foi até as janelas. Mais de uma dúzia de homens haviam chegado, carregando pesados rolos de lona branca e grandes postes de alumínio, que, com força humana e um tanto de hidráulica, formariam a tenda de 12 por 24 metros do *Brunch* do Derby.

Maravilha. Chantal provavelmente chamaria o senhor Harris nesse mesmo instante para reclamar que a zona de não sobrevoo fora violada. Se um membro da família ou um convidado estivesse usando a piscina, a casa da piscina, ou quaisquer um dos terraços, todos os trabalhos tinham que ser interrompidos no jardim e todos os trabalhadores tinham que evacuar a área até que a Sua Alteza tivesse concluído seu lazer.

A boa notícia? Greta já estava ali, controlando os homens. A má notícia? A alemã devia estar ordenando que eles montassem tudo bem ao lado de onde Chantal estava.

Deliberadamente.

Temendo um confronto, Lizzie se virou…

E parou quando uma centelha de cor chamou sua atenção.

45

– Mas o quê...?

Inclinando-se para baixo, ficou sem saber exatamente para o que estava olhando. Assim como todo o resto em Easterly, o quarto de William Baldwine era imaculado, todos os objetos e pertences estavam onde deveriam estar, todas as armas de um poderoso homem de negócios estavam guardadas em gavetas, organizadas em prateleiras, à espera dele em um *closet* imenso.

Portanto, o que era aquele pedaço de seda cor de pêssego entre a cabeceira e a parede?

Bem, ela podia imaginar.

E a lingerie não devia ser de Virginia Elizabeth Bradford Baldwine.

Lizzie não via a hora de sair do quarto. Foi até a porta, abriu-a e...

– Ah, mas eu estou tááááo feliz em ver vocêêêê!

O sotaque arrastado sulista pareceu um arranhado em uma lousa, mas o pior foi olhar para a direita e ver Chantal Baldwine lançando os braços ao redor do pescoço de Lane e se pendurando nele.

Fantástico. Os dois estavam entre ela e a escadaria dos funcionários.

46

– Não consigo acreditar que tenha me feito esta surpresa! – A mulher recuou um passo e fez uma pose, como se quisesse que ele lhe desse uma bela olhada. – Eu estava na piscina, mas subi porque as pessoas que vão armar a tenda chegaram. Resolvi sair para liberar a área.

Não é que você merece um prêmio por seu coração de ouro, querida?, Lizzie pensou. *E você não estava a caminho do clube?*

Lizzie se virou para seguir para a escadaria principal e fugir. Mesmo que fosse contra as regras, seria melhor que ter que passar por...

Como se soubesse disso, o senhor Harris surgiu com a senhora Mollie, a chefe da arrumação. O mordomo inglês passava o dedo pelo corrimão da balaustrada e o erguia para inspecionar, balançando a cabeça.

Maravilha.

Suas únicas saídas eram: brasas quentes ou uma fogueira acesa. Ou voltar para se esconder no quarto em que o senhor Baldwine traía a esposa.

Ah, as escolhas da vida...

Às vezes, ela simplesmente *amava* seu emprego.

CINCO

Destilaria de Bourbon Bradford, Condado Ogden

Edwin "Mack" MacAllan Junior caminhava ao longo da pilha de barris de bourbon de doze metros de altura, as botas de couro feitas à mão ressoando contra o antigo piso de concreto. O aroma das centenas de tábuas de madeira e dos milhões de litros de bourbon envelhecendo era tão agradável ao seu olfato quanto um perfume feminino.

Pena que estivesse irritado demais para apreciar direito.

Em seu punho, ele trazia um memorando corporativo todo amassado; as letras no papel branco eram irrecuperáveis. Teve que ler o maldito texto três vezes, e não só porque a leitura era um obstáculo insuperável para o seu cérebro disléxico.

Ele não era nenhum caipira. Nascera e fora criado numa família culta, frequentara a Universidade Auburn, e sabia tudo sobre fabricar bourbon e sobre os processos químicos envolvidos naquela arte intangível.

Na verdade, ele era o Mestre Destilador da marca de bourbon de maior prestígio no mercado, filho do Mestre Destilador mais respeitado na história da indústria de bebidas.

Mas, naquele instante, queria entrar na sua F-150 de meia tonelada e invadir a recepção do escritório de William Baldwine em Easterly. Em seguida, queria pegar seu rifle de cem anos de idade e fazer alguns buracos nas escrivaninhas dos idiotas corporativos.

Parando de súbito, recostou-se e fitou as prateleiras que se estendiam pelo armazém de teto de vigas expostas. Os códigos e as datas queimados diante dos barris tinham sido colocados em ordem ali primeiro pelo seu pai, e depois por ele mesmo, e havia uma progressão lógica. Os preciosos contêineres descansavam em paz por quatro anos, por dez anos, por vinte anos, e até mais. Inspecionava-os com regularidade, ainda que dispusesse de pessoas em número mais que suficiente para fazer exatamente isso. Mas, em sua opinião, aqueles eram os únicos filhos que teria, e não permitiria que crescessem aos cuidados do equivalente a uma babá.

Aos trinta e oito anos, era um solitário, tanto por escolha quanto por necessidade. Aquele trabalho – aquele trabalho de vinte e cinco horas por dia, oito dias por semana – era a sua esposa e a sua amante, a sua família e o seu legado.

Portanto, receber aquele memorando, que encontrara sobre sua mesa ao entrar, era como assistir a um motorista embriagado batendo de frente na minivan que continha toda a sua existência.

A receita do bourbon era algo verdadeiramente simples: uma mistura de grãos que, de acordo com as leis do Kentucky, tinha que conter um mínimo de cinquenta e um por cento de milho. Ali na Destilaria de Bourbon Bradford, adicionava-se a isso uma combinação de centeio, malte de cevada, e cerca de dez por cento de trigo, para dar um sabor mais suave; água, captada de um aquífero subterrâneo de pedra calcária; e levedura. Em seguida, depois que a mágica acontecia, o bourbon era colocado em barris de carvalho branco, queimados por dentro e deixados para se transformarem em armazéns bonitos e fortes como aquele.

Era só isso. Todo fabricante de bourbon tinha que trabalhar com esses cinco elementos: grãos, água, levedura, barril e tempo. Mas, assim como Deus conseguira criar uma variedade de pessoas a partir dos mesmos elementos centrais, também cada família ou empresa produzia diferentes nuances do mesmo produto.

Esticando o braço, apoiou a mão em um dos barris arredondados que enchera logo que se tornara mestre, quase dez anos atrás, embora trabalhasse para a empresa desde os catorze anos. Substituir o pai sempre fora o plano, mas o velho morrera cedo demais, e ali estava ele. Mack fora abandonado para nadar sozinho, e não tinha a menor intenção de morrer afogado.

Portanto, sim, ali estava ele, no auge do sucesso e ainda jovem o suficiente para criar uma dinastia própria, supostamente trabalhando para a aristocracia dos produtores de bourbon, a empresa que criara o Bourbon Perfeito.

Era o *slogan* para tudo o que a cbb fazia, a filosofia de marketing, de negócios e de fabricação.

Portanto, como, em nome de Deus, a administração esperava que ele aceitasse atrasos na entrega de grãos? Era como se aqueles idiotas com mba não entendessem que, por mais que tivessem produtos de quatro anos em quantidade suficiente hoje, se não enchessem os silos, acabariam sem estoque desse tipo de bourbon em quarenta e oito meses; e isso se aplicava aos demais níveis, que esgotariam em dez, vinte anos...

Ele sabia exatamente para onde estavam indo. A redução na produção de milho, resultado do aquecimento global que desequilibrara o padrão climático no último verão, significava que o preço do alqueire estava na estratosfera. Mas não seria sempre assim. Obviamente, os contadores de moedas do escritório central, também conhecido como propriedade do senhor Baldwine, resolveram poupar uns trocados freando a produção nos meses seguintes, esperando recuperá-la quando o preço do milho se autorregulasse.

Desde que a seca que abalara a nação no ano anterior não se repetisse.

Havia muitas falhas na lógica desse "negócio", mas a questão principal era que aqueles engravatados não entendiam que este bourbon não era um produto fabricado numa linha de montagem, com um interruptor de liga e desliga. O bourbon era um processo — era o auge e a expressão de inúmeras tentativas e erros –, refinado ao longo de duzentos e cinquenta anos: você tinha que cultivar o paladar do bourbon, encontrar os sabores e o equilíbrio, guiar os elementos até seu ápice... E, depois, enviar para os seus consumidores sob o rótulo distintivo. Inferno. Ele se orgulhava de resguardar a marca registrada nº 15, o maior sucesso da empresa, ainda que fosse a linha mais barata, assim como fizera com os produtos mais dispendiosos e mais antigos, como o Black Mountain, o Bradford I e o mais que exclusivo Reserva de Família.

E se interrompesse a produção agora? Sabia muito bem que eles o procurariam em seis meses, ordenando que modificasse as datas dos barris.

Seis meses para os engravatados era apenas metade de um ano, vinte e seis semanas, duas estações.

Mas para o seu paladar... Ele conseguia distinguir um bourbon de nove anos e meio e um de dez anos e um dia. Talvez muitos dos clientes deles não percebessem a diferença, mas a questão não era essa, certo? E o fato de que vários de seus concorrentes adulteravam as datas de forma regular? Esse não era um padrão a ser seguido.

Se Edward estivesse ali, pensou, não teria que se preocupar com isso. Edward Baldwine era a raridade dentro da família Bradford — um verdadeiro destilador, o regresso a uma era de linhagem augusta, um homem que valorizava o produto. Mas o presumível herdeiro do trono já não estava mais envolvido com a companhia.

Portanto, não havia como recorrer a ele.

E o memorando sobre a sua mesa? Era o modo típico como as coisas vinham sendo resolvidas desde a tragédia com Edward. Os covardes do centro de negócios sabiam que ele surtaria, mas não tinham coragem de ir até lá para lhe contar pessoalmente. Nada disso. Simplesmente escreva um memorando e jogue por cima dos outros papéis como se não afetasse em cheio o cerne dos negócios.

Mack voltou a fitar as vigas de madeira de lei centenária. Aquele era o armazém mais antigo da empresa, utilizado para abrigar os barris mais especiais. Ficava localizado ao lado do armazém original, que hoje servia tanto de museu para turistas como de escritório. Este lugar era um maldito santuário.

A alma do seu pai perambulava pelos corredores.

Mack estava convencido de que sentia o velho junto aos seus calcanhares naquele mesmo instante.

Estava convencido também de que, em um dia tranquilo como este, quando suas únicas companhias ali no armazém eram a luz do sol que se infiltrava pelas janelas empoeiradas, o som das suas botas sobre o concreto e a neblina da parte dos anjos[10] que evaporava... ele era um dos poucos defensores da tradição deixada pela companhia.

---

10   Durante o processo de envelhecimento, pelo menos 2% do uísque armazenado nos barris evapora através do carvalho. As destilarias se referem a essa porção como a "parte dos anjos". (N.T.)

Os jovens que surgiam – mesmo aqueles que desejavam ocupar o seu posto – professavam amor pelos rituais e pelos fundamentos e clamavam estar comprometidos com o processo, porém eram apenas subordinados corporativos que vestiam calças cáqui em vez de ternos. Eram de uma geração de flocos de neve especiais, que esperavam receber troféus só por terem aparecido, e esperavam que tudo fosse fácil e que todos cuidassem deles e os protegessem, como faziam os seus pais.

Eles tinham tanta profundidade quanto seus perfis do Facebook. Ou seu egoísmo inesgotável e suas frivolidades sem alma.

Em comparação aos fundadores daquela empresa, que protegeram seu produto em meio à fome e à guerra, em meio à doença e à Grande Depressão... nos tempos da Proibição, pelo amor de Deus! Eles eram apenas meninos tentando fazer o trabalho de um homem.

Eles só não sabiam disso. E, com uma cultura corporativa como aquela, jamais saberiam.

– Mack?

Ele olhou por sobre o ombro. A sua secretária, Georgie O'Malley, que cuidara do escritório de seu pai antes que ele morresse, aproximou-se por trás dele sem fazer som algum. Aos sessenta e quatro anos, ela já estava na empresa havia quarenta e um, sem dar nenhum indício de que estava diminuindo o ritmo. Autoproclamada esposa de fazendeiro, porém sem marido nem fazenda, era um espírito aliado na luta contra a atual corrente que dizia que tudo era descartável.

– Tudo bem, Mack?

Mack ergueu o olhar para as janelas, vendo os vapores da parte dos anjos subindo aos céus.

A parte dos anjos era sagrada: cada um dos barris de carvalho era queimado por dentro antes de ser preenchido com duzentos litros de bourbon. Armazenados num local como aquele, num ambiente que, propositadamente, não era climatizado, a madeira dos barris se expandia e se contraía sazonalmente, e o bourbon dentro deles se coloria e adquiria sabor com os açúcares caramelizados provindos da madeira queimada.

Uma parte significativa evaporava e era absorvida pelos barris com o decorrer do tempo.

Essa era a parte dos anjos.

Seu pai a considerava o sacrifício pelo passado, a porção que ia para os criadores, para que eles bebessem no Paraíso. Também era uma antecipação à própria morte... e a esperança de que o próximo guardião da tradição fará o mesmo por você quando você já tiver morrido.

— Não vai sobrar nada para nós, Georgie — ele se ouviu dizer.

— Do que você está falando?

Ele apenas meneou a cabeça.

— Quero que mande os rapazes fecharem os silos.

— *O quê?*

— Você me ouviu. — Mack levantou o punho para que ela visse o papel amassado. — A corporação parou as encomendas de milho dos próximos três meses. No mínimo. Vão avisar quando poderemos fazer mais mistura. Qualquer centeio, cevada e trigo que tenhamos deve ser redesignado.

— Redesignado? O que isso quer dizer?

— Eles não podem vender para um concorrente. E se isso parar nos ouvidos de pessoas como os Sutton? Ou da imprensa? Vai fazer com que os dez centavos que eles pouparam se tornem o maior erro financeiro da história da empresa.

— Nunca paramos a produção.

— Não. Não desde a Proibição... E, mesmo assim, foi só pra fingir.

Houve uma longa pausa.

— Mack... o que eles estão fazendo?

— Eles vão arruinar esta empresa, é o que estão fazendo.

Aproximou-se da mulher.

— Vão acabar com a gente com a desculpa de maximizar o lucro. Ou, inferno, talvez estejam preparando um OPI, finalmente. Todos os outros produtores de bourbon têm ações na bolsa, exceto os Sutton. Talvez estejam tentando inflar os lucros artificialmente antes de uma venda particular. Não sei, e não quero saber. Mas tenho a mais absoluta certeza de que Elijah Bradford está se revirando dentro do caixão.

Conforme ele seguia para a saída, ela o chamou.

— Aonde você vai?

— Encher a cara. Com muita, muita cerveja.

SEIS

Parado diante da porta do seu quarto ao fitar sua "esposa", Lane pensou que, assim como Easterly, ela era a mesma. Chantal Blair Stowe Baldwine era, de fato, exatamente a mesma: mesmo corte de cabelo, bronzeado artificial, maquiagem, roupas caras cor-de-rosa. Tudo idêntico ao que ele deixara para trás. Inclusive a voz dela... que parecia a da protagonista Distinta Dama Sulista do Entretenimento.

Ela ainda tagarelava muito, palavras saíam de sua boca numa torrente sem considerar racionamento em benefício do ouvinte. Mas, pensando bem, a conversa era para ela uma forma de arte; suas mãos se movimentavam como as asas de uma pomba, arqueando-se para cima e para baixo, exibindo aquele imenso diamante do qual ela tanto fez questão, que reluzia como uma luz estroboscópica.

– ... fim de semana do Derby! Claro, Samuel Theodore Lodge vem hoje à noite. Gin está *tão* animada em vê-lo...

Inacreditável. Fazia literalmente dois anos que não se viam, tampouco se falavam, e ela estava discorrendo sobre a lista de convidados para o jantar.

O que diabos um dia ele viu nela...

– Ah, Lisa! Com licença, você pode, por favor, pedir que o senhor Harris traga o carro do senhor Baldwine? Vamos almoçar no clube.

Lisa?, ele pensou. *Mas, como de hábito, os empregados estavam sempre mudando por ali desde que...*

Lane relanceou por cima do ombro. Lizzie estava parada diante da porta do quarto de seu pai, segurando dois vasos com flores perfeitas, que sem dúvida tinham acabado de ser substituídos.

– O senhor Harris está logo ali – Lizzie informou com frieza.

– Não gosto de gritar. Não é apropriado. – Chantal se inclinou para ela, como se fossem duas amigas partilhando um segredo. – Muito obrigada. Você é tão obsequi...

– Você enlouqueceu? – Lane perguntou, irritado.

Chantal se encolheu, a cabeça virando para trás, os olhos passando de ingênuos a matadores num piscar dos cílios postiços e lindos.

– O que disse? – Chantal sussurrou para ele.

Lane tentou capturar o olhar de Lizzie enquanto falava.

– Vá você mesma falar com ele.

Lizzie se recusava a olhar para ele. Com uma impassível expressão profissional, avançou, com passadas longas e elegantes, seguindo pelo longo corredor até a escada dos empregados. Nesse meio-tempo, Chantal voltou a falar.

– ... falar comigo nesse tom diante da criadagem – ela sibilou.

– O nome dela é Lizzie, não Lisa. – Agora era ele quem se inclinava. – E você sabe disso, não sabe?

– O nome dela é irrelevante.

– Ela está aqui há mais tempo que você. – Ele sorriu com frieza. – E estou disposto a apostar como vai continuar a aqui depois que você se for.

– E o que isso deveria significar?

– Você não tem que ficar debaixo deste teto e sabe disso muito bem.

– Sou a sua *esposa*.

Lane a encarou de cima, e ficou se perguntando por que diabos ela ainda estava em sua vida. A resposta fácil era que ele vinha fingindo que Charlemont não existia. A mais complexa estava ligada ao que ela fizera.

Sou a sua esposa.

– Não por muito tempo – ele retrucou num tom baixo.

As sobrancelhas bem desenhadas dela se ergueram e, no mesmo instante, a expressão de gato irritado sumiu; ela ficou calma e tranquila, como a imagem de uma pintura.

– Não vamos discutir, querido. A nossa reserva no clube é para daqui a vinte minutos...

– Deixe-me ser bem claro. Não vou a parte alguma com você. A não ser para o escritório de um advogado.

Pela visão periférica, ele notou que o senhor Newark ou Harris – qualquer que fosse o nome do mordomo – estava dando meia-volta discretamente, levando a senhora Mollie, a governanta, na direção oposta.

– Fala sério, Tulane.

Deus, como ele odiava o seu nome nos lábios de Chantal: Tooooouuuuuulaaaayne. Pelo amor de Deus, eram três sílabas, e não trezentas.

– Estou falando sério – ele disse. – Está na hora de terminarmos isto.

Chantal inspirou fundo.

– Você está chateado por causa da pobre senhorita Aurora e está dizendo coisas que não sente. Entendo isso. Ela é uma excelente cozinheira... E é muito, muito difícil encontrá-las hoje em dia.

Os molares dele travaram.

– Você acha que ela é apenas uma cozinheira.

– Está me dizendo que ela é contadora?

Deus, por que ele...

– Aquela mulher significa mais para mim do que a que me pariu.

– Não seja ridículo. Além do mais, ela é negra...

Lane agarrou o braço de Chantal e a puxou para perto de si.

– Nunca mais fale dela dessa mancira. Nunca bati numa mulher antes, mas garanto que acabo com a sua vida se a desrespeitar.

– Lane, você está me machucando!

Naquele instante, ele percebeu que havia uma criada parada diante da porta de um dos quartos de hóspedes, com os braços tomados por toalhas dobradas. Quando ela abaixou a cabeça e seguiu em frente, ele empurrou Chantal. Ajeitou as calças. Encarou o tapete no chão.

– Acabou, Chantal. Se é que você ainda não percebeu.

Ela uniu as mãos como se estivesse rezando, e ele não acreditou nem por um segundo. O sofrimento falso na voz dela tampouco o comoveu quando ela sussurrou:

— Acredito que precisamos cuidar do nosso relacionamento.

— Concordo. Este nosso casamento precisa sair desse estado miserável. É assim que cuidaremos dele.

— Você não pode estar falando sério.

— Ao inferno que não estou. Contrate um bom advogado ou não. De todo modo, você vai sair daqui.

Lágrimas. Grandes e grossas, que fizeram os olhos azuis dela brilharem como uma piscina.

— Você sabe ser muito cruel.

Não como ela sabia, ele pensou, *nem de perto*. E, pelo amor de Deus, ele deveria ter dado seguimento ao acordo pré-nupcial, mas que pena, que tristeza, tanto fazia àquela altura. A boa notícia era que sempre haveria mais dinheiro; mesmo que ela lhe arrancasse milhões, ele conseguiria recuperar em um ou dois anos.

— Vou falar com a minha mãe – ele disse. – E depois ligar para Samuel T. Talvez ele consiga lhe servir a papelada junto ao seu jantar hoje à noite.

E, simples assim, aqueles olhos tornaram-se implacáveis mais uma vez.

— Arruinarei você e sua família se for em frente com isso.

O que ela não sabia era que já arruinara a sua vida. Ela lhe custara Lizzie... e muito mais. Mas, maldição, aquilo tudo teria um fim.

— Cuidado, Chantal. – Ele não desviou o olhar. – Faço qualquer coisa, dentro ou fora da lei, para proteger o que é meu.

— Isso é uma ameaça?

— Apenas um lembrete de que sou um Bradford, minha cara. E nós cuidamos do que é nosso.

Afastando-se da mulher, Lane bateu à porta do quarto da mãe. Mesmo sem obter resposta, adentrou a perfumada suíte, fechando a porta atrás de si.

Cerrou os olhos, e precisou de um segundo para aplacar a fúria antes de enfrentar aquele reencontro dúbio. Precisava apenas de um segundo para se recompor. Apenas...

Quando ergueu as pálpebras, deparou-se com mais um cenário que não fora alterado.

O quarto branco e creme da mãe estava como sempre, as janelas imensas com vista para os jardins adornadas com cortinas elegantes de seda, quadros de Maxfield Parrish reluzentes como joias usadas pelas paredes, antiguidades francesas delicadas, preciosas demais para que fossem utilizadas como assento ou deixadas nos cantos. Mas nada disso era o ponto focal, por mais impressionante que fossem.

A cama de dossel do lado oposto era a verdadeira obra de arte. Tão resplandecente e maravilhosa quando o *Baldaquino* da Basílica de São Pedro, de Bernini. A compacta plataforma do tamanho de um barco tinha colunas entalhadas que se erguiam ao céu e uma grinalda de seda rosa-clara. E lá estava ela, Virginia Elizabeth Bradford Baldwine, deitada tão imóvel e preservada quanto uma santa, o corpo alto e magro escondido numa profusão de mantas de cetim e travesseiros, o cabelo loiro claro perfeitamente penteado, e o rosto maquiado, apesar de ela não estar indo a parte alguma e sequer estar consciente.

Ao lado dela, sobre uma cômoda bombê de tampo de mármore, havia uma dúzia de frascos de remédios com rótulos brancos dispostos em filas bem ordenadas, como um pelotão de soldados. Ele não fazia a mínima ideia do que havia dentro deles e, muito provavelmente, nem ela sabia.

Ela era a Sunny von Büllow[11] sulista, a não ser pelo fato de que seu marido jamais tentara matá-la. Pelo menos não fisicamente.

O maldito provocara outros tipos de dano, porém.

– Mamãe – ele disse ao se aproximar. Quando chegou perto, segurou a mão fria e seca, de pele fina como papel e veias saltadas. – Mãe?

– Ela está repousando – informou uma voz.

Uma mulher com cerca de cinquenta anos, cabelos ruivos e um uniforme de enfermeira branco e cinza se aproximou, vindo do *closet*. Ela combinava perfeitamente com a decoração, e ele não desconsideraria a possibilidade de a mãe tê-la contratado exatamente por isso.

– Sou Patty Sweringin – ela se apresentou, estendendo a mão. – Você deve ser o jovem senhor Baldwine.

57

---

11   A história verídica de Sunny von Büllow, *socialite* americana que ficou 28 anos em estado vegetativo, inspirou o filme *O reverso da fortuna* (1990), dirigido por Barbet Schroeder. (N.E.)

– Lane. – Ele apertou a mão dela. – Como mamãe tem passado?

– Repousando. – O sorriso era tão rígido e profissional quanto o uniforme dela. – Ela teve uma manhã cheia. O cabeleireiro veio tingir o cabelo.

Ah, sim, a confidencialidade. O que significava que ela não tinha permissão de lhe contar a condição de saúde da sua mãe. Mas não era culpa da enfermeira. E se sua mãe ficara exausta apenas porque arrumaram seu cabelo? Como é que ele achava que ela estava?

– Quando ela acordar, diga que… – Relanceou para a mãe.

– O que devo dizer, senhor Baldwine?

Ele pensou em Chantal.

– Vou ficar aqui alguns dias – replicou com seriedade. – Eu mesmo lhe direi isso.

– Pois não, senhor.

De volta ao corredor, ele fechou a porta e se recostou nela. Fitando um e outro retrato dos Bradford, descobriu que o passado voltava como uma picada de abelha.

58 Rápido e doloroso.

– O que está fazendo aqui?

Lizzie perguntara para ele no jardim, na escuridão, numa noite úmida e quente de verão. Acima, nuvens de tempestade tinham obscurecido a luz do luar, deixando as flores em broto e as árvores nas sombras.

Ele se lembrava de tudo; como ela ficara diante dele contra a parede de tijolos, com as mãos apoiadas nos quadris, o olhar fixo enfrentando o dele com uma firmeza a que ele não estava acostumado, seu uniforme de Easterly tão sexy quanto qualquer peça de lingerie que ele já tivesse visto.

Lizzie King tinha capturado a sua atenção desde a primeira vez que a vira na propriedade da família. E a cada regresso durante os recessos semestrais na faculdade, ele se via procurando por ela, buscando por ela, tentando se colocar em seu caminho.

Deus, ele adorava a perseguição.

E a captura também não era nada ruim.

Claro, ele não teve muitas experiências depois disso... e nem queria.

— E então? — ela exigiu saber. Como se, caso ele não entrasse logo no assunto, ela fosse começar a bater o pé no chão, e o movimento seguinte seria derrubá-lo por desperdiçar o seu tempo.

— Vim atrás de você.

Espere, não era isso. Ele quis dizer que viera vê-la. Para conversar com ela. Para olhá-la de perto.

Mas essas quatro palavras também eram verdadeiras. Ele queria saber qual era o sabor dela, como ela ficaria debaixo dele, o que...

Ela cruzou os braços diante do peito.

— Olha só, vou ser bem franca com você.

Lane deu um leve sorriso.

— Gosto de franqueza.

— Não acho que você vai continuar pensando assim depois que eu tiver acabado com você.

Opa, agora ele estava ficando excitado. Era curioso; isso não o teria aborrecido se ele estivesse com uma das mulheres com quem costumava se divertir. Mas ficar ali diante daquela mulher em particular com uma necessidade premente de ajustar as calças lhe pareceu... de mau gosto.

— Vou poupá-lo de perder seu tempo. — Ela manteve a voz baixa, como se não quisesse que ninguém os ouvisse, mas isso não diminuía o peso da mensagem. — Não estou, nem nunca estarei, interessada em alguém como você. Você não passa de um garoto levado que se diverte provocando o caos com o sexo oposto. Esse tipo de coisa era entediante quando eu tinha quinze anos, e levando em consideração que estou chegando aos trinta este ano, me sinto ainda menos atraída pela situação. Portanto, faça um favor: vá para o seu clube de campo, encontre uma dessas loiras junto à piscina e a transforme em mais uma esteira para você se exercitar por vinte minutos. Você não vai conseguir isso de mim.

Ele piscou como um idiota.

E pensou que o fato de estar tão chocado por alguém chamar sua atenção de tal maneira provava que ela estava certa.

— Agora, se me der licença, vou para casa. Estou trabalhando desde as sete horas da manhã.

Esticando a mão, ele a segurou pelo braço quando ela se virou.

— *Espere.*

— *Como é? — Ela abaixou o olhar para o local em que mantinham contato e depois o fitou nos olhos. — A menos que seja algo relacionado às flores do jardim, você não tem nada a me dizer.*

— *Vai me dar uma chance de me defender? Ou vai só dar uma de juíza e me julgar?*

— *Você não está falando sério.*

— *Você sempre foi assim tão preconceituosa?*

Ela se afastou da pegada dele.

— *Antes isso do que ser ingênua. Ainda mais com um homem como você.*

— *Não acredite em tudo o que vê nos jornais...*

— *Ora, por favor. Não preciso ler nos jornais, eu vejo em primeira mão. Duas delas saíram ontem de manhã pelos fundos da casa. Na noite em que chegou, trouxe uma ruiva de um bar. E disseram que você foi fazer um check-up na quarta-feira, mas voltou com um chupão no pescoço, provavelmente adquirido quando a médica pediu para você virar a cabeça e tossir? — Ela o interrompeu quando ele fez menção de responder, ao levantar a palma na frente do rosto dele. — E antes que pense que estou mantendo esse lindo registro de conquistas porque sinto alguma atração por você, saiba que é porque as empregadas ficam prestando atenção em tudo isso e não param de comentar.*

— *Vai me dar a chance de falar? — ele rebateu. — Ou vai continuar este monólogo? Jesus, e você acha que eu é que sou o metido.*

— *O quê?*

— *Você acha que eu sou mimado? Bem, você está me deixando para trás nesse quesito, minha querida.*

— *Como é?*

— *Você resolveu que sabe tudo a meu respeito só porque um punhado de pessoas, que também não me conhecem, ficam falando de coisas sobre as quais não sabem nada. Isso é bastante arrogante.*

— *Não é sinônimo de mimada.*

— *Quer mesmo discutir lexicografia comigo?*

Certo, o fato de estarem discutindo não deveria ser algo excitante, mas para o inferno se não era. Para cada rebatida, ele se via olhando menos para o corpo e mais para os olhos dela, o que a deixava ainda mais sexy.

— *Olha só, a gente pode parar por aqui? — ela disse. — Tenho que voltar quase de madrugada para cá e esta conversa não é mais importante do que o meu sono.*

Dessa vez, quando ela se virou, ele a deteve com a voz.

— *Vi você perto da piscina ontem.*

Ela o encarou por cima do ombro.

— *Sim, eu estava arrancando ervas daninhas. Algum problema com isso?*

— *Você estava me medindo. Eu percebi.*

Touché, *ele pensou quando a viu piscar.*

— *Eu estava na piscina — ele sussurrou, dando um passo para se aproximar. — E você gostou do que viu, não gostou? Mesmo que odeie quem acha que eu sou, gostou do que viu.*

— *Você está enganado.*

— *Franqueza. Foi você quem mencionou isso antes. — Ele se inclinou, virando a cabeça de lado como se fosse beijá-la. — Então, tem coragem de ser franca?*

As mãos dela remexeram no colarinho da camisa polo.

— *Não sei do que está falando.*

61

— *Mentirosa. — Ele sorriu. — Por que acha que fiquei lá fora tanto tempo? Foi por sua causa. Gostei que estivesse admirando o meu corpo.*

— *Você está louco.*

Deus, a negativa falsa dela foi ainda melhor do que o último orgasmo que teve com um boquete.

— *Estou? — Concentrou-se nos lábios dela e, em sua mente, estava beijando-os, lambendo-os, puxando-a para junto de si. — Acho que não. E estou mais para mulherengo do que para covarde.*

E foi assim que ele a deixou.

Virou-se no caminho de tijolos, e seguiu para a casa, deixando-a para trás.

Mas ele sabia, a cada passo, que ela não conseguiria deixar as coisas naquele pé.

Da próxima vez, ela o procuraria...

E, claro, foi o que aconteceu.

SETE

– Desculpe, o que disse?

Lizzie falava, fitando as flores no vaso que segurava, sem conseguir se lembrar o que deveria fazer com elas... Ah, sim, colocá-las num balde até o fim do expediente para depois enrolá-las num papel toalha umedecido e depois num saco plástico, e levá-las para casa.

– Pode repetir? – pediu, olhando para o outro lado da estufa onde Greta estava.

– Eu estava falando em inglês dessa vez, sabe?

– Só estou meio distraída.

– O pessoal da tenda está exigindo pagamento antecipado. Ou vão *desmancharr* tudo o que *arrmarram* até *agorra*.

– O quê? – Lizzie abaixou o buquê ao lado dos vasos de prata vazios. – É uma nova política deles?

– Acho que sim.

– Vou falar com Rosalinda, então. Sabe qual é o montante?

– Doze mil, *quatrrocentos* e cinquenta e nove e setenta e dois centavos.

– Um instante, preciso anotar isso. – Lizzie apanhou uma caneta. – Pode repetir?

Anotou o valor na palma da mão, e olhou para o jardim. O pessoal da tenda tinha acabado de esticar a lona e estava começando a distribuir os postes enquanto alguns costuravam seções com cordas grossas.

Em mais duas horas eles terminariam. Três no máximo.

– Ainda estão trabalhando – murmurou.

– Não *porr* muito tempo. – Greta voltou a limpar as flores cor-de--rosa. – O *escrritório* deles ligou, dizendo que estão *prreparrados parra voltarr parra* o caminhão.

– Não há razão para surtar por causa disso – murmurou Lizzie, saindo.

O escritório de Rosalinda Freeland ficava na ala da cozinha, e ela tomou a rota externa mais longa porque estava cansada de esbarrar em Lane.

Estava no terraço, na metade do caminho, passando pelas portas francesas que davam para a sala de jantar quando olhou na direção do centro de negócios.

As instalações foram montadas onde costumavam ficar os estábulos e, assim como a estufa, tinham vista para o jardim e o rio. A arquitetura da estrutura combinava perfeitamente com a de Easterly, e a área total devia ser a mesma da mansão. Com uma dúzia de escritórios, uma sala de reuniões do tamanho de uma sala de aula de universidade, e cozinha e sala de jantar próprias, William Baldwine comandava a empresa produtora de bourbon da esposa a partir de um complexo de primeira linha.

Quase não se via gente à toa por aquelas partes, mas, pelo visto, alguma coisa estava acontecendo porque havia um grupo de pessoas de terno parado no terraço do lado de fora da principal sala de reuniões, fumando e conversando num enclave fechado.

Estranho, ela pensou. O senhor Baldwine era fumante, por isso era improvável que aquelas pessoas tivessem sido banidas para o terraço apenas para fumarem em paz.

De fato, ela reconheceu a única mulher não fumante naquele bolo. Era Sutton Smythe, herdeira da fortuna da Destilaria Sutton Corporation. Lizzie nunca a vira pessoalmente, mas muito se publicara sobre aquela mulher – era muito provável que ela se tornaria, na década seguinte, a cabeça de uma das maiores destilarias do mundo.

A bem da verdade, já parecia que ela era a chefe, com aqueles cabelos escuros penteados e o terno preto sério e caríssimo. Ela era mesmo uma mulher notável, com feições atrevidas e um corpo curvilíneo que poderia colocá-la no território das mulheres de negócio mais sexy do país, caso quisesse jogar tal jogo, o que, evidentemente, não era o caso.

Contudo, o que estaria fazendo ali?

Falando em dormir com o inimigo...

Lizzie meneou a cabeça e atravessou a porta dos fundos da cozinha. O que quer que estivesse acontecendo ali, não era problema seu. Ela estava muito, mas muito abaixo naquele totem, apenas tentando erguer uma tenda para os seus arranjos florais.

Uau.

Quantos chefs juntos!, ela pensou ao desviar dos homens e mulheres de chapéus altos e dólmãs brancos que acabariam com escoliose por ficarem tanto tempo curvados enrolando mil folhas e coisinhas recheadas com cogumelos.

Atrás de todos aqueles Gordon Ramsays, havia uma pesada porta vai e vem que se abria para um corredor simples repleto de armarinhos, a lavanderia e a sala de descanso das arrumadeiras, assim como os aposentos do mordomo, da organizadora e a escada dos empregados.

Lizzie seguiu até a porta da direita, que tinha uma plaquinha onde se lia PARTICULAR e bateu uma vez. Duas. Três vezes.

Considerando que Rosalinda era eficiente e pontual como um relógio, ela não devia estar ali. Talvez tivesse ido ao banco.

– ... verificaremos novamente dentro de uma hora – dizia o senhor Harris ao entrar no corredor do lado oposto, acompanhado pela governanta. – Obrigado, senhora Mollie.

– O prazer é meu, senhor Harris – a mulher mais velha murmurou.

Lizzie fitou o mordomo enquanto a governanta se afastava.

– Temos um problema.

Ele parou diante dela.

– Sim?

– Precisamos entregar mais de doze mil para a empresa que aluga a tenda e a senhora Freeland não está aqui. Você pode emitir cheques?

– Eles precisam de doze mil dólares? – ele perguntou em seu sotaque cortante. – Mas por que motivo?

– Para o aluguel da tenda. Imagino que seja uma nova política da empresa. Nunca exigiram isso antes.

– Mas estamos falando de Easterly. Temos uma conta com eles desde a virada do século e eles farão uma exceção. Permita-me.

Girando sobre os sapatos bem lustrados, ele seguiu para os seus aposentos, sem dúvida para telefonar para a empresa.

Se ele conseguisse dar um jeito naquilo e Lizzie tivesse a sua tenda e as mesas, até que valeria a pena aguentar a sua atitude arrogante.

Além disso, se o pior acontecesse, Greta poderia assinar um cheque.

Duas coisas eram certas: Lizzie não pediria a Lane, e eles precisavam daquela tenda. Em menos de 48 horas, o mundo viria até a propriedade, e nada irritava mais os Bradford do que qualquer coisa fora do lugar.

Enquanto aguardava o mordomo retornar, todo triunfante em seu terno de pinguim, apoiou-se na parede de gesso lisa e fresca e se descobriu pensando na decisão mais idiota que tomara na vida...

Ela deveria ter deixado toda essa coisa para lá.

Depois que o temido Lane Baldwine a procurara à noite, no jardim, ela deveria ter deixado a discussão deles de lado. Por que diabos se importava se ele estava errado a seu respeito? Como aquele idiota ridículo, insano e egocêntrico podia ser assim? Ela não lhe devia nenhuma explicação para que o mundo voltasse ao seu eixo; além disso, isso não aconteceria sem o auxílio de uma marreta.

Não que ela não fosse apreciar uma tentativa nesses termos.

Mas o problema era que, entre os seus defeitos, estava a necessidade paralisante de não ser mal interpretada pelo clone de Channing Tatum.

Portanto, ela tinha que esclarecer o assunto. E, de fato, falou com ele durante todo o caminho até a sua casa naquela noite. Assim como no trajeto de volta a Easterly na manhã seguinte. E durante toda a semana que se seguiu.

No fim, acabou se convencendo de que ele a estava evitando: pela primeira vez desde que voltara para casa, fazia sete dias consecutivos que não o via. O lado bom, se é que era possível interpretar dessa forma, é que ninguém viu mulheres entrando e saindo da casa em horas estranhas em combinações pornográficas. O lado ruim era que agora ela estava com todos os discursos preparados, se arriscando a revelar exatamente quanto tempo desperdiçara gritando com ele em sua cabeça.

E Lane, sem dúvida, permanecia em Easterly. O seu Porsche – como se ele fosse dirigir qualquer outra coisa – ainda estava na garagem, e toda vez que era forçada a levar flores para o quarto dele, ela sentia a fragrância da colônia no ar e via a carteira ao lado das abotoaduras de ouro sobre a cômoda.

Ele estava jogando com ela. E por mais que ela detestasse admitir, estava funcionando. Sentia-se cada vez mais frustrada e mais determinada a encontrá-lo.

O homem era um mestre com as mulheres, isso mesmo.

O maldito.

E com mais um buquê de flores frescas em mãos, ela seguiu pela escada dos fundos até o quarto dele. Não esperava encontrá-lo ali, mas, de algum modo, a ideia de entrar no espaço dele e lançar alguns ataques verbais bem escolhidos oferecia um pouco de alívio. Quando bateu à porta, foi uma batida exigente, e depois de um instante, ela empurrou...

66

Lane estava ali.

Sentado na beira da cama. A cabeça entre as mãos, o corpo encurvado.

Ele não olhou para a porta.

Não parecia ter notado que havia alguém ali.

Lizzie pigarreou uma vez. Duas.

– Com licença. Preciso trocar as flores.

– Ah, obrigado. Muita gentileza sua.

Evidentemente, ele não parecia saber o que estava dizendo a ela. Os bons modos pareceram apenas um reflexo, o equivalente verbal de quando levamos uma martelada de borracha no joelho.

Isso não é da sua conta, ela resmungou para si mesma, conforme avançava na direção da cômoda.

A troca levou apenas um segundo, e logo ela tinha em suas mãos o arranjo imperceptivelmente murcho, voltando para a porta entreaberta. Aconselhou a si mesma para não olhar para ele enquanto saía. Até onde podia saber, seu cão de caça predileto podia estar com micose... ou talvez a namorada na Virgínia descobrira os trabalhos extracurriculares que ele vinha fazendo em Charlemont.

O maior erro aconteceu quando ela chegou à soleira.

Mais tarde, quando a situação explodiu em seu rosto, depois que superara suas paredes de autopreservação e se queimara, ela se convenceria de que, se simplesmente tivesse ido em frente, teria ficado bem. Suas vidas não teriam se chocado, deixando-a coberta de estilhaços.

Mas Lizzie olhou para ele.

E teve que abrir a boca uma vez mais:

— O que aconteceu?

Os olhos de Lane se ergueram.

— O que disse?

— Qual é o seu problema?

Ele apoiou as mãos nos joelhos.

— Sinto muito.

Ela esperava ouvir outra coisa.

— Pelo quê?

Ele fechou os olhos e abaixou a cabeça de novo.

E mesmo sem emitir som algum, ela soube que ele estava chorando.

E isso foi algo que ela não esperava de alguém como ele.

Quis preservar a privacidade dele, e fechou a porta.

— O que aconteceu? Estão todos bem?

Lane meneou a cabeça, inspirou fundo e se recompôs.

— Não. Nem todos.

— É a sua irmã? Ouvi dizer que ela está passando por...

— Edward. Eles o levaram.

Edward...? Deus, ela via o homem na propriedade de tempos em tempos, e ele parecia a última pessoa que alguém "levaria". Ao contrário do pai, cujo escritório ficava em Easterly, Edward trabalhava no quartel general da CBB no centro da cidade e, pelo pouco que sabia, ele era o oposto de Lane, um homem de negócios muito sério e extremamente agressivo.

— Desculpe, mas acho que não estou conseguindo entender muito bem...

– *Ele foi sequestrado na América do Sul, o resgate está em negociação.* – *Ele esfregou o rosto.* – *Não consigo nem imaginar o que estão fazendo com ele... Já se passaram cinco dias desde o primeiro contato. Jesus Cristo, como isso foi acontecer? Era para ele estar protegido lá. Como permitiram que isso acontecesse?*

Então, ele estremeceu e a encarou.

– *Você não pode dizer nada a ninguém. Nem Gin sabe disso. Estamos abafando o caso para que a imprensa não descubra.*

– *Não vou contar. Quero dizer, não direi nada a ninguém. As autoridades estão envolvidas?*

– *O meu pai está trabalhando com eles. Isto é um pesadelo... Eu falei para ele não ir para lá.*

– *Sinto muito.* – *Que declaração mais infeliz.* – *Posso fazer alguma coisa?*

O que também era outra combinação infeliz de palavras.

– *Devia ter sido eu* – *Lane murmurou.* – *Ou Max. Por que não poderia ter sido um de nós? Não servimos para nada. Devia ter sido um de nós.*

A próxima coisa que ela se lembra foi de ter apoiado o vaso em algum lugar e ter se aproximado da cama.

– *Posso pegar algo para você?*

Sentou-se ao lado dele e levantou a mão para pousá-la no seu ombro, mas pensou melhor e...

Um celular tocou na mesinha de cabeceira, e quando ele não se mexeu para atender, ela perguntou:

– *Não quer atender?*

Quando ele não respondeu, ela se inclinou para o lado, apanhou o telefone e mostrou a tela para ele. Chantal Blair Stowe.

– *Acho que é a sua namorada.*

Ele deu uma olhada de esguelha.

– *Não, não quero falar com ela. E ela não é minha namorada.*

Ela sabe disso?, *Lizzie se perguntou ao recolocar o aparelho sobre a mesa.*

Lane balançou a cabeça.

– *Edward é o único de nós que vale alguma coisa.*

– *Não é verdade.*

Ele deu uma gargalhada.

— Até parece que não. Não era o que estava me dizendo na semana passada?

De súbito, Lane se concentrou nela, e houve um silêncio estranho, como se só então ele tivesse percebido quem estava no quarto com ele.

O coração de Lizzie começou a bater forte. Havia algo naqueles olhos, algo que ela não vira antes. E que Deus a ajudasse, ela sabia o que era.

Sexo com um playboy não era de seu interesse. Desejo ardente por um homem de verdade? Isso... era algo muito mais difícil de fugir.

— É melhor você ir embora agora — ele disse com a voz contraída.

Sim, ela disse a si mesma, é melhor.

Ainda assim, por algum motivo louco, ela sussurrou:

— Por quê?

— Porque se eu já a desejava quando tudo não passava de um jogo — o olhar dele se concentrou na sua boca —, no meu estado atual, estou desesperado por você.

Lizzie se retraiu. Dessa vez, quando ele riu, foi um som mais grave, mais profundo.

— Você não sabe que o estresse é como o álcool? Ele o torna descuidado, estúpido e faminto. Eu deveria saber, a minha família lida tão bem com isso...

— Está tudo acertado, senhorita King.

Lizzie deu um pulo assustado, arquejando.

— Quê?

O senhor Harris franziu a testa.

— O aluguel da tenda. Já cuidei de tudo.

— Ah, sim, que ótimo. Obrigada.

Ela tropeçou, afastando-se do mordomo. Depois, tomou a direção errada no corredor, indo para a ala social da casa. Antes que o senhor Harris lhe chamasse a atenção, retrocedeu, encontrou uma porta para o lado externo e saiu.

Direto para o jardim.

Bem debaixo da janela do quarto de Lane.

Levando as mãos ao rosto, lembrou-se de como ele a beijara, duas noites depois de ela ter se sentado ao lado dele no quarto.

Fora ela a procurá-lo, sem a desculpa das flores dessa vez. Ela esperou pelo tanto que conseguiu e então, deliberadamente, foi até o quarto de Lane ao fim da jornada de trabalho para ver como ele estava, o que estava acontecendo e se houvera alguma resolução.

Nada vazara para a imprensa àquela altura. Toda a cobertura acontecera depois, quando, por fim, Edward regressara para casa.

Na segunda vez que ela entrara no quarto, batera com mais suavidade. Depois de um momento, ele lhe abriu a porta... e ela ainda conseguia ver o quanto ele envelhecera. Estava magro, com barba por fazer e olheiras profundas. Mudara de roupa, ainda que fossem apenas uma versão diferente do que ele sempre vestia: uma camisa com monograma, só que para fora da calça num dos lados; calças caras, embora estivessem amassadas na dobra do quadril e com as marcas dos joelhos; e sapatos Gucci. Dessa vez, ele estava usando apenas meias escuras.

E isso basicamente lhe contara o que ela precisava saber.

– Venha comigo – ela lhe dissera. – Você precisa sair deste quarto.

Com voz rouca, ele lhe perguntou que horas eram e ela respondeu que passavam das oito. Quando ele pareceu confuso, ela teve que esclarecer que já era noite.

Conduziu-o pela escada dos fundos como se ele fosse uma criança, segurando-o pela mão, sem mencionar nada em especial. A única coisa que ele lhe dissera era que não queria ser visto por ninguém, e ela se certificou para que isso não ocorresse, dirigindo-o para longe das conversas na sala de jantar, mantendo-o distante de olhos curiosos.

Conforme o levava para a noite cálida, ela ouvia risadas vindas da sala de jantar, cômodo no qual a refeição estava sendo servida.

Como podiam fazer aquilo?, ela se perguntara. *Ficar jogando conversa fora como se nada tivesse acontecido? Como se um deles não estivesse longe dali, muito longe, em mãos muito perigosas.*

Daquela vez, ela não fazia a mínima ideia do que estava fazendo com Lane e do porquê se importava tanto com o sofrimento dele. Só sabia que o playboy de uma faceta que ela rotulara como desperdício tornara-se humano, e que a dor dele era importante para ela.

Não foram muito longe. Apenas até a parede de tijolos, em meio às moitas de flores, além do belvedere do lado oposto ao jardim.

Sentaram-se juntos e não disseram muita coisa. Mas, quando ela lhe tomou a mão, ele a apertou com força, aceitando o que lhe era oferecido.

E quando ele se voltou para ela, Lizzie soube o que ele queria... não era conversar. Houve um momento de congestionamento em seu cérebro, com todos os tipos de: ei, espere, pare, longe demais...

Mas logo ela se inclinou e seus lábios se tocaram.

Os pensamentos eram complicados. Mas a conexão era simples demais.

E não ficou por isso. Ele a segurou, e ela permitiu. Ele colocou as mãos por baixo das suas roupas, e ela deixou.

Em algum momento no meio daquilo tudo, percebeu que o odiava porque se sentia atraída por ele. Loucamente atraída. E o observara sim na piscina naquela tarde, embora fosse muito mais do que isso: toda vez que ele entrava ou saía da casa, tentava espiá-lo, ainda que negasse isso para todos e qualquer um. Notícias de sua chegada iminente a Easterly tinham a capacidade de eletrizá-la, e as suas partidas a entristeciam. E a infeliz realidade era que ela invejara todas aquelas mulheres, as loiras burras com seus corpos perfeitos e sotaques sulistas, que colocavam a notória porta giratória diante do quarto em bom uso.

A verdade que não quisera admitir para si mesma era que encontraria algo para desgostar nele, mesmo que isso não fosse possível.

Não foi o dinheiro dele, ou a família centenária, nem as múltiplas mulheres, a sua aparência bela demais, tampouco o sorriso malicioso.

O que odiava nele era como ele a fazia se sentir. A vulnerabilidade fora uma invasora cruel em sua vida, um hóspede indesejado que se mudara para a sua casa, se infiltrara em seu trabalho e que a perseguia mesmo nos sonhos.

Em retrospecto, deveria ter dado ouvidos ao medo. Escolhido o instinto em vez da incrível atração.

Contudo, a vida nem sempre era sábia.

Às vezes, você não prestava atenção nos sinais de aviso, pisava fundo no acelerador, e saía derrapando no meio da curva, sem poder ver o fim.

E ela ainda sofria por causa da colisão, isso era fato.

OITO

Haras Vermelho & Preto, Condado Oglen, Kentucky

O sol começava a se por, e seus raios dourados penetravam a baia aberta do Estábulo B, derramando-se sobre o corredor de concreto e deixando um rastro de pura magia com o feno e partículas de pó misturadas. O som ritmado da vassoura no chão fazia as éguas se aproximarem, os olhos inteligentes e os focinhos graciosos avançando numa pergunta curiosa.

Edward Westfork Bradford Baldwine ia varrendo devagar, visto que seu corpo já não era como outrora. O esforço não era de todo ruim, a dor constante que sentia cedia ante o exercício leve. Contudo, o desconforto crônico retornaria assim que ele parasse ou começasse outra série de movimentos.

Já se acostumara a isso.

A combinação de músculos, ossos e órgãos que o amparavam na jornada da atual encarnação mortal era uma máquina que já não aceitava transições muito bem. Ela preferia atividades arraigadas, esforços repetitivos ou descanso contínuo em qualquer posição. Seus fisioterapeutas, também conhecidos como Sádicos, sugeriram que permanecesse ativo de diversas maneiras, como alguém que, segundo explicaram, tivesse que reativar as ondas cerebrais por meio de terapia ocupacional.

Quanto mais ele mudasse de atividade, melhor seria para a sua "recuperação".

Ele sempre colocava essa palavra entre aspas. A verdadeira recuperação para ele seria voltar a ser quem ele fora – e isso jamais aconteceria, mesmo se conseguisse andar direito, comer direito, dormir a noite inteira.

Não havia como voltar a ser aquela pessoa, uma versão mais jovem, mais alegre, mais bela de si mesmo.

Ele odiava os Sádicos, mas eles eram uma parte pequena na sua longa lista de ódio. E aquele corpo alquebrado que eles pareciam tão determinados em reabilitar simplesmente não concordava com o programa. Já fazia quanto tempo que ele estava metido naquilo? E ainda havia dor, a eterna dor, a ponto de ser difícil juntar energias para atravessar aquela parede de fogo e chegar onde estava naquele instante, onde as coisas funcionavam com alguma semelhança de ordem.

Era como se ele se deparasse com o mesmo assaltante em cada beco pelo qual passava.

Às vezes, se perguntava se se sentiria menos exausto se houvesse um criminoso diferente de tempos em tempos, um inimigo diverso acabando com a sua qualidade de vida.

No entanto, os assaltos eram sempre executados pelo mesmo ladrão.

– O que está fazendo, menina? Fez uma pausa para afagar um focinho negro. – Você está bem?

Depois de uma bufada da puro-sangue, Edward seguiu em frente. A época dos cruzamentos fora muito boa, e ele tinha noventa por cento das suas vinte e três éguas prenhas. Se tudo corresse conforme planejado, os potrinhos nasceriam em janeiro do ano seguinte, época crítica para iniciar os trabalhos de parto. Nas corridas, o relógio começava a correr segundo o calendário, não o dia do parto por si só; se você quisesse que um futuro animal de três anos disputasse o Derby o mais maduro e forte possível, era melhor que suas éguas parissem em março no mais tardar, considerando suas gestações de quase um ano.

A maioria das pessoas ligadas às corridas operava num sistema estratificado, onde os criadores ficavam separados dos treinadores iniciantes, que se diferenciavam dos treinadores de corrida. Mas ele tinha dinheiro e tempo suficientes nas mãos, de modo que não apenas criava cavalos, mas também os educava na escola primária em sua fazenda, no ensino fundamental no centro que adquirira no ano anterior, até em vendas massivas para estábulos em Steeplehill Downs em Charlemont e Garland Downs na vizinha Arlington, ali mesmo no Kentucky.

O dinheiro necessário para a criação e o treino era astronômico, e qualquer retorno era apenas uma hipótese, motivo pelo qual os cartéis dos investidores eram tipicamente formados para dividir a exposição e o risco financeiros. Ele, por sua vez, não lidava com cartéis, com coinvestidores ou sócios.

Ainda não perdera tudo. Na verdade, estava quase lucrando. A sua operação, no último ano e meio, tivera resultados admiráveis, tudo graças a Nebekanzer, o seu garanhão – que, por acaso, era o maior e mais malvado filho da mãe com o qual as pessoas já se depararam. No entanto, aquele maldito bastardo gerava filhos e filhas velozes, algo que descobrira quando se mudara ali para o chalé do administrador do Vermelho & Preto, e comprara num leilão o filho do demônio de quatro cascos e três da prole de dois anos de Neb. No ano seguinte? Todos os três descendentes venceram mais de 200 mil por cabeça até abril, e um deles chegara em segundo lugar no Derby, em terceiro em Preakness, e em primeiro em Belmont.

E aquele fora seu ano de debutante, como diziam. Este ano, esperavam que ele se saísse ainda melhor. Ele tinha dois cavalos seus no Derby.

Ambos filhos de Neb.

Ele não poderia dizer que seu coração estava naquele negócio, mas, certamente, era melhor do que ficar sentado ruminando sobre tudo o que perdera.

Assim como todos aqueles cavalos de corrida, ele nascera, fora criado e treinado para um futuro determinado: assumir a Cia. Bourbon Bradford. Mas, tal qual um puro-sangue com uma pata fraturada, esse já não era mais o seu futuro.

– *Buenas noches, jefe.*[12]

Edward acenou para um dos seus onze ajudantes do estábulo.

– *Hasta mañana.*[13]

---

12 "Boa noite, chefe."

13 "Até amanhã."

Voltou a varrer, abaixando a cabeça.

– *Jefe, hay algo aqui.*[14]

– Quem?

– *No sé.*[15]

Edward franziu o cenho e usou a vassoura como bengala, claudicando até a porta da baia. Do lado de fora, numa manobra circular, uma limusine preta comprida parava diante do Estábulo A.

Moe Brown, o gerente do haras, caminhou até perto daquela monstruosidade, suas passadas largas diminuindo a distância. Moe tinha sessenta anos, era magro como um poste de cerca e inteligente como um matemático. E também tinha o "olho": aquele cara conseguia predizer o futuro de um cavalo no instante em que o animal ficava de pé pela primeira vez. Era assustador, e algo inestimável naquele negócio.

E lentamente, com segurança, estava ensinando seus segredos a Edward.

O talento inato de Edward, por sua vez, era o da procriação. Ele simplesmente parecia saber quais linhagens cruzar.

Quando Moe parou ao lado da limusine, um chofer uniformizado saltou e deu a volta para as portas de trás, e Edward meneou a cabeça quando viu de quem se tratava.

Os Pendergast estavam enviando artilharia pesada.

A mulher de cerca de quarenta anos saindo do banco de trás da limusine devia ter um terço do peso de Moe, estava vestida de Chanel cor-de-rosa e tinha mais cabelos que a cauda de Neb. Bela como uma rainha, mimada como um cachorro da Pomerânia, e com uma determinação que faria as Flores de Aço[16] saírem correndo para salvar seu dinheiro, Buggy Pendergast estava acostumada a conseguir o que queria.

Por exemplo, uns cinco anos atrás, armara uma jogada e fizera um dos herdeiros de uma família petrolífera largar uma perfeita primeira

---

14 "Chefe, tem alguma coisa aqui."

15 "Não sei."

16 Referência ao filme *Flores de Aço*, de 1989, que se passa em uma pequena cidade da Louisiana e narra a história de um grupo de mulheres durante o falecimento de uma delas. A história tornou-se símbolo de lealdade e amizade entre as personagens que, apesar de delicadas como flores, demonstram ser fortes como o aço. (N.E.)

esposa em seu favor. E, desde então, vinha gastando o dinheiro dele com cavalos puro-sangue.

Edward já lhe dissera não três vezes pelo telefone.

Nada de cartéis. Nada de coinvestidores. Nada de sócios.

Ele trabalhava sozinho e sem interferências externas.

O homem que saiu atrás de Buggy não era o marido dela e, pela maleta que ele segurava, era possível deduzir que era algum tipo de contador. Por certo, não era nenhum segurança – era baixinho demais, e aqueles óculos eram um escoadouro de testosterona, como nunca antes visto por Edward.

Moe começou a falar com eles, e Edward entendeu que a coisa não ia bem. E tudo piorou quando aquela maleta foi sumariamente depositada sobre o capô da limusine e Buggy a abriu com um floreio, como se estivesse levantando a saia, à espera de que todos gemessem em aprovação.

Edward surgiu na luz tardia do sol com sua vassoura-bengala e mau humor. Enquanto se aproximava, Buggy não olhou para ele. E quando ele parou atrás de Moe, ela apenas o fitou com raiva, como se não apreciasse o fato de um ajudante de estábulo testemunhar aquilo tudo.

– ... um quarto de milhão de dólares – ela disse – e eu vou embora com o meu potro.

Moe moveu o pedaço de feno que mastigava para o outro lado da boca.

– Acho que não.

– Eu tenho o dinheiro.

– Vocês todos têm que sair desta propriedade...

– Onde está Edward Baldwine? Exijo falar com...

– Estou bem aqui – Edward disse num tom baixo. – Moe, pode deixar que eu cuido disso.

– E Deus nos concede pequenos milagres... – o homem murmurou ao se afastar.

As lentes de contato coloridas de Buggy subiam e desciam, percorrendo o corpo de Edward, e até mesmo seu rosto cheio de Botox revelou o choque que sentiu.

– Edward... você está...

– Um arraso, eu sei. – Indicou o dinheiro. – Feche essa ridícula demonstração, volte para o seu carro e toque a sua vida. Já lhe disse pelo telefone, não vendo o meu rebanho.

Buggy pigarreou.

– Eu… hum… Fiquei sabendo o que aconteceu. Mas não fazia ideia de que…

– Os cirurgiões plásticos fizeram um excelente trabalho no meu rosto. Não concorda?

– Ah… sim. Claro que sim.

– Mas chega de jogar conversa fora. Você está de saída.

Buggy forçou um sorriso no rosto.

– Ora, Edward, há quanto tempo as nossas famílias se conhecem?

– A família do seu marido e a minha se conhecem há mais de duzentos anos. Não conheço a sua família e não faço a mínima questão de conhecer. Estou certo de que você não vai sair daqui com direito sobre qualquer um dos meus potros. Agora, vá. Pode ir.

Quando ele se virou, ela disse:

– Há duzentos e cinquenta mil dólares nessa maleta.

– E isso deveria me impressionar? Minha cara, consigo encontrar um quarto de milhão na almofada do meu sofá, portanto, eu lhe garanto, não estou nem um pouco tentado. E mais especificamente: não estou à venda. Nem por um dólar. Nem por um bilhão. – Voltou-se para o chofer. – Vou pegar a minha espingarda. Ou você vai voltar a se espremer na sua limusine e pedir para que o seu motorista pise fundo?

– Vou contar tudo isso ao seu pai! Isso é um desresp…

– O meu pai morreu para mim. Você pode discutir os meus negócios o quanto quiser com ele, mas adiantará tanto quanto este seu trajeto desperdiçado até o interior. Aproveite o seu fim de semana de Derby… em algum outro canto.

Pressionando o cabo da vassoura, ele começou a bambolear de volta ao estábulo. Em seu rastro, um coro de múltiplas portas se fechando e os pneus da limusine cantando no asfalto sugeriam que a mulher já devia estar ao celular, reclamando com seu marido vinte anos mais velho sobre a maneira vergonhosa como havia sido tratada.

Levando em consideração os boatos de que fora uma dançarina exótica aos vinte anos, ele podia adivinhar que ela fora exposta a coisas muito piores em sua vida prévia.

Antes que voltasse a entrar e retomasse a varrição, contemplou o cenário da sua fazenda: centenas de hectares de gramados verdejantes separados em picadeiros com cercas marrom-escuro. Três estábulos com telhados vermelho e cinza, e laterais pretas com molduras em vermelho. As construções externas para os equipamentos, os reboques de ponta de linha, a casa de fazenda branca onde ele ficava, a clínica veterinária e o picadeiro de exercícios...

Sua mãe era dona de tudo aquilo. O bisavô dela comprara a terra e dera início aos negócios equestres, e depois o avô e o pai dela continuaram a investir no negócio. As coisas desandaram depois que seu avô morrera, vinte anos antes, e Edward jamais considerara se envolver naquilo.

Como filho mais velho, estava destinado a assumir o papel de líder da Cia. Bourbon Bradford e, na verdade, era mais do que um legado ou primogenitura: era onde o seu coração habitava. Em seu sangue, era um destilador, tão escrupuloso com seus produtos quanto um padre o seria.

Então, tudo mudara.

O Haras Vermelho & Preto fora a melhor solução, uma distração que ocupava os seus dias até a hora de se embebedar para dormir. E, melhor ainda, era algo em que seu pai não estava envolvido.

O pouco futuro que tinha estava ali com os gramados e os cavalos.

Era tudo de que ele dispunha.

– Você gostou disso, não gostou? – Moe perguntou atrás dele.

– Não muito. – Passou o peso para o outro lado e recomeçou a varrer o corredor. – Mas ninguém vai ficar com uma parte da minha fazenda, nem mesmo Deus.

– Você não devia falar assim.

Edward olhou por sobre o ombro para lembrar ao homem a aparência do seu rosto.

– Acha mesmo que tenho medo de mais alguma coisa a esta altura?

Enquanto Moe fazia o sinal da cruz, Edward revirava os olhos... e retomava o trabalho.

NOVE

– … deitada na cama, mexendo nos mamilos. – Virginia Elizabeth Baldwine, "Gin" para a família, se recostou na poltrona acolchoada. – Agora estou colocando a mão entre as pernas. O que quer que eu faça com ela? Sim, estou nua… Como mais eu poderia estar? Diga o que devo fazer.

Bateu o cigarro na taça de vinho de cristal Baccarat que esvaziara uns dez minutos antes e cruzou as pernas por baixo do roupão de seda. Os puxões em seus cabelos eram mais do que incômodos, e ela encarou a cabeleireira pelo espelho do banheiro.

– Hum… sim… – ela gemeu no celular. – Estou tão… molhada… e só pra você.

Ela teve que revirar os olhos quando ele disse que ela era uma boa moça, mas Conrad Stetson gostava justamente disso. Era um homem das antigas: precisava da ilusão de que a mulher com quem traía a esposa lhe era fiel.

Tão tolo.

Gin sentia saudades dos primeiros dias do relacionamento entre eles. Tinha sido difícil atraí-lo e afastá-lo do seu casamento. Ficou encantada com a determinação com que ele lutara contra a atração que sentia por ela, com a vergonha que ele sentiu após o primeiro beijo, com a resistência que ele demonstrou para não lhe telefonar, não vê-la, não procurá-la... E, por uma ou duas semanas, ela, de fato, estivera interessada nele, querendo as atenções dele, uma droga na qual valia a pena se perder.

E depois do sexo? Bem, para início de conversa, era papai e mamãe demais.

— Isso, ai, assim... vou gozar, vou gozar...

Enquanto ela "gozava", a cabeleireira corava de vergonha, mas continuou a puxar seu cabelo negro. Uma criada vinha do *closet* com uma bandeja de veludo nas mãos contendo dois conjuntos, um de rubis da Birmânia feitos pela Cartier nos anos 1940, e uma criação em safiras da Van Cleef & Arpels do fim dos anos 1950. Ambos pertenceram à sua avó; um fora dado à Grande Virginia Elizabeth pelo marido no nascimento da mãe de Gin, e o outro fora um presente no vigésimo aniversário de casamento dos avós.

Produziu um som de fastio; depois pressionou o botão do mudo e meneou a cabeça na direção da criada.

— Quero os diamantes Winston.

— Acredito que a senhora Baldwine os esteja usando.

Gin visualizou a cunhada, Chantal, com mais de cem quilates em diamantes impecáveis, e sorriu, falando com lentidão, como se estivesse se dirigindo a uma tola:

— Então arranque os diamantes que meu pai deu à minha mãe do pescoço e das orelhas daquela vadia e traga-os para mim.

A criada empalideceu.

— Será... um prazer.

Pouco antes de a mulher sair apressada do quarto, Gin a chamou:

— Certifique-se de limpá-los antes. Não suporto o perfume de farmácia que ela insiste em usar.

— Será um prazer.

Referir-se ao Flowerbomb de Vyktor e Rolf como perfume de "farmácia" era um pouco exagerado, embora certamente não fosse nenhum Chanel. Francamente, o que esperar de uma mulher que sequer concluíra a Sweet Briar?

Gin liberou o som do celular.

– Querido, preciso ir. Tenho que me aprontar. Que pena que não está aqui. – Então seguiu-se uma sequência de vozinhas infantis.

Deus, será que ele sempre teve aquele sotaque sulista tão carregado? Os Bradford não tinham aquele sotaque anasalado horrível, mas apenas um leve arrastado para provar de que lado da Linha Mason-Dixon vinham, e para mostrar que sabiam a diferença entre bourbon e uísque.

Sendo que o último não merecia nenhum comentário.

– Tchauzinho – disse e desligou.

Ao terminar a ligação, resolveu pôr um fim naquele relacionamento. Conrad tinha começado a falar sobre deixar a esposa, e ela não queria isso. Ele tinha dois filhos, pelo amor de Deus. O que estava pensando? Uma coisa era se divertir um pouquinho além dos limites impostos pelo casamento, mas as crianças precisavam da ilusão dos pais.

Além disso, ela já provara que não podia ser mãe de nada. Nem mesmo de um peixinho dourado.

Meia hora mais tarde, usava um vestido Christian Dior vermelho uc e estava com aquele pesado colar Harry Winston sobre a clavícula. Seu perfume era Coco da Chanel, um clássico, que decidira adotar como marca registrada desde que completara trinta anos. Os sapatos eram Louboutin.

Não vestia calcinha.

Samuel Theodore Lodge viria jantar.

Ao entrar no corredor, olhou para a porta oposta à sua. Exatamente há dezesseis anos, dera luz à moça que morava lá. E seu envolvimento com Amelia terminara ali. Uma enfermeira, e mais duas babás, aliadas a uma longa passagem do tempo, e já estava indo para a escola preparatória.

Com isso, sequer tinha um vislumbre da filha.

De fato, Amelia não viera para casa no feriado de primavera, o que fora muito bom. Mas o verão se aproximava, e o regresso da moça de Hotchkiss não era o que ninguém, Amelia menos ainda, estava esperando.

Seria possível enviar uma moça de dezesseis anos para um acampamento?

Talvez devessem mandá-la para uma turnê de dois meses pela Europa. Os vitorianos faziam isso duzentos anos atrás, antes mesmo dos aviões e dos carros com *air bags*.

Poderiam pagar alguém para que fosse como acompanhante.

E, na verdade, a necessidade de mantê-la afastada de Easterly não significava que Gin não amasse a filha. Era apenas que a presença da jovem era um lembrete forte demais das escolhas erradas e mentiras de Gin, e de ninguém mais – e, às vezes, era melhor não olhar com muita atenção para essas coisas.

Além disso, a Europa era maravilhosa. Ainda mais se fosse explorada da maneira correta.

Gin avançou direto para a escadaria ao estilo de Tara que se bifurcava no meio antes de chegar ao enorme vestíbulo de mármore de Easterly. O vestido falava a cada passo, o caimento da seda resvalando na anágua de tule de um modo que a fazia imaginar a conversa abafada das francesas que costuraram aquele belo vestido de noite.

Ao chegar à plataforma do meio e escolher a escada da direita, mais próxima da sala onde os coquetéis eram sempre servidos, conseguiu ouvir as pessoas conversando. Haveria trinta e duas para o jantar daquela noite, e ela estaria sentada na cadeira outrora de sua mãe, na ponta oposta em que seu pai se sentava à cabeceira.

Já fizera aquela apresentação de dama da casa um milhão de vezes, e o faria outras tantas – normalmente, esta era uma obrigação que cumpria com orgulho.

Naquela noite, entretanto, por algum motivo havia um lamento em seu coração.

Provavelmente por ser o aniversário de Amelia.

Melhor começar a beber.

Quando telefonara para a filha, Amelia se recusara a descer e falar ao telefone do seu dormitório.

Era o tipo de coisa que Gin teria feito.

Viram? Ela era uma boa mãe. Entendia a filha.

Lane se recusou a usar *black tie* para o jantar. Estava com as mesmas calças e trocou a camisa por outra social, que deixara para trás quando fora morar com Jeff no norte.

Estava disposto a ser pontual e só.

Assim que chegou ao térreo, evitou ao máximo os olhares das pessoas e procurou um drinque. E se deparou com um velho amigo antes de chegar ao Reserva de Família.

— Ora, ora, ora, o nova-iorquino voltou para as suas raízes, finalmente — Samuel Theodore Lodge III disse ao se aproximar.

Lane teve que sorrir.

— Como anda o meu advogado sulista-frito predileto?

Enquanto se abraçavam e davam tapas nas costas um do outro, a loira que estava com Samuel T. ficou de lado, com os olhos atentos, sem deixar passar nada despercebido. Seu vestido era notável — se fosse um pouco mais curto na parte de cima ou de baixo, ela estaria vestindo apenas um cinto.

Bem ao estilo de Samuel T.

— Permita-me que eu lhe apresente a senhorita Savannah Locke. — Samuel T. acenou para a mulher, como se dando permissão para que ela se aproximasse, e ela logo o atendeu, inclinando-se para a frente e oferecendo a mão delgada e pálida. — Vá pegar um drinque para nós, sim, querida? Ele vai tomar o Reserva de Família.

Enquanto a mulher recuava para o bar, Lane balançou a cabeça.

— Posso me servir sozinho.

— Ela era aeromoça. Gosta de servir as pessoas.

— Hoje em dia não são chamadas de comissárias de bordo?

— Então decidiu voltar? Não pode ser por causa do Derby. Isso era coisa do Edward.

Lane dispensou a pergunta, sem vontade de mencionar a situação da senhorita Aurora. Era difícil demais.

— Preciso da sua ajuda com uma coisa. Isto é, no âmbito profissional.

O olhar de Samuel T. se estreitou e mirou a mão de Lane, sem aliança.

— Está limpando a casa, pelo visto.

— Consegue agir com rapidez? Quero que a situação se resolva rápida e discretamente.

O homem assentiu.

— Pode me ligar amanhã de manhã. Cuido de tudo.

— Obrigado.

No alto da escada, sua irmã, Gin, fez a curva na plataforma do meio e parou, como se soubesse que as pessoas iriam querer examinar o que ela vestia – e o vestido vermelho e todas aquelas joias de fato estavam ali para serem contemplados. Com metros de seda rubra se estendendo pelo chão e aquele conjunto de diamantes digno da Princesa Diana, ela era o Oscar, a *Town & Country* e o Palácio de St. James, todos ao mesmo tempo.

As vozes que se calaram no vestíbulo eram sinal tanto de admiração quanto de condenação.

A reputação de Gin a precedia.

Não é que era de família?

Quando ela o viu junto a Samuel T., suas sobrancelhas se arquearam e, por uma fração de segundo, ela sorriu com sinceridade, a antiga luz voltando ao seu olhar, os anos sumindo até que os três voltassem a ser os mesmos de antes de todos os acontecimentos.

– Se me der licença – disse Samuel T. – Vou dar uma olhada naqueles drinques. Acho que minha acompanhante se perdeu.

– A casa não é tão grande assim.

– Talvez para mim e para você.

Enquanto Samuel T. se afastava, Gin levantou a barra do vestido vermelho e terminou de descer a escada. Quando pisou no mármore preto e branco, veio direto na direção de Lane, os saltos altos fazendo barulho pelo piso de mais de cem anos. Ele pensou em lhe dar um abraço de cavalheiro quando ela se aproximasse, em respeito ao penteado e às joias, mas foi ela quem o abraçou forte até que ele a sentiu tremer.

– Estou tão feliz que esteja aqui – ela disse com uma voz rouca. – Deveria ter me avisado.

E foi então que ele fez uns cálculos e percebeu que era o aniversário de Amelia.

Estava para dizer alguma coisa quando ela se afastou e recolocou a máscara no lugar, suas feições de Katharine Hepburn se arranjando num vazio perfeito que fez o peito dele doer.

– Preciso de um drinque – ela anunciou. – Para onde foi Samuel T.?

– Ele não está sozinho hoje, Gin.

– E isso importa?

Quando ela se afastou com a cabeça erguida e os ombros aprumados, ele sentiu pena da pobre aeromoça loira. Lane não sabia quem era a acompanhante de Samuel T., mas por certo ela entendia quem era seu par: lá no bar, ela estava encostada no quadril dele como o coldre de um revólver, como se estivesse ciente de que teria que proteger seu território.

Pelo menos ele teria algo para se distrair durante o jantar.

— O seu Reserva de Família, senhor? O senhor Lodge o mandou com os seus cumprimentos.

Lane se virou e sorriu. Reginald Tressel era o eterno barman em Easterly, e o cavalheiro afro-americano em seu casaco preto e sapatos reluzentes estava mais distinto que muitos dos convidados, como sempre.

— Obrigado, Reg. — Lane pegou o copo de cristal da bandeja de prata. — Ei, obrigado por me telefonar avisando sobre a senhorita Aurora. Recebeu o meu recado?

— Recebi. Eu sabia que o senhor gostaria de vir.

— Ela parece melhor do que pensei.

— Ela disfarça bem. O senhor não vai partir tão cedo, vai?

— Ei, como Hazel tem passado? — Lane desconversou.

— Muito melhor, obrigado. Sei que não vai querer voltar para o norte até que as coisas estejam resolvidas por aqui.

Reginald lhe lançou um sorriso que não alterou a sombra escura daqueles olhos negros, e depois retornou para as suas tarefas, caminhando em meio à multidão como um estadista, as pessoas o cumprimentando como um de seus semelhantes.

Lane se lembrava de quando ele era mais novo, quando as pessoas diziam que o senhor Tressel era o prefeito não oficial de Charlemont. Isso, certamente, não mudara.

Deus, não estava pronto para perder a senhorita Aurora. Seria o mesmo que ter que vender Easterly — algo que não conseguia imaginar num universo em que as coisas estivessem funcionando como deviam.

O cheiro de fumaça de cigarro o fez endurecer.

Só existia uma pessoa que podia fumar dentro daquela casa.

Imerso em tal pensamento, Lane seguiu na direção oposta.

Seu pai sempre fora fumante, seguindo as tradições sulistas, o que equivalia a dizer que mesmo o homem sendo asmático, ele se achava no direito patriótico de se presentear com câncer de pulmão – não que ele estivesse doente, ou que ficaria doente. Ele acreditava que um homem de verdade nunca deixava uma mulher puxar a própria cadeira à mesa, nunca maltratava seus cães de caça e nunca, jamais, ficava doente.

Bom código de conduta. O problema? Só contemplava isso. Não tinha nada a respeito dos filhos. Das pessoas que trabalhavam para ele. Do seu papel como marido. E os Dez Mandamentos? Eram apenas uma lista velha para governar as vidas das outras pessoas, de modo que ninguém se aborrecesse quando um atirasse no outro.

Era engraçado. Graças ao pai, Lane jamais fumara – e não era uma espécie de rebeldia. Ao crescer, ele e seus irmãos sabiam quando o homem se aproximava por causa do cheiro do tabaco, e isso nunca era uma boa notícia. Por conseguinte, ele ficava todo tenso, como num experimento de Pavlov, toda vez que alguém acendia um cigarro.

Provavelmente, foi a única contribuição positiva do pai em sua vida. E, ainda assim, uma ajuda insincera.

O gelo em seu copo batia como sinos enquanto ele andava pela casa, sem saber para onde estava indo… até chegar às portas duplas que se abriam para a estufa. Mesmo fechadas, ele sentiu o cheiro das flores, e ficou parado por um tempo olhando através dos vidros para o enclave verdejante e colorido do outro lado.

Lizzie, sem dúvida, estaria ali, arranjando buquês, como sempre fazia às quintas que precediam o Derby.

Como uma mariposa atraída pela luz, ele pensou ao ver a mão se esticando para a maçaneta de latão.

O som de Greta von Schlieber falando com aquela voz carregada de alemão quase fez com que desse meia-volta. Por causa de tudo o que fizera, a mulher o odiava, e ela não era de esconder suas opiniões. E provavelmente estaria segurando um par de tesouras de jardim.

Mas o chamado de Lizzie era mais forte do que qualquer necessidade de autoproteção.

E lá estava ela.

Mesmo tendo já passado das oito da noite, ela estava sentada num banco com rodinhas diante de uma mesa com vinte e sete vasos de prata do tamanho de bolas de basquete. Metade estava cheio com flores rosa-claro, brancas e creme, e os outros ainda tinham que ser arrumados. Esponjas florais molhadas aguardavam para ancorar as incontáveis hastes.

Ela espiou por sobre o ombro, deu uma olhada nele... e continuou falando sem perder o compasso.

– ... mesas e cadeiras debaixo da tenda. E você poderia também pegar mais spray conservador?

Greta não foi tão fleumática. Embora estivesse evidentemente de saída, com a grande bolsa Prada verde no ombro e uma menor cor de laranja na mão, segurando as chaves do carro, aquele olhar fixo, aliado ao silêncio abrupto, sugeria que ela não iria a parte alguma até que ele voltasse para o jantar da família.

– Está tudo bem – Lizzie grunhiu. – Pode ir.

Greta murmurou alguma coisa em alemão. Depois saiu pela porta que dava para o jardim, resmungando baixinho.

– O que ela disse? – ele perguntou depois que ficaram sozinhos.

– Não sei. Provavelmente alguma coisa sobre um piano caindo na sua cabeça.

Ele sorveu um gole do copo, sugando o bourbon frio por entre os dentes.

– Só isso? Pensei que poderia ser algo mais sangrento.

– Acho que um Steinway caindo de uma altura baixa já faria um belo estrago.

Havia meia dúzia de baldes de dois litros ao redor dela, cada um contendo um tipo diferente de flor. Ela escolhia de um e de outro como se estivesse tocando notas em um instrumento musical: uma desta, depois uma daquela, voltando à primeira, depois a terceira, a quarta, a quinta. O resultado, em pouco tempo, era um lindo arranjo de pétalas brotando do contêiner de prata muito polido.

– Posso ajudar? – ele perguntou.

– Pode. Indo embora.

– Você está quase sem estas. – Ele olhou ao redor. – Ali, deixe que eu traga o outro balde.

– Pode voltar para o seu jantar? – ela replicou. – Você não está ajudando.

— E essas outras também já estão acabando.

Deixou o copo na mesa cheia de vasos vazios e começou a puxar os baldes pesados.

— Obrigada – ela murmurou quando ele retirou os vazios, levando-os para a pia de cerâmica. – Pode ir agora...

— Vou me divorciar.

O rosto dela não demonstrou nenhuma reação, mas as mãos, aquelas mãos fortes e seguras, quase derrubaram a rosa que pegava do balde que ele trouxera.

— Não por minha causa, espero – ela disse.

Ele virou um dos baldes vazios e se sentou no fundo, segurando o bourbon entre os joelhos.

— Lizzie...

— O que quer que eu diga? Parabéns? – Espiou na direção dele. – Ou você quer uma reação chorosa cheia de alívio? Porque posso lhe garantir neste instante, essa é a última coisa que vai conseguir de mim...

— Nunca amei Chantal.

— E isso importa? – Lizzie revirou os olhos. – A mulher estava grávida de você. Portanto, talvez você não a amasse, mas, obviamente, andou fazendo alguma coisa *com* ela.

— Lizzie...

— Sabe, seu tom exasperado que pede que eu seja racional é muito desagradável. É como se você achasse que estou fazendo algo errado por não lhe dar uma chance para você discorrer sobre toooodas as formas de como foi uma vítima. O que sei que é verdade: você veio com tudo pra cima de mim, e eu cedi porque lamentei o que estava acontecendo com o seu irmão. Naquela época, você mostrava uma fachada perfeita e socialmente aceitável para esconder o fato de que estava transando com uma empregada. O seu problema começou quando eu me recusei a ser o seu segredinho vergonhoso.

— Maldição, Lizzie, não foi nada disso...

— Talvez da sua parte...

— Nunca a tratei com inferioridade!

— Você só pode estar brincando. Como acha que me senti quando me disse que me amava e depois li sobre o seu noivado nas colunas sociais na manhã seguinte? – Ela levantou as mãos para o alto. – Você faz alguma ideia do impacto daquilo sobre mim? Sou uma mulher inteligente. Tenho a minha fazenda e estou pagando por ela com o meu próprio dinheiro. Tenho um mestrado em Cornell. – Ela bateu no peito. – Cuido de mim mesma. E ainda assim... – Desviou o olhar. – Você me pegou.

– Não fui eu quem colocou aquele anúncio.

– Bem, havia uma foto bem grande de vocês dois ali.

– Não foi minha culpa.

– Tolice! Está tentando me dizer que havia uma arma apontada na sua cabeça quando se casou com Chantal?

– Você não queria falar comigo! E ela estava grávida... Eu não queria que o meu filho nascesse um bastardo. Deduzi que era o único modo de agir como homem, dada a situação.

– Ah, mas você foi muito homem. Foi assim que ela acabou com um filho seu na barriga.

Lane praguejou e abaixou a cabeça. Deus, já perdera tanto tempo ansiando em poder refazer tudo com Lizzie – começando muito antes de quando ficaram juntos, quando estava fazendo sexo casual com Chantal e acreditara que ela estava tomando pílula.

Mas todos já sabem como isso terminou.

E a gravidez não fora a única surpresa que Chantal reservara para ele. A segunda fora ainda mais devastadora.

– Por isso, podemos dar um basta? – Lizzie perguntou ao partir para o vaso seguinte. – Isso não é da minha conta.

– Por que não fiquei com ela? – Ele se inclinou para a frente. – Já que tem tudo resolvido, por que não fiquei com ela? Por que fiquei afastado por quase dois anos? E se eu queria ter um filho com ela, por que ela não engravidou de novo depois que perdeu o primeiro?

Lizzie balançou a cabeça e o encarou.

– Que parte do "não é da minha conta" você não entendeu?

E foi nesse instante que ele avançou.

Assim como no primeiro beijo deles no jardim, no escuro, no calor do verão, ele foi tomado por emoções descontroladas ao se apossar da boca dela, por um instinto que ele não conseguia combater. Num momento, eles estavam discutindo; no seguinte, ele estava bem perto, segurando-a pela nuca e beijando-a com avidez.

E, assim como antes, ela retribuiu o beijo.

No entanto, da parte dela não foi paixão. Ele tinha quase certeza de que, para ela, o encontro das bocas não passava de uma extensão do conflito entre eles, uma discussão verbal tornando-se não verbal.

Lane não se importou. Ele a aceitaria de qualquer jeito.

DEZ

Claro que era uma ideia muito idiota.

Contudo, enquanto Lizzie retribuía o beijo, foi como se ela estivesse afunilando dois anos de raiva, frustração e dor diretamente dentro dele. E que ele fosse para o inferno, mas seu sabor era de bourbon, de desespero e de sexo selvagem... e ela gostava disso.

Ela sentia falta disso.

O que a deixou ainda mais enfurecida. Ela queria dizer que aquilo era horrível. Que era contra a sua vontade. Uma violação.

Mas não era verdade. Foi ela quem enfiou a língua na boca dele, e foi ela quem enterrou os dedos nos ombros dele, e foi ela quem, que Deus a ajudasse, aproximou o corpo, colando-se nele.

Para poder sentir a ereção dele.

Seu corpo não mudara no tempo em que ficaram afastados; ele era todo feito de músculos rijos e membros delgados. E ele beijava como antes, com aspereza e avidez, apesar de ter sido criado como um cavalheiro. E seu calor continuava o mesmo.

E então, para piorar ainda mais as coisas, memórias dos dois juntos, pele contra pele, se chocando, se balançando, ondulando, a assaltaram, enterrando toda a mágoa e o sentimento de traição debaixo de uma avalanche de lembranças eróticas.

Por uma fração de segundo, percebeu que acabaria fazendo sexo com ele ali mesmo, naquele instante.

Sim, claro, porque era uma maneira eficaz de mostrar que estava falando sério.

Um verdadeiro momento Gloria Steinem.[17]

Em vez disso, algo foi derrubado na mesa e o barulho interrompeu o silêncio; em seguida, um esguicho molhou o quadril e a coxa dela num choque de água fria. Dando um salto, ela o empurrou com força, e Lane tropeçou e caiu para trás, aterrissando no piso de ladrilhos.

Com um movimento brusco do braço, ela limpou a boca.

— Que diabos você estava fazendo?

Pergunta idiota. O mais adequado seria: O que *ela* estava fazendo?

Ele se pôs de pé na próxima batida de coração.

— Quis te beijar desde que voltei.

— O sentimento não é mútuo…

— Até parece. – Pegou o copo e sorveu um grande gole. – Você ainda me deseja…

— Saia!

— Está me expulsando da minha própria estufa?

— Ou você sai ou saio eu – ela rebateu. – Essas flores não vão parar nos vasos sozinhas. A menos que queira metade das mesas vazias na sua festa do Derby?

— Não estou nem aí com elas. Ou com essa maldita festa. Ou com nada disso… – Ele gesticulou, e teria sido mais convincente caso não estivesse segurando um bourbon da família naquele copo. – Deixei tudo isso para trás, Lizzie. Já estou farto mesmo.

Motrin. Era disso que ela precisava.

Menos Lane e mais analgésicos.

— Eu desisto – murmurou ela. – Você venceu. Vou eu.

Quando ela se virou para ir embora, ele a segurou e a girou, arrastando-a para junto de si. Foi nesse momento que ela notou o quanto ele envelhecera desde a última vez que o vira. Seu rosto estava

---

17 Gloria Steinem, famosa feminista, é uma jornalista americana, célebre por seu engajamento com o feminismo e sua atuação como escritora e palestrante, principalmente durante a década de 1960. (N.T.)

mais magro, o olhar mais cínico, os pés de galinha mais acentuados nos cantos dos olhos.

Infelizmente, só o tornava mais belo.

– Nada dessa história horrível com Chantal é como você pensa – ele disse sombriamente.

– Mesmo que seja apenas metade...

– Você não entende...

– Eu estava *apaixonada* por você. – Sua voz se partiu, e ela o empurrou. – Eu não achava que a gente fosse se casar necessariamente, mas não pensei que você estivesse a caminho do altar com outra mulher. Que estava grávida... e que ainda por cima engravidou enquanto você estava comigo.

– Eu tinha terminado com ela, Lizzie. Antes de voltar para cá naquele mês de abril, eu disse para ela que estava acabado.

– Mas não foi bem assim, não é?

– Ela estava grávida de três meses quando fiquei sabendo, Lizzie. Faça as contas comigo. Estive com Chantal pela última antes de vir para cá, no aniversário da minha mãe, no fim de março. Você e eu... ficamos juntos em maio, e no fim de junho eu fiquei sabendo da gravidez. Se você se lembrar bem, não saí de Easterly durante todo aquele tempo. Você sabia onde eu estava todos os dias e todas as noites porque eu estava com você. – Ele a encarou do alto. – Três meses. Não dois, nem um. Três meses, Lizzie.

Ela levou as mãos ao rosto, lutando contra a lógica.

– Por favor, pare de fazer isso.

– Isso o quê?

– Dizer meu nome. Isso lhe dá a ilusão da credibilidade.

– Não estou mentindo. E faz quase dois anos que quero esclarecer a situação. – Ele praguejou novamente. – Tem mais coisas, mas não quero entrar nessa parte. E não afeta o que existe entre mim e você.

Antes que ela percebesse o próprio movimento, descobriu-se sentada no banco de rodinhas que estivera usando antes. Olhando para as mãos, flexionou os dedos, sentindo a rigidez das juntas e, por algum motivo, pensou nas unhas perfeitas de Chantal, em suas palmas lisas e sem marcas. Falando em opostos... As mãos que ela fitava eram as de uma trabalhadora, que tinha arranhões nos dorsos provocados por espinhos de rosa perdidos, e terra debaixo das unhas, que ela só conseguiria limpar depois que chegasse em casa. Também havia pintas, por ter cavado a terra sem a proteção de luvas e, definitiva e positivamente, não havia nenhum diamante de um milhão de dólares em seu dedo.

– Casei com Chantal no cartório depois que você me deixou – ele continuou com severidade. – O bebê não tinha culpa, e por eu ter crescido sem meus pais, não queria fazer o mesmo com um filho meu, a despeito dos meus sentimentos pela mãe dele. Mas eu tinha que sair da cidade. Chantal não admitia que o casamento fosse apenas no papel. Por isso fui para o norte, ficar em Nova York com um amigo dos tempos da Universidade da Virgínia. Foi pouco depois que Chantal me ligou para falar que tinha perdido o bebê.

A amargura em sua voz fez ele falar tão baixinho que ela mal ouviu.

– Ela também não me ama – ele murmurou. – Não amava na época e não ama hoje.

– Como você pode ter certeza? – Lizzie se ouviu dizer.

– Pode confiar em mim quanto a isso.

– Ela pareceu bem contente em ter você de volta.

– Não voltei por causa dela e deixei bem claro. Essa mulher só é capaz de se afeiçoar a uma refeição grátis.

– Pensei que ela tivesse dinheiro.

– Nada comparado ao que eu tenho.

Sim, ela imaginou que devia ser verdade. Existiam países com menos renda anual do que a dos Bradford.

– Você é o amor da minha vida, quer esteja comigo ou não. – Quando ela ergueu o olhar, ele apenas encolheu os ombros. – Não posso mudar o que aconteceu e sei que não há como voltar... Só o que peço é que não acredite nas aparências, ok? Você está há dez anos com esta família, mas estou com eles e com pessoas que os cercam minha vida inteira. É por isso que é você quem eu quero. Você é real. Não é como eles e isso é uma coisa muito, muito boa.

Ela esperou que ele fosse expressar mais alguma coisa, e quando ele não o fez, ela voltou a fitar as mãos.

Por algum motivo, seu coração batia forte, como se ela estivesse próxima demais de um penhasco. Pensando bem, imaginou que era isso mesmo, porque as palavras dele estavam entrando em sua cabeça e embaralhando seus pensamentos.

De um jeito que não a ajudava em nada.

– Tenho muito medo de você – sussurrou.

– Por quê?

Porque queria acreditar no que ele dizia com o desespero de um viciado.

– Não tenha – ele disse quando ela não respondeu. – Nunca quis que nada assim acontecesse. E faz muito tempo que eu queria acertar as contas com você.

Parecia apropriado que estivessem cercados por tantos vasos de flores. A prova do seu trabalho, de seu único objetivo ali na propriedade, era um lembrete do divisor que sempre os distanciaria.

Ela se forçou a se lembrar daquela fotografia e do artigo no *Charlemont Herald* sobre o casamento, sobre os dois grandes legados sulistas se unindo num arranjo feudal. Também se lembrou dos dias e das noites logo depois que ficou sabendo de Chantal, de todas aquelas horas de sofrimento até que pensou estar à beira da morte.

Mas as palavras dele exprimiam verdade sobre uma coisa. O orgulho fez com que ela continuasse a trabalhar em Easterly. Assim, estivera presente na propriedade todos os dias, exceto aos domingos, pelos últimos vinte e quatro meses. E Lane não voltara. Durante dois anos... ele não voltara para ver Chantal.

Não era lá um grande casamento.

– Deixe que as minhas ações falem por si mesmas. Deixe que eu prove para você que estou dizendo a verdade.

Em sua mente, ela ouviu seu celular tocando insistentemente. Logo após o rompimento, ele lhe telefonara no mínimo uma centena de vezes, deixando mensagens que ela nunca ouvira. Ela tirara duas semanas de férias assim que soube de tudo, fugindo para a fazenda em Indiana, voltando para Plattsburgh no nordeste, para o pomar de maçãs da sua juventude. Seus pais ficaram felizes em vê-la, e ela passara aqueles dias a cuidar das árvores McIntosh junto aos outros trabalhadores.

Quando regressara, ele já tinha ido embora.

Os telefonemas cessaram depois de um tempo. E, no fim, ela parou de ter sobressaltos toda vez que um carro parava na porta da frente.

– Por favor, Lizzie... diga alguma coisa. Mesmo que não seja o que quero ouvir...

O som da risada de uma mulher o interrompeu com suavidade e fez com que ambos olhassem para as portas que se abriam para o jardim. Quando Greta saíra, um dos painéis não se fechara por completo, e através da abertura, Lizzie viu duas pessoas andando pelo caminho de pedras em direção à piscina no extremo oposto.

Mesmo sob a iluminação fraca do paisagismo, ficou claro que o vestido de gala da mulher era vermelho rubi, suas saias volumosas se arrastando atrás dela. Ao seu lado, um homem alto de terno lhe ofereceu o braço num galanteio e a encarava com o tipo de atenção que se reserva a um lauto banquete.

– Minha irmã – Lane disse, sem necessidade.

– Aquele é Samuel T.? – Lizzie perguntou.

– Quem se importa...

Ela voltou a olhar para Lane.

– Você partiu o meu coração.

– Eu sinto muito. Não foi minha intenção, Lizzie, de modo nenhum. Juro por Deus.

– Pensei que você fosse ateu.

Ele ficou calado um instante, os olhos vasculhando suas feições.

– Eu me batizaria mil vezes, se necessário. Posso memorizar a Bíblia, beijar o anel do papa... faço qualquer coisa que você quiser... mas, por favor...

– Não posso voltar no tempo, Lane. Sinto muito. Não consigo.

Ele se calou. E depois de um longo instante, assentiu.

– Tudo bem, mas posso pedir uma coisa?

Não.

– Sim.

– Não me odeie mais. Eu já faço muito isso sozinho.

O jardim estava perfumado como uma mulher recém-saída do banho, tão arrumado quanto a sala de estar, e tão reservado quanto a biblioteca de uma universidade.

O que significava de fato que era semirreservado. As várias janelas de Easterly davam para as moitas de flores brancas e creme, todas elas bem cuidadas e discretamente iluminadas.

Felizmente, Gin não tinha problemas quanto a fazer sexo em público.

Enquanto se pendurava no braço forte de Samuel Theodore Lodge III, não se deu ao trabalho de esconder seu sorriso.

– Há quanto tempo está com ela?

– Desde quando chegamos. Uma hora?

Ela gargalhou.

– Ora, ora, meu caro Samuel, por que você perde tempo com mulheres como ela?

– Existe outro tipo?

Era difícil saber quem conduzia quem até os recessos escuros do canto mais afastado, onde o muro de tijolos se encontrava com os fundos da casa, onde ficava a piscina. Era para lá que ambos se dirigiam.

– Eu não sabia que você vinha – ela disse, erguendo a mão para tocar os diamantes pendurados no pescoço... e depois deslizar os dedos pelo corpete do vestido. – Eu teria me dado ao trabalho de vestir uma calcinha.

– Nova mania, então?

– Gosto quando você as arranca do meu corpo. Especialmente quando você se frustra e as rasga.

– Mas eu não faço parte de um clube exclusivo, não é mesmo?

– Não seja grosseiro.

– Foi você quem tocou no assunto da lingerie. E também foi você quem quis sair comigo. A menos que, para variar, precise mesmo de um pouco de ar fresco?

Gin estreitou o olhar nele.

– Você é um bastardo.

– Não de acordo com o dicionário. Meus pais estavam muito bem casados quando nasci. – Ele ergueu uma sobrancelha. – E creio que você não possa dizer o mesmo da sua filha, não é mesmo?

Ela parou, a maré virando numa direção que ela não previra.

– Está passando dos limites, Samuel. E você sabe disso.

– É um pouco estranho quando você fala de decoro. Você não está transando com aquele advogado casado da minha empresa? Acho que ouvi alguma coisa a esse respeito.

Ah, então era por isso que ele estava agindo daquela maneira.

– Está com ciúmes? – ela pronunciou de maneira arrastada, o sorriso retornando às suas feições.

– Ele não consegue te satisfazer. Não por muito tempo, e não como eu consigo.

Quando ele a agarrou, ela deixou, adorando o modo como as mãos dele seguraram sua cintura e a boca se afundou na sua. Não demorou muito para que ele erguesse sua saia até as coxas, mantendo-a ali apesar de toda a armação do vestido.

Pensando bem, ele vinha se metendo debaixo de tecidos finos e delicados desde os catorze anos, quando passara a frequentar os bailes da sociedade.

Samuel T. gemeu ao descobrir que ela não estava mentindo quando disse não ter nada debaixo daquele vestido, e seus dedos foram rudes ao penetrá-la. O fogo e o desejo que sentiu foram um tremendo alívio para os assuntos em que ela não queria pensar, o sexo lavando todos os seus arrependimentos e sua tristeza, dando-lhe nada além de prazer.

Não havia motivos para fingir o orgasmo que teve de fato, as unhas se enterrando nos ombros macios do *smoking* enquanto arquejava, a antiquada colônia Bay Rum tão atávica que fazia com que ele fosse um homem à frente do seu tempo.

Enquanto se entregava, pensava que ele era o único homem que já tinha amado – e o único que jamais teria verdadeiramente. Samuel T. era muito parecido com ela, só que pior: uma alma que nunca se assentaria enquanto estivesse passeando pelos caminhos de tijolos da expectativa social.

– Me come – ela exigiu ao encontro dos lábios dele.

Ele arfava, seu corpo estava rijo debaixo do *smoking* caro, pronto para ela… Mas em vez de lhe dar o que ela tanto queria, ele recuou um passo, abaixando a saia e fitando-a de longe.

– Samuel? – ela inquiriu.

Com uma lentidão deliberada, ele levou os dedos até a boca e os lambeu. Depois passou a língua para cima e para baixo, entre eles, lambendo a essência dela em sua pele.

— Não — ele disse. — Acho que não.

— *O quê?*

Samuel se inclinou na direção dela.

— Vou voltar para a festa do seu pai e vou me sentar à mesa dele. Adiantei-me e troquei a disposição dos lugares, de modo que Veronica estará sentada ao meu lado. E você vai saber quando eu colocar a minha mão entre as pernas dela, você vai vê-la se empertigar e tentar manter a compostura enquanto faço com ela o que acabei de fazer com você. Observe o rosto dela, Gin. E saiba que, assim que eu sair, vou transar com ela no banco da frente do meu Jaguar.

— Você não ousaria.

— Como acabei de dizer, preste atenção, Gin.

Ele se virou para se afastar, e ela quis jogar alguma coisa na cabeça dele. E vez disso, disse entre dentes cerrados:

— O nome dela não é Savannah?

Ele relanceou por sobre o ombro.

— E eu me importo com o nome dela? A única coisa relevante é: ela não é você.

Dito isso, ele se afastou a passos largos naqueles elegantes sapatos de couro que ecoaram nos tijolos, com os ombros retos e a cabeça erguida.

Envolvendo-se com os braços, ela percebeu pela primeira vez que a noite estava fria. Embora fizesse 26°C.

Concluiu que deveria ter lhe contado a respeito do advogado. Em retrospecto, escolhera o homenzinho grudento exatamente porque sabia que cedo ou tarde Samuel T. descobriria.

Pelo menos uma coisa era certa: Samuel T. voltaria. Por algum motivo, os dois não conseguiam ficar longe um do outro por muito tempo.

E, no fim, ela acabaria tendo que lhe contar a respeito de Amelia, pensou. *Mas não hoje. Nem... tão cedo.*

Se aquele homem descobrisse que ela lhe escondera a filha por todos aqueles anos?

Ele seria capaz de matá-la.

ONZE

Depois que Lane saiu da estufa, a perspectiva de retornar para a festa do pai era extremamente desagradável, ainda mais depois de ouvir o gongo que anunciava que o jantar estava sendo servido. Mas, considerando-se que a outra alternativa seria ir ver Edward, ele...

– Lane?

Concentrando-se, olhou além do arco da sala de jantar. Uma morena alta num vestido cinza-claro estava parada diante dos antigos espelhos venezianos, a visão dos ombros nus tão adorável de trás quanto de frente.

Falando no diabo, ele pensou. Mas sorriu ao se aproximar e beijá-la no rosto macio.

– Sutton, como está?

Mas quis dizer: Que diabos você está fazendo aqui? Ela e a família eram o "inimigo", proprietários da Destilaria Sutton, produtores do famoso bourbon Sutton e de outras bebidas – mas isso não significava que ele tivesse algo particularmente contra a mulher. Tradicionalmente, porém, pessoas da linhagem dela eram *persona non grata* em Easterly... em conversas... nas orações noturnas.

E eram fãs da UK. Portanto, eram azuis nos jogos, e não vermelhos.

Isso era algo que poderia irritá-lo.

Quando se abraçaram, seu perfume refletiu a mulher rica que era, sua fragrância delicada preencheram as narinas dele mesmo quando se afastou; assim como seu corpo perfeito e bem vestido, surgindo novamente em seus olhos quando ele piscou.

Mas não era por isso que estava atraído por ela. Aquilo era o mesmo que admirar uma pintura num museu ou um automóvel Duesenberg.

— Eu não sabia que você viria este final de semana. — Ela sorriu. — É bom te ver depois de tanto tempo. Você me parece bem.

Isso foi engraçado, porque ele se sentia uma merda.

— E você, bela como sempre.

— Vai ficar para o Derby?

Por cima do ombro de Sutton, ele viu que Chantal entrava na sala de jantar, o longo vestido amarelo se arrastando junto com a sua postura de inocente.

Só até eu preencher a papelada do divórcio, ele pensou.

— Lane? — Sutton o chamou.

— Desculpe. Na verdade, tenho que voltar logo para Nova York. — Afinal, aquelas partidas de pôquer precisavam dele lá. — Estou contente em ver você. Surpreso por vê-la no jantar do meu pai, mas contente.

Sutton assentiu.

— Também é uma surpresa e tanto para mim.

— Veio a negócios?

Ela sorveu um gole da taça de vinho.

— Hummm.

— Era para ser uma piada.

— Me diga uma coisa, você tem visto…

Ela deixou a frase inacabada, sem mencionar o nome, pois não havia motivos para que ela pronunciasse "Edward". Por muitos motivos.

— Ainda não o vi. Mas vou até a fazenda.

— Sabe, Edward nunca vem à cidade. — Sutton tomou mais um gole da taça de borda fina. — Eu costumava vê-lo com bastante frequência antes que ele… Bem, fazíamos parte do conselho da Universidade de Charlemont, mesmo eu sendo fã da UK, e…

Enquanto a mulher prosseguia, ele ficou com a sensação de que ela não estava lhe informando fatos que ele já sabia, mas que revivia um período da vida cuja perda ela lamentava. Não pela primeira vez, ele ficou se perguntando o que realmente acontecera entre o garoto de ouro da família e a adorável filha do concorrente deles.

— Ora, se o filho pródigo não retornou...

O som da voz do pai foi um alerta que o atingiu tal qual uma flecha, e Lane encobriu seu dissabor ao tomar um gole de bourbon.

— Pai.

William Baldwine era quase tão alto quanto ele, tinha os mesmos cabelos negros e olhos azuis, o mesmo maxilar, os mesmos ombros. As diferenças eram a idade, o grisalho nas têmporas, os óculos bifocais de aro de casco de tartaruga, a ruga entre as sobrancelhas causada pelos muitos anos de semblante fechado. De algum modo, porém, todos aqueles sinais do passar dos anos não diminuíam a estatura do pai. De fato, apenas serviam de contraponto para uma aura de poder.

— Tenho que mandar arranjarem um lugar para você. — Por trás daqueles óculos, os olhos do pai encararam as roupas de Lane com um desdém apropriado para as fezes de um cachorro no meio de uma sala de estar. — Ou está de saída?

— Deixe-me pensar... — Lane estreitou o olhar. — Por mais que eu aprecie degradar a sua mesa com esta minha camisa, eu teria que ficar na sua presença durante uma refeição de, no mínimo, três pratos. Portanto, acho que vou embora.

Lane colocou seu Reserva de Família na mesinha de apoio mais próxima e se curvou para Sutton, que parecia preferir ir com ele em vez de ficar ali.

— Sutton, é sempre um prazer. — Olhou para o pai. — Pai, vá se foder.

Lançou essa granada e seguiu em meio à multidão, acenando para políticos e *socialites*, para aqueles dois atores da série da HBO na qual estava viciado e para Samuel T. e sua namorada do momento.

Chegou ao vestíbulo de entrada, e estava quase na porta da frente quando um par de saltos agulha se aproximou por trás.

— Aonde você vai? — Chantal sibilou ao agarrar o braço dele. — E por que não está vestido?

— Não é da sua conta. — Soltou-se dela. — Nos dois casos.

– Lane, é inaceitável...

– Essas palavras *jamais* deveriam passar pelos seus lábios, mulher.

Chantal fechou a boca muito bem delineada. Em seguida, inspirou fundo, como se estivesse com dificuldade para aplacar a raiva.

– Eu gostaria de passar um tempo com você esta noite, para conversar e discutir... nosso futuro.

– O único futuro em que você precisa pensar é quantas malas Vuitton vai precisar para a sua mudança.

Chantal ergueu o queixo.

– Você não faz ideia do que está falando.

Ele se inclinou na direção dela e abaixou a voz até um sussurro.

– Sei o que você fez. Sei que não "perdeu" o bebê. Se queria manter o aborto em segredo, não deveria ter pedido a um dos motoristas da família que a levasse para aquela clínica em Cincinnati.

Quando ela empalideceu, ele se lembrou exatamente onde estava quando o homem que a levara lá titubeou para lhe dar a informação.

– Não tem resposta? Não vai negar? – Lane a repreendeu. – Ou isso virá quando a surpresa por ter sido descoberta passar?

Houve um instante de silêncio, e ele sabia que ela estava pesando suas opções, tentando descobrir como abordá-lo de um jeito favorável.

– O que eu deveria ter feito? – disse ela por fim, baixinho. – Você me abandonou sem explicações, sem apoio, sem dinheiro, sem um modo de entrar em contato com você.

Ele fez um gesto abarcando as pinturas a óleo e os tapetes orientais.

– Sim, porque você ficou num lugarzinho bem largado no meio da selva.

– Você me abandonou!

– Por isso a solução foi se recompor para tentar seduzir outro homem, certo? Estou deduzindo que foi o que fez, já que você precisava caber de novo no manequim 38, não é? Minha querida *esposa*.

– Lane, você está dizendo coisas que não quer...

– Você matou um inocente...

Reginald veio da sala de estar com uma bandeja de prata com copos usados, deu uma olhada nos dois e voltou para trás, desaparecendo de novo no cômodo agora vazio.

Ah, sim, a vida em Easterly… Onde a privacidade era menos comum que diamantes e distribuída em termos relativos. Pelo menos sabia que podia confiar naquele homem mais do que em sua própria família.

Não que isso significasse muito.

– Não vou ficar aqui discutindo com você – Lane disse, ríspido. – E você vai sair desta casa. Assim que o Derby acabar, a sua estada grátis já era.

Chantal arqueou uma das sobrancelhas perfeitas.

– Peça o divórcio se quiser, mas não vou a parte alguma.

– Você não terá mais o direito de ficar sob este teto depois que essa aliança sair do seu dedo.

O sorriso que ela lhe lançou foi gélido.

– É o que vamos ver. – Acenou com a cabeça para a porta da frente. – Vá para onde quiser, fuja… É isso o que você faz, não é? Mas tenha certeza que: eu estarei aqui quando você voltar.

Lane estreitou os olhos. Chantal era muitas coisas, mas não era uma maluca. Ela se autopromovia demais para tanto.

104   E o encarava como se soubesse de algo que ele não sabia.

Que diabos aconteceu enquanto ele se manteve afastado?

No Vermelho & Preto, Edward estava sentado numa antiga poltrona de couro diante de uma televisão tão velha que ainda tinha antenas saindo da tela em forma de caixa. O cômodo estava na penumbra, mas reluzia por causa dos inúmeros troféus de corrida abarrotando as estantes até o teto do lado oposto.

O chalé do haras tinha um quarto, um banheiro com banheira com pés em forma de garras, uma cozinha pequena e aquela área, que era um misto de biblioteca, escritório, sala de estar e de jantar. Não havia segundo andar, apenas um sótão cheio de recordações de velhas corridas de cavalo, e também não havia garagem. A área era menor do que a sala de jantar de Easterly e, desde que se mudara para lá, ele aprendera a apreciar o valor de ter um lugar pequeno o bastante para poder ouvir e ver quase tudo. Lá na mansão, nunca se sabia quem mais estava na gigantesca casa, onde estavam, o que estavam fazendo.

Para alguém como ele, cuja única amante eram os terrores noturnos e cujo principal trabalho era impedir que seu cérebro se canibalizasse, os aposentos apertados eram algo muito mais fácil de lidar, ainda mais naquela época do ano. Pena que a sua ida à América do Sul, quando fora sequestrado, tivesse acontecido pouco antes do Derby. O aniversário da sua captura arruinara o que sempre fora um fim de semana agradável.

Consultou o relógio e praguejou. Agora que o sol tinha se posto, as horas se apresentavam numa confusão nebulosa, minutos se tornando séculos e um segundo ao mesmo tempo. O seu trabalho noturno? Chegar, de algum modo, ao nascer do sol sem gritar.

Junto ao cotovelo, havia uma garrafa de vodca quase vazia. Começara a beber com cinco cubos de gelo num copo alto, que já estava derretido havia um tempo, e ele agora sorvia a bebida pura. Na noite anterior, fora gim. Na de antes, tomara três garrafas de vinho, duas de tinto e uma de branco.

Durante a fase inicial e aguda da sua "recuperação", aprendera todos os estágios da administração da dor, aprendera como espaçar os analgésicos e a comida a fim de fazer com que os impulsos nevrálgicos do seu corpo arruinado não fossem piores do que a tortura que suportara quando aquelas feridas foram provocadas. Mais tarde, o mestrado em Gerenciamento de Medicação se traduziu muito bem na segunda parte – a parte crônica, a da "recuperação". Graças às tentativas e aos erros adquiridos com os analgésicos, ele conseguia distribuir tudo para otimizar o efeito sedativo: todas as tardes, por volta das quatro horas, comia alguma coisa; às seis, quando os funcionários liberavam os estábulos, ele podia começar a beber estando, basicamente, de estômago vazio.

Nada o irritava mais do que alguém se metendo no meio do seu torpor...

Quando uma batida se fez à porta, apanhou a pistola ao lado da garrafa Grey Goose e tentou se lembrar que dia da semana era. O Derby aconteceria dali a dois dias... Então era quinta-feira. Era quinta-feira, algumas horas depois do pôr do sol.

Portanto, não era uma das prostitutas que ele pagava para vir servi-lo. Elas vinham às sextas-feiras. A menos que tivesse chamado duas pelo preço de uma aquela semana, mas não havia pedido aquilo.

Certo. Ou havia?

Apanhando a bengala, suspendeu-se da poltrona e claudicou até a janela da frente. Afastou as cortinas, com a pistola firme numa mão, mas o coração batia descompassado. Mesmo ciente de que, pela lógica, não existiam mercenários no Condado Ogden à sua procura, que estava seguro atrás das travas e do sistema de segurança que instalara, apesar da quarenta milímetros em suas mãos... seu cérebro continuava eletrizado.

Quando viu quem era, franziu o cenho e abaixou a arma. Seguindo até a porta, retirou a corrente, destrancou as três travas e abriu a porta, as dobradiças rangendo como camundongos. Outro mecanismo de alerta para ele.

– Cliente errado – murmurou com secura para a loira baixinha que vestia jeans e camiseta justa. – Eu só peço morenas. Em vestidos de gala.

Por um motivo que preferia guardar para si.

Ela franziu a testa.

– O que disse?

– Só aceito morenas. E elas têm que estar adequadamente vestidas.

Ele queria cabelos longos curvados nas pontas, um vestido que se arrastasse pelo chão, e elas tinham que estar usando Must da Cartier. Ah, e tinham que ficar de boca fechada. Não tinham permissão para falar com ele enquanto estivessem transando. Ainda que as putas conseguissem representar bem o exterior, a ilusão frágil seria rompida no instante em que as vozes delas não fossem a da mulher que desejava, mas que não podia ter.

Ele já tinha bastante dificuldade para manter a ereção daquele modo; na verdade, a única maneira de fazer seu pau subir era se conseguisse acreditar na mentira pelo tempo necessário até chegar ao orgasmo.

A mulher em sua soleira pousou as mãos nos quadris.

– Acho que não sei do que está falando. Mas sei que estou no lugar certo. Você é Edward Baldwine, e este é o Vermelho & Preto.

– E você quem é?

– Filha de Jeb Landis. Shelby. Shelby Landis.

Edward fechou os olhos.

– Maldito seja Ele.

– Eu agradeceria se não usasse o nome de Deus em vão na minha presença. Obrigada.

Ele levantou as pálpebras.

– O que você quer?

– O meu pai morreu.

Edward se concentrou num ponto acima da cabeça dela, na lua que crescia acima do Estábulo C.

– Quer entrar?

– Se guardar arma, sim.

Ele enfiou a pistola no cós do jeans e recuou.

– Quer beber alguma coisa?

Quando ela entrou, ele percebeu o quanto ela era baixinha. E devia pesar só uns 45 quilos, isso se estivesse ensopada segurando um fardo de feno.

– Não, obrigada. Não bebo álcool. Mas eu gostaria de usar o seu banheiro. A viagem foi longa.

– É por ali.

– Muito obrigada.

Ele se recostou na porta. A picape na qual ela evidentemente chegara sabe lá Deus de onde estava estacionada à esquerda, o motor ainda estalava debaixo do capô.

Depois de fechá-la e trancar tudo de volta, ouviu a descarga nos fundos da casa. Um momento mais tarde, a moça voltou e olhou para os troféus.

Edward seguiu para a poltrona, fazendo uma careta de dor ao se acomodar.

– Quando? – ele perguntou ao se servir do resto da vodca.

– Uma semana atrás – ela respondeu sem olhar para ele.

– Como?

– Pisoteado. Bem, os médicos disseram que o coração dele não aguentou, mas a causa foi o pisoteamento. Foi assim que você se machucou?

– Não. – Ele sorveu um longo gole. – Então, o que você faz aqui?

Dessa vez ela se virou.

– O meu pai sempre disse pra eu vir para cá pra encontrar você se alguma coisa acontecesse com ele. Ele disse que você lhe devia uma. Nunca perguntei o quê.

Edward a encarou demoradamente.

– Quantos anos você tem? Doze?

– Vinte e dois.

– Jesus, como você é nova…

– Cuidado com o que diz perto de mim.

Ele teve que sorrir.

– Você é igualzinha ao seu velho, sabia disso?

– É o que dizem. – Ela voltou a apoiar as mãos nos quadris. – Não quero esmola. Preciso de um lugar pra ficar e de um trabalho. Sou boa com cavalos, assim como o meu pai era, e ruim com pessoas… Por isso, considere-se avisado. Não tenho dinheiro, mas tenho costas fortes e não tenho medo de nada. Quando posso começar?

– Quem disse que estou procurando ajuda?

Ela franziu o cenho.

– O meu pai disse que você precisaria. Disse que você precisaria de mais mãos.

O Vermelho & Preto era uma grande operação, e sempre havia vagas. Mas Jeb Landis era uma lembrança complicada do passado… e a família dele estava contaminada por associação.

Mesmo assim…

– O que sabe fazer?

– Limpar estábulos e manter os cavalos em ordem não é física nuclear…

Ele dispensou as palavras dela com a mão.

– Tudo bem, tudo bem, está contratada. E só estou sendo um cretino porque, assim como você, não me dou bem com as pessoas. Tem um apartamento vazio ao lado do apartamento de Moe, sobre o Estábulo B. Pode se mudar para lá.

– Mostre o caminho.

Edward grunhiu ao voltar a ficar de pé e carregou o copo consigo de propósito ao conduzi-la até a porta.

— Não quer saber do salário?

— Você vai ser justo. O meu pai disse que desonestidade não faz parte do seu caráter.

— Ele foi generoso ao dizer isso.

— Duvido. Ele conhecia homens e cavalos.

Enquanto Edward voltava a destrancar tudo, conseguia senti-la observando-o e odiou isso. Seus ferimentos eram o resultado de um inferno que ele preferia manter escondido do mundo.

Antes de deixá-la sair do chalé, olhou-a fixamente.

— Só há uma regra.

— Qual?

Por algum motivo, ele se deteve nas feições dela. Ela não se parecia fisicamente em nada com o pai — bem, desconsiderando-se a altura. Shelby, ou qualquer que fosse seu nome, tinha olhos claros, e não negros. E sua pele não tinha a consistência de couro, embora isso ainda pudesse mudar.

A voz dela, porém, era como a de Jeb: aquele sotaque arrastado tinha um fundo de solidez.

— Você não vai chegar perto daquele garanhão — Edward avisou. — Ele é malvado até os ossos.

— Nebekanzer.

— Você o conhece.

— Meu pai costumava dizer que aquele cavalo tinha gasolina nas veias e ácido nos olhos.

— Então você já conhece o meu cavalo. Não se aproxime dele. Não vai limpar a baia dele, não vai chegar perto dele se ele estiver no pasto e nunca, jamais, vai colocar qualquer coisa sobre a porta da baia dele se quiser conservá-la. E isso inclui a sua cabeça.

— Quem cuida dele?

— Eu. — Edward claudicou noite afora, o ar úmido e pesado fazendo com que ele pensasse que não conseguiria respirar. — E ninguém mais.

Enquanto tentava respirar fundo, perguntou-se se todos aqueles médicos tinham deixado passar algum ferimento interno. Pensando bem, talvez a sensação de sufocamento fosse causada pela imagem daquela moça perto do maldito garanhão negro. Ele só conseguia pensar no que Neb poderia fazer com ela.

Ela se colocou na frente e pegou a mochila sobre o banco do passageiro.

– Então você é o encarregado aqui.

– Não, Moe Brown é. Você vai conhecê-lo pela manhã. Ele será o seu chefe. – Edward seguiu na direção dos estábulos. – Como já disse, o apartamento ao lado do dele está mobiliado, mas não sei quando o último a morar lá saiu.

– Já dormi em baias e em bancos de praça. Ter um telhado sobre a cabeça já basta.

Ele olhou na direção dela.

– O seu pai... era um bom homem.

– Não era nem melhor nem pior do que qualquer outra pessoa.

Era impossível não pensar em quem devia ser a mãe dela – ou em como alguém poderia ter suportado tempo suficiente ao lado de Jeb até ter uma filha com ele. Jeb Landis era uma lenda na indústria, tinha uma lista de cavalos vencedores maior do que qualquer outro, vivo ou morto. Também fora um alcoólatra filho da puta, com um vício por jogo ainda pior do que a sua veia misógina.

Uma coisa com a qual Edward não tinha que se preocupar era se Shelby saberia tomar conta de si mesma. Se conseguira sobreviver tendo vivido com Jeb, trabalhar num turno de dezoito horas numa fazenda criadora de cavalos seria fácil, fácil.

Quando chegaram ao Estábulo B, as luzes detectoras de movimento se acenderam e os cavalos se movimentaram lá dentro, batendo os cascos e relinchando. Entraram pela porta lateral, passaram pelo escritório de Moe e pelo depósito de suprimentos, e Edward a levou até o lance de escadas que antes conduzia ao palheiro, cobrindo toda a extensão do telhado. Em algum momento nos anos 1970, o lugar fora convertido em dois apartamentos, e Moe morava no da frente, que dava para a passagem de carros.

– Vá na frente e espere por mim ali em cima – disse com os dentes cerrados. – Eu demoro um pouco para subir.

Shelby Landis subiu os degraus rapidamente no compasso que ele costumava usar, mas que agora já não apreciava mais, e sentiu como se tivesse uma centena de anos ao se juntar a ela no andar superior.

Àquela altura, já estava tão sem fôlego que chiava como um pneu murchando.

Afastando-se dela, viu que não havia nenhuma luz por baixo da porta de Moe, mas, de todo modo, não teriam incomodado o homem. Com o Derby em menos de quarenta e oito horas, se estivesse em casa, o homem já devia estar dormindo a sono solto.

Ainda mais se considerasse que um dos seus dois cavalos poderia acabar excluído da corrida.

Enquanto Edward seguia em frente e girava a maçaneta do apartamento seguinte, percebeu que não sabia o que faria caso a porta estivesse trancada. Não fazia ideia de onde as chaves poderiam estar...

A porta se abriu, lembrando-o de que ele estava em meio a uma minoria de paranoicos ali naquela fazenda. O interruptor ficava à esquerda na parede e, quando ele o apertou, ficou aliviado em ver que o lugar não estava muito empoeirado e que, de fato, havia um sofá, uma cadeira, uma mesa e uma cozinha minúscula que, em comparação, fazia com que a sua parecesse industrial.

– O seu pai nunca mencionou o motivo de eu estar em débito com ele? – perguntou, mancando até o corredor escuro.

– Não, mas Jeb não era de falar muito.

Apertando o segundo interruptor, viu que o quarto e o banheiro também estavam organizados.

– Eis o que você tem aqui – disse ele, exausto só de ver a distância até a porta.

Quatro metros e meio.

Era como se fossem quilômetros.

Ela se aproximou.

– Obrigada pela oportunidade.

Ofereceu a mão e o fitou nos olhos e, por um instante, ele sentiu uma emoção diferente da raiva que ardia e queimava em seu íntimo nos últimos dois anos. Não sabia como defini-la, e o triste era que não sabia se a mudança era bem-vinda.

Havia uma certa claridade em ter um princípio de operação unilateralmente hostil.

Deixou a mão dela pendurada no ar enquanto arrastava o corpo de volta até a saída.

– Veremos se, mais tarde, você vai me agradecer.

De repente, lembrou-se de toda aquela coisa de não praguejar e não beber álcool.

– Ah, e mais uma coisa. Se a cortina do meu chalé estiver fechada, não me incomode.

– Sim, senhor.

Ele assentiu e fechou a porta. Depois, muito lenta e cuidadosamente, começou a descer.

A verdade era que Jeb Landis fora o responsável pela sua recuperação. Sem o chute que o homem deu no seu traseiro, só Deus sabia se Edward ainda estaria naquele planeta. Deus, ainda se lembrava com nitidez quando o treinador viera visitá-lo no centro de reabilitação. Apesar da regra explícita de Edward de não receber visitantes, Jeb passara pela estação da enfermagem e marchara para dentro do seu quarto.

Eles já se conheciam havia uma década. O interesse de Edward por cavalos de corrida, e sua subsequente posse, aliado ao compromisso prévio de ser o melhor em tudo o que fazia, significava que ele só aceitaria um homem treinando os seus cavalos.

No entanto, jamais previra que o homem seria um tipo de salvador.

O esporro de Jeb fora breve e direto, mas mais eficiente do que todos os argumentos e apoio emocional que recebeu de outras pessoas. E, um ano após sua mudança para lá, tendo jogado fora todos os seus ternos e decidido que aquela seria a sua vida, Jeb lhe disse que estava deixando o Vermelho & Preto rumo à Califórnia.

Provavelmente porque alguns agentes de apostas de Chicago estavam atrás de um pedaço do traseiro dele.

Em todos aqueles anos, antes e depois do sequestro, o fato de Jeb ter uma filha jamais viera à baila. Mas, sim, ele abrigaria a filha do homem. Claro.

E, felizmente, ela parecia ser capaz de cuidar de si mesma.

Portanto, o pagamento do débito teria um custo baixo.

Pelo menos, foi o que ele disse a si mesmo naquela primeira noite.

Só que aquilo não foi bem verdade... nem de longe.

DOZE

— Paguei cem mil dólares para me sentar ao seu lado.

Gin ergueu o garfo Tiffany com desenho de crisântemo para mexer na comida, mal ouvindo as palavras ditas junto ao seu ouvido. Estava ocupada demais se concentrando no arranjo floral diante dela. Samuel T. estava mais à esquerda, e a partir daquele ponto focal florido, sua visão periférica permitia que ela o acompanhasse ao lado da namoradinha, Veronica/Savannah.

— Por isso, você poderia pelo menos conversar comigo.

Voltando a se concentrar, fitou o odioso Richard Pford IV. O homem era só uma versão do jovem que um dia fora: alto e magro, com um olhar capaz de cortar vidro e uma natureza suspeita que contrastava com a sua posição invejável na hierarquia social de Charlemont. Filho de Richard Pford III, era o único herdeiro da Distribuidora de Bebidas Pford, uma cadeia nacional que distribuía vinhos, cerveja, bourbon, gim, vodca, champanhe, uísque etc. nas prateleiras e nos negócios do país inteiro.

O que significava que ele podia bancar um valor de seis dígitos para garantir um assento todas as noites da semana e duas vezes aos domingos.

Ele nadava em milhões, e seus familiares nem tinham começado a morrer ainda.

— Os assuntos do meu pai não me interessam — ela rebateu. — Portanto, parece que desperdiçou o seu dinheiro.

Ele tomou um gole de vinho.

— E pensar que ele foi para o programa de basquete da UC.

— Não sabia que você era fã deles.

— Não sou.

— Não é de se admirar que não nos damos bem. — UK. Ela devia ter desconfiado. — Além disso, não ouvi dizer que você estava para se casar?

— Os boatos quanto ao meu noivado foram exagerados.

— Difícil de acreditar, com todas as suas qualidades.

À esquerda, Veronica/Savannah deu um salto na cadeira, os cílios postiços flanaram, o garfo bateu no prato. Enquanto as lentes coloridas se voltavam para Samuel T., o maldito limpava casualmente a boca com o guardanapo damasco.

Samuel T., no entanto, não estava olhando para a namorada. Não, ele casualmente fitava o buquê de flores bem na frente de Gin.

O filho da puta.

Deliberadamente, Gin se virou para Richard e sorriu.

— Bem, estou encantada com a sua companhia.

Richard assentiu e voltou a cortar o seu filé mignon.

— Assim é muito melhor. Por favor, não pare.

Gin falou com suavidade, ainda que não fizesse ideia do que estava saindo da sua boca. Mas Richard assentia mais e mais, e respondia, por isso ela deduziu que estava se saindo bem com suas habilidades sociais. Mas, pensando melhor, quer se tratasse de conversas que não a interessavam ou orgasmos com homens com os quais não se importava, ela tinha bastante prática em fingir.

E, mesmo assim, estava ciente do que Samuel T. estava fazendo. Dolorosamente ciente.

Os olhos dele queimavam, cravados nela. E, nesse meio-tempo, bem como ele lhe prometera, a vadia ao lado dele começou a se esforçar para manter a compostura.

— ... me resguardei para você — Richard declarou.

Gin franziu o cenho, captando aquela combinação de palavras, a despeito da sua preocupação.

– O que disse?

– Eu estava determinado a me casar, mas entrei num acordo com o seu pai. Foi por isso que pus fim ao noivado.

– Entrou num acordo com o meu pai? Do que está falando?

Richard sorriu com frieza.

– O seu pai e eu chegamos a um acordo quanto ao futuro. Em contrapartida por se casar comigo, estou disposto a conceder algumas vantagens à Cia. Bourbon Bradford.

Gin piscou. Depois balançou a cabeça.

– Não estou ouvindo muito bem.

– Sim, sim, você está. E já lhe comprei o anel de diamantes.

– Não, não, não... Espere um minuto. – Jogou o guardanapo na mesa mesmo sem terminar de jantar, assim como as outras trinta e uma pessoas. – Não vou me casar nem com você nem com ninguém.

– Mesmo?

– Tenho certeza de que "comprou" o seu lugar nesta mesa. Mas ninguém me obriga a fazer porra nenhuma, e isso inclui o meu pai.

Pensou que era uma tristeza não ter questionado a possibilidade do seu bom e velho pai a vender em favor do preço das ações da empresa.

Richard deu de ombros debaixo do terno elegante.

– Se é o que você diz.

Gin olhou para a cabeceira da mesa onde William Baldwine estava sentado em comando total, como se estivesse em um trono suspenso, mantendo-o acima dos seus súditos.

O homem não percebeu o olhar letal e, portanto, não sabia que a bomba tinha sido lançada. Ou talvez, quem sabe, ele tivesse planejado dessa forma, sabendo que Richard seria incapaz de ficar calado, e que ela não poderia provocar um escândalo por causa das testemunhas.

E, maldição, seu pai tinha razão quanto a isso. Por mais que desejasse dar um pulo e começar a berrar, ela não rebaixaria o nome Bradford dessa maneira, certamente não com Sutton Smythe e o pai dela, Reynolds, no mesmo cômodo.

À esquerda, um gemido foi encoberto por uma tossidela fraca.

Gin desviou a atenção do pai para Samuel T., ao que o advogado ergueu uma sobrancelha... e lançou um beijo no ar na sua direção.

— Sim, pode levar o prato dela. — Ela ouviu Richard dizer para o garçom uniformizado. — Ela já terminou.

— O que disse? — Gin se virou para Richard. — Mas você não tem o direito de...

— Aprovo a sua falta de apetite, mas não vamos nos arriscar, certo? — Richard acenou para o garçom. — E ela também não vai comer a sobremesa.

Gin se inclinou para o homem e lhe sorriu. Num sussurro, disse:

— Não dê o passo maior que a perna. Eu ainda me lembro da época em que você enchia a sua saqueira com meias. Dois pares, porque um não adiantava muita coisa.

Richard a encarou. Num tom igualmente baixo, respondeu:

— Não faça de conta que tem algum poder de decisão.

— Espere e verá.

— É você quem mal pode esperar para ver. — Ele se recostou e lançou-lhe o olhar satisfeito de um homem que tem um *royal flush* nas mãos. — Mas não demore muito. O peso dos quilates do seu anel diminui a cada hora.

Eu vou te matar, ela pensou consigo mesma enquanto olhava para o pai. *Que Deus me ajude, mas eu vou te matar.*

Quando Lizzie fez a curva na estradinha secundária, a faixa de terra para a qual se dirigiu dividia terrenos com plantações de milho e só era larga o bastante para a passagem do seu Yaris. Havia árvores em ambos os lados, não de maneira organizada, mas num padrão casual, arranjado pela natureza, e não pela enxada de um paisagista. Acima, galhos grossos se uniam formando um dossel de verde brilhante na primavera, esmeralda no verão, amarelo e laranja no outono e esquelético no inverno.

Normalmente, aquela procissão de meio quilômetro até sua fazenda era o início do seu relaxamento, uma câmara de descompressão que ela acreditava ser o único motivo pelo qual conseguia dormir depois de um dia de problemas em Easterly.

Não naquela noite.

De fato, ela queria olhar por sobre o ombro só para se certificar de que não havia ninguém com ela no banco de trás do carro. Não que coubesse alguém de mais de doze anos ali, mas, mesmo assim… Sentia-se perseguida. Caçada. Assaltada. Ainda que sua carteira continuasse dentro da bolsa e ela estivesse, de fato, sozinha em seu carro.

A casa da fazenda era uma clássica casa americana, exatamente o que se veria num filme da Lifetime que se passasse num fim de semana de quatro de julho: branca com uma varanda, com vasos de amor-perfeito, uma cadeira de balanço e um banco suspenso em um dos lados. Tanto a indispensável chaminé de tijolos vermelhos quanto o telhado pontudo com telhas cinza eram originais, da época da sua construção em meados de 1833. E o *coup de grâce*? Um bordo imenso que oferecia abrigo para o calor do verão e para o vento frio do inverno.

Estacionou debaixo da árvore, que era o que de mais próximo a uma garagem que ela tinha, e saiu do carro. Mesmo que Charlemont dificilmente fosse Manhattan, a diferença no nível de barulho era impressionante. Naquelas partes, havia sapos, vagalumes que não tinham nada a dizer, e uma coruja que começara a montar guarda num velho celeiro uns dois anos antes. Nenhum murmúrio da autoestrada. Nenhuma sirene de ambulância. Nenhum acorde de jazz ou blues vindos do parque às margens do rio.

Fechando a porta, o som foi amplificado pela escuridão, e ela se viu aliviada quando caminhou e as luzes ativadas pelo movimento, colocadas em ambos os lados da entrada, foram ativadas. As botas rasparam nos cinco degraus que rangeram, e a porta de tela a acolheu com o resmungo das dobradiças. A fechadura era de latão, relativamente nova. Fora instalada em 1942.

Do lado de dentro, tudo estava escuro, e quando ela confrontou o vazio, desejou ter um cachorro. Um gato. Um peixinho dourado.

Apertando o interruptor, piscou quando seu lar doce lar se iluminou com a suave luz amarela. A decoração não se parecia em nada com a dos Bradford. Na sua casa, se havia algo antigo, era por ser útil e por ter sido feito por algum artesão do Kentucky: uma velha cesta de vime, um par de colchas de retalhos gastos pendurado nas paredes, uma cadeira de balanço, um banco de pinho debaixo da janela, cabeças de enxadas e pás que encontrara nos campos e que ela mesma emoldurara, para depois pendurar na parede. Também tinha uma coleção de instrumentos musicais, inclusive diversos violinos, muitas canecas, algumas tábuas de lavar roupa, e o maior dos seus tesouros: seu piano Price & Teeple de 1907. Feito de carvalho, com dobradiças incríveis de cobre, pedais e outras partes metálicas, ela o encontrara apodrecendo num celeiro, na porção oeste da propriedade, e o restaurara com muito amor.

A mãe chamava sua casa de museu do folclore, e Lizzie concluiu que isso devia ser bem verdade. Para ela, não existia conforto maior do que se ligar a gerações de homens e de mulheres que trabalharam na terra, esculpiram suas vidas e transmitiram seu conhecimento de vida para as gerações seguintes.

Agora? Tudo era 3G, 4G, LTE, e os computadores e smartphones eram cada vez menores e mais rápidos.

Sim, porque esse sim era um legado de honra e de perseverança para deixar aos seus filhos: como se esforçar para ficar na fila por vinte e seis minutos a fim de adquirir um novo iPhone, com um copo do Starbucks numa mão e um blog a respeito de alguma inutilidade na outra para passar o tempo.

De volta à sua cozinha anos 1940 – o estilo não era importado da Ikea ou Williams-Sonoma com suas réplicas, mas sim o original, de quando ela comprara a casa sete anos atrás –, abriu a geladeira e encarou as sobras da torta de frango que fizera na segunda à noite.

Aquilo era tão inspirador quanto a ideia de comer lascas de tinta esquentadas numa frigideira.

Quando seu celular começou a tocar, olhou por sobre o ombro, para a bolsa que largara no corredor.

Deixe para lá, ela se ordenou. *Apenas deixe...*

Esperou até que o aparelho silenciasse, e esperou mais para ver se haveria outra chamada – caso fosse uma emergência com a mãe, outra ligação se seguiria. Ou pelo menos haveria um toque alertando a chegada de uma mensagem.

Quando nenhum dos dois aconteceu, ela foi até o corredor e apanhou a bolsa. Nenhuma mensagem. Não reconheceu o número, mas conhecia o código de área: 917.

Cidade de Nova York. Celular.

Tinha amigos que ligavam para ela daquela área.

Suas mãos tremiam ao abrir a lista de chamadas recebidas e apertar o último número.

Foi atendida antes que o primeiro toque terminasse.

— Lizzie?

Seus olhos se fecharam quando a voz de Lane entrou em seu ouvido e em todo o seu corpo.

— Alô? — ele disse. — Lizzie?

Havia muitos lugares para sentar em sua sala ou na cozinha — cadeiras, sofás, até mesmo a mesinha de centro era robusta o suficiente. Em vez de usar qualquer um desses móveis, recostou-se contra a parede e deixou o traseiro escorregar até o chão.

— Lizzie? Você está aí?

— Sim. — Apoiou a testa na mão. — Estou aqui. Por que está ligando?

— Eu só queria me certificar de que você chegou bem em casa.

Sem nenhum motivo, lágrimas surgiram em seus olhos. Ele sempre agia assim. No tempo em que estiveram juntos, não importava que horas ela saía, ele lhe telefonava assim que ela passasse pela porta. Como se tivesse um *timer* no telefone.

— Não estou ouvindo a festa — comentou. — Ao fundo.

— Não estou em casa.

— Onde você está?

— No Antigo Silo. No armazém de barris. — Ela ouviu um barulho, como se ele também estivesse se sentando no chão. — Faz muito tempo que não venho aqui. O cheiro é o mesmo. A aparência também.

— Nunca fui aí.

— Você gostaria daqui. É o seu tipo de lugar, tudo muito simples e funcional e feito à mão.

Ela relanceou para a sala de estar e se concentrou na primeira pá que encontrara nos campos onde plantava milho todos os anos. O objeto era velho e enferrujado e, para ela, belo.

O silêncio que se seguiu fez parecer como se ele estivesse na sala junto dela.

— Estou feliz que não tenha desligado — Lane disse por fim.

— Eu queria poder desligar.

— Eu sei.

Ela pigarreou.

— Pensei em tudo o que me disse, no caminho para casa. Pensei em como você estava enquanto conversava comigo. Pensei… em como as coisas eram.

— E?

— Lane, mesmo que eu conseguisse superar tudo, e não estou dizendo que consigo, o que, exatamente, você quer de mim?

— Qualquer coisa que você me der.

Ela gargalhou num acesso tenso.

— Isso foi bem franco.

— Tenho outra chance com você? Porque vou te dizer isso agora, neste instante, se houver a mínima chance de você me aceitar, eu…

— Pare — ela inspirou fundo. — Apenas… pare.

Quando ele parou, ela ficou puxando e puxando o cabelo, com tanta força que seus olhos ficaram ainda mais marejados. Ou talvez isso estivesse acontecendo por outros motivos.

— Eu queria que você não tivesse voltado — ela se ouviu dizer. — Eu queria… Eu já estava te esquecendo, Lane. Estava recuperando o meu fôlego, a minha vida. Eu estava… e agora você está aqui, dizendo as coisas que quero ouvir, olhando para mim como se estivesse falando sério. Mas eu não quero voltar. Não posso.

— Então vamos em frente.

— A vida não é fácil assim.

— Não é. Mas é melhor do que nada.

Enquanto o silêncio se estendia uma vez mais, ela não sentiu necessidade de falar, de explicar mais coisas, de detalhar tudo. E enquanto as palavras martelavam em sua cabeça, ela desistiu de lutar.

— Não fiquei um dia, uma noite sem pensar em você, Lizzie.

O mesmo valia para ela, mas ela não queria lhe dar esse tipo de munição.

— O que você andou fazendo esse tempo todo lá?

– Nada. E estou falando sério. Fiquei com um amigo, o Jeff... bebi, joguei pôquer. Esperei, querendo ter uma oportunidade de falar com você.

– Por dois anos.

– Eu teria esperado uma dúzia.

Lizzie parou de puxar o cabelo.

– Por favor, não faça isso...

– Eu quero você, Lizzie.

Enquanto assimilava as palavras, seu coração batia tão forte que ela conseguiu sentir o aumento na pressão sanguínea no peito e no rosto.

– Nunca deixei de te querer, Lizzie. De pensar em você. De desejar que você estivesse comigo. Diabos, sinto como se estivesse num relacionamento com um fantasma. Eu te vejo nas ruas de Nova York sem parar, em alguma loira passando por mim numa calçada, talvez no modo como ela penteia os cabelos, ou por causa dos óculos, ou pela cor das calças jeans... Eu te vejo nos meus sonhos todas as noites; você é tão real que consigo te tocar, te sentir, estar com você.

– Você tem que parar.

– Não consigo. Lizzie... eu não consigo.

Fechando os olhos, ela começou a chorar baixinho na solidão da sua casa tão modesta, aquela que ela mesma comprara e que estava quase acabando de pagar, o maior símbolo da razão pela qual não precisava de um homem em sua vida, nem agora, nem nunca.

– Você está chorando? – ele sussurrou.

– Não – respondeu depois de um instante, num soluço. – Não estou.

– Está mentindo?

– Sim, estou.

TREZE

Lane olhava para o lado oposto do Antigo Silo construído por um dos seus ancestrais, sabendo que estava dentro do limite legal de álcool para poder dirigir, e que isso não duraria muito. Tinha uma garrafa de nº 15 contra o quadril, que surrupiara de uma caixa pronta para ser despachada, e apesar de ainda não ter rompido o lacre, tinha toda intenção de secar a garrafa.

Em toda a sua volta, o Antigo Silo estava deserto, e surpreendeu-se ao perceber que o código de acesso do sistema de alarme ainda era o mesmo de antes.

Sabia que deveria deixar Lizzie em paz.

– Sinto muito – murmurou. – Quero dizer todas as coisas certas, fazer as coisas certas, e sei que não estou cumprindo esses objetivos. Maldição, Lizzie...

Inclinou a cabeça para o lado e segurou o telefone entre o ombro e a orelha. Pegando o bourbon, abriu a garrafa e a levou até a boca.

A ideia de tê-la feito chorar de novo o comia vivo.

– Você está bebendo? – ela perguntou.

– Ou faço isso ou bato a cabeça na parede até sangrar.

Enquanto ela exalava fundo, ele deu mais um gole. E um terceiro.

Quando terminou de engolir e a queimação na garganta cessou, ele fez a pergunta cuja resposta tanto temia:

— Você está com alguém?

Ela demorou bastante para responder.

— Não.

Foi sua vez de exalar fundo.

— Não acredito em Deus, mas, neste instante, estou com vontade de me autoproclamar cristão.

— E se eu não te quiser mais? O que vai fazer, então?

— Está me dizendo que isso é verdade?

— Talvez.

Ele fechou os olhos.

— Então, eu vou recuar. Isso vai acabar comigo... mas vou embora.

Mais silêncio. Que ele passou bebendo da garrafa.

— Amigos — ela disse por fim. — Só vou até aí. É só isso que consigo fazer.

— Ok. Respeito isso.

Ele conseguiu ouvir o alívio na voz dela.

— Obrigada.

— Mas — ele a interrompeu — o que, exatamente, isso quer dizer?

— Como é?

— Bem, amizade... Como é isso? Posso te telefonar, certo? Amigos podem comer juntos de vez em quando, só para se manterem a par das novidades, não é? Você sabe, divórcio, planos de mudança, novas direções, esse tipo de coisa.

— Lane.

Ele sorriu.

— Adoro quando você diz meu nome desse jeito.

— Quando estou irritada?

— É sexy.

Lizzie pigarreou.

— Essa palavra não cabe numa amizade, ok?

— Eu apenas constatei um fato.

— Uma opinião.

— Fato.

— Lane, estou te avisando, você precisa…

Enquanto ela prosseguia, falando à sua maneira tipicamente franca e sem rodeios, ele fechou os olhos e prestou atenção às ordens dela, deixando que seu tom de voz o envolvesse. Bem no íntimo, aquele desejo velho e tão conhecido despertou, como um dragão adormecido… e o ímpeto foi tão forte que ele quis entrar no carro e atravessar as pontes até Indiana.

— Ainda está aí? — ela perguntou, brava.

— Ah, estou. — Arrumando a ereção dentro das calças, refreou um gemido. — Estou, sim.

— O que está fazendo?

Ele afastou a mão para longe, bem longe do marco zero.

— Nada.

— E então? — disse ela. — Está ou não?

— Estou o quê?

— Dormindo enquanto fala comigo.

— Muito pelo contrário — ele murmurou.

Houve uma leve pausa e depois:

— Ah…!

Como se ela o tivesse compreendido.

— Melhor eu desligar — ele disse, rouco. — Cuide-se. Nos falamos amanhã.

Só que ela não parecia querer que ele desligasse… e seu pau ficou todo lépido e faceiro.

— Quer dizer que você vai ficar? — ela perguntou.

Podemos falar sobre outro assunto?, sua ereção pensou.

Sossegue, garoto.

— Sim, vou. — Quando ele mudou de posição no chão duro, tentou ignorar o modo como o zíper resvalou. — Tenho que me encontrar com Samuel T. para falar do divórcio.

— Então, você vai mesmo…

— Vou — ele disse. — Imediatamente. E não, não é só por sua causa. Cometi um erro, e vou consertar isso para o bem de todo mundo.

— Tudo bem. — Ela pigarreou. — Ok.

— Só estou seguindo em frente, Lizzie.

— Se é o que você diz. Bem, tchau…

— Não — ele a interrompeu. — Assim não. Nós dizemos boa noite, está bem? E não tchau, a menos que você queira que eu apareça na soleira da sua porta como um cachorro sem dono.

— Está bem.

Antes que ela desligasse, ele formou um "eu te amo" com os lábios.

— Boa noite, Lizzie.

— Boa noite… Lane.

Encerrando a ligação, Lane deixou o braço cair, e o aparelho bateu no piso de concreto com um baque.

— Eu te amo, Lizzie — disse em voz alta.

Tomando mais um gole da garrafa, pensou em como era conveniente que a fortuna da família se baseasse em algo com o qual ele poderia se embebedar. Se fosse uma enormidade de outros produtos de consumo — canetas, baterias de carro, band-aids, chicletes —, nada poderia ajudá-lo na sua atual situação.

Quando o telefone voltou a tocar, ele o atendeu de pronto. Mas não era Lizzie.

— Jeff — ele disse, mesmo não querendo conversar com mais ninguém.

A voz do seu anfitrião nova-iorquino soou seca.

— Você ainda está vivo.

— Basicamente. — Levou a garrafa de volta à boca. — E você, como é que você está?

— Está bebendo?

— Isso mesmo. Nº 15. Eu dividiria com você, se estivesse aqui.

— Um cavalheiro sulista, sem dúvida. — Seu amigo praguejou. — Lane, onde você está?

— Em casa.

Houve tempo suficiente para grilos cantarem na conexão.

— Você está se referindo a…

— Isso mesmo.

— Charlemont?

— Nascido e criado eu fui, e ao lar regressei. – Puxa. Devia estar ficando bêbado, estava parecendo um sulista de verdade. – Assim como você e o Upper East Side, só que nós temos miúdos de porco e frango frito.

— Que diabos você está fazendo aí?

— A minha... – Pigarreou. – Uma pessoa muito importante para mim adoeceu. Tive que voltar.

— Quem?

— A mulher que me criou. A minha... bem, a minha mãe. Mesmo ela não sendo a minha mãe biológica. Ela ficou doente alguns anos atrás, mas sabe como são essas coisas. Elas podem voltar. Ela diz que vai ficar bem, então estou me apegando a isso.

— Quando vai voltar?

Lane tomou mais um gole.

— Já te contei que me casei?

— *O quê?*

— Foi um pouco antes de eu ir para o norte e acabar no seu sofá. Vou ficar aqui até a senhorita Aurora ficar bem e, assim, vou poder cuidar dessa outra coisa idiota. Além disso... é que... tem essa outra mulher.

— Espera um minuto. Cacete. Espera aí...

Houve uma espécie de farfalhar, seguindo de um *clic, clic, clic* como se alguém estivesse tentando acender um isqueiro... e depois uma baforada.

— Vou precisar de um cubano para ouvir isso. Então, você tem uma *esposa*?

— Eu te disse que não era gay.

— Foi por isso que você não ficou com ninguém aqui?

— Não, foi por causa da outra mulher. Aquela com quem não me casei. Aquela que é naturalmente bonita e boa demais para mim.

— Vou precisar de um diagrama de Venn – o cara murmurou. – Cacete, por que não me contou nada disso?

Lane balançou a cabeça, mesmo que o amigo não pudesse vê-lo.

— Eu estava no modo de fuga. — Caramba, odiou o fato de Chantal estar certa. — Tudo estava barulhento demais dentro da minha cabeça. A coisa toda. Então, como é que você está?

— Você joga isso tudo em cima de mim e termina querendo saber como é que eu estou?

— Tenho que voltar a beber. Conversar está me retardando, mas estou disposto a ouvir. — Tomou um gole grande. — E aí? Alguma novidade?

— Estou bem, você sabe, as coisas de sempre no trabalho. Dez mil amplificadores ligados, um chefe que não sai do meu rabo e dezesseis comprimidos de Motrin por dia para impedir que a minha cabeça exploda. O mesmo de sempre. Pelo menos ainda tem dinheiro... ainda mais agora que você não está me arrancando um quarto de milhão de dólares todas as semanas no feltro verde.

Conversaram um pouco mais sobre nada em especial. Jogos de pôquer, Wall Street, a mulher com quem Jeff andava transando... E mesmo que Lane não fosse muito de ficar conversando ao telefone, percebeu que estava com saudades do cara. Acostumara-se à troca rápida, às sacadas inteligentes e, em especial, àquele sotaque de Jersey nos fim das frases e no uso de algumas outras palavras.

— Então, acho que é adeus por ora – seu antigo colega de classe disse.

Lane franziu o cenho e visualizou Lizzie. Ouviu a voz dela. Lembrou-se da cautela dela.

Depois rearranjou sua ereção persistente.

Ficou se perguntando se existia a mínima possibilidade de voltar para Nova York.

Pensando bem, seria melhor não se adiantar. No que se referia a reconquistar Lizzie, dependia de duas pessoas. Só porque estava pronto para retomar o relacionamento deles não significava que ela se apressaria. E também havia a sua família. Como se ele conseguisse se imaginar voltando a viver em Easterly... Mesmo que a senhorita Aurora ficasse bem de saúde e que ele e Lizzie se acertassem, a ideia de coexistir com o pai bastava para ele contemplar a fronteira canadense com carinho. E nem isso seria longe o suficiente.

— Não sei se vou ficar de vez.

— Você sempre pode voltar. O meu sofá já está com saudades de você... e ninguém joga Texas Hold'em como você.

Os dois desligaram depois de se despedirem, e enquanto Lane mais uma vez largava o braço e deixava o aparelho cair, concentrou-se na antiga destilaria do lado oposto. O lugar fora usado por décadas na virada do século, e agora era visitado por dezenas de milhares de turistas que vinham conhecer o Antigo Silo durante todo o ano.

Por algum motivo, percebeu que nunca tivera um emprego. A extensão dos seus "empenhos profissionais" era evitar os paparazzi, o que era mais uma questão de sobrevivência do que algo relacionado a uma carreira. Graças ao seu fundo fiduciário, não sabia o que eram chefes ou colegas de cubículo chatos, nem trajetos ruins para o trabalho e de volta para casa. Não se preocupava em estar em algum lugar num determinado horário, ou em concluir relatórios, nem tinha dores de cabeça devido às tantas horas passadas diante da tela do computador.

Engraçado, nunca antes considerara o fato de ter tanto em comum com Chantal. A única diferença entre eles era que o dinheiro da família dela não bastava para sustentar o estilo de vida a que se acostumara, motivo pelo qual tivera que se casar com ele.

E lá estava Lizzie, trabalhando duro, pagando aquela fazenda. Conhecendo-a como a conhecia, ela já devia estar chegando ao seu objetivo.

O que o fazia respeitá-la ainda mais.

E também o fazia se questionar exatamente o que tinha para oferecer a uma mulher de substância. Dois anos atrás, estivera todo excitado e metido no drama familiar, ávido por ela fisicamente, e tão cativado por ela mentalmente que nunca olhara para si mesmo segundo o ponto de vista dela. Todo o seu dinheiro e a sua posição social só tinham valor para pessoas como Chantal. Lizzie queria mais, merecia mais.

Ela queria a realidade.

Talvez, no fim das contas, ele não estivesse tão acima daquela sua esposa.

Ex-esposa, corrigiu-se, enquanto continuava a beber.

CATORZE

— A que devo a honra?

O pai de Gin falava, e seu tom era de afirmação, não de pergunta, e sugeria que o fato de ela estar parada na porta do quarto dele era uma invasão.

Que pena, ela pensou com ironia.

— Quero saber que diabos aprontou com Richard Pford.

O pai não demonstrou nenhuma reação, parado diante da cômoda, prosseguindo com o ato de retirar as abotoaduras de ouro. O paletó do smoking preto tinha sido dobrado uma vez e estava ao pé de uma *chaise longue*, e os suspensórios preto e vermelho haviam sido retirados dos ombros e estavam pendurados na cintura como duas fitas.

— Pai — ela rugiu. — O que você fez?

Ele a deixou esperando até tirar a gravata borboleta, puxando-a do colarinho.

— Está na hora de você se assentar...

— Você dificilmente está em posição de defender o matrimônio.

— ... e Richard é um marido perfeito.

— Não para mim.

– Isso ainda veremos. – Virou-se na direção dela, os olhos frios, o belo rosto impassível. – E não se engane, você se casará com ele.

– Como ousa! Não estamos na virada do século. As mulheres não são bens, podemos ter propriedades, as nossas próprias contas bancárias, podemos até votar! E, com certeza, podemos decidir se queremos ou não atravessar a nave de uma igreja… E eu não vou, de modo algum, sair com aquele homem, quanto menos me casar com ele! Ainda mais se isso beneficiar você de algum modo.

– Sim, você vai. – Por uma fração de segundo, o olhar dele se desviou para cima do ombro dela e ele meneou a cabeça como se estivesse dispensando alguém no corredor. – E fará isso o mais rápido possível.

Gin se virou, esperando ver alguém atrás de si na soleira da porta. Não havia ninguém ali.

Voltou a se concentrar nele.

– Você vai ter que apontar uma arma na minha cabeça.

– Não será preciso. Você fará isso por sua própria escolha.

– Não.

– Sim, você vai.

No silêncio que se seguiu, o coração dela deixou de bater algumas vezes. Durante toda a vida, aprendera a odiar e a temer o pai. E naquele silêncio tenso, de ar estagnado entre eles, ela se perguntou, e não pela primeira vez, do que ele seria verdadeiramente capaz.

– Você pode escolher brigar – disse ele com suavidade. – Ou pode ser eficaz em relação ao assunto. Você só vai acabar se ferindo se não fizer isso pela família. Agora, se me permite, vou me recolher…

– Você não pode me tratar dessa maneira. – Ela forçou um pouco a voz. – Não sou um executivo da empresa que você pode empregar e demitir. E não pode me dar ordens, não quando se trata de arruinar a minha vida.

– A sua vida já está arruinada. Você teve uma filha aos dezessete anos, aqui, nesta mesma casa, pelo amor de Deus, e deu seguimento a isso com o comportamento promíscuo tipicamente reservado para as strippers de Las Vegas. Quase não se formou na Sweet Briar por causa do *affair* com o professor de inglês, que era casado e, assim que voltou a morar aqui, deitou-se com o chofer. Você é a desgraça da família. E pior, tenho a distinta impressão de que parte da sua diversão nessas suas aventuras é a vergonha que provoca em sua mãe e em mim.

— Talvez se eu tivesse um bom exemplo masculino para admirar, eu não considerasse os homens tão universalmente desagradáveis.

— Antes você os considerasse mesmo desagradáveis. No entanto, esse parece não ser o seu problema. Por algum motivo, Richard não se intimidou com a sua reputação, um erro de julgamento que, por certo, ele vai acabar lamentando. Ainda bem que não é problema meu.

— Eu te odeio — ela sibilou.

— O mais triste, minha querida, é que lhe falta suficiente profundidade para tal nível de inimizade. Se fosse minimamente inteligente, perceberia que Richard Pford será capaz de mantê-la no estilo de vida que você necessita, tanto quanto precisa do ar para respirar, pelo resto dos seus dias. E você estará garantindo a continuação do sucesso e da saúde financeira da família que lhe deu essa bela ossatura e essa adorável coloração facial. Essa será, depois de tudo, a sua única contribuição ao nome "Bradford".

Gin mal percebia que estava respirando superficialmente.

— Algum dia, você vai pagar pelos seus pecados.

— Está se tornando religiosa agora? Acredito que qualquer tipo de conversão para você será difícil, até por alguém como Jesus.

— Como pode ser tão odioso? Nunca conheci ninguém tão cruel quanto você...

— Só estou cuidando de você do único modo que sei. Estou lhe dando uma fortuna, um nome honrado, e você poderá levar Amelia com você, se desejar. Ou ela pode ficar aqui.

— Como se ela não passasse de uma maleta? — Balançou a cabeça. — Você é um depravado. Absolutamente depravado...

Ele avançou e a agarrou pelo braço, permitindo que alguma emoção escapasse por baixo da máscara aristocrática de autossegurança.

— Você não faz a mínima ideia do que é necessário para manter esta família. Nenhuma ideia. A sua tarefa diária mais complexa é priorizar o que fazer antes: unhas ou cabelos. Portanto, não ouse falar de depravação quando estou resolvendo o problema de todos os sanguessugas debaixo deste teto. Os termos favoráveis de Richard Pford continuarão a nos permitir isso. — Balançou a saia do vestido de gala dela. — E isso... – Apontou para o colar no seu pescoço. – E todas as outras coisas das quais você tira vantagem diariamente sem parar para ponderar, nem que seja por um instante, como chegaram até você e a que custo. Casar-se com aquele homem é a única coisa que já lhe pediram em troca pela sua boa estrela ao nascer e pela sua liberdade de cobiça. Você é uma Bradford dos pés à cabeça, capaz apenas de consumir, mas, às vezes, um pagamento deve ser feito. Portanto, *sim* – ele enfatizou –, posso lhe garantir que você será a deveras feliz e contente senhora Richard Pford. Você lhe dará filhos e será fiel a ele, ou, que Deus me ajude, eu a surrarei como a garotinha de cinco anos que você ainda é. Estamos entendidos? Ou quem sabe você vai preferir fazer um curso intensivo para tentar ser como as pessoas que lavam os seus carros, preparam a sua comida, limpam o seu quarto e passam as suas roupas? Talvez você goste de saber como é difícil trabalhar para se sustentar.

– Eu te desprezo – ela disse, trêmula dos pés à cabeça.

O pai também arfava, e tossiu no punho cerrado.

– Como se me importasse. Vá em frente, faça o seu escândalo, esperneie e grite, só provará o quanto estou certo. Se for uma mulher de fato, em vez de apenas uma criança mimada e malcriada, acordará pela manhã e cumprirá o seu dever pela primeira vez em sua vida.

– Eu seria capaz de te matar neste mesmo instante!

– Mas, para isso, você teria que carregar uma arma, não é? Não é algo que possa pedir a uma criada, desde que, claro, não queira ser descoberta.

– Não me subestime...

– Visto o baixo padrão que estabeleceu para si mesma, isso seria algo muito difícil de fazer.

Girando sobre os calcanhares, ela saiu do quarto aos tropeções, e correu pelo corredor até a sua suíte. Lançando-se pela porta, trancou-se e ofegou.

Ah, inferno, não, não, jurou. *Você não vai fazer isso comigo.*

Se ele achava que antes ela era um problema, ele que esperasse pelo que ela aprontaria em seguida.

Enquanto marchava do quarto para o banheiro, planos reviravam em sua cabeça, muitos dos quais envolviam crimes contra o pai. No fim, teve que tirar o vestido, e o deixou cair no chão, livrando-se da seda antes de continuar andando de um lado para o outro apenas de bustiê e saltos e aqueles diamantes que a vadia da esposa do irmão tentara pôr as mãos.

Fervendo, só conseguia pensar na primeira vez em que odiara o pai...

Tinha seis, talvez sete anos, quando aconteceu. Noite de Ano-Novo. Acordara por causa dos fogos, que explodiam ao longe sobre o centro da cidade. Assustada, fora à procura de Lane, aquele com quem sempre se sentia amparada... encontrando-o na sala de estar com Max.

Gin insistira em ficar com os irmãos e fazer o que quer que estivessem fazendo. Na época, era a história da sua vida, sempre correndo para acompanhá-los, conseguir alguma atenção, estar no radar de alguma pessoa. Os empregados da casa faziam o que os pais queriam e cuidavam dos irmãos. Ela era uma nota de rodapé, uma reflexão tardia, o tapete no qual tropeçavam a caminho da porta quando iam fazer algo melhor, mais interessante, mais importante.

Não quisera beber aquela coisa da garrafa. O cheiro do bourbon era ruim, e ela sabia que era proibido, mas se Max e Lane iam tomar um pouco, então ela também tomaria.

E assim foram apanhados.

Não uma vez, mas duas.

Assim que entrara na sala, Edward ordenara que ela voltasse para a cama, e ela saíra pelos fundos como ele lhe dissera. Depois de passar pelo corredor dos empregados, porém, ouvira vozes e tivera que se esconder nas sombras a fim de não ser flagrada... quando o pai saíra do escritório de Rosalinda Freeland.

Ele estava usando seu roupão, amarrando as duas pontas do cinto ao sair de lá, e seus olhos estavam arregalados, como se estivesse com raiva, mas não havia como ele ter ouvido suas vozes lá na sala de estar. O primeiro instinto de Gin fora o de correr para a frente da casa e alertar os irmãos. No entanto, o medo a detivera... E, em seguida, a senhora Freeland saíra também, agarrando o pai pelo braço.

Sua mente infantil se perguntara por que a blusa da moça do escritório estava desabotoada, e os cabelos, sempre bem penteados e presos, estavam meio desarrumados.

Os dois discutiram em tons sussurrados, dizendo coisas que ela não conseguiu entreouvir acima das batidas do seu coração. Em seguida, o pai saiu de lá e a senhora Freeland voltou para o escritório, fechando a porta.

Gin permanecera ali pelo que lhe pareceu um ano, temendo sair, caso a senhora Freeland voltasse. Só que ela também temia que o pai voltasse por aquele caminho e a encontrasse.

Ele não devia estar ali com aquela mulher.

Ele não ficaria feliz por ela tê-lo visto.

Descalça, apressou-se pelas escadas dos empregados, colando na parede de gesso conforme subia. Já no segundo andar, paralisou quando uma segunda rodada de fogos se iniciou e, assim que terminaram de explodir, ela se abrigou na porta aberta de um dos quartos de hóspedes, desejando ter algum lugar seguro para ir.

Voltar sozinha para o quarto parecia-lhe aterrorizante. E se, além disso, o pai estivesse procurando por ela?

Sentando-se encolhida, enfiou as pernas junto do corpo e abraçou os joelhos. O pai devia ter encontrado os irmãos. Não havia como o homem não os ter visto, se tivesse usado as escadas da frente.

E isso a assustava mais do que o barulho do lado de fora.

Momentos depois, Edward surgiu no alto da escadaria, com o pai logo atrás, pairando como um monstro. Por algum motivo, o andar do irmão estava trôpego e a pele do rosto estava pálida. O pai lhe pareceu tão inflexível e reprovador quanto um banco de igreja.

Onde estariam os outros dois?

Nada foi dito enquanto eles prosseguiam até a porta do quarto do pai. E quando chegaram ao destino, Edward ficou de lado e depois tropeçou para dentro do cômodo escuro assim que a porta lhe foi aberta.

– Sabe onde estão os cintos.

Foi tudo o que o pai disse.

Não, não, *ela pensou*. Aquilo não era justo, Edward não estava envolvido! Por que ele…

A porta se fechou num baque, e ela estremeceu ante o que estava para acontecer.

Como esperado, um estalido foi seguido por um grunhido.

De novo.

E mais uma vez.

Edward nunca chorava. Nunca praguejava.

Já ouvira aquilo vezes demais para saber disso.

Gin abaixou a cabeça sobre os braços finos e cerrou os olhos. Não sabia por que o pai odiava tanto Edward. O homem desgostava do resto deles, mas Edward o deixava furioso.

Edward nunca chorava.

Por isso, chorou por ele… E resolveu, dali por diante, que se o pai podia odiar Edward, dois poderiam jogar aquele jogo.

E ela escolheu o que segurava o cinto naquele minuto.

Odiaria o pai dali por diante.

Voltando a se concentrar, Gin descobriu-se sentada na cama, com os joelhos ao encontro do peito, os braços ao seu redor, como se estivesse, uma vez mais, sentada dentro daquele quarto de hóspedes com apenas a camisola para aquecê-la, e o que acontecia no quarto do pai a aterrorizava em seu íntimo.

Sim, fora assim que tudo começara para ela, e William Baldwine nunca lhe dera motivos para reconsiderar o seu ódio. Aquele acordo com Richard Pford era apenas mais um item numa longa lista.

Mas não era o pior.

Não, a pior coisa que o homem fizera foi algo que ela apenas suspeitava, algo que ninguém mencionara, quer sob o teto de Easterly, quer nos jornais.

Estava convencida de que o pai era o sequestrador de Edward.

O irmão ia com frequência à América do Sul, e assim como outros executivos de sua posição, sempre viajava acompanhado de seguranças contratados pela CBB. Com esse tipo de proteção, ninguém deveria ter sido capaz de se aproximar. No entanto, seu irmão fora levado... Não numa estrada, nem mesmo numa localização remota.

Mas da sua suíte no hotel.

Como foi que aquilo pôde acontecer?

A primeira coisa que ela pensou, quando lhe contaram, foi que ali havia dedo do seu pai.

Tinha provas? Não, não tinha. Mas passara a infância inteira vendo o homem observando Edward como se menosprezasse o ar que o garoto respirava. E mais tarde, quando Edward passara a trabalhar na empresa, teve a impressão de que o relacionamento daqueles dois esfriara ainda mais, visto que o Comitê dos Curadores passara a dar mais e mais responsabilidades a Edward.

Haveria um modo melhor de se livrar de um rival do que matá-lo no exterior? De uma maneira que faria William Baldwine parecer vítima por ser um pai "em luto"?

Deus, Edward quase fora enterrado lá. E quando finalmente regressara? Estava em péssimas condições. Nesse meio-tempo, o pai se colocara diante da mídia, dos curadores, da família, mas nunca, sequer uma vez, fora visitar o filho.

Vergonhoso. E na cabeça dela era uma confirmação de que William Baldwine tentara se livrar de uma ameaça corporativa que não podia demitir.

Não era de se admirar que ela não confiasse nos homens.

Não era de se admirar que nunca fosse se casar.

Quanto menos para fazer o pai feliz.

QUINZE

Quando chegou a Easterly na manhã seguinte, Lizzie precisou manobrar o Yaris duas vezes para conseguir estacioná-lo direito, o que revelava o quão lamentável era seu estado mental, considerando-se que o carro era do tamanho de uma bicicleta. Saindo dele, pegou desajeitada a bolsa e a deixou cair. E quando se abaixou para pegar o protetor solar no asfalto já quente, percebeu que tinha esquecido de trazer o almoço.

Fechou os olhos.

– Maldição...

– Tudo bem, menina?

Lizzie se endireitou e se virou na direção de Gary McAdams. O chefe da manutenção da propriedade vinha andando pelo gramado, o leve claudicar não o fazia diminuir o ritmo, com o rosto envelhecido pelo tempo crispado em sinal de preocupação, como se estivesse avaliando um trator com eixo solto.

Será que sua aparência estava tão ruim assim?, perguntou-se.

Pensando bem, não dormira praticamente nada.

– Ah, sim, estou bem. – Ela forçou um sorriso. – Ótima.

– Tem certeza disso?

Não.

– Sim. Como vai a sua equipe?

– Já terminaram de cortar a grama e de aparar as trepadeiras, e vou fazer com que limpem o terraço depois das dez. – Porque só então eles tinham permissão para fazer barulho perto da casa. – As tendas foram erguidas, a parte do buffet já está pronta com as grelhas no lugar, mas tem um probleminha.

Lizzie acomodou a bolsa no ombro e pensou que já estava pronta para lidar com qualquer problema que pudesse solucionar.

– O que foi?

– Aquele senhor Harris está querendo falar com você. Tem algo com as taças de champanhe.

– Com a disposição delas nas mesas? – Fechou a porta do carro. – Pensei que elas seriam distribuídas durante a festa.

– Não, só chegou metade do pedido. Ele acha que você mudou a quantidade.

– O q... Por que eu faria isso?

– Ele disse que você é a única pessoa com acesso ao pessoal do aluguel.

– Encomendei as tendas, só isso. É ele quem tem que cuidar da louça, dos talheres e dos copos... Desculpe, estou gritando? Sinto como se estivesse gritando.

Ele apoiou sua grande mão sobre o ombro dela.

– Não se preocupe com isso, menina. O senhor Harry também me deixa doido.

– É senhor Harris.

– Eu sei.

Ela teve que gargalhar.

– Vou lá falar com ele.

– Quando ficar cansada dele, eu tenho uma pá e um ancinho. E muita área verde livre lá na minha casa.

– Você é um cavalheiro.

– Nem perto disso. Me dá a sua bolsa, menina. Vou com você.

– Ela não pesa nada. Pode deixar comigo. – Começou a andar pelo caminho que levava até a ala dos empregados. – Além disso, posso precisar dela para bater na cabeça dele.

— Lembre-se do meu ancinho — ele disse.

— Sempre.

A cada passo sobre as pedras, seu peito se contraía, e a sensação de sufocamento piorava conforme a vastidão da mansão branca surgia ao longe.

Depois de passar a madrugada olhando para o teto, não chegou a conclusão nenhuma sobre ela e Lane. O que ela guardara para si? O som da voz dele no fim do telefonema. Lembrou-se daquele tom sexy que costumava significar que ele encontraria um modo de ficar sozinho com ela, despida, o mais rápido possível.

Pareceu-lhe uma traição total que seu corpo não fosse nada além de um simples "ah, sim, pode vir" — como se sua libido desejasse o retorno do seu mestre. Afinal, ela era muito mais do que apenas um ou dois orgasmos roubados com um homem que ela deveria estar manuseando com pinças de churrasco e um extintor de incêndio.

Loucura.

Quando, por fim, chegou à casa, passou pela entrada lateral do jardim e atravessou a porta dos fundos da cozinha só para se certificar de que tudo o que preparara para a festa ainda estava onde havia deixado na noite anterior.

O que era tolice. Como se um punhado de elfos tivesse entrado ali e bagunçado tudo à luz do luar.

Entrou pela porta de empregados e cruzou a imensa cozinha que, naquele momento, estaria limpa, fria e vazia, apenas à espera dos chefs que estavam escalados para trabalhar das oito às oito. Só que o cômodo não estava completamente deserto. A senhorita Aurora estava diante do fogão industrial, com uma panela de ferro cheia de bacon estalando à esquerda, uma segunda à direita tomada de ovos mexidos. Quatro pratos estavam dispostos na bancada de aço inoxidável da ilha principal, junto de tigelas com framboesas e mirtilos frescos, um açucareiro, um pote com creme de leite e café sobre uma bandeja, sem falar de uma seleção de pãezinhos doces caseiros.

— Senhorita Aurora?

A mulher olhou por sobre o ombro.

— Ah, aí está ela. Como está? Já comeu?

— Sim, senhora.

– Não o bastante. Você e Lane, magrinhos demais. – A cozinheira se voltou para os ovos e os virou com uma espátula vermelha. – Você deveria deixar que eu te alimentasse.

– Não quero causar problemas. – Houve um grunhido de desaprovação, e antes que a discussão de sempre começasse, Lizzie a interrompeu. – A senhora me parece bem.

– Eu disse praquele mordomo que não precisava de nenhuma ambulância.

– Pelo visto, a senhora tinha razão. – E Lane devia estar muito aliviado. – Viu o senhor Harris?

– No escritório dele. Quer que eu vá com você?

– Então ficou sabendo do "champanhegate"?

– Fui eu que mandei Gary te avisar. Eu sabia que ele ia te ver quando você chegasse. Não quis que você viesse pra cá sem ter sido avisada antes.

– Não mudei o pedido.

– Claro que não. – A senhorita Aurora levantou uma frigideira de uns sete quilos como se não pesasse mais que um prato de papel. Enquanto distribuía os ovos, balançava a cabeça. – Existe uma explicação perfeitamente boa.

– Qual?

– Não é da minha conta.

– Tuuudo bem. – Lizzie deu um tempo para que a cozinheira se explicasse, mas ela não o fez. – Bem, de toda forma, vou cuidar disso. Estou muito feliz que esteja bem e de pé, senhorita Aurora.

– Você é uma boa menina, Lizzie. Mas seria ainda melhor se me deixasse te oferecer o café da manhã.

– Talvez na próxima vida.

– Só se tem direito a uma. Depois, a gente vai pro céu.

– É o que o meu pai sempre me dizia.

– O meu também.

Andando sobre o piso de azulejos, Lizzie empurrou as portas duplas e seguiu pelo corredor dos empregados. O escritório do senhor Harris ficava bem diante do de Rosalinda, e ela bateu à porta do mordomo. E mais uma vez. Na terceira, achou que estava esfolando os nós dos dedos à toa.

Fungando no ar, fez uma careta e considerou que o corredor precisava ser arejado urgentemente. Mas, pensando bem, os Bradford se recusavam a instalar ar-condicionado ou aquecimento naquela parte da casa. Afinal, os empregados que se virassem.

Seguindo até a porta envernizada de Rosalinda, também bateu ali, mesmo que a organizadora da família fosse rígida em seu horário de trabalho das nove às cinco, com trinta minutos de almoço precisamente ao meio-dia e dois intervalos de quinze minutos às 10h30 e às 15 horas. A agenda controlada lhe parecera bizarra a princípio, mas, alguns anos mais tarde, já era somente mais uma das muitas regras e regulamentos de Easterly. E fazia sentido, uma mulher que não fazia nada além de pagar contas e somar e subtrair números provavelmente tinha uma régua de cálculo nas veias e sérios problemas de controle.

Daí, então, seu título.

Pousando as mãos nos quadris, Lizzie sabia que o mordomo muito provavelmente estaria servindo a família na sala de jantar íntima. Inclusive Lane.

Consultou as horas no relógio de pulso. Não ficaria esperando pelo senhor Harris e, de jeito nenhum teria aquele confronto diante dos outros. Além disso, ela tinha trabalho a fazer: não terminara os arranjos florais na noite anterior.

Seguindo para a estufa pelo caminho dos fundos, deixou de lado sua confusão mental e se concentrou no que tinha para fazer. Depois que terminasse os arranjos, disporia as toalhas de mesa, já que não havia probabilidade de chuva e de vento forte antes do *Brunch* da manhã seguinte. E estava encarregada de colocar todos os pratos e copos onde precisavam ficar: junto aos bares e estações de serviço espalhados pelos jardins. Greta deveria chegar em…

– Bom dia.

Lizzie parou com a mão na maçaneta da estufa.

Relanceando por cima do ombro, deparou-se com os olhos de Lane. Ele estava sentado numa espreguiçadeira lateral, com as pernas dobradas na altura dos joelhos, os cotovelos nos apoios de braço, os dedos longos cruzados diante do peito. Usava as mesmas roupas da noite anterior e o cabelo estava uma bagunça completa, como se ele não tivesse dormido em sua cama.

– Esperando por mim? – ouviu-se dizer enquanto seu coração batia forte.

Em seu quarto, Gin amarrotava uma blusa Prada e a enfiava num dos cantos da sua mala Louis Vuitton de rodinha.

– Lenço de papel... era para você colocar lenço de papel aí. Onde ele está...

Começando a procurar, encontrou as folhas cor-de-rosa clarinhas com suas iniciais estampadas numa gaveta ampla dentro de seu guarda-roupa. De volta para onde estava arrumando a mala, lambeu o dedo e tirou uma das folhas, sendo atingida pela fragrância suave de Coco, porque a empregada borrifava cada um dos lenços individualmente assim que eram entregues na casa. Colocando o papel delicado ao redor do bolinho de seda, cobriu tudo com uma saia McQueen.

Repetindo o processo até ter quatro conjuntos completos ali, inclinou-se para trás para dar uma olhada no trabalho. Horrível. Nada parecido com o que Blanche fazia para ela, mas não pretendia esperar até que a mulher chegasse para o seu turno ao meio-dia.

Gin estava fechando a mala quando percebeu que não tinha separado roupas íntimas, sapatos e tampouco os artigos de higiene.

Pegou outra mala LV e dispensou o lenço de papel.

De toda forma, o que importava? Acabaria simplesmente comprando tudo que precisasse.

Quando terminou, levantou o telefone ao lado da cama e ligou para o escritório de Rosalinda, sem acreditar quando a secretária eletrônica pediu que deixasse um recado.

– Onde diabos essa mulher foi...

Uma olhada rápida para o relógio Cartier sobre a mesa e ela descobriu que ainda eram 8h30. Deus, há quanto tempo não se levantava cedo assim?

Arranjos para o uso dos jatinhos também podiam ser feitos por meio da assistente executiva do pai, e aquele robô estava sempre junto à sua escrivaninha. Mas Gin só queria que ele soubesse que ela estava partindo quando estivesse na metade do caminho até a Califórnia e, sem dúvida, seu buldogue de saia atacaria o telefone para avisá-lo assim que ela a acionasse.

Deus, aquela expressão no rosto dele na noite anterior fez seu sangue gelar. Nunca o vira tão furioso.

Mas, em retrospecto, ela era mesmo filha do seu pai: assim como no jogo do ódio, dois podiam jogar aquele novo jogo.

Dez minutos mais tarde, Gin puxou as alças da bagagem e as rolou até o corredor, tropeçando sobre as malditas malas. Com a bolsa de monograma combinando com a bagagem batendo na lateral do corpo, empinou um dos saltos Louboutin para fechar a porta, e praguejou contra a falta de um carregador.

Mas também não confiava no mordomo.

A bem da verdade, não confiava em ninguém naquela casa.

Antes de tomar o elevador até o porão, foi até o quarto de Amelia e abriu a porta.

Pela primeira vez, percebeu a decoração.

A cama de dossel branca e rosa era *queen size*, apesar de a filha pesar pouco mais que um travesseiro, e não havia nenhum pôster da Taylor Swift ou do One Direction nas paredes. A penteadeira era francesa e antiga, o banheiro acoplado era de mármore e latão, e tinha mais de sessenta anos, e o candelabro Baccarat no meio do quarto era suspenso por uma corrente coberta por seda, e debaixo dele havia um medalhão de ouro feito à mão.

Parecia mais o quarto de uma senhora de cinquenta anos do que de alguém de quinze.

Dezesseis, a partir da noite anterior, Gin se lembrou.

Andando na ponta dos pés sobre o tapete bordado à mão, ela apanhou seu retrato predileto da menininha de cabelos negros, que agora já não eram mais tão escuros já que ela estava fazendo luzes a cada seis semanas, e tampouco era tão pequenina, pois já estava no segundo ano em Hotchkiss.

Só de pensar na filha, a ideia de sair de Easterly lhe parecia cada vez mais acertada. Ela tinha duas amigas esperando por ela em Montecito, e ficaria lá até que o pai entendesse que podia muito bem administrar uma empresa bilionária, mas que não mandava nela. E depois disso? Voltaria para lá com certa regularidade, só para ele ver que cometera um erro.

De novo no corredor, refreou os xingamentos ao se arrastar até o elevador e entrar. Quebrou uma unha ao apertar repetidamente o botão para fechar a porta, e quase quebrou um dos saltos quando pisou no chão da adega, puxando as malas para fora.

Não fazia a mínima ideia de onde ir. Onde ficava a garagem. Como se orientar no andar subterrâneo.

Levou quase vinte minutos para encontrar o túnel que levava até a frota da família, e quando emergiu na garagem para dez carros, sentia-se como se tivesse não só acabado de correr uma maratona, mas vencido.

Só que estava sem as chaves dos carros. Nada no Bentley. Nem do Drophead. E não pegaria nem o Porsche GTS, nem a Ferrari, tampouco o Jaguar antigo que se parecia com o de Samuel T., porque todos eles tinham câmbio manual e ela não sabia dirigir modelos assim. O mesmo acontecia com os 911 e o Spyker.

E os sedãs Mercedes não eram bons o bastante para ela.

– Maldição! – Quando bateu o pé no chão, uma das malas de rodinha caiu como se tivesse desmaiado. – Onde estão as chaves?

Abandonando a bagagem, marchou até o escritório. Trancado. Assim como as portas da garagem.

Aquilo era totalmente inaceitável.

Pegou o celular, estava prestes a telefonar – bem, não sabia exatamente para quem, mas para alguém –, quando um armarinho pendurado na parede chamou sua atenção. Indo na direção da portinha de metal de 0,3 por 0,9 metros, deu um puxão na alça, e não se surpreendeu quando a porta não cedeu.

A boa notícia? Ela estava com muita vontade de bater em alguma coisa.

Olhando ao redor, não viu nada fora do lugar. Desde lonas para cobrir os carros, até pneus sobressalentes e material de limpeza, tudo estava organizado numa parede com precisão militar em prateleiras, ganchos, e caixas tampadas.

Exceto pelo pé de cabra, que encontrou encostado numa pilha de panos limpos com o brasão da família bordado.

Gin sorriu ao caminhar do alto dos seus saltos, erguendo a peça de metal. De volta ao armário, arqueou o objeto acima da cabeça e bateu na caixa onde estavam as chaves como se aquilo fosse a cabeça do pai. Bateu, bateu, bateu e bateu, o som metálico agudo ecoando em seus ouvidos.

Apesar de já estar quase sem unhas quando concluiu a tarefa, a porta estava pendurada no que restava das suas dobradiças.

O Bentley, decidiu.

Não, o Rolls. Custava mais caro.

Levando a bagagem até o Phantom Drophead, abriu a porta que se abria ao contrário, enfiou as malas no banco de trás e se pôs atrás do volante. Afundou o sapato de salto no freio, apertou o botão da ignição e o motor rugiu a vida com um rosnado latente.

Esticando a mão na direção do espelho retrovisor, apertou todos os botões até a porta da frente se erguer.

E partiu.

A raiva dentro dela fez com que quisesse passar pelo caminho frontal só para desfilar diante dos cômodos particulares da família; mas era mais importante sair da propriedade sem que ninguém soubesse, por isso contentou-se em levantar o dedo médio para Easterly pelo espelho retrovisor enquanto usava o caminho dos empregados.

Quando chegou à estrada River, virou à esquerda, verificou as horas e pegou o telefone. Rosalinda já deveria ter chegado àquela altura, e ela poderia finalmente cuidar dos arranjos para o jatinho, o que não deveria ser um problema. Gin pedia o avião pelo menos uma vez por semana.

Caixa postal. De novo.

O maldito *Brunch*. Esquecera-se dele. Todos os funcionários estavam distraídos.

Mas *ela* tinha necessidades.

Gin ligou para outro número, um que tinha apenas um dígito diferente do de Rosalinda. Ao terceiro toque, ela estava quase desistindo quando ouviu o inconfundível sotaque britânico daquele mordomo.

– Senhor Harris falando, como posso ajudar?

– Preciso de um avião e não consigo falar com a Rosalinda. Você vai ter que providenciá-lo para mim. Decolando neste instante para o aeroporto de Los Angeles.

O mordomo limpou a garganta.

– Senhorita Baldwine, perdoe-me...

– Não venha me dizer que está ocupado demais. Você pode ligar diretamente para o piloto, já fez isso antes, e depois pode voltar para qualquer uma das suas incumbências idiotas do *Brunch*...

– Lamento, senhorita Baldwine, mas não haverá um avião disponível para a senhorita.

– Você só pode estar brincando. – Sem dúvida era por causa daqueles convidados corporativos que estavam chegando para o Derby. Mas ela era da família, pelo amor de Deus. – Tudo bem, apenas atrase alguém e eu...

– Não será possível.

– Eu sou prioridade! – O Phantom ganhou velocidade quando ela apertou o acelerador, pelo menos até quase acertar o carro na frente dela. – Isso é inaceitável. Ligue para aquela torre de controle, ou para aquela lista de pilotos ou... para quem quer que me coloque num maldito avião para a costa oeste!

Houve uma longa pausa.

– Sinto muito, senhorita Baldwine, mas não poderei mais fazer esse tipo de serviço para a senhorita.

Um alerta gélido apertou a sua nuca.

– Que tal mais tarde, ainda esta manhã?

– Não será possível.

– À tarde.

– Lamento, senhorita Baldwine.

– O que o meu pai lhe disse?

– Não cabe a mim comentar o que...

– Que porra que ele te disse? – ela berrou ao telefone.

A respiração que o homem soltou era o mais próximo que ele chegaria a uma imprecação em voz alta.

– Esta manhã, recebi um memorando dirigido à organizadora e a mim, indicando que os recursos da família não estariam mais disponíveis para a senhorita.

– Recursos...?

– O que inclui dinheiro vivo, contas bancárias, viagens e acomodações em hotéis, e acesso às demais propriedades dos Bradford ao redor do mundo.

Nessa hora o pé dela escorregou do acelerador, e quando o carro atrás dela buzinou, ela foi para o acostamento.

– Gostaria de poder fazer algo – ele disse num tom neutro que indicava que isso não era verdade. – Mas, como já disse, estou impossibilitado de ajudá-la.

– O que devo fazer?

— Talvez voltar para casa seja o melhor. Acabei de vê-la saindo no Rolls-Royce.

— Não vou me casar com Richard Pford — ela disse e depois encerrou a ligação.

Quando olhou pelo retrovisor, os arranha-céus denteados do centro da cidade pareceram assustadores pela primeira vez em sua vida. Nunca antes se impressionara com a cidade de Charlemont, tendo dado a volta ao mundo diversas vezes. Mas todas essas viagens aconteceram enquanto ela tinha recursos ilimitados ao seu dispor.

Com a mão trêmula, pegou a carteira e levantou o fecho. Ela tinha cinco notas de cem dólares e algumas de vinte… e sete cartões de crédito, inclusive um Amex Centurion. Estava sem a habilitação porque sempre andava com motorista particular. Também não tinha o cartão do seguro de saúde porque fazia uso dos serviços dos médicos afiliados à Cia. Bourbon Bradford. Não estava nem com o passaporte, apesar de não ter planejado sair do país.

Duzentos metros mais adiante, havia um posto de gasolina, e ela voltou a acionar o Phantom, seguindo o fluxo do trânsito. Quando chegou ao símbolo da Shell, cortou caminho diante de um caminhão que vinha na direção oposta e parou junto a algumas bombas de abastecimento.

Quando saiu, não foi para abastecer o carro. O tanque estava cheio.

Sacou um cartão Visa qualquer e colocou-o no leitor. Em seguida, apertou as teclas que compunham a sua senha. Esperou para ver se a transação hipotética seria aceita.

Não aprovado.

Tentou o Amex e recebeu a mesma resposta da máquina. Quando outros dois Visas não funcionaram, ela desistiu.

Ele bloqueara os seus cartões.

De volta ao volante, tudo ficou embaçado. Tinha investimentos por toda parte, dinheiro que lhe pertencia… mas só dali a dois anos, quando completasse trinta e cinco, e nenhum dia antes disso – algo que descobrira quando num impulso tentara comprar uma casa em Londres no ano passado e tivera esse desejo negado pelo pai. Pouco importou o quanto tivesse gritado com a empresa do seu fundo, eles se recusaram a lhe entregar o dinheiro, declarando que ela não tinha permissão para acessá-lo até que atingisse a idade estipulada.

Só havia um lugar para onde poderia ir.

Odiava implorar, mas isso era muito melhor que se casar, ou admitir uma derrota ao pai.

Colocando o câmbio mais uma vez no *drive*, enfiou-se no trânsito e tomou a direção da qual viera. No entanto, não retornaria a Easterly. Iria para...

De repente, o carro morreu. Tudo parou: o motor, o ar-condicionado, as luzes do painel. As únicas coisas que funcionavam eram o volante e o freio.

Enquanto pressionava o botão da ignição, viu suas ações frenéticas e impotentes de longe, notando, sem dar muita atenção, como suas unhas estavam arruinadas, as pontas cortadas, o esmalte vermelho-cereja lascado. Tendo que admitir que o motor não voltaria a funcionar, foi para o acostamento da estrada para não acabar numa colisão e...

Sirenes soaram ao longe e ela olhou pelo espelho retrovisor.

Uma viatura da Polícia Metropolitana de Charlemont encostou atrás dela com as luzes acionadas. E depois uma segunda unidade se pôs à frente até que o Phantom ficasse bloqueado.

Os dois policiais se aproximaram dela com as mãos sobre as pistolas presas ao coldre, como se não tivessem certeza se precisariam das armas.

– Saia do veículo, senhora – o mais alto deles disse com voz autoritária.

– Este carro é meu! – ela exclamou ao abaixar o vidro. – Vocês não têm o direito de...

– Esse veículo pertence a William Baldwine, e a senhora não tem autorização para usá-lo.

– Ah, meu Deus... – ela sussurrou.

– Saia do carro, senhora...

Merda, estava sem a habilitação.

– Sou filha dele!

– Senhora, estou ordenando que destrave as portas e saia do veículo. Se não fizer isso, vou autuá-la por resistir à prisão. Além de dirigir um veículo roubado.

DEZESSEIS

— Claro que eu estava à sua espera. — Assim que Lane falou, levantou as mãos, num gesto de quem pedia para aguardar. — Mas apenas como amigo. Queria me certificar de que chegou bem ao trabalho.

Maldição, ela estava linda. Mais uma vez, com a camisa polo preta do uniforme de Easterly e shorts cáqui, o cabelo puxado para trás, preso num rabo de cavalo… De alguma forma, parecia exoticamente bela.

Pensando bem, já fazia mais de doze horas que não a via.

Uma vida inteira, de fato.

Enquanto ela revirava os olhos, ele a flagrou tentando esconder um sorriso.

— Já fiz esse trajeto algumas vezes, sabe — ela disse.

— E como foi esta manhã?

Houve uma pausa, e então algo mágico aconteceu. Lizzie explodiu numa gargalhada.

Cobrindo a boca, ela meneou a cabeça.

— Desculpe, mas você está horrível. O seu cabelo está todo… — ela mexeu a mão ao redor da cabeça dele — … está uma bagunça, seus olhos mal conseguem ficar abertos. Sabia que está balançando para a frente e para trás apesar de estar sentado?

Ele deu um sorriso largo.

— Você precisava ver o outro cara.

— Ele era durão?

— Agora, em vez de usar capuz ele usa brinco. — Lane levantou um braço e flexionou o bíceps. — Homem pra valer este aqui...

Ouviram um par de passadas vindo na direção deles, então Lane espiou por cima do ombro dela e murmurou alguma coisa bem baixinho.

Era o mordomo inglês seguindo direto para ela, só que parou quando viu Lane.

— Com licença, Lane — Lizzie disse baixinho. — Tenho um assunto de trabalho para resolver agora.

— O que foi? — ele perguntou ao mordomo.

O inglês sorriu, parecendo um manequim de loja.

— Nada com que tenha que se preocupar, senhor Baldwine. Senhorita King, poderia fazer a gentileza de vir até o meu escritório quando tiver terminado de...

— O que houve? — Lane exigiu saber.

— Apenas um mal-entendido — Lizzie murmurou.

— Sobre o quê?!

Lizzie se concentrou no senhor Mais Sagrado Que o Senhor.

— O pedido das taças de champanhe alugadas foi reduzido, e ele acha que eu telefonei para Mackenzie para mudar a quantidade, mas não fiz isso. Ficarei feliz em poder organizar tudo quando os copos e os pratos chegarem, mas não sou responsável por coordenar nada que se refira aos pedidos. As tendas e as mesas são de minha responsabilidade, e elas estão exatamente onde deveriam estar.

Os olhos do senhor Harris se estreitaram.

— Esta conversa deve ser conduzida em meu...

— Então, não tem nada a ver com ela. — Lane sorriu para o mordomo com frieza. — E seu assunto aqui terminou.

Lizzie pôs uma mão no braço dele, e o contato foi uma surpresa tamanha, que de fato o calou.

— Está tudo bem. Repito, ficarei feliz em fazer o que puder para ajudar. Senhor Harris, quer que eu fale com Mackenzie e tente encontrar um modo de solucionar o caso?

O mordomo olhou de um a outro.

— Sei o que encomendei. O que não sei explicar é como apenas metade disso foi entregue.

— Veja bem, não quero lhe ensinar o seu trabalho — Lizzie disse. — Mas erros da parte deles já aconteceram antes. O que precisamos fazer é descobrir o que mais está faltando e ligar para eles para alertá-los. Isso não deve ser um problema. O senhor fez o pedido pessoalmente ou foi por intermédio de Rosalinda?

— Usei os serviços da senhora Freeland, e lhe entreguei os números corretos.

Lizzie franziu o cenho.

— Ela sabe o quanto pedir. Fez isso por anos a fio.

— Ela me garantiu que tomaria conta da questão. Deduzi que outra pessoa com acesso à conta tivesse reduzido a quantidade.

— Vá procurá-la, e eu encontrarei Greta para contar tudo o que foi entregue. Vamos resolver. Pelo menos, descobrimos hoje e não amanhã de manhã.

Houve um instante de constrangimento no qual o mordomo nada disse, e Lane se perguntou o quanto daquele plano sensato ele teria que enfiar goela abaixo do ditadorzinho.

— Muito bem — disse o mordomo. — A sua assistência será muito bem-vinda.

Enquanto o senhor Harris se afastava, Lizzie inspirou fundo.

— E assim entramos na contagem regressiva das vinte e quatro horas.

— Ninguém da equipe pode fazer essa contagem? Esse problema não é seu.

— Está tudo bem. Pelo menos se Greta e eu fizermos isso, saberei que está tudo certo. Além disso, todos em Easterly estão com trabalho até as orelhas, e os chefs auxiliares não poderão dispensar...

O telefone de Lane começou a tocar, e ele o tirou do bolso para silenciar o barulho.

— Quem diabos pode ser? — perguntou, quando viu o código de área local.

Ela riu de novo.

— Você pode descobrir se... prepare-se... atender!

— Está pegando no meu pé?

— Alguém tem que fazer isso.

Lane sorriu tão amplamente que suas bochechas começaram a doer.

– Ok, vamos lançar os dados e ver quem é. – Apertou o botão verde e disse em sua voz mais arrastada: – Voccccêêêê ligooooou paaaara...

– Lane! Ah, meu Deus, Lane, preciso da sua ajuda.

– Gin? – Ele se endireitou na espreguiçadeira. – Gin, você está bem?

– Estou no centro da cidade, na cadeia de Washington County. Você tem que vir aqui pagar a minha fiança...

– Que diabos? O que você...

– Preciso de um advogado...

– Ok, ok, ok, devagar. – Ele se pôs de pé. – Você está falando rápido demais e não estou entendendo.

Sua irmã fez uma pausa e depois disse quatro frases completas que o deixaram sem chão.

– Está bem – disse ele com seriedade. – Estou indo para aí agora mesmo. Sim. Certo. Ok. Fique aí.

Quando desligou, só o que ele conseguiu fazer foi procurar o rosto de Lizzie.

– O que foi? – ela perguntou.

– O meu pai mandou prenderem Gin. Tenho que, literalmente, ir até a cadeia e pagar a fiança dela.

Lizzie cobriu a boca com a mão num sinal de choque.

– Posso fazer alguma coisa?

– Não. Vou lá cuidar dela. Mas obrigado.

Ele precisou de todo o seu autocontrole para não se inclinar e beijá--la como costumava fazer. Em vez disso, contentou-se em esticar a mão e afagá-la no rosto, saindo antes que ela pudesse dizer que "amigos não fazem isso".

Inferno, o que o seu pai estaria aprontando agora?

Na época em que fora fumante, Edward frequentemente acordava de manhã já esticando o braço para pegar o maço de Dunhill Reds antes de estar plenamente consciente de sequer ter rolado de lado.

Hoje em dia ele fazia o mesmo, só que para pegar o frasco de Advil.

Colocando quatro cápsulas de gel na palma trêmula, levou-as à boca e as engoliu com o que restava da vodca que levara para a cama. Fazendo uma careta enquanto essa sua versão de desjejum descia até o estômago, deitou-se de novo sobre o travesseiro.

Tinha parado de fumar durante a recuperação. Na verdade, o sequestro fora o primeiro passo para que abandonasse o vício.

Ironicamente, o fato de quase ter morrido foi o responsável por ajudá-lo a ter uma vida mais longa.

Saudou com a garrafa no ar.

– *Gracias, muchachos.*[18]

Antes que seu cérebro entrasse no *looping* infindável da sequência horrenda do Dia Em Que Tudo Aconteceu, virou as pernas para o chão e se sentou. Não olhou para a coxa e para a panturrilha direitas. Primeiro porque as cicatrizes tortas da sua pele *à la* Frankenstein estavam gravadas em sua mente. Segundo porque ele já não dormia mais nu, por isso elas não estavam aparecendo.

A bengala era necessária para que ele se levantasse, e seu equilíbrio não estava muito bom não só por causa dos ferimentos, mas pela falta de sono e pelo fato de ainda estar meio embriagado. Mancando até o banheiro, deixou as luzes apagadas, de modo que o espelho não foi um problema, e usou o vaso, lavou as mãos, o rosto e escovou os dentes.

A confirmação de que Deus ainda o odiava veio quando ele saiu do chalé uns dez minutos depois e foi ofuscado pela luz brilhante do sol e pela dor de cabeça causada pela ressaca.

Que horas são?, perguntou-se.

Já estava na metade do caminho até o Estábulo B quando percebeu que levara a garrafa junto. Como se fosse o seu brinquedinho predileto.

Revirando os olhos, seguiu em frente. A senhorita Nada de Praguejar Perto de Mim poderia muito bem se acostumar com ele e sua bebida; não havia motivos para apresentar-lhe uma ilusão diurna de abstinência que só a perturbaria no futuro. Se ela não conseguisse lidar com esse seu hábito, ela podia muito bem ir embora no primeiro dia.

O som de pneus cantando fez sua cabeça girar para a direita, e na fração de segundo seguinte, Shelby apareceu na ponta oposta do

---

18 "Obrigado, meninos."

estábulo, o corpo encurvado na cintura ao empurrar uma tremenda carga de esterco de cavalo dentro de uma velha carreta enferrujada.

Pelo visto, Moe já a colocara para trabalhar.

– Ei – ele a chamou.

Sem diminuir o passo, ela acenou por sobre o ombro e seguiu em frente com o esterco para trás da construção mais próxima.

Enquanto a observava, invejou o corpo forte dela, talvez notando, sem nem se dar conta, que o sol fazia com que as mechas loiras dela parecessem quase brancas. Ela estava usando uma camiseta azul-marinho, um par de jeans escuros e as mesmas botas resistentes da noite anterior. Depois de desaparecer atrás da curva do prédio, reapareceu duas vezes mais rápido do que deveria, considerando a quantidade de esterco que teve que descarregar.

Portanto, ela também era eficiente.

Ao se aproximar, seus olhos estavam claros e alertas, o rosto corado pelo esforço.

– Quase terminando. Depois vou pro C.

– Jesus, Moe fez com que você... desculpe – disse antes que ela o corrigisse. – Maldição, Moe já te colocou pra trabalhar? E não venha me dizer que não posso usar "maldição". Deixo de mencionar Deus e Jesus Cristo, mas só vou até aí.

Ela deixou os pés do carrinho encostarem na grama aparada.

– Suco de laranja.

– O que disse?

A filha de Jeb Landis acenou para a garrafa.

– Pode ficar com "maldição", mas eu gostaria de ver você com outra coisa que...

– Você sempre julgou tanto assim?

– ... não fosse vodca tão cedo assim. E não estou te julgando.

– Então por que quer mudar os hábitos de um desconhecido?

– Você não é um desconhecido. – Enxugou a testa com o antebraço. – Não são nem nove da manhã. Fico me perguntando por que você precisa beber tão cedo assim.

– Eu estava meio desidratado.

– Não tem água encanada na sua casa? Ontem tinha.

Ele balançou a garrafa.

– Isto aqui está servindo bastante bem. Pense que é a minha versão da vitamina C.

Ela resmungou alguma coisa ao se abaixar para pegar as alças.

– O que disse? – ele exigiu saber.

– Você me ouviu.

– Não, não ouvi, não. – O que não era exatamente a verdade.

Shelby só deu de ombros e seguiu em frente, aquele seu corpo se movendo debaixo das roupas, executando a tarefa sem nenhum esforço aparente.

E foi nessa hora que algo lhe ocorreu.

– Shelby?

Ela parou e olhou por cima do ombro.

– Pois não?

– Você disse que cuidou de todos os cavalos.

– Cuidei.

– Nos Estábulos A e B.

– Isso mesmo.

Ele se apressou e a agarrou pelo braço.

– Eu te disse. Uma regra. Não chegue perto daquele garanhão.

– A baia não ia se limpar sozinha…

A mão dele se apertou por vontade própria.

– Ele matou um ajudante de estábulo no ano passado. Foi pisoteado até morrer ali. Nunca mais faça isso.

Aqueles olhos azuis dela ficaram arregalados.

Ele se portou bem comigo.

– Só *eu* chego perto dele. Estamos entendidos? Faça isso mais uma vez e eu faço as suas malas – ele disse firmemente – e te mando de volta para o lugar de onde veio.

– Sim, senhor.

Ele se afastou e tentou não cambalear.

– Muito bem, então.

– Está certo.

Ela soprou o cabelo para longe do rosto e voltou a andar, com os ombros tensos.

Tirando a tampa da vodca, Edward deu um trago longo e, provavelmente, deveria ter parado quando percebeu que a bebida já não ardia mais.

Mas essa era outra coisa sobre a qual não queria pensar.

Assim como não queria pensar no que poderia acontecer com a filha de Jeb Landis enquanto ela estivesse sob a sua proteção.

Maldição.

DEZESSETE

A cadeia e o Tribunal do Condado de Washington formavam um complexo de edifícios modernos que ocupava dois quarteirões inteiros no centro da cidade, cujas instalações se comunicavam por meio de passarelas que se estendiam acima do trânsito da rua logo abaixo. Havia certa quantidade de entradas e, enquanto Lane encostava o Porsche, inúmeras pessoas entravam e saíam; eram homens e mulheres em ternos subindo e descendo os degraus de mármore, policiais dentro de suas viaturas, delegados estacionando suas SUVs e saindo de vagas reservadas, pessoas em roupas desgastadas fumando pelos cantos.

O seu 911 Turbo emitiu uma tossida baixa quando ele desacelerou e se dirigiu para os prédios imponentes. Não havia nenhum *layout* lógico que ele conseguisse distinguir. Tampouco um endereço.

Como se, caso tivesse que perguntar para onde deveria ir, ficaria com a sensação de que aquele não era o seu lugar...

Até que, de repente, um afro-americano uniformizado surgiu bem diante do seu carro.

– Droga! – Lane afundou o pé no freio. – Mas que diabos! Mitch?

O delegado Mitchel Ramsay não respondeu. Apenas indicou uma vaga livre bem atrás dele.

Lane estacionou com uma baliza perfeita, ciente de que o delegado estava bem ao lado do seu para-choque, os braços grossos como uma corda náutica cruzados sobre seu peito de jogador de futebol americano. Seus olhos negros estavam escondidos atrás de óculos Ray Ban, e a cabeça raspada fazia com que seu pescoço e seus ombros parecessem ainda maiores do que eram de fato.

Lane saiu do carro esportivo.

— Ei, sabe onde a minha irmã...

— Pode deixar.

Os dois bateram palmas e deram um abraço forte. Enquanto permaneciam peito contra peito, Lane foi transportado para quase dois anos atrás, para a pista de pouso particular a oeste da cidade. Para a noite em que Edward finalmente retornava do cativeiro.

Mitch o trouxera de volta aos Estados Unidos. De volta para a família.

Só Deus sabia como. Ninguém perguntara os detalhes, e Lane sempre ficou com a impressão de que o antigo soldado do Exército não teria partilhado os "como" e os "quem", de todo modo.

— Ela não está muito bem — comentou Mitch.

— Não me surpreende.

Lane seguiu o delegado, subindo os cinquenta degraus até uma das portas giratórias. Quando terminaram de subir, Mitch desviou para uma porta demarcada com SOMENTE POLICIAIS e depois os fez passar pela segurança, de onde outros policiais acenaram em sinal de respeito.

— Agi o mais rápido que pude assim que vi o nome — disse Mitch enquanto suas passadas se uniam a todas as outras, ecoando no vestíbulo principal, com pé direito alto. — Ela foi presa por furto de veículo, por dirigir sem habilitação, por não apresentar o seguro...

— Como diabos isso foi acontecer?

— ... e por resistir à prisão. Já isolei o incidente, mas não vou conseguir mantê-lo fora dos registros policiais indefinidamente.

— Espere. — Lane fez o homem parar. — Minha irmã roubou um carro?

— Um Rolls-Royce. Registrado no nome da Cia. Bourbon Bradford.

— Está se referindo... ao nosso Rolls. O Phantom Drophead?

— O seu pai telefonou pessoalmente para a Polícia Metropolitana e pediu que fossem atrás dela, alegando que ela não tinha permissão para dirigir o veículo.

– Você não pode estar falando sério. – Lane enfiou a mão nos cabelos. – Quero dizer, é claro que ele pode fazer isso. Já fez coisa pior.

– Você chamou um advogado?

– Samuel T. deve chegar aqui em…

– Lane!

Samuel T. avançou em meio a um grupo de pessoas, destacando-se por inúmeros motivos. Primeiro, seu terno de risca de giz azul e branco fazia com que ele parecesse pertencer a uma varanda da casa grande de uma fazenda, sorvendo um julepo de menta com um par de cães de caça aos seus pés. Segundo, ele era belo demais para estar entre os mortais.

– Obrigado por vir tão rápido – Lane disse ao apertarem as mãos. – Você conhece Mitch.

– Certamente. Delegado.

– Senhor Lodge.

Encerrando os cumprimentos, os três seguiram para as escadas rolantes que levavam ao segundo andar.

– Ela está numa cela. – Mitch os conduziu por uma das passarelas. – Mas removi qualquer tipo de retardo para a audiência da fiança. Assim que estiver pronto, senhor Lodge…

– Pode me chamar de Samuel ou de Sam.

– Samuel. – Mitch assentiu. – Assim que estiver pronto. Farei com que ela se apresente diante do juiz McQuaid. Já conversei com o promotor público. As mãos dele estão atadas, visto que o senhor Baldwine está pressionando. A única coisa que posso fazer é apressar, apressar, apressar.

Lane cerrou os molares. Gin dava trabalho e, evidentemente, o pai já estava farto disso, mas aquilo tudo era exposição demais.

Vou ficar te devendo essa, Mitch.

– Não se preocupe.

O delegado os fez passar por vários pontos de controle de segurança, até adentrarem o complexo. Embora Lane tivesse aprontado sua porção de infrações quando era mais jovem, todas as suas transgressões foram discretamente "resolvidas". Portanto, aquela era a primeira vez que ia para a cadeia, e não poderia dizer que estava com pressa para voltar lá algum dia.

A sala de espera tinha paredes creme. Piso creme. Cadeira plástica laranja, amarela e vermelha. O cheiro no ar era de suor e de roupas sujas, e de desinfetante em spray.

Graças a Mitch, passaram ao largo do balcão de registros com as divisórias de vidro à prova de balas e da fila de policiais com a pescaria do dia. Isso sim era um chamado para a realidade da outra parte da população. Homens sujos e rapazes estranhos… moças quase despidas… mulheres mais velhas com aspecto cansado… Todos eles de pé ou cambaleando, acompanhados dos policiais que os prenderam, seus rostos revelando as marcas da vida dura que levavam.

– Por aqui, delegado Ramsey – alguém o chamou ao lado de uma porta reforçada.

Depois de passar por mais um ponto de segurança, cruzaram com diversas salas de reunião com luzes vermelhas acesas sobre as portas e grades diante das janelas protegidas por telas.

– Se esperarem aqui – o policial disse, na frente de uma das salas –, eu a trago já.

– Obrigado, Stu. – Mitch abriu a porta e se colocou de lado. – Fico

esperando do lado de fora.

– Muito obrigado. – Lane bateu no ombro do homem. – E, provavelmente, ainda vamos precisar da sua ajuda.

– Estou aqui para o que precisarem.

Samuel T. parou ao lado do delegado.

– Alguém já falou com a imprensa?

– Nós não – Mitch respondeu. – E quero que continue assim.

– A minha irmã não tem a melhor das reputações. – Lane meneou a cabeça. – Quanto menos pessoas souberem, melhor.

Mitch os deixou ali na sala. Embora houvesse quatro cadeiras presas ao chão junto a uma mesa de aço também presa, Lane não conseguiu ficar sentado. Samuel T., por sua vez, pôs a velha maleta ao seu lado e cruzou as mãos.

O advogado balançou a cabeça.

– Ela vai ficar louca quando souber que você me chamou.

– E quem mais eu poderia chamar? – Lane esfregou os olhos doloridos. – E depois disso, você vai me ajudar com o meu divórcio, certo?

– Apenas mais uma manhã atarefada com os Bradford...

Pelo menos deixaram que ela permanecesse com as próprias roupas, Gin pensou, enquanto era conduzida por outro corredor de concreto pintado com a *vichyssoise* do mês.

Ficara aterrorizada com a perspectiva de se despir diante de uma guarda feminina de peito cabeludo para depois ser violada por uma mão com uma luva antes de ser enfiada dentro de um macacão laranja do tamanho de uma tenda de circo. Quando isso não aconteceu, ficara obsessiva com a possibilidade de ser trancafiada numa cela horrorosa e suja com um punhado de prostitutas viciadas em drogas tossindo o vírus da AIDS em cima dela.

Em vez disso, fora colocada numa cela sozinha. Uma cela fria, com apenas um banco e um vaso sanitário de aço sem assento nem papel higiênico.

Não que um dia ela fosse fazer uso daquilo.

Seus brincos de diamante foram retirados, assim como o relógio Chanel, juntamente com as malas LV, o celular, aquelas notas de quinhentos dólares e os cartões de crédito inúteis que tinha na carteira.

Um telefonema. Foi só o que lhe concederam, bem como nos filmes.

– Por aqui – disse o guarda, parando diante de um homem afro--americano uniformizado, e em seguida abrindo uma porta pesada.

– Lane...! – Só que ela parou de correr na direção do irmão assim que viu quem estava sentado à mesa. – Ah, Deus. Ele não.

Lane a abraçou com força depois que a porta se fechou.

– Você precisa de um advogado.

– Estou livre – Samuel T. disse com a fala arrastada. – Relativamente livre.

– Não vou falar na frente dele. – Ela cruzou os braços diante do peito. – Nenhuma palavra.

– Gin...

Samuel T. interrompeu o irmão dela.

– Eu te disse. Acho melhor pegar as minhas coisas e ir embora.

– Sentem-se – Lane ordenou. – Os dois.

Houve um instante de silêncio, que Gin entendeu como sinal de que Samuel T. estava tão surpreso pelo tom de comando quanto ela. Lane sempre fora, dentre os quatro irmãos Baldwine, aquele que seguia conforme a maré. Agora, ele parecia Edward.

Ou como Edward costumava ser.

Depois que se sentou desajeitada numa cadeira tão dura e fria quanto um bloco de gelo, Lane apontou um dedo na direção dela.

– O que você aprontou?

– Como é? – ela disse, se retraindo. – Por que é culpa minha? Por que acha que fui eu quem...

– Porque normalmente é o que acontece, Gin. – Ele cortou o ar com a mão quando ela começou a discutir. – Nem comece, eu te conheço há tempo demais. O que fez desta vez para irritá-lo? Vou tirar você daqui, mas tenho que saber com o que estou lidando.

Enquanto Gin encarava o irmão, quis mais do que nunca mandá-lo se foder. Mas só conseguia pensar na imagem dos seus cartões sendo negados no mostrador digital da bomba do posto de gasolina. Quem mais poderia ajudá-la?

Olhou para Samuel T. Ele não a encarava, e seu rosto estava impassível, mas a desaprovação altiva que ele emanava era tão evidente quanto sua colônia no ar.

– E então? – Lane inquiriu.

Pesando as opções, percebeu que estava completamente desconfortável com essa coisa de enfrentar situações difíceis. Com dinheiro suficiente e uma amnésia conveniente, não existia nada que ela não pudesse evitar, quer isso envolvesse suborno ou teimosia.

Infelizmente, as infindáveis opções estavam fundamentadas num estilo de vida que apenas parecia ser dela. Mas, na verdade, era de outra pessoa. Só não sabia disso até aquela manhã.

Pigarreou.

– Samuel T., você pode... me dar um momento a sós com o meu irmão? – Ela avançou a mão sobre a mesa. – Não estou dizendo que não pode ser o meu advogado, só preciso de um pouco de privacidade com ele. Por favor.

Samuel T. curvou uma sobrancelha.

– É a primeira vez que a ouço dizer essas palavras. Pelo menos estando vestida.

– Cuidado, Lodge – Lane rosnou. – Ela é minha irmã.

O homem se recompôs, como se tivesse se esquecido de que não estava sozinho com ela.

– Perdão. Isso foi inapropriado.

– Não vá para longe. – Lane começou a andar pela sala, puxando os cabelos negros e curtos com a mão. – Pelo amor de Deus, vamos precisar de uma boa representação.

Enquanto seu advogado, amante e pai da sua filha saía – ainda que ele desconhecesse essa última identidade –, Gin mirou os sapatos de salto de seda. A ponta do esquerdo tinha se sujado quando ela foi colocada no banco de trás da viatura.

Houve um clique, indicando que a porta tinha sido fechada atrás de Samuel T. Ela não precisou ser encorajada a falar.

– Ele quer que eu me case com Richard Pford.

– Richard... Desculpe, o que você disse?

– Você ouviu muito bem. Papai vai cortar todos os meus recursos a menos que eu me case com aquele homem. Ele disse que é por causa daquela maldita empresa de distribuição que nos dará melhores taxas ou algo assim.

– Ele ficou louco? – Lane inspirou.

– Você quis saber por que peguei o carro. É por isso, e é por isso que papai chamou a polícia. – Levantou o olhar para o irmão. – Não vou me casar com Richard. Não importa o que o nosso pai faça comigo. É com isso que você vai lidar.

Levantando-se, ela foi até a porta e a abriu.

– Pode voltar.

– Quanta honra – murmurou Samuel T.

Enquanto seu advogado voltava a se acomodar, ela disse:

– Então, o que faço para sair daqui?

– Você paga a fiança – Samuel T. respondeu. – E depois tentamos fazer com que as acusações sejam retiradas. Você pode fazer um apelo ou seu pai pode perdoar o que quer que você tenha feito.

– Qual seria o montante da fiança? – Lane perguntou.

– Sem antecedentes, isso vai a favor dela, mas o risco de fugir não. Acho que no máximo cinquenta mil. McQuaid é um juiz amigável para pessoas como nós, por isso o valor não será muito alto.

50 mil dólares. De fato, a quantia nunca lhe parecera muito antes. Apenas mais um pulinho à loja Chanel em Chicago.

Pensou no pouco que tinha na carteira.

– Não tenho essa quantia.

Samuel T. gargalhou.

– Claro que tem.

– Farei com que seja pago – Lane o interrompeu.

Samuel T. abriu a maleta e tirou alguns papéis.

– Você me autoriza a representá-la nessa questão, Virginia?

Desde quando ele a chamava por algo que não fosse o apelido? Pensando bem, talvez ele só não quisesse que seu irmão o esmurrasse no piso de concreto por ter demonstrado familiaridade demais.

– Sim.

Os olhos dele, aqueles olhos cinzentos e aguçados, sustentaram o olhar dela.

– Assine aqui. – Depois de ela ter assinado, murmurou: – Não se preocupe, eu vou tirar você daqui.

A respiração dela vacilou quando ela expirou.

– Mas e depois?

O que, exatamente, seria diferente do outro lado de tudo aquilo? Era muito improvável que seu pai virasse a página subitamente. Edward mal sobrevivera à decisão de William Baldwine de escolher os negócios em detrimento dos filhos.

– Primeiro, te tiramos daqui – Lane disse. – Depois lidamos com o resto.

Voltando-se para o irmão, ela percebeu que nunca o vira tão sério. Recostado à parede nua do cubículo horrendo, ele parecia muito mais velho do que quando partira, dois anos antes. Parecia no comando das coisas.

Ela crescera esperando encontrar autoridade em Edward, e nunca em Lane, o playboy.

– Ele vai ganhar – ela se ouviu dizer. – Papai sempre vence.

– Não desta vez – Lane disse entredentes.

– Que diabos está acontecendo aqui? – perguntou Samuel T.

Lane apenas meneou a cabeça.

– Resolva isso, Samuel. Apenas tire a minha irmã daqui. Eu cuido do resto.

Deus, como ela queria que fosse verdade. Porque, evidentemente, a sua tentativa de irritar o pai não dera muito certo.

DEZOITO

Enquanto parava diante da entrada principal de Easterly, Lane pisou tão fundo no freio que os pedriscos do caminho voaram com ele até o Porsche parar. Não desligou o motor, simplesmente saiu do carro e voou escada acima, passando pelas portas duplas tal qual uma ventania.

Não prestou atenção em absolutamente nada ao entrar na mansão – nem na criada que limpava o vestíbulo, no mordomo que se dirigiu a ele... nem mesmo em sua Lizzie, que parou em seu caminho como se estivesse aguardando sua chegada.

Em vez disso, saiu da casa pela porta da sala de jantar e avançou a passos largos até o centro de negócios, atravessando as mesas redondas bem arrumadas debaixo da tenda e se esquivando dos funcionários da manutenção que estavam pendurando cordões de luzes entre as árvores em flor.

O local de trabalho do pai tinha um terraço com uma série de portas francesas, e ele seguiu para o par que ficava na extrema esquerda. Quando chegou, não se deu ao trabalho de experimentar a maçaneta, porque a porta estaria trancada.

Bateu no vidro. Com força.

E não parou. Nem quando sentiu a mão úmida, o que indicava que ele devia ter quebrado alguma coisa...

Na verdade, ele estilhaçou a vidraça da primeira porta do escritório do pai, e partiu para a seguinte.

A boa notícia, pensou, era que havia muitas outras.

— Lane! O que você está fazendo?

Ele parou e se virou para Lizzie. Numa voz que não reconheceu, ele disse:

— Preciso encontrar o meu pai.

A extremamente profissional assistente executiva de William Baldwine correu para dentro do escritório e arfou em alto e bom som ao ver o vidro quebrado.

— Você está sangrando! — a mulher exclamou.

— *Onde está o meu pai?*

A senhora Petersberd destrancou a porta e a abriu.

— Ele não está aqui, senhor Baldwine, ele ficará em Cleveland o dia inteiro. Acabou de sair e não sei bem quando retornará. O senhor precisa de algo?

Quando os olhos dela se fixaram nas juntas sanguinolentas da mão dele, ele soube que ela estava querendo dizer algo como "Que tal uma toalha, talvez?", mas ele pouco se importava se suas veias se esvaziassem naquele lugar.

— Quem contou ao meu pai que Gin tinha saído? — ele exigiu saber. — Quem ligou para ele? Foi você? Ou um espião na casa...

— Do que está falando?

— Ou você ligou para a polícia e mandou que eles prendessem a minha irmã? Tenho certeza absoluta de que meu pai não sabe apertar as teclas 190 sozinho, mesmo que tenham me dito que foi isso o que ele fez.

Os olhos da mulher se dilataram e depois ela sussurrou:

— Ele me disse que ela acabaria fazendo mal a si mesma. Que ela tentaria sair hoje de manhã e que eu teria que fazer o que fosse necessário para impedi-la. Ele disse que ela precisa de ajuda...

— Lane!

Ele virou a cabeça na direção de Lizzie bem quando tudo ficou fora dos eixos, seu corpo pendendo para um dos lados.

Com toda a força, Lizzie o sustentou e impediu que ele caísse no chão.

– Venha. Vamos voltar para casa.

Enquanto ele se deixava manobrar, sangue pingou no piso de pedra do terraço, manchando o cinza de vermelho. Fitando a assistente, ele ordenou:

– Diga ao meu pai que eu o estou aguardando.

– Não sei quando ele volta.

Até parece, ele pensou. A mulher chegava a agendar as pausas para William ir ao banheiro.

Havia tanta raiva dentro dele que ele estava cego ao que o cercava enquanto Lizzie o guiava. A fúria era por causa de Edward. De Gin. De sua mãe.

De Max...

– Quando foi a última vez que você comeu alguma coisa? – Lizzie perguntou ao empurrá-lo pela porta de Easterly.

Por um instante, ele pensou estar alucinando. Mas logo percebeu que os homens e mulheres de branco eram chefs, e que ele e Lizzie estavam na cozinha.

– Desculpe, o que disse? – murmurou.

– Comida. Quando?

Ele abriu a boca. Fechou. Franziu o cenho.

– Meio-dia de ontem?

A senhorita Aurora entrou no campo de visão dele.

– Lands... O que há de errado com você, menino?

Houve algum tipo de conversa em seguida, nada que ele compreendesse. Em seguida, um curativo na sua mão, ao qual ele não deu atenção. E mais conversa.

Ele não voltou a sintonizar apropriadamente até estar sentado na sala de descanso dos chefs, à mesa, com um prato de ovos mexidos, seis fatias de bacon e quatro torradas diante de si.

Seu estômago roncou e ele piscou. Sua cabeça continuava uma confusão, mas sua mão pegou o garfo e começou a cavar.

Lizzie se sentou diante dele, a cadeira rangendo sobre o piso de madeira.

– Você está bem?

Ele fixou o olhar além dela, na senhorita Aurora, parada à porta como se estivesse prestes a sair.

– O meu pai é um homem mau.

– Ele tem o seu próprio conjunto de valores.

Que era o mais próximo que ela chegaria de condenar alguém.

– Ele está tentando vender a minha irmã. – Bufou. – É como se isso fosse... uma novela ruim.

Estava prestes a contar tudo quando o celular tocou; assim que viu quem era, atendeu.

– Samuel, em que pé estamos?

Samuel T. teve que erguer a voz acima das conversas ao fundo.

– Setenta e cinco mil para a fiança, foi o melhor que consegui. Assim que você trouxer o cheque, pode vir buscá-la.

– Já vou cuidar disso. Você vai embora?

– Só depois que ela sair. Ela tem o direito de se consultar com seu advogado, portanto, enquanto eu estiver por perto, ela não terá que voltar para aquela cela sozinha, ou que Deus não permita, com outra pessoa.

– Obrigado.

Assim que ele encerrou a ligação, a senhorita Aurora saiu para acompanhar o trabalho dos chefs, e ele se voltou para Lizzie.

– Vou ter que ir atrás do dinheiro da fiança dela agora. Depois disso, não sei mais.

Ela esticou a mão e a apoiou no braço dele.

– Como eu já disse antes: tem alguma coisa que eu possa fazer para ajudar?

Foi como um raio. Num minuto, ele estava normal, como qualquer outro homem numa situação como aquela. No seguinte? A luxúria bombeava em suas veias, excitando-o, desviando a loucura em sua cabeça para algo verdadeiramente insano.

Abaixando as pálpebras, murmurou:

– Tem certeza de que quer que eu responda?

Lizzie engoliu em seco e olhou para o ponto em que o tocava. Quando não disse nada, mas também não se afastou, ele se inclinou na direção dela e levantou seu queixo com o indicador. Travando os olhos nos lábios dela, beijou-a mentalmente, com imagens de si mergulhando a cabeça e colando a boca na dela. Empurrando-a no encosto da cadeira. Enfiando-se debaixo das roupas dela enquanto se ajoelhava entre suas pernas com...

– Ai... Deus... – ela sussurrou, os olhos evitando os dele.

Mas, ainda assim, ela não se afastou.

Lane lambeu os lábios. Depois abaixou a mão e saiu de perto dela.

– É melhor você ir. Ou vou fazer uma coisa que você vai se arrepender.

– E você? – ela sussurrou. – Você vai se arrepender?

– De te beijar? Nunca. – Meneou a cabeça, reconhecendo que suas emoções estavam à flor da pele... completamente descontroladas. – Mas não vou tocar em você até que me peça. Isso eu consigo prometer.

Depois de um instante, ela se levantou sem a sua elegância costumeira, a cadeira na qual estivera sentada deslizando pelo piso, seus pés trôpegos. Ele lhe deu tempo suficiente para sair da sala de descanso e avançar pelo corredor antes de ele mesmo sair.

Caso ficasse muito próximo dela, era bem possível que a agarrasse e a colocasse sobre a mesa, procurando o alívio que os dois tanto necessitavam.

Porque ela o desejava. Ele tinha acabado de ver.

Não que fosse ficar pensando nisso.

Ele precisava fazer com que o pai pagasse a fiança. Não que ele mesmo não tivesse aquela quantia. Tinha lucrado bastante na mesa de pôquer e, diferentemente da irmã, aos trinta e seis anos, já tinha acesso à primeira parte dos seus fundos. Mas William Baldwine criara aquela confusão, e o fato de o homem estar fora da cidade tornaria mais fácil pegar um cheque e levar ao banco para que o autorizassem.

Um minuto depois, Lane estava diante do escritório da *controller*, mas não se deu ao trabalho de bater, avançando direto para a maçaneta.

Trancada.

Assim como fizera com a porta de vidro do pai, socou a porta de carvalho... com a mão machucada.

– Ela não está? – o senhor Harris perguntou da soleira da sua suíte.

— Onde está a chave dessa porta?

— Não tenho permissão para...

Lane se virou.

— Pegue a porra dessa chave ou vou acabar derrubando a maldita porta.

E vejam só, uma fração de segundo depois, o mordomo se aproximou com um molho de chaves.

— Permita-me, senhor Baldwine.

Só que a chave não os levou a parte alguma. Ela entrou na fechadura, mas foi impossível girá-la.

— Lamento muitíssimo — disse o mordomo enquanto forçava a fechadura.

— Tem certeza de que é a chave certa?

— Está marcado aqui. — O homem mostrou a etiquetinha pendurada na ponta ornamentada. — Talvez ela volte logo.

— Deixe-me tentar.

Lane afastou o pinguim para o lado, mas também não teve sucesso. Perdendo a paciência, empurrou a porta com o ombro e...

O estalido da madeira se rompendo abafou seu grito de raiva, e ele teve que se segurar nos painéis quando eles se movimentaram de volta na sua direção.

— Mas que diabos! — exclamou, dando uma de Drácula e se afastando do fedor.

Enquanto o senhor Harris começava a tossir, tendo que cobrir o rosto com a lapela do terno, outra pessoa disse:

— Ai, meu Deus, isso é...

— Tire todos do corredor — Lane ordenou ao mordomo. — E faça com que fiquem afastados.

— Sim, sim, claro, senhor Baldwine.

Lane ergueu o antebraço e respirou na manga da camisa ao se inclinar para dentro. O escritório estava um breu, as cortinas pesadas haviam sido fechadas, impedindo a entrada da luz solar, e o ar-condicionado sobre uma das janelas também estava desligado. Tateando ao redor da soleira com a mão livre, ele tinha a nítida impressão do que estava para encontrar e não conseguia acreditar.

Clique.

Rosalinda Freeland estava sentada numa poltrona estofada no canto oposto, o rosto congelado num sorriso repulsivo, os dedos acinzentados enterrados em almofadas de chintz, os olhos inertes fitando alguma versão da vida após a morte com que se deparou.

— Jesus... — Lane sussurrou.

O profissional conjunto de saia e terninho estava perfeitamente arrumado, os óculos de leitura, pendurados numa corrente de ouro sobre a blusa de seda, o coque primoroso, um tanto grisalho, ainda estava arrumado. Mas os sapatos não faziam sentido algum. Não eram os de couro que ela sempre calçava, mas um par de tênis Nike, como se ela estivesse prestes a sair para uma corrida.

Merda, pensou ele.

Enfiando a mão no bolso, pegou o celular e discou para a única pessoa que conseguiu pensar. Enquanto chamava, olhou ao redor. Não havia bagunça em parte alguma, o que era típico desta mulher que trabalhou em Easterly por trinta anos. Não havia mais nada sobre o tampo da mesa além do computador e do abajur com cúpula verde. As estantes escondiam discretamente todos os demais equipamentos de escritório, e os arquivos estavam tão em ordem quanto livros numa biblioteca.

— Alô? — respondeu a voz no celular.

— Mitch — disse Lane.

— Você está vindo com o cheque da fiança?

— Tenho um problema.

— O que posso fazer?

Lane fechou os olhos e perguntou como foi ter tanta sorte por ter aquele cara do outro lado da linha.

— Estou olhando para o cadáver da *controller* da minha família.

No mesmo instante, o tom do delegado baixou uma oitava.

— Onde?

— Em seu escritório em Easterly. Acho que ela pode ter se suicidado... Acabei de derrubar a porta.

— Já ligou para a emergência?

— Ainda não.

— Quero que ligue agora enquanto sigo para aí, só para que fique registrado e a polícia metropolitana possa ir para aí. Eles têm jurisdição.

— Obrigado, cara.

— Não toque *em nada*.

— Só toquei no interruptor ao entrar.

— E não deixe ninguém entrar no cômodo. Chego em cinco minutos.

Assim que Lane encerrou a ligação e discou para a emergência, seus olhos tracejaram as prateleiras. Ele pensou em todo o trabalho feito por aquela mulher naquele pequenino escritório.

— Sim, meu nome é Lane Baldwine. Estou ligando de Easterly. — A mansão não tinha número. — Houve uma morte na casa… Sim, tenho certeza de que ela não está mais viva.

Ele andou ao redor enquanto respondia a algumas perguntas, confirmou seu número de celular e depois desligou de novo.

Encarando a mesa, respeitou as ordens de Mitch, mas tinha que pegar o talão de cheques. Com cadáver ou sem, ele ainda tinha que tirar Gin da prisão.

Pegou o lenço do bolso e caminhou por cima do tapete oriental. Estava para puxar a gaveta estreita no centro da mesa quando algo chamou sua atenção. Bem no meio do mata-borrão de couro, perfeitamente alinhado como se fosse uma régua… havia um pen drive.

— Senhor Baldwine? Devo fazer alguma coisa? — o senhor Harris o chamou.

Lane relanceou para o corpo.

— A polícia está a caminho. Não podemos mexer em nada, por isso já vou sair.

Apanhou o que Rosalinda evidentemente deixara para quem a encontrasse. Depois abriu a gaveta e surrupiou o talão de cheques, enfiando-o no cós da calça na parte de trás, cobrindo-o com a camisa.

Virou-se para a *controller*. A expressão no rosto dela era como a do Coringa, um sorriso torto e horrível que apareceria nos seus pesadelos por um bom tempo.

— O que foi que o meu pai fez agora… — sussurrou no ar maculado pela morte.

173

DEZENOVE

Lizzie estava na estufa ao telefone com a empresa de aluguel quando percebeu o SUV do delegado do Condado de Washington avançando pela entrada da frente de Easterly.

Já estariam entregando os papéis do divórcio para Chantal? Puxa…

– Desculpe – disse, voltando a se concentrar. – O que disse?

– A conta está atrasada – o representante comercial repetiu. – Portanto não podemos aceitar nenhuma encomenda.

– Atrasada? – Isso era tão inconcebível quanto a Casa Branca deixar de pagar a conta de luz. – Não, não, pagamos o montante total da tenda ontem. Portanto, não é possível que…

– Veja bem, vocês são um dos nossos melhores clientes, queremos continuar trabalhando com vocês. Eu não sabia que a conta estava atrasada até o dono me contar. Enviei todos os materiais que pude, mas ele me impediu de mandar mais até que o saldo seja quitado.

– Quanto devemos?

– Cinco mil, setecentos e oitenta e cinco e cinquenta e dois centavos.

– Isso não será um problema. Eu mesma levarei o cheque agora, você pode nos…

– Não temos mais nada em estoque. Não temos nada para alugar, já que todas as festas na cidade acontecem este fim de semana. Liguei para Rosalinda na semana passada e deixei três recados sobre o saldo a pagar. Ela não retornou as ligações. Segurei o restante do pedido o máximo que pude porque queria cuidar da conta de vocês. Mas não tive notícias, e havia outros pedidos a serem atendidos.

Lizzie inspirou fundo.

– Ok, obrigada. Não sei o que está acontecendo, mas vou dar um jeito. Farei com que recebam.

– Lamento muito.

Quando encerrou a ligação, recostou-se na parede de vidro para tentar ver o veículo do delegado.

– ... a *emprresa* falou?

Virou-se para Greta, que estava borrifando os últimos arranjos de mesa com preservativo floral.

– Desculpe, o que... ah, há um problema com o pagamento da conta.

– Então vamos ou não *receberr* as quinhentas taças de champanhe que faltam?

– Não. – Lizzie partiu para a porta que dava para a casa. – Vou falar com Rosalinda e depois dar a bela notícia ao senhor Harris. Ele vai ficar uma arara, mas pelos menos temos as tendas, as mesas e as cadeiras. Podemos lavar os copos conforme eles forem sendo usados, a família deve ter uma centena de taças na casa.

Greta a fitou através dos óculos de armação de casco de tartaruga.

– *Terremos* quase setecentas pessoas amanhã. Acha mesmo que *conseguirremos darr* conta? Com apenas quinhentas taças?

– Você não está ajudando.

Saindo da estufa, atravessou a sala de jantar e foi para a ala dos empregados. Quando empurrou a porta, parou de pronto. Havia três empregadas em uniformes cinza e branco bem juntinhas, falando agitadamente, mas num tom bem baixo, como se fosse um programa de televisão no volume mínimo. A senhorita Aurora estava ao lado delas, com os braços cruzados sobre o peito, e Beatrix Mollie, a governanta-chefe, estava ao seu lado. O senhor Harris estava no meio do corredor, seu corpo diminuto bloqueando o caminho até a cozinha.

Lizzie franziu a testa e se aproximou do mordomo. E foi nesse momento que sentiu o cheiro que, como fazendeira, conhecia com certa familiaridade.

Um homem afro-americano com uniforme de delegado saiu do escritório de Rosalinda junto de Lane.

– O que está acontecendo? – Lizzie perguntou, um calafrio percorrendo o seu peito.

Bom Deus, será que Rosalinda...

Era por isso que o corredor estava com um cheiro tão ruim de manhã, pensou, com o coração aos pulos.

– Houve um contratempo – disse o senhor Harris. – E ele já está sendo solucionado apropriadamente.

Lane se deparou com os olhos dela enquanto falava com o delegado e fez um aceno com a cabeça.

A senhora Mollie fez o sinal da cruz.

– São três de cada vez. A morte sempre vem em três.

– Tolice – murmurou a senhorita Aurora, como se a mulher a estivesse entediando com aquela linha de pensamento. – Os desígnios de Deus servem a todos. Não fique contando na ponta dos dedos.

– Três. Sempre em três.

Voltando para a estufa, Lizzie fechou a porta atrás de si e olhou ao redor, para os arranjos de flores creme e rosa.

– O que aconteceu? – Greta perguntou. – Ficou faltando mais alguma coisa do pedido...

– Acho que Rosalinda está morta.

Houve um barulho quando o spray escorregou da mão de Greta e quicou no chão, molhando os sapatos da mulher.

– *O quê?*

– Não sei nada.

Enquanto uma torrente de alemão jorrava da sua companheira, Lizzie murmurou:

– É, não é? Não consigo acreditar.

– Quando? Como?

– Não sei, mas o delegado está lá. E não chamaram uma ambulância.

– Oh, mein Gott... das ist ja schrecklich![19]

Xingando, Lizzie andou até a janela com vista para o jardim e fitou o gramado verde e resplandecente, e a elegante estrutura da festa. Já haviam concluído setenta e cinco por cento das tarefas e tudo estava realmente belo, ainda mais com as flores brancas que ela e Greta plantaram debaixo das árvores frutíferas.

– Estou com uma sensação muito ruim a respeito disso tudo – ouviu-se dizer.

Uma hora depois da chegada da polícia metropolitana, Lane teve permissão para deixar a cena por um curto período. Ele queria falar com Lizzie para informá-la sobre tudo o que estava acontecendo, mas primeiro tinha que cuidar de Gin.

O dinheiro da família Bradford era administrado pela Companhia de Fundos Prospect, uma empresa privada de bilhões de dólares em ativos e com todos os milionários de Charlemont na sua carteira de clientes. Contudo, como não eram um banco tradicional, as contas da família eram da filial local do PNC, e era de lá o talão de cheques que ele tirara da mesa de Rosalinda.

Parando no estacionamento de um prédio elegante, fez um cheque no valor de setenta e cinco mil dólares, falsificou a assinatura do pai e o endereçou à cadeia do Condado de Washington.

Assim que entrou no saguão bege e branco, foi interceptado por uma jovem num terno azul-marinho e com joias discretas.

– Senhor Baldwine, como tem passado?

Acabei de encontrar um cadáver. Obrigado por perguntar.

– Bem, preciso de uma autorização para sacar este cheque.

– Claro. Venha até o meu escritório. – Conduzindo-o até uma saleta envidraçada, ela fechou a porta e se sentou atrás de uma mesa organizada. – É sempre um prazer ajudar a sua família.

Ele escorregou o cheque por cima do mata-borrão e se sentou.

– Agradeço por isso.

---

19 "Meu Deus, isso é mesmo terrível!"

O som das unhas batendo nas teclas do computador era um pouco incômodo, mas ele tinha problemas maiores.

– Hum… – A gerente pigarreou. – Senhor Baldwine, lamento, mas não há fundos suficientes na conta para compensá-lo.

Ele pegou o celular.

– Sem problemas, vou telefonar para a Fundos Prospect e solicitar a transferência. Quanto devemos?

– Bem, senhor, a conta está com um saldo devedor de vinte e sete mil, quatrocentos e oitenta e nove dólares e vinte e dois centavos. No entanto, o limite está cobrindo isso.

– Dê-me um minuto. – Ele procurou em seus contatos o número do administrador do CFP responsável pelos investimentos da família. – Farei a transferência.

Um evidente alívio tomou o rosto dela.

– Vou lhe dar um pouco de privacidade. Estarei no saguão quando estiver pronto. Leve o tempo que precisar.

– Obrigado.

Enquanto esperava a ligação completar, Lane bateu o sapato no piso de mármore.

– Hum, olá, Connie, como está? Aqui é Lane Baldwine. Bem. Sim, estou na cidade para o Derby. – Entre outras coisas. – Escute, preciso que transfira certa quantia para a conta-corrente da família no PNC.

Houve uma pausa. Em seguida, a voz serena e profissional da mulher se tornou tensa.

– Eu faria isso com prazer, senhor Baldwine, mas não tenho mais acesso às suas contas. O senhor deixou a Fundos Prospect no ano passado.

– Estou me referindo à conta do meu pai. Ou da minha mãe.

Outra pausa.

– Lamento, mas o senhor não tem autorização para transferir fundos dessa natureza. Vou precisar falar com o seu pai. Existe um modo de o senhor pedir para que ele nos telefone?

Não se quisesse aquele dinheiro. Considerando o que seu velho e bom papai estava tentando arrancar de Gin, de jeito nenhum o grandioso e glorioso William Baldwine facilitaria a soltura dela.

– O meu pai está fora da cidade e não será possível entrar em contato com ele. E se eu colocar a minha mãe na linha? – Por certo conseguiria acordá-la e mantê-la consciente por tempo suficiente para que ela pedisse a transferência de 125 mil para a conta-corrente da casa.

Connie pigarreou da mesma forma como a gerente do banco.

– Sinto muito, mas… não será o bastante.

– Se a conta é dela? Como não?

– Senhor Baldwine… não gostaria de me precipitar…

– Parece-me que é melhor falar de uma vez.

– Poderia aguardar um instante?

Enquanto uma música suave tocava em seu ouvido, Lane saltou da cadeira dura e começou a andar entre um vaso de planta num canto, que descobriu ser de plástico quando tocou numa folha, e as janelas que subiam até o teto, com vista para a rodovia de quatro pistas ao longe.

Houve um bipe e logo uma voz masculina entrou na linha.

– Senhor Baldwine? Aqui é Ricardo Monteverdi, como tem passado?

Maravilha, o CEO da empresa. O que significava que ele havia tropeçado numa "situação delicada".

– Escute, só preciso de cento e vinte e cinco mil dólares em dinheiro, ok? Nada demais…

– Senhor Baldwine, como o senhor sabe, na Fundos Prospect, nós levamos a nossa responsabilidade fiduciária e os nossos clientes muito a sério…

– Pode parar já com o discurso de abertura. Conte-me por que a palavra da minha mãe não é o suficiente para sacar o próprio dinheiro dela, ou desligue logo.

Fez-se um silêncio.

– O senhor não me deixa escolha.

– O quê? Pelo amor de Deus, o que foi?

O período seguinte de silêncio foi tão longo e denso que ele afastou o aparelho da orelha para ver se a linha tinha caído.

– Alô?

Mais pigarreios.

– No início deste ano, o seu pai declarou que a sua mãe é mentalmente incompetente para administrar o fundo. A opinião de dois neurologistas qualificados é de que ela é incapaz de tomar quaisquer decisões. Portanto, se necessita de fundos de qualquer uma dessas contas, teremos o maior prazer em atendê-lo, desde que o pedido venha do seu pai em pessoa. Espero que entenda que estou numa situação delicada e que...

– Vou ligar para ele neste mesmo instante e farei com que ele telefone.

Lane encerrou a ligação e ficou olhando para o trânsito. Depois, seguiu até a porta e a abriu. Sorrindo para a gerente, disse:

– Meu pai fará com que a transferência seja feita pela Prospect. Voltarei mais tarde.

– Estaremos abertos até as cinco, senhor.

– Obrigado.

De volta ao sol ofuscante, manteve o celular na mão ao atravessar o estacionamento escaldante, mas não o usou. Também não percebeu que estava dirigindo de volta para casa.

Que diabos ele faria agora?

Quando chegou a Easterly, havia outras duas viaturas próximas à garagem e alguns policiais uniformizados parados diante da porta da frente. Estacionou o Porsche em seu lugar costumeiro, à esquerda da entrada principal, e saiu.

– Senhor Baldwine – um dos policiais o cumprimentou quando Lane se aproximou.

– Cavalheiros.

A sensação de olhos o seguindo fez com que ele quisesse mandar o grupo para longe da sua casa. Tinha a sensação paranoica de que havia coisas acontecendo por trás das cortinas, sem que ele soubesse, e preferia encontrar algum esqueleto no armário primeiro sem testemunhas, sem o benefício dos olhares curiosos da polícia metropolitana.

Subindo os degraus até o segundo andar, foi para o próprio quarto e fechou a porta, trancando-a. Perto da cama, pegou o telefone da casa, apertou o número nove para conseguir uma linha externa, e depois pressionou *67 para que o número para o qual telefonava não ficasse registrado no identificador de chamadas. Quando deu linha, ele compôs uma sequência de quatro números.

Pigarreou quando ouviu um toque. Dois...

– Bom dia, aqui é do escritório do senhor William Baldwine. Como posso ajudá-lo?

Imitando o tom firme e profissional do pai, ele disse:

– Ligue-me com Monteverdi da Prospect agora mesmo.

– Sim, senhor Baldwine. Imediatamente.

Lane pigarreou uma vez mais enquanto uma música clássica se fazia ouvir. A boa notícia era que o pai era antissocial, exceto se a interação humana o beneficiasse nos negócios, portanto era muito improvável que os dois homens tivessem se falado recentemente, o que revelaria o seu engodo.

– Senhor Baldwine, o senhor Monteverdi está na linha.

Depois de um clique, Monteverdi começou a falar.

– Obrigado por finalmente retornar a minha ligação.

Lane baixou seu tom de voz e enfatizou o sotaque sulista.

– Preciso de cento e vinte e cinco mil na conta-corrente da casa...

– William, eu já lhe disse, não posso fazer mais adiantamentos, simplesmente não posso. Agradeço os negócios da sua família e estou comprometido em ajudá-lo a sair dessa situação antes que o nome Bradford se depare com dificuldades, mas as minhas mãos estão atadas. Tenho responsabilidades para com o Conselho, e você me disse que o dinheiro que pegou emprestado seria devolvido até a reunião anual, que acontecerá em duas semanas. O fato de necessitar de mais recursos, sendo um montante assim pequeno, já não me deixa mais tão confiante.

Mas que diabos?!

– Qual o total devido? – ele perguntou, carregando no forte sotaque da Virgínia.

– Eu lhe disse da última vez que deixei recado – Monteverdi se mostrou irritado. – Cinquenta e três milhões. Você tem duas semanas, William. Suas alternativas são: devolver o montante ou procurar o JP Morgan Chase e pedir um empréstimo contra o fundo primário da sua esposa. Ela tem mais de cem milhões só naquela conta, portanto o perfil de empréstimos deles será atendido. Eu lhe enviei a documentação num e-mail particular, você só precisa assinar os papéis e isso não nos afetará mais. Mas permita que eu seja bem franco: estou exposto nesta situação e não permitirei que isso prossiga assim. Existem medidas que eu poderia acionar, que seriam muito desagradáveis para você, e eu as usarei antes que alguma coisa me afete pessoalmente.

Puta.

Merda.

– Voltarei a falar com você – Lane disse com voz arrastada e desligou.

Por um instante, só conseguiu ficar olhando para o telefone. Literalmente não conseguia conectar dois pensamentos com coerência.

Em seguida, veio o vômito.

Numa ânsia súbita, dobrou-se ao meio, mal conseguindo apanhar o cesto de papéis a tempo.

Tudo o que comera na sala de descanso dos funcionários subiu.

Depois que o acesso passou, seu sangue correu gelado, a sensação de que nada era como deveria ser fazendo-o imaginar – e depois rezar – que aquilo fosse uma espécie de pesadelo.

Mas não podia se dar ao luxo de não fazer nada, ou pior, de desmoronar. Tinha que lidar com a polícia. Com a irmã. E com o que mais estivesse por vir...

Deus, desejou que Edward ainda estivesse por perto.

VINTE

Uma hora mais tarde, Gin deslizou pelo banco do Porsche cinza-escuro do irmão, fechou os olhos e balançou a cabeça.

– Estas foram as piores seis horas da minha vida.

Lane emitiu uma espécie de grunhido, que poderia significar muitas coisas, mas que certamente estava bem longe do "Ah, Deus, não consigo imaginar o que você teve que suportar" que ela esperava ouvir.

– Desculpe – ela explodiu –, mas eu acabei de sair da cadeia…

– Estamos com problemas, Gin.

Ela deu de ombros.

– Conseguimos a fiança, e Samuel T. vai garantir que isso fique longe da imprensa…

– Gin. – O irmão a encarou quando saiu para o trânsito. – Estamos com graves problemas.

Mais tarde, ah, muito mais tarde, ela ainda se lembraria desse instante em que seus olhares se encontraram no interior do carro, indicando o início da derrocada, o primeiro dominó caindo, que fez com que todos os outros também caíssem com tamanha velocidade que ficou impossível deter a sequência.

– Do que está falando? – ela perguntou com suavidade. – Você está me assustando.

– A nossa família está devendo uma quantia enorme.

Ela revirou os olhos e balançou a mão no ar.

– Sério, Lane? Tenho problemas piores...

– E Rosalinda se matou na nossa casa. Em algum momento dos últimos dois dias.

Gin levou a mão à boca. Lembrou-se de ter telefonado para a mulher sem obter nenhuma resposta apenas algumas horas antes.

– Está morta?

– Morta. No escritório dela.

Foi impossível não ficar toda arrepiada quando visualizou o telefone tocando ao lado do cadáver da *controller*.

– Meu Deus...

Lane praguejou, olhando pelo retrovisor e mudando de faixa rapidamente.

– A conta-corrente da casa está com saldo devedor, e nosso pai de algum modo conseguiu um empréstimo de cinquenta e três milhões da Companhia de Fundos Prospect para fazer só Deus sabe o quê. E a pior parte? Não sei qual o fim disso e não sei se quero descobrir.

– O que você... desculpe, não estou entendendo...

Ele repetiu, mas isso não a ajudou muito.

Depois que o irmão se calou, ela ficou olhando pelo para-brisa, vendo a estrada fazer a curva ao redor do rio Ohio.

– Papai pode simplesmente pagar o empréstimo – disse ela, emburrada. – Ele paga e tudo acaba.

– Gin, se foi necessário pegar uma quantia dessas emprestada, é por que a pessoa está com problemas muito, muito sérios. E se essa pessoa ainda não pagou é porque não tem como.

– Mas mamãe tem dinheiro. Ela tem muito...

– Não sei se podemos nos fiar nisso.

– Então onde você conseguiu o dinheiro da fiança para me soltar?

– Tenho um pouco guardado e também o meu fundo, que desatrelei do fundo da família. Mas esses dois não são suficientes para cuidar de Easterly, e esqueça a possibilidade de pagar esse empréstimo ou de manter a Bourbon Bradford a salvo, se precisarmos.

Ela olhou para as unhas estragadas, concentrando-se na dizimação do que estava perfeito quando acordara naquela manhã.

— Obrigada por me tirar de lá.

— De nada.

— Vou devolver o seu dinheiro.

Como? Seu pai cortara todos os seus privilégios. E, pior de tudo, e se não restasse mais dinheiro para a sua mesada?

— Isso não pode ser possível – disse ela. – Só pode ser um mal-entendido. Um tipo de... falha de comunicação.

— Não acredito.

— Você tem que pensar positivo, Lane.

— Entrei no escritório de uma mulher morta há umas duas horas e isso foi antes de eu descobrir sobre a dívida. Posso lhe garantir que falta de otimismo não é o problema aqui.

— Você acha que... – Gin arquejou. – Acha que ela roubou de nós?

— Cinquenta e três milhões de dólares? Ou apenas uma parte? Não, porque, nesse caso, por que cometer suicídio? Se ela desfalcou os fundos, o mais inteligente seria fugir e trocar de identidade. E não se matar na casa do seu empregador.

— E se ela foi assassinada?

Lane abriu a boca para dizer "de jeito nenhum". Mas voltou a fechá-la, como se estivesse pensando a respeito.

Bem, ela o amava.

Gin ficou com o queixo caído.

— Rosalinda? Papai?

— Ah, o que é isso, Gin? Todos sabem disso.

Rosalinda? A coisa mais selvagem nela era prender aquele coque um pouquinho mais pra baixo.

— Reprimida ou não, ela estava com ele.

— Na casa da nossa mãe?

— Não seja ingênua.

Muito bem, era a primeira vez que era acusada disso. E, de repente, aquela lembrança de tantos anos antes, daquele Ano-Novo, voltou... De quando vira o pai saindo do escritório da mulher.

Mas isso fora décadas atrás, em outra era.

Ou, talvez não.

Lane pressionou o freio num farol vermelho próximo ao posto de gasolina que ela parara naquela manhã.

– Pense no lugar onde ela morava. A casa colonial de quatro quartos em Rolling Meadows custa muito mais do que ela poderia pagar com seu salário de *controller*. Quem você acha que pagou?

– Ela não tem filhos.

– Que a gente saiba.

Gin apertou os olhos enquanto o irmão voltava a acelerar.

– Acho que vou enjoar.

– Quer que eu encoste?

– Quero que pare de me dizer essas coisas.

Houve um longo silêncio… e em meio ao vácuo, ela continuou voltando para a visão do pai saindo daquele escritório, amarrando o cinto do roupão.

No fim, o irmão balançou a cabeça.

– A ignorância não vai mudar nada. Precisamos descobrir o que está acontecendo. Preciso chegar à verdade de alguma maneira.

– Como você… como você descobriu isso tudo?

– Isso importa?

Quando contornaram a última curva na estrada River antes de Easterly, ela olhou para o alto à direita, para a colina. A mansão da sua família estava no mesmo lugar de sempre, seu tamanho e elegância incríveis dominando o horizonte, a famosa construção branca fazendo-a pensar em todas as garrafas de bourbon que traziam um desenho dela gravado em seus rótulos.

Até aquele momento, acreditou que a posição da família estivesse gravada em pedra.

Agora, temia que fosse em areia.

– Ok, estamos todos prontos aqui – Lizzie avançou entre as fileiras de mesas redondas debaixo da grande tenda. – As cadeiras já estão bem arrumadas.

– *Ja*[20] – concordou Greta ao dar uma puxadinha numa das toalhas de mesa.

As duas continuaram, inspecionando todos os setecentos lugares, verificando novamente os candelabros de cristal que pendiam em três pontos da tenda, puxando um pouco mais os tecidos rosa-claro e brancos.

Quando terminaram, acompanharam a extensão de cordões verdes serpenteando pela parte externa, fornecendo eletricidade para os oito ventiladores gigantes que garantiriam a circulação de ar.

Ainda tinham umas boas cinco horas de trabalho até que escurecesse e, de maneira inédita, Lizzie achou que tinham concluído todas as prioridades. Os arranjos florais estavam prontos. Os canteiros de flores estavam impecáveis. Vasos na entrada e na saída da tenda combinavam à perfeição com as plantas e os botões suplementares. Até mesmo as estações de comida nas tendas adjuntas já haviam sido organizadas, seguindo as instruções da senhorita Aurora.

Até onde Lizzie sabia, a comida estava pronta e a bebida entregue. Os garçons e os *barmen* contratados estavam sob a batuta de Reginald, e ele não era de deixar nenhum fio solto. A segurança que garantiria que a imprensa ficaria ao largo era composta por policiais de folga da polícia metropolitana, e estavam todos prontos para trabalhar.

Ela quis ter alguma coisa com que ocupar seu tempo. O nervosismo a deixara mais produtiva do que de costume, e agora estava sem nada para fazer além de pensar que havia uma investigação criminal acontecendo a cinquenta metros dela.

Rosalinda.

Seu celular vibrou no quadril, sobressaltando-a. Ao pegá-lo, suspirou.

– Graças a Deus! Alô? Lanc? Você está bem? Sim. – Franziu o cenho enquanto Greta a espiava. – Na verdade, eu o deixei no carro, mas posso ir pegá-lo agora. Sim, sim, claro. Onde você está? Tudo bem. Já vou levar para você.

Quando ela desligou, Greta lhe disse:

– O que está acontecendo?

– Não sei. Ele disse que precisa de um computador.

---

20 "Sim."

– Deve *haverr* uma dúzia deles na casa.

– Depois do que aconteceu hoje cedo, acha que vou discutir com o cara?

– Muito justo. – Embora a expressão da mulher berrasse seu desapontamento. – Vou *darr* uma olhada nos *canteirros* e vasos da *frrente* da casa, e *confirrmarr* se os manobristas *chegarrão* no *horrárrio*.

– Oito da manhã?

– Oito da manhã. E depois, não sei. Pensei em ir *parra* casa. Estou ficando com enxaqueca, e amanhã *serrá* um longo dia.

– Isso é horrível! Vá mesmo e volte com força total.

Antes que Lizzie se virasse, sua velha amiga lhe lançou um olhar sério através dos óculos pesados.

– Você está bem?

– Ah, sim. Absolutamente.

– Tem muito Lane por aqui. É *porr* isso que estou *perrguntando*.

Lizzie olhou para a casa.

– Ele vai se divorciar.

– Mesmo?

– É o que ele disse.

Greta cruzou os braços sobre o peito e seu sotaque alemão ficou mais evidente.

– Com dois anos de *atrraso*...

– Ele não é de todo ruim, sabe.

– O que disse? Isso... *nein*, você não pode *estarr* falando a *verrdade*.

– Ele não sabia que Chantal estava grávida, está bem?

Greta lançou as mãos para o alto.

– Ah, bem, isso muda tudo, então, *ja*? Então ele se *prrontificou* de *livrre* e espontânea vontade a se *casarr* enquanto estava com você. *Perrfeito*.

– Por favor, não faça isso. – Lizzie esfregou os olhos doloridos. – Ele...

– Ele te pegou de novo, não? Ligou *parra* você, veio te *prrocurrarr*, alguma coisa assim.

– E se ele fez? Isso é assunto meu.

– Passei um ano *inteirro* ligando *parra* você, *parra* que você saísse daquela sua fazenda, *garrantindo* que você *virria parra* o trabalho.

Fiquei ao seu lado, me *prreocupei* com você, limpei o *estrrago* que ele deixou. *Porr* isso, não me diga que não posso *exprressarr* uma reação quando ele vem *sussurrarr* no seu ouvido...

Lizzie ergueu a mão diante do rosto da mulher.

– Chega. Não vamos mais falar disso. Nos vemos pela manhã.

Saiu marchando, e xingou baixinho no trajeto inteiro até o carro. Depois que pegou o laptop, seguiu apressada para a casa. Deliberadamente evitando a cozinha e a estufa, porque não queria encontrar Greta enquanto ela se preparava para sair, entrou na biblioteca e, sem pensar, tomou o corredor que dava para as escadas dos empregados e a cozinha. Não foi muito longe. Bem quando fazia a curva, foi parada por dois policiais, e foi então que ela viu o cadáver sendo levado numa maca com rodinhas.

Os restos mortais de Rosalinda Freeland foram colocados num saco branco com um zíper de 1,5 metro que, ainda bem, estava fechado.

– Senhora – um dos policiais disse –, vou ter que lhe pedir que abra o caminho.

– Sim, sim, desculpe. – Abaixando os olhos e refreando a onda de náusea, deu meia-volta, tentando não pensar no que acabara de ver.

E falhou.

Ela tinha dado seu nome à polícia, assim como o restante dos empregados, e fizera um relato breve de onde estivera a manhã toda e os últimos dias. Quando lhe perguntaram a respeito da *controller*, não teve muito a dizer. Não conhecia Rosalinda melhor do que os outros; a mulher era muito reservada e profissional, e só.

Lizzie sequer sabia se existia algum familiar para ser avisado.

Usar a escada principal era uma violação da etiqueta de Easterly, mas, levando-se em consideração que havia um carro mortuário estacionado e uma cena de crime no corredor dos funcionários, ela estava confiante de que poderia deixar o protocolo de lado. Já no segundo andar, avançou sobre o tapete claro, passando por quadros a óleo e alguns objetos que reluziam com sua antiguidade e manufatura superior.

Ao chegar à porta de Lane, não conseguia se lembrar da última vez que ela e Greta discutiram sobre alguma coisa. Deus, queria ligar para a mulher... Mas o que poderia dizer?

Deixe o laptop e saia, ordenou a si mesma. *Só isso.*

Lizzie bateu à porta.

– Lane?

– Pode entrar.

Empurrando a porta, ela o encontrou parado diante das janelas, com um pé plantado no peitoril, e um braço sobre o joelho erguido. Ele não se virou para vê-la entrar. Não disse nada.

– Lane? – Ela observou ao redor. Não havia ninguém com ele. – Olha só, vou deixar o laptop aqui e...

– Preciso da sua ajuda.

Inspirando fundo, ela disse:

– Ok.

Mas ele permaneceu em silêncio enquanto fitava o jardim. E que Deus a ajudasse, foi impossível desviar os olhos dele. Disse a si mesma que estava procurando sinais de cansaço... e não medindo os ombros musculosos. O cabelo curto na base da nuca. Os bíceps que marcavam as mangas curtas da camisa polo.

Ele tinha trocado de roupa. Tinha tomado um banho também. Ela sentia o perfume do sabonete e do shampoo.

– Sinto muito por Rosalinda – sussurrou. – Foi um choque.

– Hum.

– Quem a encontrou?

– Eu.

Lizzie fechou os olhos e abraçou o laptop junto ao peito.

– Ah, meu Deus.

De repente, ele enfiou a mão no bolso da frente da calça e tirou um objeto.

– Pode ficar comigo enquanto abro isto?

– O que é?

– Uma coisa que ela deixou para trás. – Ele mostrou o pen drive preto. – Encontrei sobre a escrivaninha dela.

– É um... bilhete suicida?

– Não acredito que seja isso. – Ele se sentou na cama e apontou para o laptop dela. – Se importa se eu...

– Ah, sim... aqui está. – Juntou-se a ele e levantou a tela do Lenovo, apertando o botão de liga/desliga. – Tenho Microsoft Office, então documentos de Word não devem ser um problema.

– Não acho que seja isso.

Colocou a senha e passou o computador para ele.

– Pronto.

Ele inseriu o pen drive e aguardou. A tela se acedeu com várias opções, e ele apertou em "abrir arquivos".

Só havia um, intitulado "William Baldwine".

Lizzie esfregou a testa com o polegar.

– Tem certeza de que quer que eu veja isso?

– Tenho certeza de que não posso ver isso sem você aqui.

Lizzie se viu esticando a mão e apoiando-a no ombro dele.

– Não vou te deixar.

Por algum motivo, ela lembrou da lingerie cor de pêssego que encontrara na cama do pai dele. Dificilmente era algo que Rosalinda vestiria; um tom de cinza-claro foi o mais próximo que a *controller* chegara a revelar do seu guarda-roupa. Mas, pensando bem, quem é que poderia saber o que a mulher escondia debaixo das saias e jaquetas decorosas?

Lane clicou no arquivo, e Lizzie percebeu que seu coração batia tão rápido quanto se tivesse acabado de correr meio quilômetro a toda velocidade.

E ele estava certo. Aquilo não era nenhuma carta de amor, tampouco um bilhete suicida. Era uma planilha repleta de números e datas e descrições breves, que Lizzie, por estar longe demais, não conseguia ler.

– O que é tudo isso? – perguntou.

– Cinquenta e três milhões de dólares – ele murmurou, descendo a tela. – Aposto como são cinquenta e três milhões de dólares.

– O que está dizendo? Espere... está sugerindo que ela roubou isso?

– Não, mas acho que ela ajudou o meu pai a roubar.

– O quê?

Ele voltou-se para ela.

– Acho que, finalmente, meu pai tem sangue nas mãos. Ou, pelo menos, sangue que conseguimos ver.

VINTE E UM

Voltando a se concentrar no laptop sobre o colo, Lane desceu pela planilha de Excel, localizando as entradas e tentando fazer uma somatória geral. Mas nem precisava ter se dado ao trabalho. Rosalinda somara por ele ao fim da página, numa célula em negrito à extrema direita de todas as colunas.

Na verdade, o total não era de 53 milhões de dólares.

Não, era de 68 milhões, 489 mil, 242 dólares e 65 centavos.

US$ 68.489.242,65.

As descrições para as retiradas variavam desde Cartier e Tiffany até a Aviação Bradford Ltda., que era a empresa que administrava todas as aeronaves e pilotos, e a folha de pagamento da Recursos Humanos Bradford, responsável, muito provavelmente, pelos salários de todos os empregados da casa. No entanto, havia uma descrição repetida que ele não reconhecia. Holding WWB.

Holding William Wyatt Baldwine.

Só podia ser.

Mas o que seria?

O montante maior tinha sido para eles.

– Acho que o meu pai… – Olhou para Lizzie. – Não sei, mas a companhia e fundos disse que ele se colocou, ou ele colocou a família, imagino, numa montanha de dívidas. Por quê? Mesmo com todos estes gastos, deveria haver muito dinheiro vindo da Cia. Bourbon Bradford para os acionistas, dos quais somos os majoritários.

– A empresa de aluguel… – Lizzie murmurou.

– O que foi?

– A empresa de aluguel não recebeu o pagamento, o financeiro deles telefonou para Rosalinda na semana passada e ela não retornou a ligação.

– Me pergunto para quem mais estamos devendo…

– Como posso ajudar?

Ele a fitou, a cabeça pensando, pensando.

– Me deixar ver este arquivo foi um bom começo.

– O que mais?

Deus, que olhos azuis, ele pensou. *E os lábios, aqueles lábios naturalmente rubros tão perfeitamente moldados.*

Ela falava com ele, mas Lane não conseguia ouvir. Era como se um silenciador o tivesse envolvido, impossibilitando-o de perceber qualquer som ao seu redor. Logo o computador em seu colo e todos os seus segredos também desapareceram, de forma que nem o brilho da tela nem o desenho de colunas e números e letras podia ser percebido.

– Lizzie – ele disse, interrompendo-a.

– Sim?

– Preciso de você – ele se ouviu dizer, rouco.

– Sim, claro, o que posso…

Inclinou-se e encostou os lábios nos dela, resvalando-os rapidamente.

Ela arfou e se afastou.

Lane esperou que ela se levantasse. Que lhe dissesse poucas e boas. Talvez voltasse ao século passado e o esbofeteasse.

Em vez disso, ela levantou os dedos e tocou a própria boca. Depois fechou os olhos.

– Eu queria que você não tivesse feito isso.

Merda.

– Desculpe. – Passou uma mão pelos cabelos. – Não estou com a cabeça no lugar.

Ela concordou.

– Sim.

Perfeito, pensou ele. A vida dele estava em labaredas em tantas frentes, por que não, então, atear mais um pouco de fogo? Sabe, só para piorar aquele inferno.

– Sinto muito – disse. – Eu deveria ter...

Ela se lançou sobre ele com um movimento tão rápido que ele quase caiu. O que o salvou foi o desejo... a necessidade feroz que ele sempre sentira por ela e que estivera represada durante todo o tempo em que ficaram afastados.

Lizzie disse ao encontro da boca dele:

– Também não estou com a cabeça no lugar.

Soltando uma imprecação, passou os braços ao redor dela e a trouxe para o colo, derrubando o computador sobre o carpete grosso. Queria se esquecer do dinheiro, do pai, de Rosalinda... mesmo que apenas por um momento.

– Desculpe – ele disse ao empurrá-la para o colchão. – Preciso de você. Eu só... preciso estar dentro de você...

Toc, toc, toc.

Os dois ficaram parados, os olhos presos um no outro.

– O que foi? – ele perguntou, irritado.

Uma voz feminina e abafada comentou algo sobre toalhas, e só o que Lane pensava era que a porta não estava trancada.

– Não, obrigado.

Lizzie saiu de baixo dele, e ele se moveu para que ela pudesse ficar de pé. Nesse meio-tempo, a criada continuou falando.

– Não preciso de toalhas, obrigado – repetiu com aspereza.

Seus olhos acompanharam as mãos de Lizzie, que ajeitavam a camisa e alisavam os cabelos.

– Lizzie... – sussurrou.

Ela apenas balançou a cabeça, andando em círculos, parecendo considerar saltar pela janela como estratégia de fuga.

Mais palavras por parte da criada, e ele perdeu a cabeça. Explodindo sobre os pés, foi até a porta e a abriu, bloqueando a entrada para o quarto. A loira de uns vinte e cinco anos do outro lado era a mesma que estava no corredor quando ele e Chantal discutiram.

– Ah, olá. – Ela lhe sorriu. – Como está?

– Não preciso de nada. Obrigado – disse, seco.

Quando se voltou para fechar, ela o segurou pelo braço.

– Sou Tiphanii, com "ph" e dois "is" no fim.

– Prazer em conhecê-la. Se me der licença…

– Eu só preciso entrar para ver como está o seu banheiro.

O sorriso a entregou. Isso e aquela pequena mudança de postura; ela inclinou o quadril na direção dele e suas pernas se esticaram, como se ela estivesse usando saltos altos em vez de Crocs.

Lane revirou os olhos, não conseguindo evitar. A mulher que desejava tinha acabado de sair de baixo dele e aquela bajuladorazinha achava que tinha algo a lhe oferecer?

– Obrigado, mas não. Não estou interessado.

Fechou a porta na cara dela porque não tinha energia para ser agradável e não queria dizer algo que acabasse lamentando mais tarde.

Girando, encontrou Lizzie do lado oposto do quarto, perto de uma janela. Ela estava deliberadamente mais para o lado, como se não quisesse ser vista, e seus braços estavam cruzados sobre o peito.

– Você pareceu bem sincero – ela comentou com secura.

– Quando estou com você, eu sou…

– Agora, com a criada.

– E por que eu não deveria?

– Sabe o que eu odeio mesmo?

– Só posso imaginar – ele murmurou.

– Como ela se ofereceu para você… E, mesmo assim, eu só consigo ficar pensando em arrancar as suas roupas. Como se fosse um brinquedinho que estou disputando com ela.

A ereção dele ficou mais apertada dentro da calça.

– Não existe disputa alguma… Eu sou seu. Se você quiser, aqui e agora. Ou mais tarde. Daqui uma semana, um mês, daqui a vários anos.

Cale a boca, sua ereção comandou. *Apenas cale a boca, amigo, pare com essa coisa de futuro.*

— Não vou voltar para você, Lane. Não vou.

— Você me disse isso pelo telefone.

Lizzie assentiu e desviou o olhar do jardim. Enquanto a luz começava a sumir do céu, ela marchou pelo quarto, evidentemente seguindo para a porta.

Maldição...

Não para a porta.

Na verdade, ela não foi para a porta.

Lizzie parou diante dele e deixou que os dedos completassem o trajeto, caminhando pelo seu rosto, trazendo a boca dele para a sua.

— Lizzie... — ele gemeu, lambendo a boca dela.

O beijo ficou rapidamente descontrolado, e ele não estava disposto a perder a chance com ela. Virando-a, empurrou-a contra a parede, acertando o quadro a óleo ao lado deles com tanta força que ele acabou soltando do prego e caindo no chão. Ele nem ligou. Suas mãos foram para baixo das roupas dela, encontraram a pele, subiram na direção dos seios.

Ele pensara que nunca faria aquilo de novo, e por mais que quisesse algo mais lento e demorado, não conseguia. Estava desesperado.

Foi rude com o cós dos shorts dela, arrancando o botão, descendo o zíper e fazendo-o escorregar pelas pernas dela. Em seguida, passou a mão entre as coxas dela, afastando a calcinha de algodão...

Lizzie exclamou seu nome numa voz rouca que quase o fez gozar ali mesmo, naquele instante. E quando os dedos dela se cravaram nos seus ombros, ele a afagou com mais intensidade.

— Pode me machucar — ele grunhiu quando ela o apertou com mais força. — Me faça sangrar.

Ele queria dor junto do prazer, pois tudo o que vinha acontecendo com o pai e a família deixava-o em carne viva, muito próximo de um lado sombrio... a ponto de ele pensar vagamente se não fora aquilo que norteara o irmão Max. Ficara sabendo das coisas que Maxwell fizera... ou rumores a respeito.

Talvez aquele fosse o motivo. Ele sentia como se precisasse arrancar a escuridão do seu íntimo ou acabaria sendo consumido por ela.

Suspendendo Lizzie do chão, deliciou-se com o modo como ela se grudou a ele com braços fortes. Um puxão no zíper da calça, e sua ereção estava pronta para seguir em frente. Rasgou a calcinha dela e...

O rugido que ela emitiu junto ao pescoço dele foi como o de um animal, mas ele não prestou atenção. A pegada escorregadia do sexo dela foi uma sensação que ele sentiu no corpo inteiro, e ele chegou ao orgasmo de imediato. Tanto tempo... Por tanto tempo ele sonhara com ela, lamentando o que tinha acontecido, querendo fazer as coisas de uma maneira diferente. E agora ele estava onde rezara: a cada bombeada dentro dela, ele voltava no tempo, consertando as coisas, reparando seus erros.

Ele queria estar com ela para, por um tempo, se afastar do presente. Mas, no fim, aquela experiência foi muito mais do que isso. Muito, muito mais.

Mas sempre fora verdadeiro com Lizzie. Fizera sexo muitas vezes no decorrer da vida.

No entanto, nada daquilo tivera importância... Até ele estar com ela.

Lizzie não tivera a intenção de ir tão longe.

Enquanto Lane chegava ao orgasmo dentro dela, foi alçada junto com ele, o seu orgasmo ecoando o dele. Rápido, tão rápido, tudo foi muito veloz, furioso, o ato chegou ao fim em questão de minutos, e os dois permaneceram unidos quando a onda inicial foi sumindo.

Tinham mesmo feito aquilo?, ela se perguntou.

Bem, tinham, ela concluiu quando ele se mexeu dentro dela.

E foi então que ela percebeu que... Ah, Deus, o cheiro dele era o mesmo. E os cabelos também, incrivelmente macios.

E o corpo continuava tão forte quanto ela se lembrava.

Lágrimas surgiram em seus olhos, mas ela escondeu o rosto no ombro dele. Não queria que ele percebesse suas emoções. Já estava com bastante dificuldade para reconhecer aquela confusão.

Apenas sexo, disse para si mesma. Era apenas desejo físico de ambas as partes. E Deus bem sabia, luxúria nunca fora um problema para eles. Desde o instante em que o vira no dia anterior, aquela conexão entre eles borbulhou até a superfície da pele dela.

E debaixo da pele dele também.

Ok. Sem problemas. Não conseguiu dizer não naquela situação específica, quando claramente deveria ter dito.

Quer fosse um erro ou não, dependia de como ela lidaria com as coisas dali por diante.

Recobrando o controle, afastou-se um pouco dos braços dele, muito ciente de que ainda estavam conectados.

Ficou com a respiração presa ao ver a expressão no rosto dele, quando ele fez um carinho em sua face.

Ele parecia tão vulnerável.

Contudo, antes que ela fizesse algum comentário calmo e sensato, ele começou a se mover dentro dela de novo. Lenta, ah... tão lentamente... para dentro e para fora. Para dentro e para fora. Em reação, os olhos dela se fecharam e ela ficou toda maleável, os braços dele sustentando-a, a parede nas suas costas apoiando-a ao encontro dele. Uma parte de si ainda estava presente, cada movimento sendo registrado com a claridade de um raio, a respiração pesada no peito e a fervura em seu sangue assumindo o controle de tudo.

A outra parte estava fugindo.

Ah, Deus, a sensação da mão dele agarrando seus cabelos, a boca beijando a sua com sofreguidão, os quadris se curvando e retraindo. Era como voltar ao lar de todas as maneiras que seu corpo desejava havia muito tempo.

E isso não podia ser bom.

– Lizzie – ele disse com uma voz entrecortada. – Senti saudade, Lizzie. Tanta saudade que chegava a doer.

Não pense nisso, ela disse a si mesma. *Não preste atenção.*

O nome dele escapou dos seus lábios uma vez mais, o estalido do prazer fazendo seu sexo se contrair ao redor da ereção enquanto ele se movia dentro dela, empurrando-a contra a parede, com tamanho ímpeto que a fez bater a cabeça.

Quando ficaram imóveis a não ser pela respiração, ela se deixou cair sobre ele.

— Esta não pode ser a última vez — ele grunhiu, como se soubesse o que ela estava pensando. — Não pode.

— Como você sabia…

— Não te culpo. — Ele se afastou, e seus olhos semicerrados a queimaram. — Só não quero que isso…

— Lane…

A batida à porta a sobressaltou. E ele praguejou.

— Mas que porra! — ele ralhou.

E considerando-se que ele não era de ficar falando palavrão, ela teve que dar um sorriso.

— O que foi? — ele berrou.

— Senhor Baldwine — era a voz do mordomo —, o senhor Lodge está aqui e gostaria de vê-lo.

Lane franziu o cenho.

— Diga a ele que estou ocupado…

— Ele disse que é urgente.

Lizzie balançou a cabeça e se afastou dos braços dele pela segunda vez. Quando seus pés tocaram o chão silenciosamente, ela se deu conta de que não haviam usado preservativo.

Isso mesmo. E tudo ficou bem real quando ela suspendeu os shorts e saiu apressada para o banheiro. Limpou-se o melhor que pôde enquanto Lane falava com o inglês pela porta. E quando ela voltou, ele já havia subido as calças e andava de um lado para o outro.

Ela levantou a palma antes que ele conseguisse comentar qualquer coisa.

— Vá lá ver o que ele quer.

— Lizzie…

— Se um quarto do que o preocupa for verdade, você vai precisar dele.

— Aonde você vai?

— Não sei. Acho que terminamos até amanhã de manhã.

O que era verdade em relação a tantas outras coisas.

— Você não pode ficar? — ele disse num ímpeto.

As sobrancelhas dela se ergueram.

– Ficar? Está querendo que eu passe a noite aqui? Isso é loucura.

Numa casa onde, tecnicamente, não podia usar metade das portas, acordar na cama do filho mais novo e continuar trabalhando em Easterly não era uma opção.

Ah, sim, pensou ela. Os bons e velhos tempos, quando tinham que manter tudo em segredo.

– Em qualquer lugar – ele disse. – Num dos chalés. Não faz diferença.

– Lane. Preste atenção, não é… Não vamos voltar ao que tínhamos antes, lembra? Não sei por que fiz o que fiz, mas isso não significa…

Ele se aproximou e a atraiu para um beijo, a língua invadindo a boca dela. Que Deus a ajudasse, pois, depois de um instante, ela retribuiu o beijo.

– Isso é importante – ele disse ao encontro dos lábios dela. – Isso é mais importante para mim do que a minha família. Você entende, Lizzie? Você sempre foi e sempre será importante para mim, a coisa mais importante.

Dito isso, ele se afastou e foi para a porta, olhando para ela por sobre o ombro – um olhar que era uma espécie de juramento, e que ela jamais vira antes.

Sentando no pé da cama dele, olhou para a parede onde tinham acabado de fazer sexo. O quadro no chão estava arruinado, a tela estava arranhada e torta, mas ela não queria avaliar o estrago. Apenas continuou sentada, tentando convencer a si mesma de que aquilo não era um sinal enviado por Deus.

Demorou um pouco para sair do quarto, atenta junto à porta, prestando atenção a vozes e passos antes de entreabrir a porta e espiar. Quando não havia mais nada além de silêncio, ela praticamente saltou para o meio do corredor e começou a andar apressada.

O quarto de Chantal ficava do outro lado do corredor, um pouco mais para a frente e, quando passou diante dele, sentiu a fragrância do perfume caro dela.

Um lembrete e tanto – não que ela precisasse – do por que deveria ter saído do quarto após a primeira interrupção.

Em vez de ter seguido em frente a toda velocidade.

Ela só podia culpar a si mesma.

VINTE E DOIS

Enquanto trotava escada abaixo, só o que Lane conseguia pensar era no quanto queria ter um drinque na mão. A boa notícia, e provavelmente a única que receberia, era que, quando chegou à sala de estar, Samuel T. já estava se servindo do Reserva de Família, o som do gelo a tilintar no copo atiçando a vontade de Lane como a ânsia de um viciado.

— Gostaria de partilhar da sua fortuna? — ele murmurou enquanto deslizava as portas de madeira dos dois lados da sala.

Havia muitas coisas que ele não queria que outros ouvissem.

— O prazer é meu. — Samuel o presenteou com um drinque igual ao seu num copo baixo de cristal. — Dia longo, não?

— Você não faz ideia. — Lane bateu um copo no outro. — O que posso fazer por você?

Samuel T. tomou seu bourbon e voltou para o bar.

— Fiquei sabendo sobre a *controller*. Meus pêsames.

— Obrigado.

— Foi você quem a encontrou?

— Sim.

— Já passei por isso. — O advogado voltou para perto e sacudiu a cabeça. — Dureza.

Você não sabe da missa a metade.

— Olha só, não quero te apressar, mas…

— Falou sério quanto ao divórcio?

— Claro.

— Tem um acordo pré-nupcial?

Quando Lane meneou a cabeça, Samuel xingou.

— Alguma possibilidade de ela ter te traído?

Lane esfregou as têmporas, tentando arrancar o que tinha acabado de acontecer com Lizzie… e o que vira naquele laptop. Queria pedir a Samuel T. que deixassem aquela conversa para o dia seguinte, mas seus problemas com Chantal estariam esperando, quer a sua família se afundasse em problemas financeiros ou não.

Na verdade, devia ser melhor dar sequência àquilo em vez de esperar, considerando toda aquela situação com o pai. Quanto mais rápido a tirasse daquela casa, menos informações ela teria para vender para os tabloides.

Não que não conseguisse vê-la falando pelos cotovelos com qualquer um, se o pior acontecesse com os Bradford.

— Desculpe – disse entredentes. – Qual foi mesmo a pergunta?

— Ela te traiu?

— Não que eu saiba. Ela passou os dois últimos anos nesta casa, vivendo à custa da minha família, fazendo a manicure.

— Uma pena.

Lane ergueu uma sobrancelha.

— Eu não sabia que via o matrimônio com tanto preconceito.

— Se ela tiver te traído, isso pode ser usado para reduzir a pensão. O Kentucky é um Estado que não exige admissão de culpa para conceder o divórcio, mas casos extraconjugais e maus tratos podem ser usados para mediar a pensão.

— Não estive com ninguém. – A não ser com Lizzie, havia pouco no quarto, e umas milhares de vezes antes em sua mente.

— Isso não importa, a menos que você queira pedir pensão a Chantal.

— Até parece. Livrar-me dela de uma vez por todas é só o que quero daquela mulher.

— Ela sabe que isso vai acontecer?

— Contei para ela.

— Mas ela *sabe*?

— Já está com os papéis para eu assinar? — Quando o advogado assentiu, Lane deu de ombros. — Bem, ela vai entender que eu estava falando sério quando receber os documentos.

— Assim que eu conseguir a sua assinatura, vou direto para o centro da cidade para dar entrada no divórcio. O tribunal terá que entender que o casamento está irrevogavelmente terminado, mas acho que, como faz dois anos que vocês moram em casas diferentes, não será um problema. Já vou avisando: acho que ela não vai abrir mão da pensão. E existe uma possibilidade de sair caro para você, ainda mais porque o padrão de vida dela foi bem alto nesta casa. Deduzo que alguns dos seus fundos foram liberados?

— A primeira parte. A segunda será liberada só quando eu completar quarenta anos.

— Qual a sua renda anual?

— Isso inclui os ganhos no pôquer?

— Ela está ciente deles? Você os declara no imposto de renda?

— Não e não.

— Então vamos deixar isso de fora. Qual o montante?

— Não sei. Nada ridículo, talvez um milhão, mais ou menos. Deve ser um quinto da renda gerada pelo acervo fiduciário.

— Ela vai atrás disso.

— Mas não ao acervo, correto? Acho que existe uma cláusula quanto ao excesso de gastos.

— Se estiver no Termo Irrevogável da Família Bradford de 1968, e eu acredito que esteja, pois foi meu pai quem redigiu os termos, pode apostar a sua melhor garrafa que sua iminente-ex-mulher não vai pôr a mão em nada disso. Vou precisar de uma cópia dos documentos, claro.

— A Fundos Prospect está com tudo.

Samuel T. tratou dos vários "arquivar isso", "argumentar aquilo", "divulgar sei lá o que", mas Lane não estava mais prestando atenção. Em sua mente, estava no andar de cima, em seu quarto, com a porta trancada e Lizzie toda nua na sua cama. Ele a cobria com mãos e boca, diminuindo a distância dos anos e voltando ao ponto antes de Chantal aparecer em roupas de maternidade de grife.

O que quer que tivesse que enfrentar em relação ao pai e à dívida seria muito mais fácil se Lizzie estivesse ao seu lado, e não apenas sexualmente.

Amigos podiam se ajudar, certo?

– Tudo bem assim?

Lane voltou a se fixar no advogado.

– Sim. Quanto tempo vai demorar?

– Como já disse, vou entregar tudo ainda hoje a um juiz "amigável" que me deve um ou dois favores. E Mitch Ramsey concordou em disponibilizar a petição para ela imediatamente. Depois só vai faltar rascunhar o acordo do divórcio, e o meu palpite é que ela vá atrás de um tremendo advogado de família, que você vai ter que pagar. Vocês têm vivido separados há mais de sessenta dias, mas ela vai ter que sair desta casa o mais rápido possível, caso você tenha a intenção de ficar. Não quero que isso atrase o processo em dois meses, graças a uma possível alegação de coabitação da parte dela. O meu palpite é que ela contestará tudo, porque vai querer o máximo de dinheiro que puder de você. O meu objetivo é tirá-la da sua vida com apenas as roupas do corpo e aquele anel de um quarto de milhão de dólares que você lhe deu, e só.

– Parece-me uma excelente ideia. – Ainda mais porque ele não sabia se existia um centavo a mais para gastar em algum lugar que não fosse nas suas contas. – Onde assino?

Samuel apresentou diversos papéis para que fossem assinados. Tudo acabou antes que Lane terminasse seu primeiro copo de bourbon.

– Quer que eu te dê um adiantamento? – perguntou, ao devolver a Montblanc ao advogado.

Samuel T. terminou o drinque, depois se serviu de mais gelo e de mais uma dose do Reserva de Família.

– Fica por conta da casa.

Lane se retraiu.

– Que é isso, cara? Não posso deixar que faça assim. Deixe que eu...

– Não. Sério, não gosto dela, e ela não pertence a esta família. Encaro esse divórcio como parte da manutenção da casa. Uma vassoura para jogar o lixo fora.

— Eu não sabia que você a detestava tanto assim.

Samuel T. apoiou as mãos no quadril e baixou o olhar para o tapete oriental.

— Vou ser totalmente franco.

Lane já tinha entendido qual seria o assunto, pela maneira como o advogado contraía o maxilar.

— Vá em frente.

— Uns seis meses depois que você foi embora, Chantal ligou para mim. Pediu que eu viesse para cá, e quando eu me neguei, ela apareceu na minha casa. Ela estava querendo um "amigo", como ela mesma disse, depois enfiou a mão dentro das minhas calças e se ofereceu para ficar de joelhos. Disse a ela que ela era louca. Mesmo se eu estivesse atraído por ela, o que nunca foi o caso, a sua família e a minha são amigas há gerações. Eu jamais ficaria com uma esposa sua, divorciada, separada ou casada. Além disso, a Virgínia é uma boa faculdade para se frequentar, mas eu não me casaria com uma moça de lá, e era exatamente isso que ela pretendia.

Caramba, às vezes ele odiava ter razão quanto àquela vadia, odiava mesmo.

— Não estou surpreso, mas fico contente que tenha me contado. — Lane levantou a mão. — Um dia vou retribuir o favor.

O advogado aceitou o que lhe era oferecido, depois se curvou de leve, e partiu com o copo.

— Você pode ser preso por beber na rua — Lane exclamou. — Para a sua informação.

— Só se eu for apanhado — Samuel T. exclamou de volta.

— Louco — murmurou Lane ao terminar o próprio drinque.

Quando foi se servir de outra dose, seu olhar recaiu sobre a pintura a óleo acima da cornija da lareira. Era um retrato de Elijah Bradford, o primeiro membro da família a ter dinheiro o bastante para se sobressair de seus pares, posando para um artista americano de renome.

Será que ele estava se revirando no túmulo àquela altura?

Ou isso aconteceria depois... quando o fedor piorasse?

Gin sentiu uma onda de pânico ao descer a escadaria principal de Easterly.

Assim que viu o Jaguar *vintage* diante da casa, tirou as roupas que usara na *cadeia*, pelo amor de Deus, e colocara um vestido de seda com barra bem acima dos joelhos. Borrifou um pouco de perfume. Calçou sapatos que deixavam seus tornozelos mais finos do que nunca.

A julgar pelas portas fechadas da sala de estar, ela sabia que o irmão estava falando com Samuel T. a respeito da Situação. Ou das Situa*ções*.

Deixou-os à vontade.

Em vez de entrar na sala, foi para a porta da frente e esperou ao lado do conversível antigo. A temperatura devia estar nos vinte e poucos graus, apesar de o sol já estar se pondo, e havia certa umidade no ar – ou talvez fossem seus nervos fora de controle. Para aproveitar um pouco de sombra, foi para debaixo de uma das magnólias que cresciam próximas à casa.

Enquanto olhava para o carro, lembrou-se das vezes que esteve nele com Samuel T., do vento noturno em seus cabelos, da mão dele entre suas pernas enquanto ele os conduzia pelas estradas cheias de curvas da sua fazenda.

O conversível fora comprado por Samuel T. pai, no dia do nascimento daquele que acabou sendo o único herdeiro do homem. E foi dado ao jovem Samuel T. em seu décimo oitavo aniversário, com instruções precisas de que ele não se matasse nessa coisa.

E, engraçado, as instruções deram resultado: só quando estava atrás daquele volante é que aquele homem era cuidadoso. Gin suspeitava de que ele sabia que se algo lhe acontecesse, sua árvore genealógica chegaria ao fim.

Ele era o único membro da sua geração que sobrevivera.

Foram muitas tragédias.

Que, até aquele exato instante, não lhe interessaram muito.

Enquanto aguardava, seu coração batia rápido, e a agitação em seu peito a deixava tonta. Ou talvez fosse o calor...

Samuel T. parou diante da porta da frente e saiu de Easterly com um copo de cristal na mão. Ele formava uma figura impressionante com o terno cortado sob medida, seu lindo rosto e a maleta com monograma. Estava usando óculos de sol com armação dourada, e os cabelos escuros e espessos estavam penteados para trás, com um topete que parecia ter sido milimetricamente arrumado, mas que, na verdade, nunca requeria isso.

Ele parou quando a viu. Depois disse em sua fala arrastada:

— Veio me agradecer por te salvar?

— Preciso falar com você.

— É mesmo? Vai tentar negociar um adiantamento que não envolva dinheiro? — Bebeu todo o líquido e deixou o copo no primeiro degrau, como só alguém que sempre teve empregados faria. — Estou aberto a sugestões.

Ela avaliou cada passo que ele deu na direção dela e do carro. Conhecia muito bem aquele corpo forte e musculoso, que denunciava o fazendeiro que era no fundo de sua alma, debaixo de todas aquelas roupas elegantes de advogado.

Amelia seria alta como ele. E também era inteligente como ele.

Infelizmente, a menina era boba como a mãe, ainda que talvez um dia pudesse superá-lo.

— E então? — incitou-a ao colocar a maleta no banco. — Posso escolher como vai pagar a sua conta?

207

Mesmo através das lentes escuras, sentia o olhar dele. Ele a desejava, sempre a desejou, e às vezes, ele a detestava por isso: não era um homem que apreciava restrições, mesmo as autoimpostas.

Ela também era assim.

Samuel T. meneou a cabeça.

— Não me diga que o gato comeu a sua deliciosa língua. Seria uma pena tremenda ficar sem essa parte da sua anatomia...

— Samuel.

No instante em que ele ouviu o tom de voz dela, franziu o cenho e tirou os óculos escuros.

— O que aconteceu?

— Eu...

— Alguém a destratou na cadeia? Porque vou pessoalmente até lá e...

— Case comigo.

Ele parou no ato, tudo congelou: a expressão dele, a respiração, talvez até mesmo o coração. Depois ele gargalhou.

— Certo, certo, certo. Claro que você...

— Estou falando sério.

A porta do carro se abriu silenciosamente, um testemunho dos cuidados que ele tinha com o carro.

— O dia que você se assentar com qualquer homem será o dia do Segundo Advento.

— Samuel, eu te amo.

Ele lhe lançou um olhar sardônico.

— Ora, por favor...

— Preciso de você.

— A cadeia mexeu mesmo com você, não mexeu? — Ele se acomodou no banco do motorista e ficou olhando para o capô por um instante. — Olha aqui, Gin, não se sinta mal por ter parado lá, ok? Consegui apagar qualquer rastro, então a sua ficha vai ficar limpa. Ninguém vai saber de nada.

— Não é esse o motivo. Eu só... Vamos nos casar. Por favor.

Olhando para ela, ele franziu tanto o cenho que suas sobrancelhas se uniram.

— Você parece estar falando sério.

— Estou mesmo. — Ela não era idiota. Ela lhe contaria sobre Amelia mais tarde, quando fosse mais difícil para ele escapar, quando houvessem documentos que os unissem, até que ele superasse o que ela lhe fizera. — Você e eu nascemos para ficar juntos. Você sabe disso. Eu sei. Estamos dando voltas neste nosso relacionamento a vida toda, mais até. Você sai com garçonetes, manicures e massagistas porque elas não são eu. Você compara cada uma dessas mulheres ao meu padrão e todas elas perdem. Você é obcecado por mim, assim como eu sou por você. Não vamos mais mentir, vamos fazer o que é certo.

Ele voltou o olhar para o capô e escorregou as belas mãos sobre o volante de madeira.

— Deixe eu te perguntar uma coisa.

— Qualquer coisa.

— Para quantos homens você já disse isso? — Voltou a olhar para ela. — Hein? Quantos, Gin? Quantas vezes você usou essas frases?

— É a verdade — ela disse numa voz entrecortada.

— Você também tentou esse tom de súplica com eles, Gin? Bateu os cílios para eles?

— Não seja cruel.

Depois de um longo silêncio, ele meneou a cabeça.

— Você se lembra da minha festa de trigésimo aniversário? Aquela que aconteceu na minha fazenda?

— Isso não tem nada a ver com...

— Foi uma bela surpresa. Eu não fazia a mínima ideia de que vocês estariam lá esperando por mim. Entrei na minha casa e... surpresa! Todas aquelas pessoas gritando, e eu procurei por você...

Ela levantou as mãos.

— Isso aconteceu cinco anos atrás, Samuel! Foi...

— Na verdade, foi o resumo do nosso relacionamento, Gin. Eu procurei por você... percorri os olhos pela multidão, fui atrás de você...

— Aquilo não foi importante. Nenhum deles importou...

— ... porque, como você mesma disse, sou um tolo e você foi a única mulher que eu quis de verdade. E eu te encontrei... transando com aquele jogador de polo argentino, hóspede de Edward, na minha cama.

— Samuel...

— *Na minha cama!* — ele esbravejou, batendo com o punho no painel. — Na porra da minha cama, Gin!

— Tudo bem! E o que foi que você fez? — Ela empinou o quadril e apontou o dedo na direção dele. — O que foi que você fez? Você pegou a minha colega de quarto da faculdade e a irmã dela e transou com as duas na piscina.

Ele praguejou alto.

— O que eu deveria ter feito? Deixar que você me pisoteasse? Sou homem, não um dos seus amigos coloridos patéticos! Eu não vou...

— Fiquei com o jogador de polo porque na semana anterior você dormiu com Catherine! Eu era amiga dela desde os dois anos, Samuel. Tive que ficar ouvindo-a contar e repetir que você lhe deu os melhores orgasmos da vida dela no banco de trás do seu carro. Depois de ter ficado comigo na noite anterior! Então, não venha me dizer que você foi o...

– Chega. – De repente, ele correu os dedos pelos cabelos. – Já chega, pare. Não vamos mais fazer isso, Gin. Temos as mesmas discussões desde que éramos adolescentes...

– Brigamos porque gostamos um do outro e somos orgulhosos demais para admitir isso. – Quando ele se calou de novo, ela teve esperança de que ele estivesse repensando. – Samuel, você é o único homem que eu amei. O mesmo acontece com você. É simples assim. Se precisamos parar de fazer alguma coisa, é de brigar e de nos magoar. Somos dois teimosos e orgulhosos demais para o nosso próprio bem.

Houve um longo silêncio.

– Por que agora, Gin...

– Porque... chegou a hora.

– Tudo isso só por causa da revista íntima das dez da manhã?

– Você precisa mesmo falar assim?

Samuel T. balançou a cabeça.

– Não sei se você está falando sério ou não, mas não é problema meu. Deixe-me ser bem claro.

– Samuel – ela o interrompeu –, *eu te amo.*

E ela estava falando sério. Ela estava abrindo a alma. A terrível convicção de que as coisas ficariam ruins para a família se enraizara e se espalhara, trazendo com ela uma certeza que ela nunca teve antes.

Ou talvez houvesse mais por trás – uma coragem que antes lhe faltara. Em todos aqueles anos juntos, ela nunca lhe dissera o que sentia verdadeiramente. Ela só se preocupava em manter a pose e dizer a última palavra. Bem, e criar a filha dele... não que ele soubesse disso ainda.

– Eu te amo – sussurrou.

– Não. – Ele abaixou a cabeça e apertou o volante como se buscasse forças dentro dele mesmo. – Não... Você não pode fazer isso, Gin. Não comigo. Não tente levar a farsa tão a fundo. Não é saudável para você. E eu acho que eu não sobreviveria, ok? Preciso funcionar... minha família precisa de mim. Não vou permitir que enlouqueça minha cabeça tanto assim...

– Samuel...

– Não! – ele exclamou.

Depois ele a encarou, os olhos azuis frios e agudos, como se estivesse diante de um inimigo.

– Primeiro, não acredito em você, ok? Acho que está mentindo para me manipular. Segundo? *Jamais* permitirei que uma esposa minha me desrespeite da maneira como você desrespeitará o seu marido. Você é fundamentalmente incapaz de ser monógama e, indo direto ao ponto, você se entedia rápido demais para valorizar um relacionamento durável. Você e eu podemos nos divertir de vez em quando, mas eu *jamais* honraria uma puta como você com o meu sobrenome. Você menospreza as garçonetes? Tudo bem. Mas eu preferiria que alguém assim tivesse a minha aliança no dedo do que uma menina mimada e desleal como você.

Ele deu a partida no carro, e o cheiro doce da gasolina e de óleo fugazmente se espalhou pelo ar quente.

– Eu te procuro da próxima vez que tiver vontade de cuidar de um assunto do qual prefiro não cuidar sozinho. Até então, divirta-se com o resto da população.

Gin levou as duas mãos sobre a boca quando ele deu marcha ré, e o carro desapareceu pelo caminho, colina abaixo.

Conforme ele sumia, lágrimas caíram dos olhos dela, borrando o rímel e, de maneira inédita, ela não se importou.

Dera seu único lance.

E fracassara.

Aquele era o seu pior pesadelo se concretizando.

VINTE E TRÊS

– Hum, Lisa?

Lizzie ficou estática assim que ouviu o sotaque sulista arrastado se infiltrando na estufa, o que foi estranho porque estava desmontando as mesas que usaram para os arranjos florais e uma delas ficou equilibrada apenas em uma perna.

– Lisa?

Ao erguer o olhar, Lizzie viu a esposa de Lane parada à porta como se estivesse posando para uma câmera, com uma mão no quadril e a outra jogando os cabelos para trás. Vestia calças de seda cor-de-rosa Mary Tyler Moore da Laurie Petrie e uma blusa com decote baixo num tom laranja pôr do sol. Os sapatos eram de bico fino, com saltos pequenos e, para completar, uma echarpe dramática e transparente em tons cítricos de amarelo e verde envolvia seus ombros, amarrada diante dos seios perfeitos.

Levando-se tudo em consideração, a composição criava uma impressão de Frescor, Amabilidade e Tentação, fazendo que alguém que estava Cansada, Ansiosa e Estressada se sentisse ainda mais deficiente – não apenas com relação ao penteado e à vestimenta, mas até à genética molecular.

– Pois não? – Lizzie disse enquanto prosseguia batendo numa das pernas.

– Poderia parar de fazer isso? É muito barulhento.

– Será um prazer – Lizzie disse entredentes.

Por algum motivo, enquanto a mulher brincava com as mechas loiras, o brilho do diamante em sua mão esquerda foi como se alguém lançasse uma maldita bomba repetidamente.

Chantal sorriu.

– Preciso da sua ajuda para uma festa.

Podemos apenas terminar a de amanhã primeiro?

– Será um prazer.

– É uma festa para dois. – Chantal sorriu ao soltar a echarpe e avançar um pouco mais. – Puxa, como está quente aqui. Não pode fazer nada a respeito?

– As plantas gostam mais do calor.

– Oh. – Tirou a echarpe e a deixou ao lado de um buquê que seria colocado num dos ambientes sociais da casa. – Bem.

– Você dizia?

Aquele sorriso retornou.

– Logo será nosso aniversário de casamento, meu e de Lane, e eu gostaria de preparar algo especial.

Lizzie engoliu em seco, e ficou se perguntando se aquele seria algum tipo de jogo doentio. Será que a mulher ouvira alguma coisa lá no segundo andar através das paredes?

– Pensei que tivessem se casado em julho.

– Quanta gentileza sua se lembrar. Você é tão atenciosa. – Chantal inclinou a cabeça para o lado e fixou o olhar no seu, como se estivessem partilhando um momento especial. – Sim, nos casamos em julho, mas tenho uma novidade muito especial para contar para ele, e pensei em comemorar um pouco antes.

– No que pensou?

Lizzie não acompanhou muito bem enquanto ela falava. As únicas coisas que captou foi "romântico" e "reservado". Como se Chantal estivesse planejando presentear o marido com uma dança íntima.

– Lisa? Você está escrevendo tudo isso?

Bem, não, porque estou sem caneta e papel, não é? E P.S.: acho que vou vomitar.

— Ficarei contente em planejar o que quer que tenha em mente.

— Você é *tão* prestativa. — A mulher acenou para a tenda e para o jardim do lado de fora. — Sei que tudo ficará lindo amanhã.

— Obrigada.

— Podemos conversar mais a respeito depois. Mas repito, estou pensando num jantar romântico numa suíte do Cambridge Hotel. Você poderá providenciar as flores e a decoração especial. Quero que tudo seja coberto com panos a fim de criar um lugar exótico, apenas para nós dois.

— Tudo bem.

Será que Lane tinha mentido? E se tinha... bem, isso faria com que Greta cuidasse de tudo durante o *Brunch* do Derby, enquanto ela ficaria na fazenda se ocupando de um galão de sorvete de chocolate.

Só que ela e sua colega de trabalho não estavam conversando mais.

Fantástico.

— Você é a melhor. — Chantal consultou o relógio de diamantes. — Já está na hora de você voltar para casa, não está? Grande dia amanhã... Você vai precisar do seu sono de beleza. Tchauzinho por enquanto.

Quando Lizzie se viu só novamente, sentou-se num dos baldes virados para baixo e apoiou as mãos sobre os joelhos, esfregando-os para cima e para baixo.

Respire, ela se ordenou. *Apenas respire.*

Greta estava certa. Ela não estava no nível daquelas pessoas, e não só por ser apenas uma jardineira. Eles jogavam um jogo do qual ela só sairia perdendo.

Hora de ir embora, resolveu. O sono de beleza não iria acontecer, mas, pelo menos, ela poderia tentar e seguir em frente, antes que a bomba estourasse no dia seguinte.

Levantou-se, e já estava para sair quando viu a echarpe. A última coisa que queria era ter que entregar o pedaço de seda para Chantal, como se fosse um labrador devolvendo uma bola de tênis para seu dono. Mas aquela coisa estava bem ao lado de todos aqueles buquês e, conhecendo sua sorte, algo poderia vazar e cair em cima do pano, e ela teria que poupar três meses de salário para comprar um novo.

O guarda-roupa de Chantal era mais caro que bairros inteiros de Charlemont.

Pegando a peça, pensou onde a mulher poderia ter ido com aqueles estúpidos saltos finos.

Não seria difícil localizá-la.

Gin ainda estava debaixo da magnólia onde Samuel T. a deixara quando um veículo veio subindo pela entrada da frente. Foi só quando o SUV parou diante dela que ela percebeu que era da delegacia do Condado de Washington. Bom Deus, quais seriam as alegações do pai para prendê-la desta vez? Graças ao horrendo trajeto daquela manhã até o centro da cidade, seu primeiro instinto foi o de correr, mas estava com saltos, e se queria mesmo fugir do policial, teria que escapar por uma moita de flores.

Quebrar a perna não a ajudaria em nada na prisão.

O delegado Mitchell Ramsey saiu com um maço de papéis na mão.

– Senhorita – ele a cumprimentou com um aceno. – Como está?

Ele não tirou algemas do bolso. Não mostrava nenhum interesse nela além de uma mera educação.

– Veio aqui por minha causa? – ela perguntou de repente.

– Não. – Os olhos dele se estreitaram. – A senhorita está bem?

Não, nem um pouco, delegado.

– Sim, obrigada.

– Se me der licença...

– Então, não veio atrás de mim?

– Não, senhorita. – Ele andou até a porta e tocou a campainha. – Não vim.

Talvez estivesse relacionado à Rosalinda?

– Por aqui – ela disse, passando por ele. – Entre. Está procurando pelo meu irmão?

– Não, Chantal Baldwine está em casa?

– É bem provável. – Ela abriu a porta principal, e o delegado tirou o chapéu ao entrar. – Deixe-me encontrar... ah, senhor Harris. Pode, por favor, conduzir este cavalheiro até a minha cunhada?

— Será um prazer — disse o mordomo, curvando-se. — Por aqui, senhor. Acredito que ela esteja na estufa.

— Senhorita... — o delegado murmurou na direção dela, antes de seguir o inglês.

— Vejamos, isso deve ser bem interessante — disse uma voz na sala de estar.

Ela se virou.

— Lane?

O irmão estava diante do quadro de Elijah Bradford, e ergueu um copo baixo.

— Ao meu divórcio!

— Mesmo? — Gin andou e se ocupou no bar porque não queria que Lane se concentrasse nos seus olhos vermelhos e no seu rosto inchado. — Bem, pelo menos eu não terei mais que tirar as joias de mamãe do pescoço dela. Já vai tarde, mas estou surpresa que você não queira apreciar o espetáculo.

— Tenho problemas mais importantes.

Gin levou seu bourbon com soda para o sofá e, com um chute, tirou os sapatos. Enfiando as pernas debaixo do corpo, encarou o irmão.

— Você está horrível — ela disse. Tão péssimo quanto ela, na verdade.

Ele se sentou diante dela.

— Isso vai ser difícil, Gin. A situação financeira. Acho que é bem séria.

— Talvez possamos vender ações. Quero dizer, você pode fazer isso, não? Eu não faço ideia de como funciona.

E, pela primeira vez na vida, desejou saber.

— É complicado por conta da situação dos fundos.

— Hum... nós vamos ficar bem. — Quando o irmão não disse nada, ela franziu o cenho. — Certo? Lane?

— Eu não sei, Gin. Não sei mesmo.

— Sempre tivemos dinheiro.

— Sim, isso era verdade.

— Você faz com que isso pareça pertencer ao passado.

— Não se engane, Gin.

Curvando o pescoço para trás, ela ficou olhando para o teto, imaginando a mãe deitada na cama. Qual seria o futuro dela? Será que um dia ela se recolheria e puxaria as cortinas a fim de viver num torpor induzido pelas drogas?

Por certo, isso lhe parecia atraente agora.

Deus, Samuel T. tinha mesmo recusado seu pedido?

– Gin, você andou chorando?

– Não – ela disse com suavidade. – É apenas uma alergia, meu querido irmão. Apenas alergia causada pela primavera...

VINTE E QUATRO

Lizzie se apressou para fora da estufa com a echarpe perfumada de Chantal, e toda aquela fragrância emanando do tecido pesava em seu nariz, fazendo-a querer espirrar. Engraçado, conseguia ficar rodeada por milhares de flores de verdade, mas aquela coisa fabricada, artificial e forte bastava para mandá-la atrás de um Claritin.

Ao longe, ouviu o inconfundível sotaque arrastado típico da Virgínia de Chantal e seguiu na direção da sala de jantar para...

– O que é isso? – Chantal exigiu saber.

Lizzie parou de repente e espiou ao redor da arcada pesada de gesso.

Na ponta oposta da longa mesa lustrada, Chantal estava diante de um delegado uniformizado que, aparentemente, lhe entregara um maço de papéis.

– A senhora recebeu sua petição. – O delegado assentiu. – Passe bem.

– O que quer dizer com "petição"? O que quer... Não, você não vai embora até eu abrir isso. – Ela rasgou o envelope. – Fique aqui até eu...

Os papéis saíram do envelope num maço dobrado em três, e quando a mulher os esticou, o coração de Lizzie bateu forte.

– Divórcio? – Chantal disse. – *Divórcio?*

Lizzie voltou para trás e se encostou na parede. Fechando os olhos, odiou o alívio que sentiu, odiou mesmo. Só que ela não tinha como fingir que não era algo bom.

– Esta é uma petição de divórcio! – A voz de Chantal ficou mais aguda. – Por que está fazendo isso?

– Senhora, o meu trabalho é apenas entregar os papéis. Agora que os recebeu...

– Eu não os recebi! – Houve um farfalhar como se, de fato, ela tivesse jogado os papéis na direção do homem. – Pode pegar isso de volta!

– Senhora – o policial rugiu –, vou aconselhá-la a pegar esses papéis do chão. Ou não. O problema é seu. Mas se continuar agindo assim, vou ter que levá-la para a cadeia amarrada no teto da minha viatura por se mostrar agressiva com um oficial da justiça. Estamos entendidos?

Então, veio uma cascata.

Entre fungadas e o que deviam ter sido arquejos, Chantal mudou de atitude rapidamente.

– O meu marido me ama. Ele não está falando sério. Ele...

– Senhora, nada disso é da minha conta. Passe bem.

Passadas pesadas ecoaram e se afastaram.

– Maldição, Lane! – a mulher sibilou com uma dicção perfeita.

Pelo visto a atuação só acontecia quando havia uma plateia.

Sem aviso, um toc-toc-toc daqueles saltos atravessou o cômodo indo na direção de Lizzie. Merda, não havia tempo de sair dali...

Chantal fazia a curva e se sobressaltou ao ver Lizzie.

Embora a mulher tivesse aberto a torneira para o delegado, seus olhos estavam límpidos, e a maquiagem não estava nem um pouco borrada.

Ódio. Imediato.

– O que está fazendo? – Chantal berrou, o corpo trêmulo. – Ouvindo atrás das portas?

Lizzie estendeu a echarpe.

– Eu estava trazendo isto para você...

Chantal agarrou o tecido.

– Saia daqui. Saia! *Saia imediatamente!*

Não precisa pedir duas vezes, Lizzie pensou ao virar e seguir para o jardim.

Ao passar por baixo da tenda, serpenteando entre as mesas e cadeiras, pegou o telefone e mandou uma mensagem de texto para Lane, uma que apenas explicava que estava indo para casa após o longo dia de trabalho.

Deus bem sabia que o homem teria trabalho assim que Chantal o encontrasse.

A boa notícia, pelo menos para Lizzie?

Nada de festa de aniversário de casamento para planejar.

Lane não tinha mentido.

Foi difícil conter o sorriso que surgiu em seus lábios. E quando ele se recusou a ir embora, ela deixou que ele ficasse bem onde estava.

O telefone de Lane emitiu um bipe bem quando Chantal marchava pela sala de estar, gritando o nome dele enquanto partia em direção às escadas. Ele não denunciou seu paradeiro, simplesmente deixou que ela seguisse para o andar de cima, e fizesse o escândalo que planejava diante da porta fechada do seu quarto.

Engraçado, meras horas atrás, o fato de ela estar preparando uma guerra era um problema para ele. Mas agora? Aquilo estava tão embaixo na sua lista de prioridades...

– Preciso ir ver Edward – Lane disse, sem se importar em ver quem lhe mandara uma mensagem.

Gin levantou a cabeça.

– Eu não faria isso. Ele não está bem, e a notícia que você tem só pode piorar a situação.

Ela tinha razão. Edward já odiava o pai deles, que dirá a ideia de que o homem tivesse roubado dos fundos.

Gin levantou e foi até o bar para se servir novamente.

– Amanhã ainda está de pé?

– O *Brunch*? – Ele deu de ombros. – Não sei como impedir isso. Além do mais, já está tudo praticamente pago. A comida, a bebida, as coisas alugadas.

Ele sentia vergonha da outra motivação do evento: a ideia de que o mundo tivesse sequer uma pista dos problemas que sua família enfrentava lhe era inaceitável.

O som de alguém descendo os degraus acarpetados em disparada fez com que Gin erguesse uma sobrancelha.

– Parece que você vai ter um momento conjugal.

– Só se ela me encontrar…

Chantal apareceu na porta da sala de estar, com o rosto normalmente pálido e tranquilo tão rosado quanto o de um carvão em brasa numa churrasqueira.

– Como *ousa*? – a esposa exigiu saber.

– Imagino que esteja indo preparar as malas, querida – Gin disse com um sorriso digno da manhã de Natal. – Devo chamar o mordomo? Acho que podemos lhe fazer essa última cortesia. Considere como um presente de despedida.

– *Não* vou sair desta casa – Chantal ignorou Gin. – Você me entendeu, Lane?

Ele girou o gelo no copo com o indicador.

– Gin, pode nos dar um pouco de privacidade, por favor?

Com um aceno, a irmã foi para a porta e, ao passar por Chantal, parou e olhou para trás na direção dele.

– Certifique-se de que o mordomo verifique a bagagem dela, para garantir que ela não leve nenhuma joia.

– Você não presta – Chantal sibilou.

– Não mesmo. – Gin deu de ombros como se a mulher mal merecesse suas palavras. – Mas tenho o direito ao nome Bradford e a este legado. Você não. Tchauzinho.

Enquanto Gin acenava remexendo os dedos, Lane se adiantou e se colocou entre as duas a fim de impedir um momento Alexis/Krystle.[21] Depois foi para frente e fechou as portas, mesmo não desejando estar a sós com a esposa.

– Não vou embora. – Chantal girou na direção dele. – E isso *não* vai acontecer.

221

---

21 Alexis e Krystle são personagens antagonistas da série televisiva americana *Dinastia* (1981-1989). (N.T.)

Enquanto ela jogava os papéis do divórcio aos pés dele, Lane só conseguia pensar que não tinha tempo para aquilo.

– Escute aqui, Chantal, podemos fazer isso do jeito fácil ou do jeito difícil, a escolha é sua. Mas se escolher a última opção, vou atrás não só de você, mas da sua família também. Como acha que os seus pais batistas se sentiriam se recebessem uma cópia dos seus registros médicos em casa? Não creio que eles sejam favoráveis ao aborto, certo?

– Você não pode fazer isso!

– Não seja idiota, Chantal. Existem inúmeras pessoas para quem posso ligar, pessoas que devem à minha família e que ficariam muito contentes em pagar essa dívida. – Voltou ao bar e se serviu de mais Reserva de Família. – Ou, que tal assim: e se esses registros médicos caíssem nas mãos da imprensa implacável, talvez na internet? As pessoas entenderiam o motivo de eu querer me divorciar, e você teria muita, mas muita dificuldade para encontrar outro marido. Diferentemente do que acontece no norte, os homens sulistas têm padrões de comportamento para suas esposas, que não incluem o aborto.

Houve um momento prolongado de silêncio. Em seguida, o sorriso que ela lançou na direção dele foi inexplicável, tão confiante e calmo que ele teve que se perguntar se ela não havia enlouquecido de vez naqueles dois últimos anos.

– Você tem mais motivos para ficar quietinho do que eu – ela disse com suavidade.

– Tenho? – Ele sorveu um gole grande. – Por que acha isso? Só o que fiz foi correr de uma mulher que eu, supostamente, engravidei. De todo modo, quem pode garantir que era meu?

Ela apontou para a papelada.

– Você vai dar um jeito de fazer isso desaparecer. Vai permitir que eu continue aqui pelo tempo que eu quiser. E vai me acompanhar às festividades do Derby amanhã.

– Em qual universo paralelo?

A mão dela desceu para o ventre.

– Estou grávida.

Lane gargalhou.

– Você já tentou isso antes, minha cara. E todos nós sabemos como terminou.

— A sua irmã estava errada.

— Quanto a você roubar joias? Talvez. Veremos.

— Não. Sobre eu não ter o direito de ficar aqui. Assim como o meu filho. A bem da verdade, o meu filho tem tanto direito ao legado Bradford quanto você e Gin.

Lane abriu a boca para dizer alguma coisa, mas logo voltou a fechá-la.

— Do que está falando?

— Lamento dizer, mas o seu pai é um marido tão ruim quanto você.

Um tinido subiu do copo e, quando ele olhou para baixo, notou de uma vasta distância que sua mão tremia, fazendo o gelo se agitar.

— Isso mesmo — Chantal disse, com voz muito calma. — E acho que você está ciente da condição delicada da sua mãe. Como ela se sentiria se soubesse que o marido dela não só foi infiel, mas que logo terá um filho? Acha que ela vai tomar ainda mais daquelas pílulas das quais já é tão dependente? Provavelmente. Sim, tenho certeza de que ela tomaria.

— Sua *vadia* — ele sussurrou.

Em sua mente, viu-se colocando as mãos ao redor do pescoço da mulher, apertando, apertando com tanta força que ela começaria a se debater enquanto seu rosto ficaria roxo e a boca se abriria.

— Por outro lado — Chantal murmurou —, sua mãe não adoraria saber que seria avó pela segunda vez? Não seria motivo de comemoração?

— Ninguém acreditaria — ele se ouviu dizer.

— Ah, acreditaria, sim. Ele vai ser igualzinho a você... E tenho ido a Manhattan com bastante regularidade, para trabalhar no nosso relacionamento. Todos sabem disso.

— Você está mentindo. Nunca vi você.

— Nova York é uma cidade grande. Fiz questão que todos ficassem sabendo que me encontrei com você e que aproveitei a sua companhia. Também mencionei às meninas no clube, aos maridos delas nas festas, à minha família... Todos têm demonstrado tanto apoio para nós.

Enquanto ele permanecia em silêncio, ela sorriu com doçura.

— Portanto, você pode ver que esses papéis de divórcio não serão necessários. E você não dirá nada a respeito do que aconteceu entre nós e o nosso primeiro bebê. Se fizer isso, vou ter que contar tudo a respeito da sua família e envergonhá-lo diante desta comunidade, da sua cidade, do seu Estado. E então veremos quanto tempo vai levar para que você vista um terno de enterro. A sua mãe está meio fora de si, mas não está completamente isolada, e aquela enfermeira lê o jornal todas as manhãs ao lado da cama dela.

Com uma expressão de imensa satisfação, Chantal se virou e escancarou a porta, batendo os saltos no vestíbulo de mármore, mais uma vez senhora do prazer com seu sorriso de Monalisa.

O corpo inteiro de Lane tremia, os músculos gritavam pedindo ação, vingança, sangue... Mas a ira não estava mais direcionada à esposa.

Estava toda direcionada ao seu pai.

Chifrado. Ele acreditava que essa era a palavra adequada para descrever aquele tipo de situação.

Fora chifrado pelo próprio pai.

Quando é que a merda deste dia vai acabar?, ele se perguntou.

VINTE E CINCO

Lizzie disse a si mesma que não olharia para o celular. Não olhou ao tirá-lo da bolsa e ao transferi-lo para seu bolso de trás assim que entrou pela porta da frente da sua casa de fazenda. Nem quando, quinze minutos mais tarde, se certificou de que o aparelho não estava no silencioso. E nem quando, dez minutos depois disso, destravou a tela só para ver se não havia nenhuma chamada perdida, nem mensagens de texto.

Nada.

Lanc não telefonara para saber se ela tinha chegado em casa. Não respondera à sua mensagem. Mas, convenhamos, ele devia estar bem ocupado no momento.

Puxa.

Mesmo assim, estava ansiosa, andando de um lado para outro. A cozinha estava imaculada, o que era uma pena, porque bem que gostaria de ter alguma coisa para limpar. A mesma coisa com o banheiro no andar de cima. Caramba, até a cama estava arrumada. E ela tinha lavado a roupa na noite anterior. A única coisa que encontrou fora do lugar foi a toalha que usara pela manhã para ser secar após o banho. Deixara-a pendurada sobre a cortina do box, e já que ainda estava dentro dos dois dias de uso antes de colocá-la no cesto de roupa suja, a única coisa que podia fazer era dobrá-la e recolocá-la no porta-toalhas afixado à parede.

Graças basicamente ao dia desprovido de nuvens, a casa estava quente no segundo andar e ela foi abrindo todas as janelas. Uma brisa trouxe o odor da campina que circundava a propriedade, livrando a casa do abafado.

Se ao menos pudesse fazer o mesmo com a sua cabeça... Imagens do dia a bombardeavam: ela e Lane rindo assim que ela chegara para trabalhar; ela e Lane olhando para aquela planilha no laptop; ela e Lane...

Com a cabeça cheia, Lizzie voltou para a cozinha e abriu a geladeira. Nada de mais ali. Certamente nada que tivesse interesse em comer.

Quando a necessidade de verificar o celular surgiu de novo, ela se obrigou a resistir. Chantal sabia ser um problema num dia bom. Tinha recebido a papelada do divórcio, e ainda por cima a cena foi vista por um dos empregados...

O som de passos na varanda da frente chamou sua atenção.

Franzindo o cenho, fechou a porta da geladeira e seguiu até a sala de estar. Não se deu ao trabalho de ver quem era. Só havia duas opções: o vizinho da esquerda, que morava uns sete quilômetros estrada abaixo e tinha vacas que, com frequência, quebravam a cerca e vagavam pelos campos de Lizzie; ou o da direita, que ficava a meio quilômetro, e cujos cachorros costumavam se afastar para espiar as vacas soltas.

Começou a cumprimentar antes mesmo de abrir a porta.

– Oi, tudo...

Não era nenhum vizinho vindo se desculpar por invasões bovinas nem caninas.

Lane estava na varanda, com o cabelo pior do que de manhã, as ondas escuras espetadas como se ele tivesse tentado arrancar os fios.

Ele estava cansado demais para sorrir.

– Pensei em ver, pessoalmente, se você tinha chegado bem em casa.

– Oi, nossa, entre.

Encontraram-se na metade do caminho, corpo a corpo, e ela o abraçou com força. Seu cheiro era de ar fresco, e, por cima do ombro, ela viu que o Porsche estava com a capota abaixada.

– Você está bem? – ela perguntou.

– Melhor agora. A propósito, estou meio bêbado.

– E veio dirigindo? Isso foi idiotice e perigoso.

– Eu sei. É por isso que estou confessando.

Ela recuou e deixou que ele entrasse.

– Eu ia comer alguma coisa agora.

– Tem o bastante para dois?

– Ainda mais se for pra te deixar sóbrio. – Sacudiu a cabeça. – Chega de beber e dirigir. Acha que está com problemas agora? Tente acrescentar embriaguez ao volante à sua lista.

– Você tem razão. – Olhou ao redor, e depois foi até o piano dela e descansou as mãos sobre a tampa suave do teclado. – Deus, nada mudou aqui.

Ela pigarreou.

– Bem, estive bastante ocupada no trabalho…

– Isso é bom. Maravilhoso.

A nostalgia estampada em seu rosto enquanto continuava olhando para as ferramentas antigas, as colchas de retalhos penduradas e o sofá simples era melhor do que qualquer palavra que ele pudesse proferir.

– Comida? – ela sugeriu.

– Sim, por favor.

Na cozinha, ele foi direto para a mesinha e se sentou. E, de repente, foi como se nunca tivesse se ausentado.

Cuidado com isso, ela se reprimiu.

– Então, você gostaria de… – Vasculhou o conteúdo da despensa e da geladeira. – Bem, que tal uma lasanha que eu congelei uns seis meses atrás? Com nachos como acompanhamento, de um pacote que abri ontem, terminando com o bom e velho sorvete de menta?

Os olhos de Lane, concentrados nela, ficaram com as pupilas dilatadas.

Tuuuudo bemmmm. Evidentemente, ele planejava outra coisa para a sobremesa, e enquanto o corpo dela se aquecia de dentro para fora, tudo parecia mais que bem para ela.

Caramba, ela não estava nem aí para o bom senso. Livrar-se da esposa dele era apenas a ponta do *iceberg*, e ela precisava se lembrar disso.

– Essa me parece a melhor refeição do mundo.

Lizzie cruzou os braços e se recostou na geladeira.

— Posso ser franca?

— Sempre.

— Sei que Chantal recebeu a papelada do divórcio. Acabei presenciando sem querer. Não tive a intenção de ver o delegado fazendo aquilo.

— Eu te disse que estava pondo um fim nisso.

Ela esfregou a testa.

— Uns dois minutos antes, ela foi me procurar para planejar um jantar de comemoração do aniversário de casamento de vocês.

Houve um xingamento baixinho.

— Sinto muito. Mas estou te garantindo agora: não há futuro para mim e para ela.

Lizzie o encarou com firmeza por um bom tempo e, em resposta, ele não se moveu, não piscou, não disse nenhuma palavra mais. Só ficou ali sentado... deixando que as ações falassem por ele.

Maldição, ela pensou. Ela não precisava mesmo, de jeito nenhum, voltar a se apaixonar por ele.

228

Enquanto a noite caía sobre os estábulos, Edward se viu voltando à sua rotina noturna. Copo com gelo? Confere. Bebida? Confere – gim, aquela noite. Poltrona? Confere.

Só que, quando se acomodou e se viu diante daquelas provisões, dedilhou sobre o encosto da poltrona, em vez de colocar os dedos em uso para abrir o lacre da garrafa.

— Vamos lá – disse a si mesmo –, siga com o programado.

Mas não. Por algum motivo, a porta do chalé conversava com ele mais do que o Beefeater, no que se referia a coisas que precisavam ser abertas.

O dia fora bem longo. Ele tinha ido até Steeplehill Downs para dar uma olhada nos seus dois cavalos e dar telefonemas, tanto para o veterinário quanto para o treinador, porque Bouncing Baby Boy teria que ser deixado de lado por conta de um problema no tendão. Em seguida, voltara para lá, para verificar cinco das suas éguas que estavam prenhas, e para revisar os livros contábeis com Moe. Pelo menos as notícias eram boas nessa frente. Pelo segundo mês consecutivo, a operação não apenas se autossustentava, como gerava lucros. Se aquilo se mantivesse, ele poria um fim nas transferências do fundo fiduciário da mãe, que vinham fornecendo uma injeção de caixa nos negócios desde os anos 1980.

Ele queria ser totalmente independente da família.

Na verdade, uma das primeiras coisas que tinha feito quando saíra da reabilitação foi recusar a distribuição dos seus fundos. Ele não queria ter nada a ver com fundos que, mesmo que remotamente, estivessem relacionados com a Cia. Bourbon Bradford, e a totalidade da primeira e da segunda retirada estava ligada diretamente à CBB. Na verdade, só descobrira as transferências do fundo da sua mãe para o Haras Vermelho & Preto uns seis meses após a sua chegada e, naquele tempo, ele mal era capaz de se levantar pela manhã e ir até os estábulos. Se os tivesse recusado naquele tempo, a operação toda teria ido para o buraco.

Fazia muito tempo desde que alguém com um mínimo de perspicácia para os negócios fora até o haras e, a despeito das suas fraquezas atuais, sua habilidade para fazer dinheiro permanecia intocada.

Mais um mês. E então estaria livre.

Deus, estava mais exausto do que de costume. Mais dolorido também. Ou talvez as duas coisas estivessem unidas inextricavelmente.

Mesmo assim, não conseguia pegar a garrafa.

Em vez disso, pôs-se de pé com a ajuda da bengala e claudicou até as cortinas, que permaneciam fechadas desde o dia em que se mudara para lá. Estava um breu do lado de fora, somente as luzes de sódio nas entradas dos estábulos lançavam um brilho cor de pêssego na escuridão.

Xingando baixinho, foi para a porta da frente e a abriu. Parou um instante. Coxeou na escuridão.

Edward atravessou o gramado num andar desigual, e disse a si mesmo que estava indo dar uma olhada na égua que estava com problemas. Sim. Era isso o que iria fazer.

Não iria ver como estava Shelby Landis. Nada disso. Ele não estava, por exemplo, preocupado por não tê-la visto sair da fazenda o dia inteiro, o que provavelmente significava que ela não devia ter comida naquele apartamento. Tampouco iria verificar se, por acaso, ela dispunha de água quente, porque depois de um dia inteiro carregando carrinhos de mão, sacos de grãos do tamanho da picape dela e fardos pinicantes de feno, ela devia estar dolorida e necessitando de uma bela chuveirada.

Ele, positiva e absolutamente, iria...

– Merda.

Sem nem ter se dado conta, fora parar na porta lateral do Estábulo B – a que dava para o escritório, bem como para o lance de escadas que o levaria até os aposentos dela.

Ora, uma vez que já estava ali... ele bem que poderia ver como ela estava. Claro que em lealdade ao pai dela.

Não passou a mão pelos cabelos antes de pousá-la na maçaneta... Tudo bem, talvez tivesse feito isso só um pouquinho, mas apenas porque estava precisando cortar os cabelos e eles tinham caído nos seus olhos.

Luzes detetoras de movimento se acenderam assim que ele chegou ao escritório, e todos aqueles degraus até a parte superior pairavam acima dele como uma montanha que ele teria que se esforçar para escalar. E, vejam só, seu pessimismo tinha razão de ser: ele teve que parar para tomar fôlego na metade do caminho. E outra vez assim que chegou ao alto.

E foi por isso que ouviu as risadas.

De um homem. De uma mulher. Vindas do apartamento de Moe.

Franzindo o cenho, Edward olhou para baixo pela porta de Shelby. Aproximou-se e encostou a orelha na porta. Nada.

Quando fez a mesma coisa na porta de Moe? Ouviu os dois, a fala arrastada sulista de um e de outro como o som de um banjo de uma banda de jazz.

Fechou os olhos por um instante e se recostou na porta fechada.

Em seguida, aprumou-se e, com o auxílio da bengala, desceu todos aqueles degraus, foi para o gramado e voltou ao próprio chalé.

Dessa vez, não teve nenhum problema para abrir a garrafa ou colocar uma dose no copo.

Foi durante a segunda dose que ele por fim se deu conta de que era sexta-feira. Noite de sexta-feira.

Puxa, se isso não era um golpe de sorte.

E ele até tinha um encontro.

VINTE E SEIS

Sutton Smythe olhou para a multidão que lotava a galeria principal do Museu de Arte de Charlemont. Ela reconhecia tantos rostos, tanto pessoalmente quanto dos noticiários, da TV e da tela grande. Muitas pessoas acenavam para ela ao encontrar o seu olhar, e ela foi bastante cordial, erguendo a mão em retribuição.

Tinha esperanças que ninguém se aproximasse.

Não estava interessada em ter que cumprimentar alguém com um beijo no rosto e fazer perguntas educadas a respeito de um cônjuge, tampouco queria ser apresentada à companhia de alguém por aquela noite. Também não queria receber nenhum agradecimento – mais um – pela sua generosa doação de 10 milhões de dólares, feita no mês anterior, que marcou o início da campanha de levantamento de fundos para a expansao do museu. Muito menos queria ter que ouvir falar do empréstimo permanente do Rembrandt e do ovo Fabergé que o pai fizera em homenagem à querida esposa falecida.

Sutton queria ser deixada em paz para vasculhar a multidão em busca do único rosto que queria ver.

O único rosto que queria… que *precisava* ver.

Mas Edward Baldwine, mais uma vez, não viria. E ela sabia disso, não por ter estado ali nas sombras pela última hora e meia enquanto os convidados da festa que ela oferecia em nome da família chegavam, mas porque insistira em ver uma cópia da lista do RSVP uma vez por semana, e depois diariamente, quando o dia do evento se aproximou.

Ele simplesmente não tinha respondido. Nada de "Sim, irei à festa com prazer", nem de "Lamento, mas não poderei ir".

Será que podia mesmo ficar surpresa?

Ainda assim, isso a magoou. Na verdade, o único motivo pelo qual comparecera ao jantar de William Baldwine na noite anterior fora por ter esperanças de ver Edward em sua própria casa. Depois que ele não retornara as suas ligações por dias, meses e agora anos, ela pensou que talvez ele aparecesse à mesa do pai e eles poderiam, de maneira muito natural, se reconectar.

Mas não. Edward também não estivera lá.

— Senhorita Smythe, estamos prontos para iniciar o jantar, se for conveniente para a senhorita. As saladas já foram servidas.

Sutton sorriu para a mulher com uma prancheta na mão e um fone no ouvido.

— Sim, vamos diminuir as luzes. Farei minhas considerações assim que eles estiverem sentados.

— Pois não, senhorita Smythe.

Sutton respirou fundo e observou o caro rebanho fazer o que lhe era orientado e encontrar seus lugares em todas aquelas mesas redondas com arranjos elaborados, pratos dourados e menus impressos sobre guardanapos de linho.

Antes da tragédia, Edward sempre frequentara aquele tipo de evento, lançando sorrisos sardônicos quando outra pessoa surgia pedindo dinheiro para as suas causas. Convidando-a para dançar, como se fosse uma manobra de salvamento, quando ela se via acuada por um convidado conversador. Olhando para ela e piscando... como só ele conseguia fazer.

Eram amigos desde a escola preparatória em Charlemont. Oponentes nos negócios desde que ele se formara em Wharton e ela conquistara seu MBA na Universidade de Chicago. Companheiros sociais desde que ambos ingressaram no circuito de jantares beneficentes depois do falecimento da mãe dela e a dele passara a ficar cada vez mais tempo em seus aposentos.

Nunca foram amantes.

Ela queria que tivessem sido. Muito provavelmente, desde que o conhecera. Edward, contudo, mantivera-se afastado, permanecera distante, até mesmo arrumara encontros para ela.

O coração dela sempre estivera à disposição, mas ela jamais tivera coragem de atravessar aquela fronteira que ele, com tanta determinação, estabelecera entre eles.

E então... Dois anos atrás aquilo aconteceu. Bom Deus, quando ficara sabendo que ele iria mais uma vez para a América do Sul numa daquelas viagens de negócios, teve uma premonição, um alerta, uma sensação ruim. Mas não telefonara para ele. Não tentara falar com ele para tentar convencê-lo a levar mais seguranças ou algo assim.

Portanto, de certa forma, sentia-se parcialmente responsável. Talvez se tivesse...

Mas a quem tentava enganar? Ele não teria deixado de viajar por outro motivo que não condições climáticas adversas. Edward fora um verdadeiro adversário na indústria de bebidas, o óbvio herdeiro da Cia. Bourbon Bradford não apenas pelo direito de nascença, mas pelas suas incríveis ética profissional e astúcia.

Depois do sequestro e do pedido de resgate, o pai dele, William, esforçara-se para libertá-lo, negociando com os sequestradores, trabalhando em conjunto com a embaixada norte-americana. Tudo fracassara até que, no fim, uma equipe especial foi enviada para resgatar Edward.

Não conseguia sequer imaginar o que haviam feito com ele.

E aquele era o aniversário do dia em que fora emboscado durante a viagem.

Tudo aquilo era simplesmente uma tragédia. A América do Sul era um dos lugares mais lindos do planeta com sua comida deliciosa, cenários fantásticos e história fascinante; ela e Edward frequentemente brincavam dizendo que, quando se aposentassem, iriam para lá, para morar em propriedades vizinhas. O sequestro de executivos com exigência de resgate eram um dos pontos perigosos em certas áreas, mas não era muito diferente de atravessar o Central Park às três da manhã. Maus elementos podem ser encontrados em qualquer parte, e não havia motivos para condenar um continente inteiro por conta de uma minoria de bandidos.

Infelizmente, Edward se tornara uma das vítimas.

Depois de todo aquele tempo, ela só queria vê-lo com seus próprios olhos. Algumas fotos desfocadas foram publicadas pela imprensa, e elas, por certo, não a tranquilizaram. Ele sempre aparentava estar muito mais magro, com o corpo encurvado, o rosto sempre abaixado, desviando das lentes.

Para ela, contudo, ele ainda era lindo.

— Senhorita Smythe, está pronta?

Voltando ao presente, Sutton viu que havia mil pessoas sentadas, comendo suas saladas, prontas para ouvi-la discursar.

Sem aviso algum, uma repentina onda de energia ruim bombeou dentro dela, fazendo-a suar no peito, na testa, debaixo dos braços. Enquanto o coração batia descompassado, ondas de tontura fizeram-na esticar a mão para se equilibrar na parede.

O que havia de errado com ela?

— Senhorita Smythe?

— Não consigo — ouviu-se dizer.

— O que disse?

Pressionou os cartões que escrevera com tanto cuidado nas mãos da assistente.

— Outra pessoa terá que…

— O quê? Espere, onde a senhorita…

Ela levantou as palmas e recuou.

— … fazer o discurso.

— Senhorita Smythe, a senhorita é a única que pode…

— Ligo na segunda-feira. Sinto muito. Não consigo.

Sutton não fazia a mínima ideia de onde estava indo enquanto seus saltos finos ressoavam no piso de mármore. Na verdade, foi só quando uma lufada de calor a atingiu que ela percebeu que havia saído do prédio pela saída de incêndio e aparecera na ala oeste do complexo, no ar úmido noturno.

Bem longe do estacionamento onde seu chofer a aguardava.

Caindo de encontro à parede de gesso do museu, inspirou fundo algumas vezes, mas isso não ajudou a aliviar a sensação de sufocamento.

Não poderia ficar ali a noite toda. Mais especificamente, queria sair correndo, ir para longe, correr até que a sensação de terror saísse do seu corpo. Mas isso seria loucura. Certo?

Deus, estava perdendo a cabeça. Finalmente, tudo a estava alcançando.

Ou talvez fosse, mais uma vez e sempre, Edward Baldwine.

Hora de seguir em frente. Aquilo era ridículo.

Tirando os sapatos e segurando-os pelas tiras, começou a andar sobre a grama, se aproximando dos fachos de iluminação das luzes de segurança. Depois do que lhe pareceu uma eternidade, o estacionamento que procurava apareceu quando ela dobrou mais uma esquina, só que, nessa hora, ficou confusa pela quantidade de limusines estacionadas a céu aberto.

Onde estava...

Por pura sorte, o Mercedes C63 a encontrou, e o enorme sedá surgiu à sua frente. A janela do passageiro se abaixou sem emitir nenhum som.

– Senhorita Smythe? – seu chofer disse em tom alarmado. – A senhorita está se sentindo bem?

– Preciso do carro. – Sutton deu a volta, os faróis eram muito claros contra seu vestido de gala prata e seus diamantes. – Preciso do carro, preciso...

– Senhorita? – O homem uniformizado saiu de trás do volante. – Posso levá-la para onde quiser ir...

Ela pegou uma nota de cem dólares da minúscula bolsa de festa.

– Tome. Pegue um táxi, ou ligue para alguém. Sinto muito. Sinto muito, muito, mas preciso ir...

Ele meneou a cabeça ao ver a nota.

– Senhorita, posso levá-la a qualquer lugar...

– Por favor. Preciso do carro.

Houve uma ligeira pausa.

– Muito bem. Sabe como dirigir este...

– Dou um jeito. – Colocou o dinheiro na palma da mão dele e a fechou. – Fique com isso. Vou ficar bem.

– Eu preferiria dirigir.

– Aprecio a sua consideração, de verdade. – Fechou-se dentro do carro, subiu a janela, e olhou ao redor à procura do câmbio ou...

À batida no vidro escuro, ela voltou a abaixá-lo.

– Está ali, ao lado do volante – instruiu o chofer. – A marcha a ré, e ali para a frente. Pronto, assim. E as setas ficam... isso, isso mesmo. A senhorita não deve precisar dos limpadores de para-brisa, e as luzes já estão acesas. Boa sorte.

Ele recuou, do mesmo modo que fazemos quando estamos prestes a acender um fósforo para acionar fogos de artifício. Ou uma bomba.

Sutton pressionou o acelerador, e o potente sedã se lançou para a frente como se tivesse o motor de um jato debaixo do capô. Nos recessos da sua mente, ela fez um cálculo rápido de quantos anos fazia que não dirigia… E a resposta não foi nada encorajadora.

Mas, assim como tudo em sua vida, ela acabaria descobrindo… Ou morreria tentando.

– Importa-se se eu repetir?

Lizzie lhe lançou um olhar de encorajamento e Lane se levantou e foi para a geladeira. A comida estava ajudando a clarear a sua mente, ou talvez fosse a companhia dela.

Provavelmente era mais por estar na presença dela.

– Está muito bom – ele disse ao abrir o congelador e pegar mais uma porção.

A risada dela o fez parar e fechar os olhos, a fim de que o som pudesse inundá-lo ainda mais.

– Você só está sendo gentil – ela murmurou.

– É a mais pura verdade.

Levando o prato ao micro-ondas, ajustou-o para seis minutos e ficou olhando o bloco congelado girar e girar.

– Então, eu vou ter que ir procurar Edward – ouviu-se dizer.

– Quando foi a última vez que o viu?

Ele pigarreou. Sentiu uma tremenda necessidade de beber alguma coisa.

– Foi em…

Por um instante, ficou perdido em pensamentos, tentando encontrar um modo de perguntar se ela tinha alguma bebida em casa.

– Tanto tempo assim?

– Na verdade, eu estava pensando em outra coisa. – Ou seja, que era inteiramente possível que ele tivesse problemas com bebida. –

Mas, pensando bem, depois de um dia como o de hoje, quem não seria alcoólatra?

– O que disse?

Ai, merda, falara em voz alta?

– Desculpe, a minha cabeça está a maior confusão.

– Eu queria poder fazer alguma coisa.

– Você já está fazendo.

– Então, quando foi que viu Edward pela última vez?

Lane voltou a fechar os olhos. Mas, em vez de fazer cálculos mentais que revelariam a soma do quanto deixava a desejar como irmão, voltou no tempo para aquela noite de Ano-Novo quando Edward apanhara pelo restante deles.

Ele e Maxwell haviam permanecido no salão de baile, silenciosos e trêmulos, enquanto o pai forçava Edward a subir. À medida que eles subiam a grande escadaria, Lane gritava a plenos pulmões... mas apenas internamente.

Era covarde demais para sair de lá e pôr um fim à mentira que salvara seu irmão e ele mesmo.

– Eu deveria ir lá – disse quando um tempo se passou.

– Mas o que você pode fazer? – Max sussurrou. – Nada pode deter papai.

– Eu poderia...

Só que Maxwell estava certo. Edward mentira, e o pai o estava fazendo pagar por uma transgressão que não era dele. Se Lane contasse a verdade agora... O pai simplesmente surraria todos eles. Pelo menos se ele e Maxwell ficassem quietos, poderiam evitar....

Não, aquilo era errado. Era uma desonra.

– Vou até lá. – Antes que Maxwell conseguisse dizer qualquer coisa, Lane agarrou o braço do irmão. – E você vem comigo.

A consciência de Max também o devia estar incomodando, porque em vez de discutir, como sempre discutia sobre tudo, seguiu-o mudo pela escada principal. Quando chegaram ao topo, o corredor estava deserto a não ser pela moldura de gesso, pelos retratos, e pelas flores sobre mesinhas e aparadores antigos.

– *Temos que impedir –* Lane sibilou.

Um atrás do outro, seguiram rapidamente sobre o tapete... até o quarto do pai.

Do lado oposto da porta, os sons do açoite eram agudos e altos, vindos do couro de encontro à pele nua de seu irmão, e dos grunhidos do pai, que empregava força nos golpes.

Edward estava em silêncio.

E, nesse meio-tempo, os dois apenas permaneceram ali, silenciosos e petrificados. Lane só conseguia pensar que nem ele nem Max tinham metade da coragem dele. Os dois acabaram chorando.

– Vamos embora – disse baixinho, coberto de vergonha.

Mais uma vez, Max não discutiu. Obviamente, ele também era um covarde.

O quarto que partilhavam ficava no fim do corredor, e foi Lane quem abriu a porta. Havia quartos de sobra para que dormissem separados, mas quando Maxwell começara a ter pesadelos alguns anos antes, acabaram colegas de quarto sem querer. Max começara a entrar sorrateiramente no quarto de Lane e despertava ali pela manhã. Depois de um tempo, a senhorita Aurora instalara outra cama lá e assim ficou resolvido.

O banheiro era conjugado, e o quarto do lado oposto era o de Edward.

Max foi para a cama e fitou o teto.

– A gente não devia ter descido. A culpa é minha.

– É de nós dois. – Olhou para Max. – Fique aqui. Vou esperar por ele.

Enquanto seguia para o banheiro, fechou a porta atrás de si e rezou para que Max seguisse suas ordens. Tinha uma sensação ruim quanto à condição em que Edward estaria quando o pai finalmente acabasse o castigo.

Ah, como Lane gostaria de poder voltar no tempo e refazer a decisão de ir para a sala de estar.

Abaixando a tampa do vaso, ficou sentado e atento às batidas do seu coração. Mesmo não conseguindo mais ouvir as chibatadas do cinto, isso não tinha relevância. Ele sabia o que estava acontecendo do outro lado do corredor.

Por algum motivo, ficou olhando para as três escovas de dente enfiadas dentro de um copo de prata, ao lado das toalhas de mão dobradas sobre a pia. A vermelha era de Edward, porque ele era o mais velho e sempre podia escolher antes. A de Max era verde, porque era a mais varonil que restava. Lane acabava tendo que ficar com a amarela, que odiava.

Ninguém queria a azul da UK.

Um clique suave e um empurrão de uma porta sendo aberta quebrou o silêncio. Lane esperou o segundo clique e depois se pôs de pé, espiando o quarto de Edward.

Na escuridão, Edward caminhava em direção ao banheiro, todo encurvado, com um braço ao redor do abdômen, e outro estendido para se equilibrar na cômoda, nas paredes, na mesa.

Lane se apressou e segurou a cintura do irmão.

— Enjoado — Edward grunhiu. — Vou vomitar.

Ah, Deus, ele estava sangrando no rosto, devido ao corte causado pelo anel de sinete do pai quando ele lhe desferiu aquele tapa.

— Eu te levo — Lane murmurou. — Vou cuidar de você.

O avanço foi lento, as pernas de Edward tinham dificuldade para sustentar o tronco ereto. Parte da camisa do pijama ficara presa no cós depois da surra, e Lane só conseguia pensar no que havia por baixo. Nos vergões, no sangue, no inchaço.

Edward mal chegou a tempo ao vaso, e Lane ficou junto dele durante todo o tempo. Quando terminou de vomitar, Lane pegou a escova vermelha e colocou pasta de dente nela. Depois, ajudou o irmão a ir até a cama. 239

— Por que você não chora? — Lane perguntou com uma voz rouca enquanto o irmão se acomodava no colchão como se todo o seu corpo doesse. — É só você chorar. Ele para assim que você chorar.

Era sempre assim quando ele e Max levavam uma surra.

— Vá para a cama, Lane.

A voz de Edward pareceu exausta.

— Sinto muito.

— Está tudo bem. Só vá para cama.

Foi difícil sair, mas ele já tinha causado confusão demais por aquela noite, e vejam o que tinha acontecido.

De volta ao seu quarto, enfiou-se entre os lençóis e ficou olhando para o teto.

— Ele está bem? — Max perguntou.

Por algum motivo, as sombras em seu quarto eram completamente assustadoras, pareciam monstros que se moviam e rastejavam pelos cantos.

— Lane?

— Sim — mentiu. — Ele está bem...

– Lane?

Ele voltou ao presente e olhou sobre o ombro.

– O que foi?

Lizzie apontou para o micro-ondas.

– Está pronto?

Bipe...

Bipe...

Ele apenas ficou ali, piscando, tentando voltar do passado.

– Sim, sim, desculpe.

De volta à mesa, depositou o prato fumegante e se sentou de novo... só para descobrir que tinha perdido o apetite. Quando Lizzie estendeu o braço e apoiou a mão na dele, ele a aceitou e a levou aos lábios para um beijo.

– No que está pensando? – Lizzie perguntou.

– Quer mesmo saber?

– Sim.

Ora, ora, se ele não tinha uma bela seleção de coisas para escolher.

Enquanto ela esperava por uma resposta, ele ficou olhando para seu rosto por um bom tempo. E então teve que sorrir.

– Agora, neste exato instante... estou pensando que, se tiver uma chance com você, Lizzie King, vou aceitar.

O rubor que atingiu o rosto dela foi encoberto quando ela levantou as mãos.

– Ai, meu Deus...

Ele deu uma risada leve.

– Quer que eu mude de assunto?

– Sim – disse ela por trás do seu esconderijo.

Ele não a culpava.

– Tudo bem, estou muito feliz de ter vindo para cá. Easterly é como uma corda no meu pescoço agora.

Lizzie esfregou os olhos e abaixou as mãos.

— Sabe, custo a acreditar no que Rosalinda fez.

— Foi simplesmente horrível. — Ele se recostou na cadeira, respeitando a necessidade dela de mudarem de assunto. — E, escuta essa. Sabe Mitch Ramsey, o delegado? Ele me ligou enquanto eu vinha para cá. O exame médico legal preliminar indica traços de cicuta.

— *Cicuta?*

— O rosto dela... — Ele circundou a face com a mão. — Aquele sorriso horrendo? Foi provocado por algum tipo de paralisia facial, o que, aparentemente, é bem documentado como sendo causado por uma variedade de venenos. Caramba, vou te contar, vai demorar bastante tempo para eu me esquecer da aparência dela.

— Existe a possibilidade de ela ter sido morta?

— Eles acham que não. É preciso uma bela dose de cicuta para ter o resultado desejado, portanto, é mais provável que ela mesma tenha feito isso. Além do mais, aqueles Nikes eram novinhos e havia grama nas solas.

— Nikes? Ela só usa sapatos sem salto.

— Exatamente, mas ela foi encontrada com tênis próprios para corrida, que, evidentemente, acabara de comprar, e os usou para andar no jardim. Pelo que Mitch disse, na época dos romanos, as pessoas costumavam beber veneno e depois perambular para que ele agisse com mais rapidez. Portanto, isso mais uma vez indica que ela causou a própria morte.

— Que... horrível.

— A pergunta é: por quê? E, infelizmente, acho que nós sabemos a resposta.

— O que vai fazer agora?

Ele ficou em silêncio por um tempo e depois ergueu os olhos para ela.

— Para começar, pensei em te levar para cima.

Lizzie corou de novo.

— E o que vai fazer comigo no segundo andar?

— Vou te ajudar a dobrar a roupa limpa.

Ela deu uma gargalhada.

— Detesto te desapontar, mas já fiz isso.

— Arrumar a sua cama?

— Lamento. Já está arrumada.

— Mas você tinha que ser tão organizada? Cerzir as suas meias? Precisa pregar algum botão?

— Está sugerindo que é bom com linha e agulha?

— Aprendo rápido. Então... quer costurar comigo?

— Acho que não tenho nada que precise desse tipo de cuidado.

— Existe alguma coisa na qual posso te ajudar, então? – ele perguntou num tom baixo. – Alguma dor que eu possa aplacar? Algum fogo que eu possa extinguir? Com a boca, talvez?

Lizzie fechou os olhos, e mudou de posição na cadeira.

— Ai, Deus...

— Espere, já sei. Que tal se eu te levar para o segundo andar e nós bagunçarmos a sua cama? Daí, então, vamos poder arrumá-la de novo.

Quando, por fim, ela voltou a olhar para ele, seus olhos estavam pesados e sensuais.

— Sabe, esse parece um plano perfeito.

— Adoro quando estamos de acordo.

Levantaram-se ao mesmo tempo, e antes que ela conseguisse detê-lo, ele se inclinou e a pegou no colo.

— O que você está fazendo? – Empurrou-o e começou a gargalhar. – Lane...

— O que parece? – E saiu da cozinha. – Estou te carregando lá para cima.

— Espera. Espera. Sou muito pesada...

— Ora, *por favor!*

— Não, é verdade... Não sou como aquelas mulherzinhas delicadas...

— Exato. Você é uma mulher de verdade. – Chegou à escada e seguiu em frente. – E é por essas que homens de verdade ficam atraídos. Confie em mim.

Deixou a cabeça pender no ombro dele, e quando Lane sentiu o olhar dela em seu rosto, pensou no que Chantal fizera com o seu pai. Ou, pelo menos, no que ela disse ter feito com ele.

Lizzie nunca o traíra. Nem em pensamento, nem em ações.

Ela simplesmente não tinha isso dentro dela.

O que a tornava uma mulher de verdade, e não só por não ser socialmente anoréxica.

– Não, você não tem que dizer isso – ele murmurou quando os degraus antigos rangeram debaixo dos seus pés.

– Dizer o quê?

– Que não significa nada comparado a outras coisas. Sei que me quer só como amigo e aceito isso. Você só precisa saber de uma coisa.

– O que seria? – ela suspirou.

Ele fez uma voz mais grave.

– Estou preparado para ser um homem muito paciente no que se refere a você. Vou seduzi-la pelo tempo que for necessário, vou lhe dar todo o espaço que precisar, ou seguir seus passos como a luz do sol sobre seus ombros, se você deixar. – Seus olhos se fixaram nos dela. – Perdi minha chance com você uma vez, Lizzie King, e isso não vai se repetir.

VINTE E SETE

Sentado em sua poltrona, Edward flanava numa nuvem de gim Beefeater; seu corpo estava tão entorpecido que ele conseguia manter uma fantasia de força e flexibilidade. Na verdade, conseguia imaginar que ficar de pé podia ser fácil, apenas uma mudança de localização descomplicada e inconsciente que necessitava de um pensamento fugidio e músculos nas coxas. Músculos esses que ficariam contentes – e seriam perfeitamente capazes – de executar tal tarefa.

No entanto, não estava embriagado o suficiente para tentar.

O som de uma batida à porta fez com que levantasse a cabeça.

Ora, ora, ora. Não estava preparado para aquela coisa de ficar na vertical, mas pelo menos a recém-chegada poderia lhe oferecer uma realidade alternativa para ele experimentar.

E ele não recusaria.

Com um grunhido, tentou ficar um pouco mais ereto na poltrona. Não conseguiria abrir a porta para a mulher e sentiu-se mal por isso. Um cavalheiro sempre deveria fazer tal gentileza a um membro do sexo frágil, e ele não se importava que a sua convidada fosse uma prostituta, uma mulher merecia ser tratada com respeito.

– Entre – disse em voz alta, mas arrastada. – Pode entrar.

A porta se abriu devagar… E o que viu do outro lado, bem debaixo da soleira, era…

O coração de Edward parou de bater. E depois começou a martelar.

– Eles acertaram – sussurrou. – Finalmente. Beau acertou em cheio.

A mulher piscou.

– Perdão – ela disse, rouca. – O que disse?

A voz era igualzinha. Como tinham conseguido acertar?

– Entre – ele respondeu, gesticulando com a mão que não segurava o copo. – Por favor.

E não tenha medo, ele pensou consigo.

Afinal, ele estava sentado no escuro, e a iluminação dos incontáveis troféus sobre as prateleiras não alcançavam seu rosto e seu corpo. O que era proposital, claro. Não gostava de olhar para si mesmo, não havia motivo para dificultar o trabalho da prostituta forçando-a a vê-lo com nitidez.

– Edward?

Em seu torpor ébrio, ele só conseguiu fechar os olhos e relaxar o corpo. Ficou duro num lugar bem crucial.

245

– A sua voz… é tão bela quanto nas minhas lembranças.

Não ouvia a voz de Sutton Smythe em pessoa desde antes da sua viagem e, depois que retornara, não foi capaz de ouvir quaisquer das suas mensagens.

A ponto de ter se livrado tanto do aparelho quanto daquele número.

– Ah, Edward…

Bom Deus, havia sofrimento naquela voz. Como se a mulher estivesse olhando para a sua alma e reagindo ao emaranhado de angústia que ele carregava desde que lhe informaram que ele sobreviveria.

E, de fato, era quase isso o que ouvia na voz de Sutton. Engraçado, durante seu período no cativeiro, desmaiara três vezes durante os oito dias em que o mantiveram preso. Todas as vezes, enquanto perdia a consciência, Sutton fora a última coisa em seus pensamentos, a última coisa a ver, a ouvir, a lamentar a perda. E não a sua família. Não o seu tão amado trabalho. Não a casa em que crescera, tampouco a fortuna e as coisas que deixaria inacabadas.

Sutton Smythe.

Na terceira vez, quando já não conseguia ver nada, quando já não sabia distinguir se era suor ou sangue em sua pele, quando a tortura o levara a um lugar onde o botão de sobrevivência fora desligado e ele já não rezava para ser resgatado, a não ser pela morte...

Sutton Smythe, uma vez mais, estivera em seus pensamentos.

– Edward...

– Não. – Levantou a mão. – Não diga mais nada.

A mulher estava se saindo tão bem. Não queria que continuasse e estragasse tudo.

– Venha aqui – sussurrou. – Quero tocar em você.

Abrindo os olhos, embeveceu-se com a aproximação dela. Ah, que vestido prateado perfeito, a barra arrastando pelo chão, as joias surpreendentemente de bom gosto reluzindo apesar de a luz estar atrás dela. E ela também trazia o mesmo tipo de bolsa de festa que Sutton sempre levava aos eventos formais, um quadrado forrado com seda da mesma cor do vestido – ainda que, como ela mesma dizia, "combinar tudo era tão anos cinquenta".

– Edward?

Havia tanta confusão quanto um anseio em seu nome.

– Por favor – ele se viu implorando. – Não fale mais. Só quero tocar você. Por favor.

Enquanto o corpo dela tremia diante dele, Edward sentiu a realidade mudar e se permitiu seguir o ardil, acompanhando a fantasia de que aquela era de fato Sutton, que ela fora procurá-lo, e que, finalmente, ficariam juntos.

Mesmo ele estando arruinado.

Deus, isso bastava para deixá-lo emocionado. Mas não durou muito... porque ela tropeçou e seus olhos ficaram muito arregalados.

O que significava que tinha visto seu rosto.

– Não olhe para mim – disse ele. – Não sou mais o mesmo. É por isso que as luzes estão tão fracas.

Edward estendeu os braços e mostrou as mãos.

– Mas estas... não estão marcadas. E, ao contrário de outras partes, ainda funcionam muito bem. Me deixe... tocar você. Vou ser cuidadoso... mas você vai ter que se ajoelhar. Já não fico muito bem de pé, e tenho que confessar que estou embriagado.

A prostituta tremia dos pés à cabeça quando começou a se abaixar, e ele se sentou mais para a frente da poltrona, oferecendo-lhe o braço como se ela fosse uma dama saindo de um carro, em vez de uma trabalhadora permitindo que um aleijado fizesse sexo com ela por mil dólares.

Quando voltou a se recostar, uma súbita onda de vertigem o assolou, enquanto mais álcool bombeava em seu sistema. Como com todos os bêbados, contudo, ele sabia que era apenas algo temporário, que logo se autorregularia.

Ainda mais considerando tudo em que ele tinha que se concentrar: mesmo com a visão embaçada, mesmo com a penumbra, mesmo estando muito bêbado... estava maravilhado.

Ela era muito linda, quase linda demais para que ele a tocasse.

– Ah, olhe só para você... – sussurrou, esticando a mão para tocar seu rosto.

Os olhos dela reluziram de novo, ou, pelo menos, ele acreditou nisso; talvez estivesse apenas imaginando coisas por causa do modo como ela inspirou fundo. Era difícil saber, era complicado acompanhar o que estava acontecendo... A realidade estava muito distorcida agora, girando ao seu redor até ele não ter mais certeza se a prostituta se parecia mesmo com Sutton ou se era mera projeção dele, por causa dos cabelos negros e compridos, das sobrancelhas arqueadas, da boca perfeita, como a de Grace Kelly.

O cabelo da mulher estava solto, bem como havia solicitado, e ele passou as mãos pelas ondas até alcançar a curva do ombro.

– Seu cheiro é tão bom. Exatamente como eu me lembrava.

E logo ele tocou mais, os dedos viajando pela clavícula, sobre o colar de diamantes, descendo pela curva do decote. Em resposta, ela começou a arfar, o movimento dos pulmões aproximando seus seios das mãos dele.

– Adoro esse vestido – ele sussurrou.

O vestido de noite era bem ao estilo dos de Sutton: muito elegante, feito sob medida para o corpo dela, de *chiffon* tão cinzento quanto uma pomba.

Sentando-se mais para frente, aproximou seu peito diminuto do dela, que era magnífico, e passou as mãos para trás, a fim de encontrar o zíper embutido. Enquanto o abria, o som produzido pareceu-lhe alto demais.

Ele podia jurar que ela arfava como se a tivesse chocado. E foi... ah, tão perfeito. Exatamente o que Sutton teria feito.

E, em seguida, sim... ah, sim... a prostituta retribuiu a sua exploração, as mãos trêmulas subindo pelos seus braços finos. Deus, ele odiou todo aquele tremor por parte dela, mas, sem dúvida, devia ser difícil fazer sexo com ele.

Pelo menos como ele se encontrava agora.

– Eu queria ter feito isto antes – disse numa voz entrecortada. – No passado, valia a pena ver o meu corpo. Eu deveria ter... deveria ter tentado conquistá-la antes, mas era covarde demais. Era um covarde arrogante, mas a verdade é que eu poderia ter suportado qualquer coisa, menos uma recusa sua.

– Edward...

Interrompeu-a colando a boca na dela.

Ah, ela era boa. Tão boa quanto ele imaginava, a sensação da sua língua escorregando para dentro dela e a maneira como ela gemeu, como se tivesse esperado a vida toda pela oportunidade de fazê-lo se esquecer do que ele se tornara...

O vestido derreteu, escorrendo do corpo dela como se aquiescesse, como se estivesse reagindo para que tudo acontecesse mais rápido. E ele tirou vantagem da pele que agora estava à mostra, beijando uma trilha até os seios perfeitos, sugando os mamilos, ficando ganancioso muito rapidamente. Que Deus abençoasse o pobre coração daquela mulher, ela conseguia fingir tão bem, as mãos se perderam em seus cabelos como se ela o desejasse, como se ela estivesse trazendo-o para mais perto, mesmo ele não sendo o que ela deveria querer.

Tentou não ser rude, mas Deus, ficou tão excitado de repente.

– Suba no meu colo – grunhiu. – Você vai ter que subir no meu colo.

Era a única posição em que conseguia fazer sexo. Ainda mais por não querer sujeitar nenhum deles dois ao embaraço de ter que pedir ajuda para se levantar do chão, quando tudo tivesse terminado.

– Tem certeza? – ela perguntou, rouca. – Edward...

– Preciso ter você. Esperei tempo demais. Quase morri. Preciso disso.

Houve um segundo de pausa. Logo ela se moveu com admirável rapidez, levantando-se do chão, chutando o vestido, revelando... Ah, Jesus, ela estava com uma calcinha e nada mais, nada de meias de seda, nada de cinta-liga. E em vez de perder tempo tirando-a, ela a afastou de lado enquanto ele se confundia com o próprio cinto, impedindo que suas calças caíssem do quadril ossudo.

A despeito de todo o resto dele, que definhara, seu pênis ainda era grosso, comprido e rijo como antes, e ele ficou estranhamente grato por ser a única coisa que não era absolutamente humilhante para ele.

Empurrando os apoios de braço com as mãos, deslizou ainda mais para a frente, e ela se contorceu, montando nele com uma coordenação invejável.

A ereção dele a penetrou profundamente, e a firmeza com que ela o prendeu fez com que ele chegasse ao orgasmo de imediato. Mas isso não foi o mais incrível. Aparentemente, e por algum milagre, o mesmo aconteceu com ela.

Enquanto ela gritava seu nome, pareceu também chegar ao clímax.

Ou isso, ou ela não escutara seu chamado pois teria recebido o Oscar de melhor atriz.

Antes de perceber o que estava fazendo, Edward começou a se movimentar. Foi um movimento fraco, quase patético, mas ela seguiu, aquele primeiro orgasmo logo sendo eclipsado por outro ainda mais potente para ambos. Estremecendo, balançando, se retesando, ela se agarrou nele como se disso dependesse a sua vida, o cabelo cobrindo o dele, os seios pressionados contra ele, o corpo levando-o para uma viagem que ele nunca tinha experimentado.

O sexo pareceu durar para sempre.

Quando, por fim, tudo terminou, depois de um terceiro orgasmo, Edward se prostrou na poltrona e ofegou.

– Vou precisar de você de novo.

– Ah, Edward…

– Diga a Beau… semana que vem. Mesmo dia, mesmo horário.

– O quê?

Ele deixou a cabeça pender para o lado.

– O dinheiro está ali. Só você. Só quero você de novo.

De repente, provavelmente por ter se cansado mais nos vinte minutos do que nos doze meses anteriores, começou a se sentir fraco e, de fato, parecia apropriado que desmaiasse e deixasse que a prostituta saísse com tranquilidade.

Assim, ele conseguiria sustentar a fantasia por mais tempo.

– Mil... ao lado da porta – murmurou. – Pegue. A gorjeta...

Edward teve a intenção de dizer "A gorjeta vem depois, vou fazer com que alguém deixe com Beau mais tarde" ou algo do gênero. Mas a consciência era um luxo ao qual ele já não conseguia se dar... E se deixou cair no esquecimento.

Mais uma vez, pensando apenas em Sutton Smythe.

Sutton saiu cambaleando do chalé de Edward. Estava descalça, segurando os sapatos pelas tiras, mas ao contrário da sua outra caminhada pela grama ao redor do museu, as tábuas da varanda e os pedriscos machucaram suas solas.

Não que ela estivesse prestando atenção.

Ao partir para o Mercedes, ela era um misto de contradições; seu cérebro, uma confusão emaranhada. Mas seu corpo estava maleável e relaxado.

Edward pensou que ela fosse uma prostituta?

Por que outro motivo ele teria falado de dinheiro e de um homem chamado Beau? Semana que vem?

Ah, Deus, fizeram sexo...

Como chegaram àquilo? Como ela permitira que...

Bom Deus, o pobre rosto dele, o corpo...

Esses pensamentos entravam e saíam da sua cabeça, girando com alguma força centrífuga, tudo se revolvendo a não ser pelo fato de que Edward já não era mais o mesmo de antes. Sua linda aparência já não existia mais, as cicatrizes no rosto, sobre o nariz e na testa, deixavam virtualmente impossível reconstruir por lembranças a perfeição que antes existira ali.

Ela sabia que ele havia sido maltratado. Os noticiários e os artigos nos jornais foram suas únicas fontes de informação porque ele tinha se recusado a ver qualquer pessoa, e detalharam a duração da sua estada no hospital e da subsequente reabilitação. Esse tipo de tratamento longo não acontecia sem motivos trágicos. Mas vê-lo em pessoa fora um choque.

Antes do sequestro, ele era jogador de polo. Saltou com cavalos em apresentações. Correu. Jogou basquete, tênis e squash. Nadou. Edward fora um garoto dourado não apenas nos negócios, mas em todos os outros aspectos da sua vida, ele sempre se excedera em tudo.

Eu queria ter feito isso antes. No passado, valia a pena ver o meu corpo.

Sutton teve dificuldades para abrir a porta do carro, a mão escorregava como se ela estivesse tendo um ataque e seus dedos já não funcionassem direito. E quando, por fim, conseguiu abrir e entrar, ficou sem forças e deixou-se cair no assento.

Eu deveria ter tentado conquistá-la antes, mas era covarde demais. Era um covarde arrogante, mas a verdade é que eu poderia ter suportado qualquer coisa, menos uma recusa sua.

O que ele dissera? E para quem achou que estava dizendo? O coração dela se partiu com a ideia de que ele estivesse apaixonado por alguém daquela maneira.

Ele estava tão embriagado. Tanto que, antes de sair apressadamente, ela voltou para ver se o coração dele ainda estava batendo, se ele ainda estava respirando... Sim, porque a ideia de que talvez o tivesse matado por causa do que haviam...

– Bom Deus.

Como era possível que, depois de anos pensando nisso, eles, finalmente, tivessem feito sexo? E só porque ele acreditava que ela fosse uma prostituta cujos serviços ele encomendara em algum lugar?

Ah, não... Não tinham usado proteção.

Fabuloso. A reviravolta daquela noite toda era simplesmente fabulosa. Ainda mais porque, mesmo ele estando bêbado... mesmo ela estando meio fora do seu juízo completo... e apesar das condições físicas dele... o sexo tinha sido incrível. Talvez por causa de toda a imaginação acumulada, ou talvez fosse compatibilidade, ou quem sabe fosse apenas uma experiência única, do tipo que acontece quando certas estrelas estão alinhadas.

Independentemente dos motivos, ele tinha feito os poucos homens com quem ela estivera sumirem.

Impedindo que qualquer outro chegasse até ela, Sutton temeu.

Esticando o braço, procurou o botão de partida, e quando o motor roncou e os faróis se acenderam, ela entrou em pânico. Havia outras pessoas na propriedade – só podia haver –, e a última coisa que ela queria era ser pega em flagrante. Teria que encontrar uma maneira de lidar com a situação, e boatos se espalhando não faziam parte da sua estratégia, muito obrigada...

Neste mesmo instante, outro carro surgiu na alameda e, em vez de seguir para um dos estábulos ou construções externas, parou bem ao lado do seu.

A mulher que saiu era... alta, morena e usava um vestido longo.

E franziu o cenho ao ver o Mercedes.

Ela se aproximou.

Sutton abaixou o vidro. O que mais poderia fazer? Ao mesmo tempo, também começou a tatear à procura do câmbio, ou botão, ou sabe-se lá o que colocaria o sedã em marcha a ré.

– Pensei que eu estava escalada para esta noite – a mulher disse, num tom agradável.

– Eu... hum... – Enquanto gaguejava, sentiu-se corar. – Ah...

– Você é uma das garotas novas que Beau mencionou? Sou Delilah.

Sutton apertou a mão que lhe foi oferecida.

– Como tem passado?

– Ah, mas você parece tão chique! – A mulher sorriu. – Então, cuidou bem dele?

– Hum...

– Tudo bem se você cuidou. Às vezes essas coisas acontecem, e eu tenho outros dois chamados para esta noite. – Levantou a mão e puxou o que, no fim, era uma peruca. – Pelo menos me livro disto. Ele está bem?

– O que disse?

A mulher esfregou o cabelo loiro curto ao acenar na direção do chalé.

– Ele. Todas nós cuidamos dele, pobrezinho. Beau não nos diz quem é, mas deve ser alguém importante. É sempre tão generoso, e nos trata muito bem. É um caso bem triste, para falar a verdade.

– Sim. Muito triste.

– Bem, está na minha hora. Quer que eu avise Beau que está tudo bem?

– Hum...

– Fico com a semana que vem, então.

– Não – Sutton se ouviu dizer. – Ele me disse... o homem me disse que quer me ver de novo.

– Ah, ok, sem problemas. Eu aviso.

– Muito obrigada. Muito obrigada mesmo.

Talvez aquele fosse algum tipo de alucinação bizarra causada por uma febre.

Enquanto Sutton voltava a procurava a manopla, a prostituta se inclinou para baixo.

– Está procurando a ré?

– Ah, sim, estou.

– É essa aí na direita. Mexa-a para trás. Para baixo do *drive* e, para estacionar, você empurra até o fim.

– Obrigada. Que difícil.

– Um dos meus fregueses regulares tem esse mesmo modelo. É uma beleza! Dirija com cuidado.

Produzindo um som sem sentido, Sutton manobrou para trás com cuidado, ciente de que a mulher estava bem perto com aquela peruca morena na mão.

Seguindo na direção da estrada principal, resolveu que aquilo só podia ser resultado de um resfriado, de uma alucinação. A qualquer instante agora, ela despertaria...

Era isso.

Só podia ser.

Puxa vida, como foi que tudo foi acontecer?

VINTE E OITO

O dia do Derby amanheceu limpo e claro, mas, mesmo se houvessem raios e trovões e ventos provocados por ciclones, Lizzie ainda estaria sorrindo durante todo o trajeto até Charlemont.

Lane e ela disputaram no pedra, papel e tesoura para decidir quem iria na frente, e apesar de ele ter vencido três vezes consecutivas, resolveram, no fim, que ela sairia antes. Primeiro porque ela tinha muitas coisas para fazer, e depois porque ele não tinha pressa para ir a parte alguma.

Toda vez que ela piscava, o via deitado em seus lençóis, com o peito nu exposto e o resto do corpo meio encoberto.

Nunca se sentira tão descansada após não ter dormido praticamente nada a noite toda.

Passando pela entrada principal de Easterly, teve que sacudir a cabeça. Você nunca sabe onde vai parar, não é verdade?

Aquele era o fim do acordo "apenas amigos".

Dando a volta na estrada de funcionários, teve que pisar no freio de repente e aguardar numa longa fila de caminhões de entrega. Ficou aliviada ao ver tantos, considerando o problema que tiveram com a empresa de aluguel, mas ficou apreensiva ao pensar como Lane e a família dele pagariam por todos aqueles adicionais, dada a situação atual.

Quando conseguiu chegar ao estacionamento, teve que apertar seu Yaris numa vaguinha nos fundos. Havia uma centena de garçons e garçonetes chegando para servir na festa, e todos aqueles veículos teriam que caber em algum lugar. Dentro de uma hora, a estradinha de baixo estaria tomada por vans, motos e uma dúzia de modelos diferentes de sedãs.

Saindo do carro, juntou-se ao desfile que seguia para a casa pelo caminho de trás. Ninguém dizia nada, e ela não via nenhum problema nisso. Já estava fazendo uma lista mental das coisas que queria fazer antes que os portões se abrissem e mais de seiscentas das pessoas mais importantes da cidade passassem pela entrada de Easterly para ver as corridas.

O número um dessa lista?

Greta.

Ela tinha que encontrar um modo de se acertar com Greta, porque teriam que trabalhar em equipe a fim de sobreviverem às quatro horas seguintes.

Observou a estufa do lado oposto do jardim, e preparou-se. Sua colega já devia estar ali, sem dúvida vistoriando os buquês, certificando-se de que nenhuma pétala ou folha murcha maculasse a apresentação perfeita antes que eles fossem levados para as mesas.

Ela devia ter chegado lá pelas 6h45.

Assim como Lizzie deveria ter feito.

E teria feito, se não tivesse acontecido aquela coisa envolvendo Lane na sua cama.

– Sou uma mulher adulta – disse a si mesma. – Eu decido com quem, eu decido quando, eu decido…

Maravilha. Estava citando *Uma linda mulher*.

O problema era que, se sua colega lhe perguntasse por que se atrasara, a situação iria de mal a pior. Ela mentia muito mal, e ficaria vermelha como um tomate antes que conseguisse cuspir uma não resposta que a denunciaria como um *outdoor* em letras piscantes:

PASSEI A NOITE INTEIRA TRANSANDO COM LANE BALDWINE.

Ou qualquer outra frase em alemão que chegasse perto disso.

Aprumando os ombros, Lizzie ajeitou a bolsa no ombro e marchou pelas portas duplas.

Ao abri-las e adentrar no ar perfumado e pesado da estufa, resolveu que lidaria com…

– Você é uma *mulherr* adulta – Greta disse, assim que levantou o olhar de um dos arranjos. – Me desculpe. Eu não tinha o *direito* de… Você já é *crrescida* e tem o dirreito de *tomarr* as *prróprrias* decisões. Sinto muito.

Lizzie soltou o ar que estava prendendo.

– Também sinto muito.

Greta empurrou os óculos até o alto do nariz.

– Por quê? Você não fez nada *errrado*. Eu só… Veja bem, sou dez anos mais velha que você. Isso *querr dizerr* que tenho não só mais *rrugas* no rosto e mais cansaço no *corrpo*, mas também sinto que prreciso *cuidarr* de você. Você não pediu, e *prrovavelmente* nem *prrecisa*, mas é assim que eu…

– Greta, sério. Não precisa se desculpar. Nós duas estamos sob forte pressão e…

– Além disso, fiquei sabendo que ela recebeu o pedido de *divórrcio* ontem.

– As notícias voam. – Apoiou a bolsa numa mesa. – Como ficou sabendo?

– Uma das *crriadas* viu quando ela jogou os papéis em cima do delegado. – Greta meneou a cabeça. – Quanta classe.

– Eu disse a ele que não fizesse isso por minha causa.

– Bem, *quaisquerr* que sejam os motivos dele, ele foi em *frrente*. – Greta voltou ao trabalho, inclinando-se sobre as mesas. – Só me *prrometa* uma coisa. Tome cuidado. Esta família, eles têm um *histórrico* de *trratarr* as pessoas como *descarrtáveis*, e isso nunca *terrmina* bem *parra* o *brrinquedo* da vez.

Lizzie apoiou as mãos nos quadris e ficou olhando para as botas, que calçara diante de Lane, oferecendo-lhe um espetáculo que ele apreciou muito.

Puxa, pensou. Seu peito doeu ao se lembrar de que, mesmo retomando o relacionamento físico entre eles, as coisas não tinham mudado muito. Não tinham mudado nada, na verdade.

– Só não *querro* que se magoe de novo. – Greta pigarreou para afastar a emoção contida na voz. – *Agorra*, vamos *trabalharr*.

– Ele não é como a família dele. Não é.

Greta fez uma pausa e ficou olhando para o jardim. Depois de um instante, balançou a cabeça.

– Lizzie, está no sangue dele. Ele não tem como *impedirr*.

Quando Lane voltou a Easterly, estacionou o Porsche na lateral, na sombra do caminho asfaltado que conduzia até a garagem dos fundos.

– Já estou em casa – disse ao telefone. – Quer que eu suba para explicar de novo o plano?

Sua irmã demorou um pouco para responder, e ele conseguiu visualizar Gin balançando a cabeça enquanto jogava o cabelo para trás do ombro.

– Não, acho que você já disse tudo – ela disse.

Ele ajustou o boné da Universidade de Charlemont na cabeça e fitou o céu. Abaixara a capota ao sair da casa de Lizzie e o vento lhe dera a ilusão da liberdade que tanto queria.

Deus, Lizzie... O único motivo pelo qual conseguiria sobreviver àquele dia em forma meio que decente seria por causa da noite que passara com ela. Tinham feito amor por horas... E depois, enquanto ela dormia, ele ficara olhando para o teto do quarto, tentando descobrir, passo a passo, como deveria proceder.

– Vai falar com ele hoje? – Gin lhe perguntou.

Pela primeira vez, esse "ele" não se referia a Edward.

– Quero falar. – Lane cerrou os molares. – Mas não hoje. Não vou dizer nada ao nosso pai antes de saber mais. Se eu tiver essa conversa antes de ter provas, ele vai simplesmente queimar e destruir tudo o que existir.

– Então quando vai confrontá-lo?

Ele franziu o cenho.

– Gin, não diga nada. Estamos entendidos? Não diga nenhuma maldita palavra... especialmente para nosso pai.

– Eu o odeio.

– Então pense a longo prazo. Se quer que ele pague, tem que deixar que ele mesmo se enforque. Entende o que quero dizer? Se o

257

confrontar, na verdade o estará ajudando. Vou cuidar disso, mas existe um processo. Gin? Você está me ouvindo?

Depois de um instante, ouviu uma risada leve.

– Você está parecendo Edward. Como ele costumava ser.

Por uma fração de segundo, ele sentiu uma pontada de orgulho. Em retrospecto, todos eles sempre admiraram e se espelharam em Edward.

– É a coisa mais gentil que você já me disse – ele murmurou, rouco.

– Estou falando sério.

– Então, silêncio a partir de hoje, Gin. E depois eu te conto os nossos progressos.

– Ok, tudo bem.

– Boa menina. Eu te amo. Vou cuidar de nós. De todos nós.

– Também te amo, Lane.

Lane encerrou a ligação e continuou fitando as nuvens. Ao longe, ouvia conversas, e quando abaixou o olhar para a garagem, viu um grupo de garçons uniformizados agrupados próximos a Reginald, recebendo ordens.

É melhor Gin ficar de bico fechado, pensou.

William Badwine já estaria de sobreaviso por causa da morte de Rosalinda. Se Lane ou, que Deus não permitisse, Gin, com aquela boca grande dela, fossem atrás dele, ele esconderia tudo, faria registros desaparecerem, destruiria detalhes.

Imaginando que ainda houvesse algo.

Lane pendeu a cabeça para o lado a fim de fixar o olhar em Easterly. Quanto daquilo restaria?

Deus! Jamais imaginou que um pensamento semelhante passasse pela sua cabeça.

Bem, uma coisa estava clara: o reinado de William Baldwine estava chegando ao fim. Quer fosse retribuição pelo que o homem fizera a Edward durante todos aqueles anos, quer pelo fato de a mãe ter sido desrespeitada, ou mesmo por Rosalinda muito provavelmente ter acabado com a própria vida por causa dele...

Engraçado, aquela coisa com a sua *esposa* era a última coisa a deixá-lo furioso agora.

Será que Chantal tinha mesmo atacado seu pai? Estaria mesmo grávida?

Inacreditável.

Isso fez com que ele pensasse em dar uma palavrinha de alerta com seu advogado. Uma mulher capaz de algo assim seria capaz de armar qualquer coisa...

Espere. Samuel T. não disse que adultério poderia ser motivo para a redução da pensão?

— Senhor? Gostaria que eu estacionasse o carro?

Lane olhou para o manobrista uniformizado que se aproximava. Apesar dos cinquenta manobristas na base da colina, só havia um deles ali em cima, e seu único propósito era cuidar do carro do treinador da equipe masculina de basquete de Charlemont. Ah, e direcionar os carros dos presidentes e governadores, bem como as SUVs que subissem.

Mas o sedã do treinador era sua prioridade primária e mais importante.

— Não, obrigado. — Tirou o boné e esfregou os cabelos. — Vou deixá-lo...

— Ah, senhor Baldwine, eu não sabia que era o senhor.

— E por que saberia? — Lane saiu e estendeu a mão. — Obrigado por nos ajudar hoje.

O rapaz encarou a mão que lhe era oferecida por um instante, e depois se moveu devagar, como se não quisesse estragar tudo dando uma de idiota.

— Muito obrigado, senhor.

Lane deu um tapa no ombro do manobrista.

— Vou deixá-lo aqui, ok? Não sei se vou para a pista ou não.

— Sim, senhor. Ele é uma beleza!

— É. É mesmo.

Assim que Lane passou na frente do carro, aquele mordomo inglês avançou com uma expressão séria no rosto, como se já tivesse mandado diversas pessoas embora. Mas a postura mudou de imediato ao ver quem era.

— Senhor, como tem passado?

— Bem o bastante. Tenho um pedido a fazer.

— Como posso ajudá-lo?

— Preciso de um terno...

– Tomei a liberdade de encomendar um azul, com camisa branca, colarinho e punhos franceses, e uma gravata borboleta cor-de-rosa com lenço de bolso. Foi entregue ontem à tarde e ajustado com as especificações que Richardson tinha em seus registros. Se necessitar de outros ajustes no paletó ou na calça, mandarei uma criada aos seus aposentos. Há meias cor-de-rosa e um par de sapatos sociais.

Quem haveria de acreditar? Aquela eficiência toda podia ser mais do que mera ilusão.

– Muito obrigado. – Embora não precisasse disso para o Derby, e era no que o mordomo estava pensando. – Eu...

O som de uma batida pesada à porta fez com que ambos virassem para trás.

– Pode deixar, senhor.

Lane deu de ombros e seguiu para a escada. Era hora de dar uma espiada naquela sua cômoda e trocar de roupa...

– Os funcionários contratados para o *Brunch* devem se utilizar da porta dos fundos – o mordomo disse num tom empertigado. – O senhor deve...

– Vim falar com William Baldwine.

Lane parou ao reconhecer a voz.

– Isso não será possível. O senhor Baldwine não está recebendo visitas...

Lane se virou e se retraiu ante a visão do homem magro de cabelos escuros, em roupas desgrenhadas e botas de couro caras.

– Mack?

– ... deve se retirar imediatamente da...

Interrompendo o mordomo, Lane se aproximou do homem que havia crescido com ele.

– Mack, você está bem?

Ok, a resposta para aquela pergunta evidentemente era "não". O Mestre Destilador da Bradford estava com uma péssima aparência; seus olhos normalmente aguçados estavam cercados por duas manchas escuras e havia um vestígio de barba por fazer naquele seu rosto belo como o pecado.

– O seu pai está arruinado a empresa – Mack proferiu numa série de palavras arrastadas.

– Pode deixar comigo – Lane disse, dispensando o mordomo e sustentando o destilador por debaixo do braço. – Venha comigo.

Arrastou o homem embriagado pela escada principal e depois foi empurrando-o pelo corredor até o seu quarto. Uma vez ali dentro, levou Mack até a cama, sentou-o e se virou para fechar a porta.

O baque de um peso morto caindo no chão ressoou em todo o quarto.

Com uma imprecação, Lane voltou para a cama e levantou-o, recolocando-o sobre o colchão. Mack tagarelava a respeito da integridade do processo de fabricação do bourbon, da importância da tradição, da ausência de reverência que a administração demonstrava pelo produto, de como alguém poderia ser cretino a ponto de...

Eles não chegariam a parte alguma com aquilo.

– Hora de se levantar – Lane anunciou ao recolocar o velho camarada de pé. – Vamos lá, meu velho.

Mack estivera na casa inúmeras vezes, mas nunca embriagado daquela maneira. Bem, não desde a sua passagem para a vida adulta. Unindo isso às informações de Rosalinda e ao fato de o destilador acreditar que William estava arruinando a companhia...

Mais uma peça no quebra-cabeça, Lane pensou. Só podia ser.

No banheiro de mármore, abriu a torneira e enfiou Mack debaixo do jato de água fria com roupa e tudo.

O berro do homem foi alto o bastante para estilhaçar um vidro, mas, pelo menos, o choque fez com que ele ficasse de pé sozinho.

Deixando-o debaixo do chuveiro, Lane foi para junto do armarinho para preparar um desjejum e ligou a cafeteira.

– Acordou, Mack? – perguntou ao levar uma xícara com o brasão dos Bradford até o banheiro. – Ou seria melhor colocar um pouco de gelo na mistura?

Mack o encarou com raiva, com o cabelo molhado, debaixo do jato d'água.

– Eu deveria te dar um soco.

Lane abriu a porta de vidro.

– Quantos de mim você está vendo?

– Dois. – O homem aceitou a xícara com as mãos molhadas. – Mas antes eram quatro e meio.

– Então está funcionando.

Mack tomou um gole da bebida preta ao mesmo tempo em que virava a torneira marcada com o Q.

– O café não está ruim.

– Você saberia diferenciá-lo de diluente de tinta?

– Provavelmente não.

Lane apontou para o quarto.

– Vou estar ali, te esperando. O roupão está pendurado atrás da porta. Faça-me o favor de não me aparecer pelado.

– Você não saberia o que fazer comigo.

– Exato.

Fechando a porta, Lane foi para o *closet*, trocou de roupa e se acomodou onde Mack não conseguira se sustentar ereto. Pouco depois, o Mestre Destilador fez a sua grande entrada.

Os dois tinham jogado juntos no time de basquete na escola preparatória de Charlemont antes de irem para a faculdade, e o cara continuava tão atlético como sempre, sem nenhum grama de gordura e a estrutura delgada de um homem que sabia jogar golfe como um profissional, correr uma maratona melhor do que idiotas dez anos mais jovens do que ele, e ainda arrasar numa quadra de basquete.

Ah, e não havia nada de bobo naqueles olhos castanhos. Num romance, os olhos de Mack seriam descritos como "uísque" ou algo semelhante, mas não foi a cor incomum que fez com que tantas mulheres fossem para a cama com ele.

Não, havia muito mais por trás.

E as pessoas me *chamavam de mulherengo?*, Lane pensou consigo. Edwin MacAllan era muito pior.

– Você tem mais disso? – Mack ergueu a xícara. – Acho que mais um litro deve dar conta.

– Sirva-se. A máquina prepara uma xícara de cada vez ali.

O cara relanceou para a porta aberta da pequena cozinha.

– Certo, eu faço bourbon. Acho que sei fazer café.

– Deixa que eu mesmo preparo. Também estou precisando, e incendiar a casa hoje de manhã não seria nada bom.

Os dois acabaram como duas velhinhas, em espreguiçadeiras próximas às janelas, cada um com sua xícara. Duas velhinhas que precisavam se barbear.

– Fale comigo. – Lane apoiou os cotovelos nos joelhos. – O que está acontecendo com a empresa?

Mack sacudiu a cabeça.

– É bem ruim. Estou bêbado há dois dias.

– Como se isso já o tivesse detido antes. A gente saiu junto nas folgas da faculdade, lembra? Seis vezes. E só duas dessas folgas faziam parte do calendário escolar.

Mack sorriu, mas a expressão não se sustentou.

– Olha só, guardei minha opinião a respeito do seu pai só para mim...

– Pode parar com isso agora. Acha que eu não sei como ele é?

Houve uma longa pausa.

– Não sei de onde veio esse memorando. Pensei que talvez fosse de um dos engravatados, mas estava errado. Andei perguntando. Foi uma ordem direta do seu pai. Quero dizer, o homem administra um negócio de um bilhão de dólares. Por que se importaria com...

– Você tem que recuar um pouco nessa história. Não estou entendendo nada do que você está dizendo.

– Ele me fez parar. Está parando a produção.

Lane se moveu para a frente.

– *O quê?*

– Recebi um memorando anteontem, estava na minha mesa. Não tenho mais permissão para comprar milho. Sem milho, sem mistura. Sem mistura, nada de bourbon. – Deu de ombros e sorveu mais um gole de café. – Fechei os silos. Pela primeira vez desde a mudança para o Canadá durante a Proibição... Parei tudo. Sim, claro, ainda tenho alguns silos cheios, mas não vou fazer nada. Não até falar com o seu pai e descobrir que porra ele está pensando. Quero dizer, é a diretoria que está por trás disso? Eles vão nos vender para a China e querem que a situação pareça melhor na contabilidade cortando despesas? Mesmo isso não faz nenhum sentido... Querem que a gente atrase a produção em seis meses bem durante o *boom* de bourbon que o país está vivendo?

Lane ficou calado, todo tipo de cálculo rodando em sua mente.

263

— Eu queria que Edward estivesse aqui. — Mack balançou a cabeça. — Edward nunca permitiria que isso acontecesse.

Lane esfregou a cabeça, que latejava sem trégua. Engraçado, ele também pensava assim.

— Bem, mas ele não está.

— Então, se você não se importar em me emprestar umas roupas secas, vou ver se encontro seu pai. Ao inferno com aquele buldogue inglês lá de baixo! William Baldwine vai ter que me receber...

— Mack.

— ... e explicar por que...

— Mack. — Lane encarou o amigo com determinação. — Posso confiar em você?

O destilador franziu o cenho.

— Claro que pode.

— Preciso entrar no sistema da empresa. Preciso ter acesso às finanças, detalhes das contas, relatórios anuais. E você não pode mencionar isso a ninguém.

— O que você... por quê?

— Pode me ajudar?

Mack abaixou a xícara.

— No que eu puder. Sim, claro.

— Te encontro no seu carro. — Lane se pôs de pé. — Eu dirijo. Pegue qualquer coisa do armário, menos o terno azul de risca de giz.

— Lane, que diabos está acontecendo aqui?

— Existe uma possibilidade de que essa interrupção não seja uma estratégia de negócios.

Mack fechou a cara, como se Lane estivesse falando numa língua estrangeira.

— Não entendi. O que você disse?

Lane olhou pela janela, para o jardim, para a tenda. Visualizou as pessoas que estariam ali em menos de duas horas, todas elas se deleitando com a fortuna e a glória da grande família Bradford.

— Se você abrir o bico sobre isso com alguém...

— Mesmo? Acha que precisa me dar esse tipo de aviso?

Lane voltou a olhar para o amigo.

– Pode ser que estejamos sem dinheiro.

Mack piscou.

– Não é possível.

Partindo para a porta, Lane disse por cima do ombro.

– Veremos. Lembre-se, qualquer coisa menos o terno.

VINTE E NOVE

A primeira coisa que Edward fez ao abrir os olhos foi praguejar. A cabeça latejava. O corpo era uma colcha de retalhos de dores, náusea, rigidez. A mente estava...

Surpreendentemente clara como água.

E, pela primeira vez, isso não era algo ruim.

Ao juntar forças para se levantar, deixou que as imagens da mulher da noite anterior penetrassem em sua mente. Ainda estava embriagado – ou melhor, inebriado –, por isso era capaz de imergir totalmente nas lembranças, sensações, sabores, fragrâncias. O contexto pode ter sido fabricado, algo programado e pago, mas a experiência em si foi...

Bela. Ele pensou que a palavra correta era essa.

Ajeitando-se dentro das calças, agarrou a bengala, esforçou-se para ficar de pé, e cambaleou. O banheiro estava uns dez quilômetros naquela direção, e ele...

Quando deu o primeiro passo, chutou alguma coisa no chão.

– Mas que diabos...? – Franzindo a testa, inclinou-se para baixo, equilibrando-se na bengala para não acabar se tornando outro tapete naquele piso.

Era uma bolsa de festa.

Uma daquelas caixinhas quadradas cobertas de seda com uma pedra falsa como fecho.

A mulher estava com aquela bolsa. Lembrava-se vagamente de pensar que era o exato tipo de bolsa que Sutton usaria.

Tomou cuidado ao se inclinar para apanhar o objeto. Só Deus sabia o que havia ali dentro.

Retornando para a poltrona, pegou o telefone na mesinha lateral. Ligou para Beau enquanto fitava o relógio do lado oposto. Sete e meia. O cafetão deveria estar acordado ainda, encerrando os trabalhos da noite anterior.

– Alô? – uma voz rouca disse. – Edward?

– A mulher deixou uma coisa na minha casa. Uma bolsa.

– Tem certeza?

– Como assim?

– É que, veja bem, eu ia mesmo te ligar. A sua garota, a que eu enviei, disse que já havia alguém saindo da sua casa quando ela chegou...

Edward franziu a testa, pensando que talvez não estivesse tão bem como acreditara.

– Como assim? – repetiu, porque era a única coisa que lhe vinha à mente.

– A garota que eu mandei. Ela chegou na sua casa às dez horas, mas tinha outra mulher saindo. Disse que já tinha cuidado de você e que voltaria na semana que vem. Não sei qual das minhas garotas foi. Você pode abrir a bolsa e me dizer quem era?

Uma sobriedade total e clínica assolou Edward como se alguém tivesse virado um balde de gelo na sua cabeça.

– Sim, claro.

Segurando o telefone com o ombro, abriu o fecho da bolsa, e um tubinho de batom caiu e rolou nas tábuas do chão. Havia três cartões ali dentro; ele deixou de lado o cartão de crédito Amex e o cartão de seguro de saúde para pegar a habilitação.

Sutton Smythe.

Com o endereço da propriedade da família dela.

– Edward? Oi? Você ainda está aí, *chere*?

Ele deve ter gemido ou algo assim.

– Não era uma das suas garotas.

– Não?

– Não. Era… – O amor da minha vida. A mulher dos meus sonhos. A única pessoa que eu jurei nunca mais ver. – Era uma antiga amiga me pregando uma peça.

– Ah, que engraçado. – Beau riu. – Bem, ainda vai querer alguém na sexta que vem?

– Depois eu falo com você. Obrigado.

Edward encerrou a ligação e olhou por cima do ombro para a mesa ao lado da porta. E, bem como esperava, lá estavam os mil dólares, exatamente onde os deixara.

– Ai, cacete… – sussurrou, fechando os olhos.

Depois que Gin desligou o telefone, não após falar com o irmão, mas com a pessoa para quem telefonou assim que terminou com Lane, sentou-se à penteadeira, com a cabeça entre as mãos, por bastante tempo. Só conseguia pensar que queria voltar no tempo para a penúltima noite, quando estivera ao telefone com aquele idiota da empresa de advocacia de Samuel T., dando corda para ele enquanto pessoas cuidavam dos seus cabelos e lhe traziam diamantes.

Se pelo menos não tivesse pegado o Phantom. Aquele fora o dominó que desencadeara a queda de todos os outros.

Pensando bem, o pai ainda estaria tentando obrigá-la a se casar com alguém que odiava, e ainda estaria fazendo sabe-se lá o que com o dinheiro, e Rosalinda ainda teria se matado.

Portanto, na verdade, tentar escapar voltando no tempo não mudaria nada.

53 milhões de dólares seria muito dinheiro? De certa forma, sim, claro que sim. Era muito mais do que a maioria das pessoas via em uma vida inteira, em muitas vidas, numa centena de vidas. Mas na sua família, seria aquilo apenas um pontinho? Ou uma cratera?

Ou um Grand Canyon?

Não conseguia. Simplesmente não conseguia se imaginar vivendo uma vida das nove às cinco. Não compreendia orçamentos. Economias. Privações.

E era isso o que tinha acontecido com um ramo do clã Bradford. Lá pelos anos 1980, pouco antes da quebra da bolsa, a família de uma tia da sua mãe adquirira um punhado de tecnologias ruins e apostara as suas ações da Bradford nisso. Quando os "investimentos" se revelaram apenas um buraco sem fundo, eles acabaram perdendo tudo.

Foi uma história preventiva, sussurrada entre os adultos quando eles achavam que as crianças não estavam prestando atenção.

Colocou-se de pé, o roupão de seda deslizou até o chão, e Gin deixou-o lá. Em seu *closet*, andou ao redor, olhando para centenas de milhares de dólares, para os tecidos brilhantes e as pequenas extravagâncias penduradas em cabides de cristal com almofadas perfumadas para que os ombros dos vestidos e das blusas não perdessem a forma.

Escolheu um vestido vermelho. Vermelho sangue. Para lutar. Pelos Águias de Charlemont.

Escolheu um conjunto completo de lingerie.

E também se certificou de que o cabelo estivesse deslumbrante, compensando a vivacidade e a exuberância que faltava ao seu estado de ânimo.

Quando ouviu a batida que estava aguardando, ela já estava no quarto, sentada à mesa francesa.

— Entre — disse.

Enquanto Richard Pford entrava, o perfume dele o precedeu, e Gin se ateve ao fato de que pelo menos seu cheiro era agradável. O restante dele a deixava gelada, contudo. Embora o terno azul-claro fosse feito do mais elegante dos tecidos, a gravata borboleta estivesse perfeitamente ajustada, o chapéu em sua mão e os sapatos fossem artesanais, ele era Ichabod Crane.[22]

Pensando bem, comparado com Samuel T., até Joe Manganiello precisaria de melhorias.

— Permita-me ser bem clara — ela disse quando ele fechou a porta, deixando-os a sós ali dentro. — Não estou fazendo isso pelo meu pai. Nada disso. Mas espero que dê os termos favoráveis à Cia. Bourbon Bradford, conforme vocês combinaram.

---

22 Ichabod Crane, personagem da história *A lenda do cavaleiro sem cabeça*, é descrito como magro, esguio e supersticioso. O conto de 1820 de Washington Irving foi adaptado para o cinema por Tim Burton, em 1999. (N.T.)

– Foi o meu acordo com ele.

– O seu acordo agora é comigo. – Ela alisou os cabelos. – Vamos morar aqui. Aqui é o lar de Amelia, e há um quarto de hóspedes anexo a esta suíte.

– Isso é aceitável.

– Estou preparada para agir como sua esposa em eventos sociais. Se for se envolver em casos extraconjugais, e espero que o faça, por favor, seja discreto.

– Eu não terei nenhum caso extraconjugal. – A voz dele se tornou mais grave. – E nem você.

Gin deu de ombros. Considerando como estavam as coisas, ela não esperava encontrar nenhum homem de seu interesse num futuro próximo.

– Você me ouviu, Gin? – Richard atravessou o quarto e se assomou sobre ela. – Você não vai gostar do que acontecerá se me desrespeitar nessa questão.

Gin revirou os olhos. Há anos enganava namorados e nenhum deles nunca descobriu nada, a menos que ela quisesse que eles descobrissem. Se ficasse com vontade, não tinha a mínima intenção de se negar tal prazer.

– Gin.

– Sim, sim, tudo bem. Onde está o anel?

Richard colocou a mão no bolso e tirou uma caixinha de veludo azul-marinho. Ao abri-la, um diamante com corte de esmeralda brilhou e reluziu.

Pelo menos ele não mentira quanto a isso. Era enorme, na escala dos de Elizabeth Taylor.

– Já rascunhei o anúncio – ele disse. – O meu representante o passará para a imprensa assim que eu mandar. O casamento acontecerá o mais rápido possível.

Ela ia pegar o anel, mas ele fechou a caixa com brusquidão.

– Só há mais um detalhe.

– O que é?

Ele esticou a mão e tocou em seu ombro.

– Acho que você sabe. E não me diga para esperarmos até que o juiz de paz chegue. Não considero isso aceitável.

Gin saltou da cadeira.

– Não tenho a mínima intenção de me deitar com...

Richard a agarrou pelos cabelos e a puxou para si.

– E eu não tenho intenção alguma de comprar uma Ferrari só para ficar olhando para ela na minha garagem.

– Tire as suas mãos de mim.

– A intimidade é uma parte sagrada do casamento. – Os lábios dele se fixaram nos seus. – E algo que estou preparado para apreciar...

– Saia de perto de mim!

Ele começou a arrastá-la para a cama.

– ... mesmo que você não esteja.

– Richard! – Ela o socou nos ombros e no peito. – Richard, o que você está fazendo? Eu não quero...

Ele pôs a mão sobre a boca dela e a empurrou, com o sorriso de um predador.

– Como é que você sabia que eu gosto de sexo violento? Viu, somos compatíveis, no fim das contas...

O que aconteceu em seguida foi algo inimaginável. Por mais que ela se debatesse, por mais magro que ela acreditasse que ele fosse, Richard conseguiu subir as saias dela e empurrar a calcinha para o lado.

E a penetrou numa estocada só.

Uma onda de náusea a acometeu, mas ela não se rebaixaria demonstrando qualquer sinal de fraqueza diante dele. Concentrou-se no teto, deixou que ele grunhisse e a penetrasse, a sensação de queimação em seu íntimo fazendo-a pensar na cor do seu vestido.

Na metade de tudo aquilo, ela cerrou os punhos na colcha e se retraiu.

– Diga que me ama – Richard rosnou em seu ouvido.

– Eu não...

Richard arqueou e colocou uma mão ao redor do pescoço dela. Quando apertou, ela começou a ofegar.

– *Diga!*

– Não!

Uma raiva negra estreitou os olhos dele e ele mudou a pegada, levantando a mão direita.

— Se me esbofetear, as pessoas vão comentar — ela escarneceu. — Eu não vou conseguir cobrir a mancha e tenho que ir para o *Brunch*. A minha ausência será notada.

O lábio superior dele se retraiu, mas ele abaixou a mão. E a penetrou com tamanha violência que a cabeceira bateu na parede.

Quando terminou, saiu de dentro dela com um safanão.

— Quero que troque de roupa. Vermelho é vulgar.

— Não vou...

Com um movimento ágil, ele agarrou a saia dela e a rasgou ao meio, bem na frente. Depois, apontou o dedo na direção dela.

— Apareça vestindo outra peça vermelha ou vai se ver comigo. Faça um teste, se quiser.

Saiu a passos largos e fechou a porta atrás de si com um baque proposital.

Foi só então que Gin começou a tremer, o corpo sacudindo com violência, especialmente suas coxas ainda afastadas. Sentando-se, sentiu um inchaço entre as pernas.

E foi aí que ela começou a vomitar.

Esvaziou o estômago na saia arruinada — não que tivesse comido muito nas últimas vinte e quatro horas. Limpando a boca com o dorso da mão, sentiu os olhos arderem, mas afastou-se do precipício.

Em sua mente, ouviu seu pai lhe dizendo que ela era uma inútil. Que se casar com Richard Pford era a única coisa que ela poderia fazer pela família.

Não estava fazendo aquilo pela família.

Como sempre, tinha tomado uma decisão em proveito próprio.

Depois de muita introspecção, passou a reconhecer uma verdade fundamental sobre si mesma: ela não conseguiria sobreviver em outro mundo. E Richard poderia lhe dar o estilo de vida que ela necessitava, quando sua família já não conseguisse mais fazê-lo.

Pelo visto, sairia muito caro. Mas ela tinha perdido seu amor-próprio há muito tempo.

Sacrificar seu corpo no altar em troca de dinheiro?

Tudo bem. Faria o que tinha que fazer.

TRINTA

Em retrospecto, aquele era o melhor dos dias para bancar um dos Hardy Boys com um computador no Antigo Silo.

Lane estacionou a picape de Mack atrás da construção de duzentos anos, com seus vários celeiros e depósito, e não havia ninguém por perto. Nenhum administrador. Nenhum funcionário da fábrica. Ninguém recebendo entregas. Tampouco turistas.

– Aquele café ajudou – disse Mack quando ambos saíram.

– Que bom.

– Quer um pedaço desta barrinha de cereal?

– Não sem uma arma apontada para a minha cabeça.

Seguindo para o chalé de madeira completamente remodelado, Lane ficou de lado enquanto Mack passava seu cartao pelo leitor e abria a porta. O interior reluzia com a madeira antiga e muito bem cuidada, a luz de fora entrando pelos vidros com bolhinhas, acrescentados no fim dos anos 1800. Poltronas rústicas providenciavam assentos, e uma mesa de vime repleta de equipamentos modernos de escritório era onde a assistente de Mack passava seu tempo.

– Quanto tempo faz que não vem aqui? – perguntou o Mestre Destilador ao acender a luz.

– Na verdade, uns dois dias. – Quando o outro o fitou sem entender, Lane deu de ombros. – Eu precisava de um lugar para pensar, por isso vim para cá. Usei o código de acesso antigo.

– Ah, eu também faço isso de vez em quando.

– Não me ajudou em nada.

– Também não me ajuda, mas, quem sabe um dia? – Mack acenou para a parte atrás da recepção. – Ainda fico ali no fundo.

O escritório do destilador ocupava boa parte do interior do chalé e, por um instante, enquanto Lane entrava no espaço, fechou os olhos e inspirou fundo. O Mestre Destilador da Cia. Bourbon Bradford era quase uma figura religiosa, não apenas dentro da organização, mas em todo o Estado do Kentucky, e isso tornava sagrado aquele lugar. As paredes eram forradas do chão ao teto com rótulos da empresa desde meados de 1800 até o início dos anos 2000.

– Deus, está tudo igualzinho. – Lane olhou ao redor, acompanhando as evidências da história da sua família. – O meu avô costumava me trazer aqui quando eles estavam transformando isso num local turístico. Eu devia ter uns cinco ou seis anos, e ele só trazia eu. Acho que é porque ele queria que eu fosse o arquiteto da família, e sabia que Edward estava comprometido com a empresa, e Max não daria em nada.

– O que você acabou fazendo da sua vida? – Mack se sentou atrás da mesa e ligou o computador. – A última notícia que ouvi foi que você estava em Nova York.

– Pôquer.

– Como é?

Lane pigarreou e se sentiu inadequado.

– Eu... ah, jogo pôquer. Ganhei mais dinheiro do que se tivesse arranjado um trabalho burocrático, já que me formei em psicologia e nunca trabalhei.

– Então, você é bom nas cartas.

– Muito bom. – Mudou de assunto apontando para as paredes. – Onde estão os seus rótulos?

O computador emitiu um bipe, e depois Mack entrou com sua senha na tela.

– Não colei nenhum.

– Ah, como assim?

– O trigésimo quinto Reserva de Família do meu pai está bem ali, à direita – ele apontou para um canto perto do chão –, e foi o último.

Lane pegou uma cadeira da sala de reuniões e a arrastou pelas tábuas nuas e bem polidas.

– Você precisa contar os seus lotes.

– Aham. – Mack se recostou no grande trono de couro. – Então, do que precisa? O que posso tentar encontrar para você?

Lane se aproximou do amigo e se concentrou no brilho azul-esverdeado da tela do computador.

– Finanças. Preciso de relatórios de lucro e prejuízo dos últimos anos, balancetes, registros de transferência.

Mack assobiou baixinho.

– Isso está muito acima da minha alçada. A corporação é quem tem tudo isso... Espere, tem o livro do Conselho.

– O que é isso? – Jesus, ele não deveria saber disso?

Mack começou a procurar em meio aos arquivos do sistema, abrindo documentos e apertando a tecla de impressão.

– São os materiais que nos entregam antes das reuniões de Fundos. A administração sênior os recebe, e eu também. Claro, a coisa para valer acontece atrás de portas fechadas, com os executivos do comitê uma hora antes da abertura da sessão, e não há anotações sobre isso. Mas deve lhe dar uma noção da companhia, ou pelo menos, do que eles têm contado ao Comitê.

Enquanto o homem começava a pegar página atrás de página da impressora, Lane franziu a testa.

– O que, exatamente, acontece no comitê executivo?

– Eles debatem vários assuntos, bem como outras coisas que não querem que ninguém saiba. Acho que nem escrevem atas.

– Quem participa?

– O seu pai. – Mais duas páginas. – O Conselho geral da empresa. O presidente do Conselho e o vice-presidente. O diretor financeiro, o diretor de operações. E também alguns convidados especiais, dependendo dos assuntos a serem tratados. Uma vez fui chamado, quando eles falaram sobre uma mudança na fórmula do nº 15. Acabei com essa brilhante ideia e eles devem ter concordado comigo, porque essa idiotice nunca mais foi mencionada. Só fiquei na sala pelo tempo que foi necessário para que me ouvissem, depois me acompanharam até a saída.

– Sabe se existe uma agenda programada?

– Acredito que sim. Quando fui, havia outras quatro pessoas esperando no corredor comigo, por isso acho que eles estavam seguindo algum tipo de programa. Tudo isso acontece no escritório do seu pai, lá na sua casa.

Lane deu uma folheada nos papéis que ainda estavam quentes por terem acabado de sair da impressora. Atas de reuniões antigas. Atualizações sobre operações que ele não compreendia.

Ele precisava de um tradutor.

Alguém em quem pudesse confiar.

E que tivesse mais acesso.

Mack imprimiu materiais das últimas três reuniões do Conselho. Grampeou-os e colocou-os em pastas.

– Preciso da sua picape emprestada – Lane disse ao olhar para a pilha.

276

– Deixe-me em casa e ela é toda sua. De qualquer jeito, é melhor eu terminar de ficar sóbrio.

– Estou te devendo uma.

– Apenas salve esta empresa. E estaremos mais do que quites.

Quando Mack estendeu a mão, Lane a apertou. Com força.

– Farei o que for necessário. Não importa quem venha a sofrer com isso.

O Mestre Destilador fechou os olhos.

– Obrigado, Deus.

Era como observar animais exóticos num zoológico, Lizzie pensou.

Parada numa das extremidades da tenda, observava o grupo reluzente ir de uma mesa à outra que ela e Greta haviam preparado. A conversa era alta, o perfume pungente, as joias cintilantes. Todas as mulheres usavam chapéus e sapatos baixos. Os homens, ternos claros e alguns, gravatas e chapéus-coco.

Era uma espécie de vida dos sonhos que muitos acreditavam querer viver.

Ela, no entanto, conhecia a verdade. Depois de tantos anos trabalhando em Easterly, sabia muito bem que os ricos não eram imunes a tragédias.

O casulo de luxo deles os fazia acreditar que eram.

Deus, aquelas planilhas que Rosalinda deixara...

— Uma vista e tanto, não acha?

Lizzie desviou o olhar.

— Senhorita Aurora! Não acredito que tenha saído. A senhora nunca sai da cozinha durante os *Brunchs*.

Os olhos cansados da mulher perpassaram os convidados, a disposição das mesas, os garçons uniformizados segurando bandejas de prata com as quais serviam julepos de menta.

— Estão aproveitando a minha comida.

— Claro que estão. O seu cardápio é delicioso.

— Está dando tudo certo com as taças de champanhe?

Lizzie assentiu e voltou a se concentrar nos convidados.

— Temos uma centena reservada no momento. Os garçons estão fazendo um trabalho excelente.

— Onde está...?

Por uma fração de segundo, ela quase atualizou a mulher quanto ao paradeiro de Lane. O que era loucura — e ao mesmo tempo não importaria muito. Ela sabia que ele tinha saído com Edwin MacAllan, o Mestre Destilador, cerca de uma hora trás. Ou já fazia duas horas?

— Greta está ali. — Ela apontou para o canto oposto. — Está acompanhando o fluxo de taças. Ela disse que encontrar as usadas deixadas de lado é como uma caça aos ovos de Páscoa movida a esteroides. Ou acho que foi o que ela disse. O último relatório foi em alemão, e isso normalmente não é um bom sinal.

A senhorita Aurora sacudiu a cabeça.

— Não era dela que eu estava perguntando. Foi bom ver você e Lane de novo no mesmo cômodo.

— Ah... — Lizzie pigarreou. — Não sei bem o que dizer a respeito disso.

— Ele é um bom menino. Sabe disso, não?

– Veja bem, senhorita Aurora, não há nada entre a gente. – À parte as oito horas de sexo da noite anterior. – Ele é casado.

– Por enquanto. Aquela mulher não presta.

Não tenho como discordar, Lizzie pensou.

– Bem…

– Lizzie, ele vai precisar de você.

Lizzie levantou as mãos, tentando pôr um fim naquela conversa.

– Senhorita Aurora, a gente…

– Você vai precisar ficar ao lado dele. Muita coisa vai cair sobre os ombros dele.

– Então a senhora sabe? Sobre… tudo?

– Ele vai precisar de alguém com a cabeça no lugar para ficar ao lado dele. – O rosto da senhorita Aurora ficou sério. – Ele é um bom homem, mas vai ser testado de uma maneira que nunca foi antes. Ele vai precisar de você.

– O que Rosalinda lhe disse?

Antes que a senhorita Aurora conseguisse responder, uma linda morena alta se aproximou do grupo. E em vez de passar por elas, parou e estendeu a mão para Lizzie.

– Lizzie King, meu nome é Sutton Smythe.

Lizzie se retraiu, mas, em seguida, seguiu com as boas maneiras e apertou a mão dela.

– Sei quem você é.

– Só queria lhe dizer o quanto estes jardins são incríveis. Maravilhosos! Você e a senhora von Schlieber são verdadeiras artistas.

Não havia nada por trás da expressão franca da mulher, nenhuma falsidade, nenhum motivo escondido. E isso fez Lizzie pensar nos falsos artifícios femininos de Chantal.

– É muita gentileza sua.

Sutton sorveu um gole da sua taça de julepo, e um imenso anel de rubi no dedo da mão direita reluziu.

– Eu adoraria tê-la na minha propriedade, mas sei que não posso cobiçá-la, respeito esses limites. Contudo, tinha que lhe dizer o quanto admiro o seu talento.

– Obrigada.

– De nada.

Sutton sorriu e se afastou, ou, pelo menos, tentou. Não conseguiu ir muito longe, pois pessoas logo a cercaram, conversando com ela; mulheres mediram suas roupas, homens, seus bens não financeiros.

– Sabe – Lizzie disse –, ela parece ser uma boa pessoa.

Quando não recebeu nenhuma resposta, olhou para o lado. Mas a senhorita Aurora já estava voltando para a cozinha, com o caminhar um pouco lento e desigual, como se seus pés estivessem doendo. E como não estariam? Além disso, ela não estivera no pronto-socorro alguns dias antes?

Lizzie ficou contente porque a cozinheira saiu pelo menos uma vez para ver o *grand finale* do esforço conjunto. Quem sabe, no ano seguinte, conseguiriam fazer com que ela ficasse um pouco mais?

Do lado oposto da tenda, Chantal estava sentada em uma mesa com outras sete mulheres, versões dela própria, ou seja, passarinhos coloridos e dispendiosos, exibindo suas plumagens para os homens em suas vidas. Dali a vinte anos, depois que seus filhos tivessem crescido e saído dos ninhos, elas pareceriam modelos de cera de si mesmas, com a pele levantada, esticada e preenchida.

Na verdade, elas trabalhavam muito: suas profissões eram a de matrizes procriadoras, cuja função era se manterem belas e atraentes para seus maridos.

Bem parecidas com as éguas que pariam os cavalos puro-sangue que correriam nas pistas em poucas horas.

Lizzie pensou em sua fazenda, que pagara sozinha. Ninguém poderia tirá-la dela; ela a conquistara com os seus esforços.

Muito melhor do que ser uma eterna sanguessuga.

Ao pegar o celular para ver se Lane tinha mandado alguma mensagem, comentou consigo que as coisas eram diferentes entre Lane e ela porque não precisava do dinheiro dele, não se importava com a posição social dele e não queria que ninguém lhe dissesse o que fazer.

Quando viu que não havia nada, uma sensação pungente a atingiu no peito, uma sensação que ela ignorou ao guardar o celular.

Eram diferentes entre ela e Lane…

Droga. Por que estava pensando como se estivessem juntos novamente?

TRINTA E UM

Samuel T. não entrou atrás da fila de carneirinhos na base da colina de Easterly, avançando com seu Jaguar ao longo de Mercedes, Audis, Porsches e limusines, e acenando para os manobristas que tentavam impedi-lo de prosseguir.

Nada disso. Ele não andava em vans com o populacho. E maldito fosse se deixasse seu querido nas mãos de algum rapazola de dezesseis anos, que seria muito capaz de acabar com o câmbio quando estacionasse num pântano às margens da estrada.

Ao chegar ao topo da colina, dispensou outro manobrista solitário e nem concedeu um olhar às pessoas que saíam de uma van parada diante da entrada principal da casa. Seguindo para a garagem, estacionou na lateral leste da mansão e desligou o motor. Imediatamente, ouviu os sons da festa do outro lado do muro do jardim, as vozes formando um som de múltiplas camadas, como o preâmbulo de um solo dramático e imponente numa sinfonia.

Demorou um pouco para sair do carro.

Eu te amo, Samuel T. É assim que nós somos, desde que éramos adolescentes.

Ou algo parecido. Não se recordava das palavras exatas de Gin porque, enquanto ela falava, ele se ocupou tentando não perder a cabeça.

Deus, as situações pelas quais passara com aquela mulher. Todos aqueles anos de revides. E ela estava certa, claro que estava. Ele saía com garçonetes e cabeleireiras porque não eram como ela. E sim, ele comparava cada um dessas mulheres com Gin, e todas elas saíam perdendo.

Não dormira mais do que uma ou duas horas, com aquela conversa passando e repassando em sua cabeça repetidas vezes.

No fim, o que mais se sobressaiu estava ligado ao passado. No decorrer dos anos, ele vira Gin em milhares de estados de humor diferentes, mas ela só tinha chorado uma vez. Uns quinze anos atrás, quando ele estava no terceiro ano da Universidade da Virgínia e ela era caloura na Sweet Briar. Ele voltara para casa para o recesso da Páscoa, em grande parte por causa dos pais, só um pouco por causa de Gin. Naturalmente, encontraram-se.

O mundo era pequeno. Especialmente quando você se põe no caminho de alguém em Charlemont, Kentucky.

E, por mais estranho que pudesse parecer, foi o que teve que fazer. Gin não compareceu às festas de seu grupo. Ele teve que inventar um jogo de basquete com os irmãos dela como desculpa – não que tivesse desperdiçado qualquer tempo na quadra atrás da garagem. Largou Max e Lane assim que pisou na propriedade, e encontrou-a na piscina, de camiseta e shorts. Sua aparência era péssima, e ela lhe contou que tiraria uma folga da Sweet Briar, voltando para casa por um tempo. Disse que não gostava da faculdade. Que só queria descansar.

Não era nenhuma surpresa. Irascível como era, seria muito difícil imaginá-la aderir a qualquer grade horária por livre escolha, quer isso fizesse parte de uma graduação em Língua Inglesa ou de um trabalho. Ela estava muito mais talhada ao trabalho para o qual nascera: ser a dona de uma mansão.

Acabaram discutindo. Sempre acabavam discutindo.

E ele saiu voando dali.

Tivera a intenção de deixá-la lá, mas, como de costume, não conseguiu terminar de vez. Antes de passar pelo portão que dava para o jardim, olhou na sua direção.

Gin tinha a cabeça escondida entre as mãos e estava chorando.

Ele então voltou para junto dela, mas Gin correu de volta para a casa e chegou a trancar as portas francesas atrás de si.

Não se encontrou com ela durante um ano depois disso. Em grande parte porque, apesar da idade ridícula de apenas vinte anos, tinha reconhecido que os dois não prestavam um para o outro. No entanto, não conseguiu fazer com que aquela separação durasse. Nunca conseguira fazê-lo.

Pensou no que ela dissera no dia anterior... nas lágrimas dela.

E se... e se ela não o estivesse manipulando?

Por algum motivo, isso o aterrorizou.

E o mais chocante? Descobriu-se pronto para encerrar todas aquelas brigas com ela. Por muito tempo, seu orgulho exigira reações para tudo o que ela fazia, com quem fazia... Mas não era uma derrota se a outra pessoa abaixa a espada na mesma hora em que você solta a sua.

A verdade? Estaria tentando se enganar se acreditasse existir outra pessoa no planeta para ele além daquela mulher teimosa, mimada e pé no saco.

Ela tinha seu coração na palma da mão desde o primeiro dia em que colocara os olhos nela.

Saiu do carro, afastou os cabelos para trás, abotoou o paletó esportivo azul, amarelo e rosa claro. Depois, se inclinou e pegou o chapéu de palha derby do banco do passageiro e ajeitou-o na cabeça.

Utilizando o portão mais próximo para o jardim, entrou na festa.

– Aí está o homem!

– Samuel T.!

– Julepo de menta para você!

Amigos seus, cavalheiros que conhecia desde o jardim de infância, aproximaram-se, deram-lhe as mãos, começaram a discutir as possibilidades da corrida, perguntaram sobre as festas que se seguiriam, à noite e no domingo de manhã. Ele respondia evasivamente, os olhos vasculhando o lugar.

– Podem me dar licença um segundo? – pediu.

Não esperou que lhe dessem permissão, apenas avançou pelo espaço coberto pela tenda, passando por garçons com bandejas, mais pessoas que o abordaram e muitas mulheres ansiosas para travar contato com ele.

Por fim, encontrou-a, parada sozinha, com o olhar fixo no rio.

Conforme se aproximava, admirou as linhas elegantes da silhueta de Gin, demorando-se no modo como os ombros estavam expostos pelo vestido de seda. Por algum motivo, ela tinha uma echarpe comprida ao redor do pescoço, as pontas soltas flanando com o vento produzido pelos ventiladores, descendo na direção daquelas pernas inacreditáveis.

Odiou o modo como seu coração bateu forte dentro do peito. Desprezou o fato de ter que, subitamente, enxugar as palmas no paletó. Rezou para que sua interpretação tivesse sido correta... e que ela, por fim, estivesse sendo sincera quando disse que estavam prontos para ficarem juntos de uma vez por todas.

– Gin?

Quando ela não se virou e continuou a mirar o rio, ele pousou uma mão no seu braço.

Ela se virou tão rápido que o julepo esparramou em sua jaqueta, deixando uma mancha úmida bem no meio.

Não que ele se importasse com isso.

– Assustadinha? – disse, arrastado, tentando recobrar parte da sua sedução.

– Desculpe. – Ela esticou o braço com um guardanapo com monograma. – Ah, eu estraguei o...

– Por favor. Tenho um reserva no porta-malas.

Basicamente porque sempre suava nos boxes da corrida e de jeito nenhum passaria o resto da noite todo grudento.

– Então, pronto para o grande dia? – ela perguntou quando ele tirou o paletó.

Ele estava dobrando o casaco sobre o braço quando percebeu que ela não o fitava nos olhos.

– Então? – ela insistiu. – O meu irmão tem um cavalo na corrida. Talvez dois. Filhos daquele danado do Nebekanzer.

Ainda nenhum contato visual.

Baixinho, ele murmurou:

– Detesto saltar de aviões.

Isso chamou a atenção dela. Mas apenas por um momento.

– O que disse?

Quando aqueles olhos azuis se voltaram para o rio novamente, ele praguejou.

– Escute, Gin...

Ela estava tão imóvel, ele pensou. E muito menor do que ele. Engraçado, nunca notara a diferença de altura quando estavam mandando ver... Quase cinquenta quilos e uns quinze centímetros a menos não significavam nada quando aquela boca estava ocupada.

Inspirou fundo.

– Então, andei pensando no que você me disse ontem. E francamente... você está certa. Absolutamente certa. A respeito de tudo.

Ele não sabia o que esperar como resposta, mas certamente não era os ombros dela pendendo para baixo. Ela parecia tão... tão arrasada.

– Não sou muito melhor nisso do que você – prosseguiu. – Mas eu quero... ora, maldição... Gin, eu amo...

– Pare – ela o interrompeu de pronto. – Não diga isso. Por favor... agora não. Não...

– Bom dia, Samuel T. Como tem passado?

A aparição de uma terceira pessoa teria sido percebida tanto quanto uma casa voadora.

Exceto quando Richard Pford passou o braço ao redor da cintura de Gin e o manteve ali.

– Já contou a grande novidade para ele, querida?

Pela primeira vez na vida, Samuel T. sentiu uma onda gélida de horror. O que, considerando as coisas que fizera nas últimas duas décadas, era bem significante.

– E o que seria? – ele se forçou a perguntar com casualidade. – Vocês dois estão abrindo um negócio lucrativo de venda de órgãos pela internet?

Os grandes olhos arredondados de Pford mostraram-se desagradáveis.

– Você tem uma imaginação muito boa. Deve ajudar os seus clientes, sem dúvida.

– Com o seu senso de ética nos negócios, eu não estaria lançando pedras em telhados de vidro, Pford. – Samuel T. se concentrou em Gin, seu peito endurecendo como pedra. – Então, você tem alguma coisa para me contar?

À guisa de resposta, Pford pegou a mão esquerda dela a levantou.

– Vamos nos casar. Na segunda-feira, na verdade.

Samuel T. piscou uma vez. Mas logo sorriu.

– Que notícia maravilhosa. De verdade. E, Richard, permita-me ser o primeiro a parabenizá-lo. Ela fode como um animal selvagem, ainda mais por trás, mas tenho certeza de que já sabe disso. Metade do país sabe.

Enquanto Richard começava a gaguejar coisas, Samuel T. se inclinou e beijou Gin no rosto.

— Você venceu — sussurrou ao seu ouvido.

Afastou-se do casal feliz e voltou para junto dos amigos. Apanhou duas taças de julepo de uma bandeja que passava. Bebeu como se fossem copos d'água.

— O que tem no seu rosto? — alguém perguntou.

— O que foi?

— Você está vazando.

Passou uma mão sobre o olho que ardia e franziu a testa ao perceber a umidade.

— Fui atingido por um drinque ali ao lado.

Um dos seus amigos de fraternidade gargalhou.

— Alguma fêmea finalmente o acertou na cara? Já era hora!

— Recebi o que merecia, isso é certo — disse, entorpecido, ao apanhar o terceiro julepo. — Mas não temam, cavalheiros. Vou voltar a subir no cavalo.

A mesa rugiu, os homens bateram em suas costas, alguém puxou uma mulher e a empurrou na sua direção. Quando ela passou os braços ao redor do pescoço dele e se inclinou no seu corpo, ele aceitou o que lhe era oferecido, beijou-a com avidez e a apalpou, apesar de estarem em público.

— Ah, Samuel T. — ela sussurrou ao encontro da sua boca. — Esperei a vida toda por você.

— Eu também, querida, eu também.

Ela não o conhecia bem o bastante para reconhecer o tom morto em sua voz. E ele não podia se importar menos com o entusiasmo na dela.

De algum modo, ele tinha que recuperar seu orgulho... Ou não conseguiria viver dentro da própria pele por sequer um minuto mais.

Gin era muito melhor naquele jogo do que ele. Se ela não tivesse acabado de ser tão bem-sucedida em estilhaçar seu coração em milhares de pedaços, ele a teria parabenizado.

Enquanto Lane passava pelos pilares de pedra do Haras Vermelho & Preto, a alameda diante dele parecia ter uma centena de quilômetros de distância; era como se o aglomerado de estábulos e construções fosse tão longínquo que bem poderiam estar em outro Estado.

Avançando, uma nuvem de poeira se ergueu atrás dele na luz matutina.

Sabia disso porque ficava sempre olhando pelo retrovisor para se certificar de não ter sido seguido.

A passagem de pedras circundava o estábulo maior, e ele estacionou meio de lado, metade da picape sobre a grama. Não precisava trancar nada ao sair. Diabos, até deixou a chave na ignição.

Respirou fundo e então regressou à sua infância, quando ia até ali para limpar as baias durante as férias de verão. Os avós acreditavam em instilar uma boa e velha ética profissional. Seus pais preocuparam-se menos com isso.

Seguindo na direção do chalé do administrador, foi difícil acreditar que seu irmão de fato vivia em alojamentos tão modestos. Edward sempre fora uma fonte de energia no mundo, sempre em movimento, um conquistador sempre à procura de uma vitória, quer fosse nos esportes, nos negócios ou com as mulheres.

E agora... Aquela pequena construção? Era só aquilo mesmo?

Quando Lane chegou à porta, bateu na moldura de tela.

– Edward? Você está aí, Edward?

Como se ele pudesse estar em qualquer outro lugar.

Tum, tum, tum.

– Edward? Sou eu...

– Lane? – disse uma voz abafada.

Ele pigarreou.

– Sim, sou eu. Preciso falar com você.

– Espere um instante.

Quando a porta por fim se abriu, Lane viu o avô parado diante dele, e não o seu irmão: Edward estava tão magro que seus jeans pendiam do quadril, e ele estava levemente encurvado, como se o sofrimento a que fora submetido tivesse dobrado sua coluna definitivamente numa posição fetal.

– Edward...

Recebeu um grunhido como resposta e uns movimentos da mão que indicavam que ele mesmo deveria abrir a tela e entrar.

– Me desculpe por voltar a me sentar – Edward disse, seguindo para a poltrona em que, evidentemente, estivera antes. – Ficar de pé não é confortável.

O gemido foi quase abafado quando ele se acomodou.

Lane fechou a porta. Enfiou as mãos nos bolsos das calças. Tentou não encarar o rosto arruinado do irmão.

– Então...

– Por favor, não se dê ao trabalho de comentar a minha aparência.

– Eu...

– Na verdade, vamos apenas acenar e você já pode ir. Sem dúvida, a senhorita Aurora o obrigou a vir aqui para poder atestar o fato de que ainda estou respirando.

– Ela não está bem.

A informação prendeu a atenção do seu irmão.

– Como assim?

A história foi toda resumida rapidamente: pronto-socorro, seguido de uma aparente boa disposição, e o trabalho no *Brunch*.

Edward desviou o olhar.

– Essa é ela mesmo, com certeza. Ela vai viver mais do que todos nós.

– Acho que ela gostaria de te ver.

– Nunca vou voltar para aquela casa.

– Ela poderia vir até aqui.

Depois de um longo momento, Edward o encarou.

– Acha, honestamente, que faria algum bem a ela me ter por perto? – Antes que Lane pudesse comentar, ele continuou: – Além disso, não sou dado a visitas. Falando em diversões, por que você não está no *Brunch* do Derby? Recebi um convite, o que considerei um tanto irônico. Não me dei ao trabalho de responder, o que foi uma tremenda falta de boas maneiras, mas, nesta minha nova encarnação, jovialidades e anacronismos sociais pertencem a outra vida.

Lane andou ao redor, olhando para os troféus.

— O que está pensando? — Edward perguntou. — Você nunca fica sem palavras.

— Não sei como contar.

— Tente um substantivo primeiro. Um nome próprio, desde que não seja "Edward". Garanto que não estou interessado em conselhos sobre como devo colocar a minha vida em ordem.

Lane se virou de frente para o irmão.

— É sobre o nosso pai.

As pálpebras de Edward se abaixaram.

— O que tem ele?

A imagem de Rosalinda na poltrona foi precedida pela repetição da voz de Chantal lhe contando que estava grávida e que não sairia da mansão.

Os lábios de Lane se curvaram, revelando os dentes.

— Eu o odeio. Odeio mais que tudo. Ele arruinou todos nós.

Antes que ele conseguisse começar a contar tudo, Edward levantou a mão e emitiu um longo suspiro.

— Você não tem que me dizer nada. O que quero saber é como descobriu.

Lane franziu o cenho.

— Espere, você sabe?

— Claro que sei. Eu estava lá.

Não, não, Lane pensou, em estado de choque. Edward não poderia estar envolvido nos prejuízos, nas dívidas, na possível fraude. O homem não era apenas brilhante nos negócios, ele era tão honesto quanto um escoteiro.

— Você não poderia… não. — Lane sacudiu a cabeça. — Por favor, me diga que você não…

— Não seja ingênuo, Lane…

— Rosalinda está morta, Edward. Ela se matou no escritório ontem.

Foi a vez de Edward parecer surpreso.

— O quê? Por quê?

Lane ergueu as mãos.

— Você não achou que isso fosse afetá-la?

Edward franziu a testa.

– Do que diabos você está falando?

– Do dinheiro, Edward. Jesus Cristo, não banque o desenten...

– Por que o fato de o nosso pai não ter pagado o resgate a afetaria?

Lane parou de respirar.

– O que você acabou de dizer?

Edward esfregou os olhos como se o crânio inteiro doesse. Depois apanhou a garrafa de Beefeater ao seu lado e deu uma golada direto do gargalo.

– Temos mesmo que fazer isso?

– Ele não pagou para que você fosse libertado?

– Claro que não. Ele sempre me odiou. Eu não desconsideraria a possibilidade de ele ter orquestrado o sequestro.

Lane só conseguiu ficar parado, piscando, enquanto sua cabeça parecia atravessar o horário de pico no trânsito.

– Mas... ele disse à imprensa... ele disse para nós... que estava negociando com eles.

– E eu ouvi tudo do outro lado da linha. Não foi o que aconteceu. Além do mais, posso te garantir, houve... repercussões... pelo fato de ele não ter cooperado.

O estômago de Lane começou a queimar.

– Eles poderiam ter te matado.

Depois de erguer a garrafa uma vez mais, Edward deixou a cabeça pender no encosto da poltrona.

– Mas você não sabe, irmão? Eles *me mataram*. Agora, diga, do que você estava falando?

TRINTA E DOIS

Estava num estranho torpor, Gin concluiu ao caminhar junto do noivo em meio aos convidados da família, acenando para os que mantinham contato visual, falando quando era necessário.

A sensação que uma nuvem de algodão e lã a envolvia era um meio-termo entre embriaguez e Xanax; o mundo externo chegava até ela através de um filtro que desacelerava o tempo, espessava o ar, deixando-o sólido, e removia qualquer sensação térmica da sua pele.

Richard, por sua vez, parecia bem alerta ao contar a todos sobre o noivado deles, o orgulho em seu rosto semelhante ao de um homem que acabava de adquirir uma casa nova em Vail, ou quem sabe um iate. Ele não parecia notar a surpresa sutil que rapidamente era escondida nas expressões das pessoas, ou talvez ele simplesmente não se importasse.

Você venceu.

Ouvindo a voz de Samuel em sua mente, inspirou fundo.

Timing, timing, ela pensou. A capacidade de fazer a coisa certa no momento certo era tudo.

Isso e dinheiro.

Samuel T. e sua família eram muito ricos, segundo qualquer padrão, mas eles não tinham cinquenta ou sessenta milhões sobrando para tapar a dívida absurda da contabilidade da sua família. Somente tipos como

Richard Pford tinham, e Gin estava preparada para usar a sua mais nova situação de esposa desse cretino para ajudar a salvar sua família.

Mas isso teria que esperar até que ela colocasse uma aliança no dedo dele.

Uma pegada em seu cotovelo fez com que ela se virasse.

Richard se inclinou na direção dela.

– Eu disse por aqui.

– Vou entrar um instante.

– Não, você vai ficar ao meu lado.

Encarando-o, ela respondeu:

– Estou sangrando entre as pernas, e você sabe por quê. Não é algo que eu possa ignorar.

Uma expressão tanto de choque quanto de desgosto contraiu as feições que ela já estava aprendendo a odiar.

– Sim, vá cuidar disso.

Como se seu corpo fosse um carro com um amassado que precisava ser reparado.

Afastando-se, descobriu que a proximidade com os grupos de pessoas que falavam e riam alto demais lhe provocava ansiedade. E essa sensação não diminuiu quando entrou no interior fresco de Easterly.

Tinha sangrado depois do que Richard lhe fizera. Mas cuidara desse assunto usando um absorvente diário.

Quis voltar à casa por um motivo totalmente diferente.

E sabia exatamente para onde ir.

A última vez que fizera sexo naquela casa, excluindo o breve encontro do outro dia no jardim e o que acabara de acontecer em seu quarto, fora bem uns dois anos atrás. Tinha colocado um fim às escapulidas em Easterly assim que Amelia atingiu idade para saber o que era uma vadia.

Não havia motivos para a pobre menina testemunhar com seus próprios olhos o que outros lhe diriam a respeito da mãe. Pelo menos, desse modo, Gin sempre pensou, sua mamãe poderia negar com alguma credibilidade.

Mas, há dois anos, numa noite qualquer de quinta-feira, depois de um jantar formal sem importância, ela se viu escorregando.

Na adega de vinhos.

Seguindo pelo corredor dos empregados, passou pelas portas dos escritórios de Rosalinda e do senhor Harris – melhor dizendo, onde o mordomo ainda ficava e onde a *controller* costumava ficar – e abriu uma porta larga que revelava uma escada para o porão.

Não ficou nem um pouco surpresa ao ver uma luz brilhando no fundo.

Só havia um motivo para ela estar acesa, ainda mais que todo o bourbon, champanhe e chardonnay estavam lá no jardim – e, de toda forma, nenhuma garrafa da coleção particular da família jamais seria usada numa ocasião daquelas.

Sua descida foi silenciosa, a sequência de tábuas que rangiam memorizada havia muito tempo, quando, ainda adolescente, descia às profundezas para roubar algumas garrafas. Ao chegar ao último degrau, tirou os sapatos e os deixou de lado. O piso desigual de concreto foi um alívio para as solas dos seus pés, e o nariz ameaçou um espirro quando o ar abafado foi percebido pelas suas narinas.

Passando pelo abrigo antiaéreo construído em ângulos precisos na década de 1940 a partir de vigas de aço, ela seguiu em frente, envolvendo o corpo com os braços, embora fosse apenas um reflexo, algo feito porque deveria sentir frio ali embaixo.

Mas ela não sentia nada.

A adega de vinhos ficava separada do restante do porão por um vidro à prova de balas, emoldurado por ripas de madeira lustrada e uma porta com um código de acesso. No interior, o cômodo coberto com painéis de mogno reluzente estava equipado, do teto ao chão, com prateleiras de vinho customizadas, milhares de lotes inestimáveis, champanhe e outras bebidas alcoólicas protegidas tanto das mudanças de temperatura quanto de ladrões de toda variedade.

Também havia uma mesa de degustação no centro, cercada por poltronas capitonê. E, sim, ela estava certa, o móvel estava sendo usado.

Havia uma espécie de degustação acontecendo naquele instante.

O cordeiro sacrificatório de Samuel T. estava estendido sobre a superfície lustrosa, com os cabelos loiros espalhados na ponta oposta da mesa, e o corpo nu iluminado pela luz baixa das luminárias de latão. Ela estava completamente nua, o vestido cor de pêssego jogado sem o menor cuidado sobre uma das poltronas, e a cabeça de Samuel T. estava entre as coxas dela, as mãos segurando-a pelo quadril enquanto a preparava.

Recuando para um canto escuro, Gin assistiu enquanto ele terminava o que estava fazendo e depois se afastava da mulher. Com mãos rudes, liberou a ereção e montou sobre ela.

A mulher gritou alto o bastante para que a voz rouca se fizesse ouvir do outro lado da divisória de vidro.

De maneira inédita, Gin não se colocou no lugar da mulher.

Já o vira fazendo sexo inúmeras vezes – às vezes sem que ele soubesse, outras não – e, inevitavelmente, seu corpo sempre reagia como se fosse ela debaixo dele, em cima dele, pressionada contra uma parede.

Hoje não.

Isso seria sofrido demais.

Porque sabia que nunca mais o teria novamente.

Você venceu.

Depois de anos de disputa, abaixara suas armas primeiro, e ele não acreditara. E quando, por fim, ele a levou a sério, os eventos conspiraram contra eles.

Ele não participaria mais daquele jogo com ela. Gin percebera indícios dessa decisão quando ele descartara a sua declaração de amor no dia anterior, e o último prego no caixão foi colocado no jardim.

Estava feito.

Gin ficou onde estava enquanto ele chegava ao orgasmo, e teve que piscar para afastar as lágrimas quando ele curvou as costas, o pescoço se contraindo, o corpo bombeando quatro vezes mais. Talvez de modo não tão surpreendente, o rosto não dava indícios do prazer; o clímax, pelo visto, foi apenas algo gerado pelo seu corpo.

Durante todo o ato sexual, ele permaneceu tão sombrio quanto ela o sentia, com a expressão impassível, e os olhos semiabertos, sem foco algum.

Entretanto, nesse meio-tempo, a mulher teve espasmos feios demais para serem fabricados: sem dúvida a bela moça teria preferido impressioná-lo com expressões artificiais de paixão, na esperança de começar algo mais, mas era difícil manter as poses de estrela pornô quando Samuel T. estava dentro de você.

Gin se afastou ainda mais, até que a parede úmida e fria a informasse que não havia mais para onde recuar.

Ela sabia que ele sairia rapidamente.

E foi o que ele fez.

Momentos depois, a tranca foi desativada e a porta se abriu. Gin se curvou sobre si mesma, abaixando o olhar, sem respirar.

— Claro — Samuel T. disse num tom sem inflexão. — Eu adoraria.

— Pode me ajudar a subir o zíper do vestido?

— Você alcança. — Ele já estava de saída. — Venha, temos que voltar.

— Espere! Espere por mim!

Risadinhas. Reboladas também, sem dúvida, a julgar pelo som dos saltos ecoando pelo concreto enquanto a mulher se apressava para alcançá-lo.

— Vai segurar minha mão? — ela pediu.

— Sim. Eu adoraria.

Houve um estalo quando dois pares de lábios se encontraram e o som das passadas sobre o concreto se distanciaram.

Depois de um tempo, Gin saiu das sombras. A luz foi deixada acesa na adega de vinhos, o que não era o estilo de Samuel T. O que a maioria das pessoas não sabia sobre ele era que ele era escravo da necessidade compulsiva de ter tudo em ordem. A despeito do fato de ser um verdadeiro playboy, ele não suportava nada fora do lugar. Tudo, desde o terno que vestia até os carros que mantinha, do escritório de advocacia até seus estábulos, do quarto até a cozinha e os banheiros, ele era um homem com problemas de controle.

Mas ela conhecia a verdade. Vira-o estagnado em alguns rituais, teve que convencê-lo a sair daquele estado de tempos em tempos.

Estava disposta a apostar a vida da sua filha que ele não partilhava essa intimidade com ninguém mais...

Foi então que estremeceu. E não por causa do ar frio e úmido.

A sensação inescapável de ter, completa e absolutamente, arruinado uma coisa roubou-lhe o fôlego. Abraçando-se, recuou contra a parede de vidro da adega, deslizou para o piso de concreto... e chorou.

TRINTA E TRÊS

Depois que Edward ouviu atentamente o relato de Lane quanto às finanças da família e à subsequente novidade de que a mãe deles tinha sido declarada incapaz, e por fim, depois de ouvir os detalhes do suicídio por cicuta, ele se viu... curiosamente afastado de toda aquela história.

Não que não se importasse.

Sempre se preocupara com os irmãos, e esse tipo de cuidado não desaparecia simplesmente, mesmo depois de tudo pelo que ele passara.

Mas a sucessão de más notícias pareceu uma série de explosões acontecendo muito longe, perto do horizonte; as luzes e os estampidos longínquos chamavam sua atenção, mas não o afetavam o bastante para que se levantasse da cadeira – literal e figurativamente.

– Portanto, preciso da sua ajuda – Lane concluiu.

Edward levou a garrafa de gim de volta aos lábios. Dessa vez, não bebeu. Voltou a abaixá-la.

– Com o quê, precisamente?

– Preciso ter acesso aos arquivos financeiros da CBB, os verdadeiros, que não foram maquiados para o Conselho nem para a imprensa.

– Eu não trabalho mais para a empresa, Lane.

– Não me diga que você não consegue entrar no servidor se, de fato, quiser.

Lane estava certo quanto a isso. Edward tinha sido o responsável pela implantação dos sistemas de computador.

Houve um longo silêncio, e depois Edward deu seguimento à golada de bebida interrompida.

– Ainda existe dinheiro, mais que suficiente. Você tem seus fundos, Max tem os dele e Gin só precisa esperar um ou dois anos para...

– Aquele empréstimo de cinquenta e três milhões de dólares com a Fundos Prospect está para vencer. Em duas semanas, Edward.

Edward encolheu os ombros e disse:

– Não deve estar coberto pelo seguro. De outro modo, Monteverdi não estaria tão preocupado. Portanto, é improvável que eles queiram a casa para quitar a dívida.

– Monteverdi vai procurar a imprensa.

– Não, não vai. Se concedeu um empréstimo dessa magnitude sem usar um seguro, através da Fundos Prospect, ele teria que fazer tal coisa pelas costas do Conselho, violando as leis das companhias federais de fundos. Se a dívida não for quitada no prazo, a única coisa que vai acontecer publicamente é o anúncio de que Monteverdi está se aposentando antes para passar mais tempo com a família. – Edward meneou a cabeça. – Entendo a sua necessidade de saber mais, mas não sei bem onde você acha que isso vai levar. Você mora em Manhattan agora. Por que esse repentino interesse pelas pessoas que moram em Easterly?

– Elas são a nossa família, Edward.

– E daí?

Lane franziu o cenho.

– Entendo que não se sinta filho de William Baldwine. Depois da maneira como ele o tratou durante todos esses anos, como poderia? Mas e quanto a casa? As terras? A companhia? E mamãe?

– A Cia. Bourbon Bradford tem uma receita bruta anual de um bilhão de dólares. Mesmo que considere o lucro líquido desse montante, quer a dívida pessoal seja de cinquenta ou até de cem milhões, isso não é um evento catastrófico, levando-se em consideração a quantidade de ações possuídas pela família. Bancos emprestarão de sessenta a setenta por cento do valor contra um portfólio de investimento, você mesmo poderia financiar o pagamento dessa quantia apenas com os seus recursos.

– Mas e se não foi só isso? Papai não deveria ser responsabilizado? E mais uma vez eu pergunto: e a nossa mãe?

— Se eu me enfiasse nessa ilusão de querer algum tipo de justiça contra nosso pai, eu estaria completamente louco. E, pelo que ouvi, nossa mãe não sai da cama a não ser para tomar banho há três anos. Seja em Easterly ou numa casa de repouso, ela não vai notar a diferença. – Enquanto Lane praguejava, Edward voltava a menear a cabeça. – O meu conselho para você é: siga o meu exemplo e fique afastado. Eu deveria ir até mais longe, na verdade, mas pelo menos você tem Nova York.

— Mas...

— Não se engane, Lane: eles vão te comer vivo, ainda mais se você seguir esse caminho de vingança. – Quando se calou, ele sentiu uma pontada de medo surgindo. – Você não vai ganhar, Lane. Existem coisas... que foram feitas no passado contra pessoas que tentaram deixar certos assuntos às claras. E algumas delas contra membros da família.

Ele deveria saber.

Lane se aproximou da janela, olhando através dela como se as cortinas não estivessem fechadas.

— O que está me dizendo é que não vai me ajudar.

— Estou aconselhando que o caminho de menor oposição será o melhor para a sua saúde mental. – E física também. – Deixe estar, Lane. Esqueça e siga em frente. O que não pode ser alterado deve ser aceito.

Houve mais um silêncio e depois Lane olhou do outro lado do cômodo em meio à atmosfera pesada.

— Não posso fazer isso, Edward.

— Então será o seu funeral...

— Minha esposa está grávida.

— De novo? Parabéns.

— Estou pedindo o divórcio.

Edward ergueu uma sobrancelha.

— Não é a reação esperada de um futuro pai. Ainda mais se levarmos em consideração o quanto terá que pagar de pensão alimentícia.

— O bebê não é meu.

— Ah, isso explica tudo.

— Ela me disse que é do nosso pai.

Quando seus olhares se encontraram, Edward estava completamente imóvel.

— Desculpe, o que foi que você disse?

— Você ouviu. Ela disse que vai contar para a mamãe. E que não vai sair de Easterly. — Houve uma pausa. — Claro, se houver problemas financeiros no futuro, então não terei que me preocupar com a possibilidade do bastardo do nosso pai morar na casa da família. Chantal irá para outro lugar para encontrar algum outro idiota rico no qual se agarrar.

Quando uma antiga dor subiu pelo braço de Edward, ele olhou para a mão. Interessante. De alguma forma, se agarrou à garrafa de Beefeater com tanta força que os nós dos dedos estavam quase rompendo a pele fina.

— Ela está mentindo? — ouviu-se perguntar.

— Se ela tivesse apontado qualquer outra pessoa no lugar de papai, eu diria que seria uma possibilidade. Mas não, não creio que esteja mentindo.

Enquanto Samuel T. saía da adega de vinhos e se afastava, percebeu que ignorar a mulher com quem acabara de transar era uma questão de sobrevivência. A voz dela era um sugador de energias; caso prestasse atenção, ele provavelmente entraria em coma.

— ... e depois podemos ir ao clube! Todos vão estar lá, e nós podemos...

Pensando bem, a exaustão que sentia provavelmente não fora provocada por ela. Era muito possível que fosse o resultado de ter abaixado as armas numa batalha de décadas de duração.

O que estava claro para ele era que precisava trepar com alguém naquela mesa. Era a sua maneira de passar uma borracha, apagando metaforicamente a última lembrança de ter estado dentro de Gin naquela casa. E nos outros lugares onde estivera com ela, quer fosse na sua fazenda, em hotéis internacionais, lá no sul em Vail ou no norte no Michigan. Ele voltaria a todos esses lugares também, até que cobrisse cada uma dessas lembranças com outra mulher.

— ... no Memorial Day? Podemos ir para a adorável propriedade dos meus pais no Vale do Loire, sabe, para dar uma fugida...

Enquanto a tagarelice continuava, Samuel T. se lembrou por que preferia se deitar com mulheres casadas. Quando transava com alguém que tinha um marido para se preocupar, não existia a expectativa de um relacionamento.

Não podia subir depressa demais a escada que levava ao andar de cima. Mesmo pronto para subir dois degraus de cada vez, a fim de deixar a tagarela para trás, era cavalheiro o bastante para deixar que ela subisse primeiro.

– Ah, obrigada – ela disse quando passou por ele.

Já estava prestes a segui-la quando notou algo colorido no chão.

Um par de sapatos femininos.

Claros, feitos de cetim. Louboutins.

Girou a cabeça e perscrutou ao redor, por onde ele e a mulher tinham vindo.

– Samuel T.? – ela o chamou do alto. – Você vem?

Eram os sapatos de Gin. Ela estava ali embaixo. Descera ali para… olhar?

Bem, com certeza ela não os impedira.

Seu primeiro impulso foi o de sorrir e ir atrás dela, mas esse era só um reflexo da maneira com a qual se relacionavam… havia quanto tempo?

Para se lembrar de que as coisas tinham mudado, só o que ele precisava fazer era se lembrar daquele anel de noivado no dedo dela. E do homem parado ao seu lado. A novidade logo se espalharia pelo país.

Engraçado, nunca se importara com os outros homens com quem Gin ficava. Talvez fosse algum tipo de vingança por conta do número igualmente alto de mulheres com quem ele se relacionava… ou talvez fosse alguma excentricidade sua em desejá-la mais ao saber que ela transava com outros homens, chupava outros homens… ele não sabia.

O que ele sabia?

Richard Pford era agora fonte de extremo ciúme. Na verdade, Samuel precisou de cada pedacinho de autocontrole para não direcionar àquele desperdício de homem um olhar penetrante que o deixaria com um buraco atrás do crânio.

– Samuel T.? Algo errado?

Ele olhou para o alto das escadas. A luz vinda de trás da mulher fazia com que ela não passasse de uma silhueta escura, reduzindo-a a um conjunto de curvas, não mais que um fantasma.

Por algum motivo, quis pegar os sapatos de Gin, mas os deixou para trás, permitindo que sua subida respondesse à pergunta da mulher em questão.

Quando chegou ao térreo, pigarreou.

– Eu encontro com você lá.

O sorriso dela arrefeceu.

– Pensei que iríamos juntos à corrida.

Corrida?

Ah, sim. Era o dia do Derby.

– Tenho que cuidar de uns assuntos. Eu te vejo lá.

– Para onde vai?

A pergunta o fez perceber que estava indo na direção da cozinha, e não da festa.

– Como já disse, cuidar de uns assuntos.

– Em qual box você vai estar?

– Eu te acho – ele disse já de longe.

– Promete?

Afastando-se, sentia que ela o observava, e estava disposto a apostar que ela rezava para Mary Sue, a padroeira das debutantes, para que ele se virasse, voltasse e se tornasse o acompanhante que ela queria que ele fosse graças à transa subterrânea.

Mas Samuel T. não olhou para trás e nem reconsiderou. E não prestou atenção a nenhum dos chefs na cozinha da senhorita Aurora.

Na verdade, não estava ciente de nada até pisar do lado de fora.

Fechando a porta da entrada dos fundos, inspirou profundamente e se recostou contra as placas de madeira brancas e quentes. Outro dia escaldante, o que não era nenhuma surpresa. Pensando bem, nada era mais surpreendente do que o clima em Charlemont.

Se você não estava gostando do tempo, só o que precisava fazer era esperar quinze minutos.

Portanto, chuva de granizo no Derby também era possível.

Deus, como estava cansado.

Não. Estava se sentindo velho...

Um ronco engasgado soou à esquerda, mas não era um carro esportivo. Era uma picape antiga que subia pelo caminho dos funcionários.

Pobre coitado, quem quer que fosse. Nenhum empregado tinha permissão para estacionar perto da casa num dia como aquele. Quem estivesse atrás do volante estava se prontificando a levar um soco proverbial na garganta.

Mas ele tinha seus próprios problemas com os quais se preocupar. Colocou a mão no bolso para pegar a chave do carro, e seguiu na direção em que havia deixado o seu Jaguar.

Não chegou até lá.

Pelo para-brisa da velha picape, reconheceu um rosto familiar.

– Lane?

Quando a picape parou na entrada dos fundos do centro de negócios, ele foi até lá.

– Lane? – chamou. – Já está recuperando o seu estilo de vida antes mesmo que Chantal nos dê uma resposta?

A janela do motorista se abaixou e o homem fez um gesto cortante na altura da garganta.

Samuel T. reparou ao seu redor. Não havia ninguém por perto. Os empregados estavam todos no interior da casa ou trabalhando na tenda e nos jardins. Os convidados não se dignariam a ir até onde os trabalhadores estariam. E não parecia provável que os passarinhos das árvores tivessem alguma opinião a respeito de dois humanos conversando.

Quando chegou à picape, inclinou-se para dentro.

– Você não precisa fazer isso para o seu divórcio...

Ficou calado assim que viu o homem sentado ao lado do seu cliente.

– Edward? – ele disse, com voz rouca.

– Que agradável vê-lo novamente, Samuel. – Só que o homem não olhou na sua direção. Seus olhos permaneceram fixos no painel diante dele. – Você está muito bem, como sempre.

Enquanto essas palavras eram ditas, foi simplesmente inevitável não olhar para o rosto dele... e para seu corpo.

Bom Deus... aquelas calças estavam sobrando demais nas coxas, que mais se pareciam com palitos de dente, e a jaqueta frouxa pendia de ombros que tinham a espessura de cabides.

Edward pigarreou e esticou a mão para apanhar um boné com o logo CBB de cima do painel. Enquanto o colocava na cabeça, afundando bem para cobrir o rosto, Samuel sentiu vergonha por ter encarado.

– É bom te ver de novo, Edward – disse de repente.

– Nada disso – Lane disse baixinho.

– O que disse?

– Você não o viu hoje aqui. – Os olhos de Lane o perfuraram. – Nem eu. Entendeu bem, doutor?

Samuel T. franziu a testa.

– Que diabos está acontecendo?

– Você não vai querer saber.

Samuel T. olhou de um para o outro. Como advogado, já tivera contato com muitos assuntos "cinzentos", tanto por evitá-los quanto por lidar com eles deliberadamente. Também aprendera, com a passagem dos anos, que às vezes não valia a pena saber de certas coisas.

– Entendido – ele disse, inclinando a cabeça.

– Obrigado.

Antes que ele se afastasse, forçou um sorriso no rosto.

– Parabéns pela nova adição à família, a propósito.

Lane se retraiu.

– O que foi que você disse?

– Tenho quase certeza de que você não escolheria Richard Pford como cunhado, mas há que se ajustar quando o amor está no ar.

– De que diabos você está falando?

Samuel T. revirou os olhos, pensando que aquilo era bem típico de Gin.

– Quer dizer que você não sabe? Sua irmã está noiva de Richard Pford. Aproveitem o Derby, cavalheiros. Talvez eu veja vocês dois...

Mas, claro, não os dois.

– Ah, se qualquer um de vocês precisar de mim – ele acrescentou –, sabem onde me encontrar.

Que seria em qualquer lugar onde a irmã deles não estivesse, ele pensou, ao se afastar em direção ao seu Jaguar.

TRINTA E QUATRO

Momento ideal para uma invasão.

Edward saiu da picape do Mestre Destilador, enterrando ainda mais o boné na cabeça – se bem que, se a aba estivesse mais abaixada que isso, ele não conseguiria nem piscar.

Deus... Tinha mesmo voltado ali?

Sim, tinha. E se esquecera completamente do quanto Easterly era enorme. Mesmo apenas da entrada dos funcionários na parte dos fundos, a mansão era quase incompreensivelmente grande, com todas aquelas tábuas brancas e venezianas pretas elevando-se do gramado verde-esmeralda, numa declaração que confirmava os anos de posição privilegiada da família.

Sentiu vontade de vomitar.

Mas depois que ficou sabendo o que o pai fizera com a esposa de Lane... De jeito nenhum ele deixaria de fazer aquilo.

Ao fundo, conseguia ouvir que o *Brunch* do Derby estava a toda e sabia que aquela era a única oportunidade de entrar e sair do centro de negócios com as informações de que o irmão precisava. Com tantos convidados na casa, não havia a menor possibilidade de o pai estar em qualquer outra parte que não debaixo daquela tenda; ele era um depravado, mas os seus modos nunca puderam ser reprovados. Além disso, todos os funcionários da empresa tinham folga no dia do Derby, de modo que não havia sequer um "subalterno" à sua mesa.

Os pobres coitados podiam trabalhar no 4 de julho, no Dia de Ação de Graças, no Natal e na Páscoa, mas ali era o Kentucky. Ninguém trabalhava no dia do Derby.

Enquanto Lane dava a volta para segui-lo, ele ergueu a mão.

– Vou sozinho.

– Não posso permitir que você faça isso.

– Posso me dar ao luxo de ser flagrado. Você não. Fique aqui.

Edward não esperou pela resposta, apenas seguiu em frente, sabendo que depois de quase quarenta anos sendo o mais velho, suas palavras fariam com que Lane permanecesse bem onde estava.

Na entrada dos fundos do complexo do pai, apertou uma sequência do código de acesso que ele designara para um construtor terceirizado uns cinco anos antes, como parte da intensificação na segurança. Quando a luz vermelha ficou verde e a trava foi liberada, fechou os olhos brevemente.

E depois empurrou a porta.

Houve a tentação de parar um tempo para se preparar antes de entrar, mas não podia se dar a esse luxo, tanto por causa das suas forças como pelo tempo. Quando a porta se fechou atrás de si, a luz externa desapareceu, e levou um instante para que o interior fosse registrado por seus olhos.

Tudo estava igual. Tudo. Desde o grosso tapete castanho com as bordas douradas, até os artigos sobre a empresa, emoldurados e pendurados nas paredes forradas de seda, e o padrão de portas de vidro abertas a caminho da sala de espera central.

Estranho... Tinha imaginado que, só porque ele estava diferente, aquele lugar no qual passara tantas horas também estaria mudado.

Nenhum alarme disparou à medida que avançou pela construção, já que usou a senha correta, e foi atravessando a sala de jantar, as salas de reunião, que se pareciam com as salas de estar de Easterly, e ainda outros escritórios que tinham o luxo de uma empresa de advocacia de prestígio. Como sempre, todas as cortinas estavam fechadas para garantir total privacidade, e nada fora deixado sobre as mesas, tudo devidamente trancado.

A sala de espera era um espaço circular cujo centro era demarcado pelo tapete com o brasão da família. Disposta mais ao lado, num lugar de destaque, ladeada por uma bandeira americana, outra do Kentucky e dois *banners* da Cia. Bourbon Bradford, a mesa da recepcionista era tão majestosa quanto uma coroa, mas não chegava nem perto do trono do poder. Atrás dessa demonstração, havia um escritório de vidro, onde a assistente executiva ocupava seu lugar e, por fim, atrás da mesa da buldogue, havia uma porta marcada uma vez mais com o timbre da família em ouro reluzente.

O escritório do seu pai.

Edward olhou para as portas francesas que se abriam para o jardim. Graças a uma combinação de cortinas pesadas e de vidro triplo, não se ouvia um pio sequer das seiscentas ou setecentas pessoas ali. E não havia a mínima possibilidade de qualquer um dos convidados ir parar ali por acaso.

Edward claudicou até o escritório envidraçado e inseriu um código. Quando a porta se abriu, empurrou-a e deu a volta para se sentar ao computador. Acendeu as luzes. Não teria usado a cadeira atrás da mesa caso suas pernas fossem capazes de sustentar seu peso por um tempo mais demorado.

O computador estava ligado, bloqueado, e ele o acessou usando um conjunto de credenciais fantasmas que designara para si mesmo quando encomendou a expansão e o reforço da rede interna da empresa, três anos antes.

Fácil como tirar um doce de uma criança.

Mas e agora?

No trajeto até Easterly, ficou imaginando se seu cérebro voltaria a funcionar para algo como aquilo. Preocupara-se que os analgésicos, ou o próprio trauma, tivessem danificado sua massa cinzenta de uma maneira que não era relevante quando ele apenas bebia e limpava baias, mas que era importante quando se tentava funcionar num nível mais alto.

Não era o caso.

Embora sua circum-navegação entre os sistemas de documentos protegidos fosse lenta a princípio, em pouco tempo já estava se movendo entre os *caches* de informação, exportando o que era relevante para uma conta falsa que pareceria ser um e-mail válido da CBB, mas que, na verdade, não pertencia à rede.

Mais um fantasma.

E o melhor disso tudo? Se alguém investigasse aquela atividade, acabaria rastreando a assistente executiva buldogue do seu pai, apesar de ela desconhecer essa conta. Mas era o objetivo. Qualquer um na empresa que visse o nome da mulher em qualquer coisa recuaria sem dizer nada.

Enquanto vasculhava as finanças, concentrou-se exclusivamente nas informações ainda a serem "processadas" pelos contadores, e embora existisse a tentação de começar a analisar, o mais importante era capturar o máximo que conseguisse.

Até que as luzes na recepção se acenderam.

Levantando a cabeça, ficou paralisado.

Merda.

O telefone de Lizzie tocou bem quando os primeiros convidados começavam a se retirar. E ela quase o ignorou, ainda mais quando dois garçons se aproximaram para trazer uma série de exigências de uma mesa de jovens menores de idade alcoolizados.

– Não – ela disse, ao pegar o celular do bolso de trás e aceitar a ligação sem sequer ver quem era. – Existe um motivo para a bebida deles ter sido cortada pelos pais deles. Se esse bando de garotinhos mimados tem algum problema com o nosso serviço, diga-lhes para que reclamem com o papaizinho e a mamãezinha. – Levou o aparelho ao ouvido. – Pois não?

– Sou eu.

Lizzie fechou os olhos em sinal de alívio.

– Ai, meu Deus, Lane… Um instante, é melhor eu ir para um lugar mais tranquilo.

– Estou nos fundos, perto da garagem. Acha que consegue escapar um minuto?

– Estou a caminho.

Encerrando a ligação, chamou a atenção de Greta com o olhar e sinalizou que estaria saindo por um instante. Depois que a mulher assentiu, Lizzie seguiu apressadamente pelos cantos, trotando atrás das mesas do buffet onde garçons uniformizados serviam fatias de bife Angus da região.

Uns dois garçons levantaram as mãos tentando capturar a sua atenção, mas ela se esquivou, ciente que Greta cuidaria de tudo.

Entrando na casa pela porta da cozinha, abaixou a cabeça, tentando parecer ocupada com uma missão. E pensava estar mesmo. No canto oposto, próximo à despensa, havia outra porta que se abria numa antessala onde ficavam todos os casacos e bolsas, e depois de passar por eles, saiu ao lado da garagem.

Procurou pelo Porsche de Lane…

– Aqui – a voz dele anunciou.

Virando-se, ela se surpreendeu ao vê-lo recostado numa picape que devia ser tão velha quanto ela. Mas logo se recobrou e correu pelo caminho de pedra.

– Isso sim é mais o meu tipo – ela disse ao se aproximar dele.

Mesmo não mexendo nenhum músculo, os olhos de Lane trafegaram por toda ela, como se ele estivesse se aproveitando da sua presença para pôr os pés no chão.

– Posso te abraçar?

Ela relanceou ao redor, concentrando-se nas janelas da casa.

– Acho que é melhor não.

– Hum.

– Então… O que está fazendo aqui? Com essa F-150?

– Peguei emprestada com um amigo. Estou tentando não aparecer. Como está a festa?

– A sua esposa fica me olhando feio.

– Ex-esposa, lembra?

– Você vai… vai para o *Brunch*?

Ele sacudiu a cabeça.

– Estou ocupado.

Pausa. Constrangedora.

– Você está bem? – ela sussurrou. – Como está Edward?

– Posso passar a noite com você?

Lizzie moveu o peso para frente e para trás.

– Você não vai para o baile?

– Não.

– Bem, então... sim, eu gostaria disso. – Cruzou os braços, e tentou não sentir uma onda de felicidade que parecia inapropriada diante de tudo o que ele estava enfrentando. – Mas estou preocupada com você.

– Eu também. – Fitou a casa. – Eu queria te perguntar uma coisa.

– Qualquer coisa.

Demorou um pouco até ele voltar a falar.

– Se eu resolver ir embora... você consideraria a ideia de ir comigo?

Lizzie pensou em brincar com aquilo, fazer referências a Robinson Crusoé. Mas ele não estava rindo.

– É tão ruim assim? – sussurrou.

– Pior.

Lizzie não se deu ao trabalho de verificar se havia alguém olhando. Aproximou-se dele e passou os braços ao seu redor; a reação foi imediata, o corpo muito maior se curvou sobre o seu, segurando-a firme.

– Então? – ele disse junto aos cabelos dela. – Você iria embora comigo?

Ela pensou no seu trabalho, na sua fazenda, na sua vida... e no fato de que, apenas três dias antes, não se falavam havia quase dois anos.

– Lane...

– Isso é um sim ou um não?

Ela se afastou... e recuou.

– Lane, mesmo que nunca mais volte para cá, você não tem como se livrar deste lugar, destas pessoas. É a sua família, a sua essência.

– Vivi muito bem sem eles por dois anos.

– E a senhorita Aurora o trouxe de volta.

– Você poderia ter feito isso. Eu teria voltado por você.

Lizzie meneou a cabeça.

– Não faça planos. Há muitas coisas em suspenso ainda. – Pigarreou. – É melhor eu voltar. As pessoas estão começando a ir embora, mas devemos ter ainda umas belas quatrocentas pessoas aqui.

– Eu te amo, Lizzie.

Ela fechou os olhos e levou as mãos ao rosto.

— Não diga isso.

— Acabei de descobrir que o meu pai ia deixar aqueles assassinos ficarem com Edward.

— O quê? — Ela abaixou os braços. — Do que está falando?

— Ele se recusou a pagar o resgate de Edward quando ele foi sequestrado. Recusou. Ele ia deixar o meu irmão morrer lá. Na verdade, acho que ele queria que Edward morresse.

Lizzie cobriu a boca com a mão e fechou os olhos.

— Então você o viu.

— Vi.

— Como... como ele está?

Quando Lane mais uma vez evitou o assunto, ela não ficou nada surpresa.

— Sabe — ele disse —, sempre fiquei imaginando como o sequestro de Edward aconteceu. Agora eu sei.

— Mas por que alguém faria isso com o próprio filho?

— Porque é uma maneira eficiente de matar um rival sem ter que se preocupar em parar na cadeia por isso. Você faz com que assassinos o levem para a selva e depois se recusa a pagar o preço estipulado. Caixão para um, por favor. E depois é só bancar o pai sofrendo com o luto para cair nas graças da imprensa. Uma situação favorável de todos os lados.

— Lane... Ah, meu Deus.

— Por isso, quando perguntei sobre se iria embora comigo, não foi apenas uma fantasia romântica. — Balançou a cabeça com vagar. — Fico imaginando se o meu irmão já não estava desconfiado do meu pai. Assim, o grande William Baldwine poderia ter tentado se livrar dele.

Jesus, ela pensou, *se fosse verdade, os Bradford elevavam a palavra "disfuncional" a outro patamar.*

— O que Edward descobriu? — ela perguntou.

— Ele não toca no assunto. — Os olhos de Lane se estreitaram. — Contudo, está me ajudando a conseguir o que preciso.

Lizzie engoliu em seco, com a garganta apertada, e tentou não visualizar Lane como vítima de um "acidente".

— Você está me assustando — sussurrou.

TRINTA E CINCO

Sutton piscou para se acostumar ao interior pouco iluminado do centro de negócios de William Baldwine.

— Estou surpreso que esteja se mostrando tão cavalheiro em relação a tudo isso.

William fechou-os ali dentro e acendeu as luzes.

— Somos concorrentes, mas não significa que não possamos ser vistos juntos.

Relanceando ao redor, chegou à conclusão de que a área circular da recepção definitivamente a lembrava do Salão Oval. E isso não era típico da arrogância do homem? Somente Baldwine rebaixaria um símbolo nacional a uma sala de espera.

— Devemos prosseguir para o meu escritório? — ele sugeriu, com um sorriso suave igual ao dos homens dos comerciais do Cialis na TV: mais velhos e mais grisalhos, mas ainda sensuais.

— Posso muito bem fazer aqui.

— Os papéis estão na minha mesa.

— Tudo bem.

Enquanto avançavam em direção à gaiola envidraçada da assistente executiva, Sutton se viu desejando não estar a sós com ele. Pensando bem, para aquilo, ambos precisariam de privacidade.

E logo chegaram ao espaço de William.

Que, bom Deus, fora decorado como o Palácio de Buckingham, com tantos tipos de tecido adamascado púrpura real, mesas e espelhos folheados a ouro e cadeiras em forma de trono que ela até se perguntou se o homem conseguia concluir algo num ambiente tão opulento.

— Importa-se se eu acender um charuto? – ele perguntou.

— Não, nem um pouco. – Olhou para trás e viu que a porta estava aberta, o que faria com que aquilo parecesse menos assustador, caso houvesse alguém por perto. – Então, onde estão os documentos?

De cima da imensa mesa, ele abriu uma caixa de mogno do qual tirou o que, sem dúvida, era um charuto cubano.

— Eu lhe ofereceria um, mas estes não são adequados para uma dama.

— Que bom que o meu dinheiro não usa saias, não? – Quando ele olhou em sua direção, ela sorriu com doçura. – Vamos assinar os papéis?

— Gostaria de ir à corrida comigo? A minha esposa não está se sentindo bem. – Cortou a ponta do charuto. – Por isso terá que ficar em casa.

— Vou acompanhar meu pai, mas obrigada.

Os olhos de William percorreram o corpo dela.

— Por que nunca se casou, Sutton?

Porque estou apaixonada pelo seu filho, pensou. *Não que ele saiba disso.*

— Estou comprometida com o meu trabalho e ele é um marido ciumento. É um conceito meio anos 1980, talvez, mas também é verdadeiro no que se refere a mim.

— Temos tanto em comum, sabia? – Apanhou um isqueiro de cristal e acendeu uma chama. – Somos responsáveis por tantas coisas.

— O meu pai ainda administra a Destilaria Sutton Corporation.

— Claro que sim. – William se inclinou em direção ao fogo e baforou. – Mas não vai durar muito tempo. Não com a doença dele. Não é?

Sutton permaneceu calada. A família ainda não estava preparada para anunciar a sua promoção à posição de presidente e CEO, mas Baldwine não estava errado. A doença de Parkinson do pai tinha sido controlada nos últimos três anos, mas vinha progredindo, e muito em breve os medicamentos e a precisão como escondiam os sintomas se tornariam uma máscara insuficiente. O mais triste era que a mente do pai estava mais aguçada do que nunca. No entanto, a força física estava

311

deixando a desejar, e dirigir uma empresa como a Destilaria Sutton era um teste de resistência mesmo num dia bom.

– Nenhum comentário? – William perguntou.

Outra baforada azulada subiu acima da cabeça dele, o fedor forte de tabaco chegando às narinas dela e fazendo-a espirrar.

– Saúde.

Ela ignorou o chavão, bem ciente de que o maldito acendera o charuto precisamente por saber que a irritaria. Ele era o tipo de homem que explorava fraquezas em todos os níveis.

– William, se os papéis estiverem aqui, posso assiná-los agora. Se não, ligue para o meu escritório quando estiverem prontos.

O homem se curvou e abriu uma gaveta longa e baixa no meio da mesa.

– Estão aqui.

Jogando-os, o maço deslizou pelo mata-borrão – e o fato de ser detido por um porta-retratos contendo uma foto da Pequena V.E., a esposa dele, pareceu adequado.

– Acredito que encontrará tudo em ordem.

Sutton pegou o envelope. Revisou a primeira página, foi para a seguinte, para a terceira... e a cabeça dela se ergueu.

– Sei que não pode ser a sua mão na minha cintura.

A voz de William soou próxima ao seu ouvido.

– Sutton, você e eu temos tanto em comum.

Afastando-se, ela sorriu.

– Sim, você tem a mesma idade do meu pai.

– Mas não estou no mesmo estado que ele, estou?

Bem, isso lá era verdade. William vestia aquele terno melhor do que muitos homens décadas mais jovens.

– Quer terminar isso agora? – ela disse, afiada. – Ou prefere algum momento da semana que vem, com os meus advogados?

O modo como ele lhe sorriu fez parecer que ela o havia excitado.

– Sim, claro. Apenas negócios, como você mesma determinou.

Sutton deliberadamente se sentou numa cadeira encostada na parede e não cruzou as pernas. Uns dez minutos mais tarde, levantou a cabeça.

– Estou pronta para executar isso.

– Viu? Fiz todas as mudanças solicitadas. – Ele tossiu um pouco no punho. – Caneta? Ou insiste em usar a própria?

– Tenho a minha, obrigada. – Pegou uma dentro da bolsa e depois usou as coxas como apoio, assinando seu nome acima do testemunho do tabelião que já havia assinado. – E vou levar uma cópia disso comigo, obrigada.

– Como quiser.

Ela se levantou e atravessou a sala.

– Sua vez.

William pegou uma Montblanc do bolso interno do paletó azul-claro e assinou em outra página, acima de outro testemunho do tabelião.

– Depois de você – ele disse, indicando a saída com o braço. – A copiadora fica próxima à primeira sala de reuniões. Não uso essa máquina.

Claro que não usa, ela pensou. *Porque, assim como cozinhar e limpar a casa, você acha que é serviço de mulher.*

Ao pegar o documento da mão dele e cruzar a porta, um tremor lhe desceu pela espinha. Mas logo percebeu que havia mais uma coisa naquilo, ou seja, na transferência de fundos que somente ela poderia iniciar.

Por isso, não havia nada que ela pudesse temer em relação a ele.

Naquele momento.

Estava passando pela mesa da assistente executiva quando algo chamou sua atenção e a fez hesitar. Algo no chão, debaixo da lateral da mesa…

Um pedaço de tecido.

Não, era um punho… de uma manga de casaco.

– Algo errado? – William perguntou.

Sutton olhou por sobre o ombro com o coração aos saltos.

– Eu…

Não estamos sozinhos, pensou em pânico.

Da sua posição, encolhido no fundo da mesa, Edward soube o instante em que Sutton de alguma forma notou sua presença.

E quando a voz dela vacilou, ele praguejou em pensamento.

– O que foi? – o pai dele perguntou.

– Eu... – ela pigarreou – ... estou um pouco tonta.

– Tenho conhaque no meu escritório.

– Suco. Preciso de... um suco de fruta. Gelado, por favor.

Houve uma pausa.

– Qualquer coisa para uma dama. Embora eu deva confessar que isso está consideravelmente além das minhas atribuições normais.

– Vou ficar aqui e me sentar.

Quando o pai se afastou, Edward ouviu os acessos de tosse diminuindo. Em seguida, ouviu a voz de Sutton, sussurrada, mas forte como aço.

– A minha arma está apontada para você, e eu estou preparada para apertar o gatilho. Mostre seu rosto agora.

Desmaiando, até parece, Edward pensou. Mas, pelo menos, ela mandara o pai dele executar uma tarefa antes.

Edward grunhiu e se inclinou para fora do seu esconderijo.

Sutton arfou e cobriu a boca com a mão livre.

– Se eu soubesse que nossos caminhos se cruzariam de novo – Edward disse com suavidade –, eu teria trazido a sua bolsa.

– O que está fazendo aqui? – ela sibilou, recolocando a pistola do tamanho da sua palma de volta na bolsa cor-de-rosa pastel, combinando com sua roupa para o Derby.

– E você? O que foi que você assinou?

Ela levantou a cabeça.

– Ele vai voltar a qualquer instante.

– E o que vai fazer a respeito?

– O que há de errado com vo... – Na mesma hora, ela se recompôs, gesticulando para que ele voltasse ao esconderijo. E assim que ele se acomodou, Sutton disse: – Ah, muito obrigada, William. Era disso mesmo que eu precisava.

Fazendo uma careta quando a sua perna ruim sofreu um espasmo, Edward rezou para que ela continuasse a protegê-lo. E também desejou que a tivesse cumprimentado sem fazer referência ao sexo da noite anterior, quando pensara que ela era uma prostituta pela qual tinha pagado por conta da sua necessidade de ter uma mulher parecida com a que não podia conquistar.

– Não, o de laranja é o melhor. – Houve um estalido quando uma tampa foi aberta. – Hum... muito bom.

O pai voltou a tossir.

– Melhor?

– Muito. Vamos até a copiadora, sim? – ela disse. – Só para o caso de eu precisar de ajuda.

– Será um prazer – William respondeu.

– Sabe – Sutton disse ao conduzi-lo para fora do escritório –, você não deveria fumar. Essa coisa ainda vai te matar.

Edward fechou os olhos.

– Ah, as luzes – murmurou ela. – Permita-me. Assim que fizermos a cópia, poderemos voltar para a festa.

– Muito ansiosa para degustar o bourbon que produzo melhor do que o seu produto?

Tudo ficou escuro.

315

– Sim, William, claro.

Enquanto os dois se afastavam, Edward ouvia a conversa, rezando para – pelo bem do pai – que o homem mantivesse as mãos longe de Sutton. Assistir ao showzinho junto à mesa exigiu um tipo de disciplina com a qual ele não se conectava havia bastante tempo.

Que tipo de negócios aqueles dois estavam travando?

Deus, jamais imaginou que pensaria assim, mas esperava que Sutton não estivesse fazendo um investimento na CBB, nem que estivesse tentando adquiri-la. Em caso positivo, ela bem que poderia estar jogando dinheiro dentro de um buraco negro.

Sim, porque mesmo antes de chegar aos relatórios mais recentes, Edward suspeitara o que o pai andava fazendo. Jamais entendera o motivo, mas sabia onde procurar, e sabia exatamente o que encontraria.

Alguns instantes mais tarde, ouviu Sutton dizer:

– Bem, acho que isso beneficia a nós dois. A primeira coisa que farei na segunda de manhã será a transferência.

– Gostaria de selar o acordo com um beijo?

Edward cerrou o punho e pensou no que o irmão dissera sobre Chantal.

– Obrigada, mas um aperto de mãos basta. E mesmo isso acho que não será necessário. Pode deixar que encontro a saída sozinha.

Uma porta se abriu e se fechou.

Então o pai voltou, as passadas pesadas vindo na direção de Edward, fazendo com que ele quisesse ter uma arma.

No entanto, Lane sabia onde ele estava. Se não saísse vivo dali, Lane saberia.

Mais perto...

Mais perto...

Só que o pai apenas passou pela mesa e foi para o próprio escritório, onde acendeu uma luz, puxou uma gaveta e guardou os papéis. Depois, fechou e deu umas baforadas no charuto, como se estivesse perdido em pensamentos.

Quando outro acesso de tosse se seguiu, Edward revirou os olhos. A vida toda o pai fora asmático. Por que alguém naquela condição fumava, mesmo que tivesse um caso leve como o de William, era um mistério.

Enquanto o homem pegava um lenço e cobria a boca, também pegava a bombinha de medicamento, rapidamente substituindo o charuto pelo remédio. Depois de umas sopradas, recolocou o charuto no lugar, apagou as luzes e...

... seguiu na direção da mesa da sua assistente.

Edward não se mexeu. Continuou prendendo a respiração. Esperou pelo som das portas francesas se abrindo e se fechando.

Nada daquilo tinha acontecido.

TRINTA E SEIS

Quando Lizzie ficou toda assustada diante dele, Lane desejou retirar o que tinha acabado de dizer. Quis voltar no tempo, quando eram apenas a sua família e a sua posição social, junto com sua futura ex-mulher mentirosa e assassina de bebês... que se colocavam entre eles.

Ah, sim, os bons e velhos tempos.

Só que não mais.

– Sinto muito – sussurrou. E isso era verdade em tantos níveis.

– Está tudo bem.

– Não, não está.

Quando se calaram, ele descobriu que o barulho da festa o irritava demais, ainda mais quando pensava em todo o dinheiro que o pai "pegara emprestado". Não sabia exatamente quanto aquele *Brunch* tinha custado, mas podia fazer uns cálculos. Seiscentas, setecentas pessoas, bebidas de primeira qualidade, mesmo se compradas no atacado, e comida saída de um restaurante com três estrelas no guia Michelin? Com um número suficiente de manobristas e de garçons que seria suficiente para cuidar da cidade inteira de Charlemont?

Um quarto de milhão, pelo menos. E isso não incluía os boxes na pista de corridas. As mesas nas salas reservadas em Steeplehill Downs. O baile que a família patrocinaria em seguida.

Era um evento de um milhão de dólares, que durava menos de vinte e quatro horas.

– Escuta só, é melhor você voltar lá. – Ele não queria que ela visse Edward. Principalmente porque imaginava que Edward não queria ser visto. – Vou para sua casa, mesmo que não consiga passar a noite toda lá.

– Tudo bem. Estou preocupada com você. Tem muita coisa acontecendo...

Você nem imagina, ele pensou.

Ele se inclinou para beijá-la, mas ela desviou, o que, provavelmente, foi a coisa certa. Uns dois auxiliares da manutenção se aproximavam dos fundos da casa num carrinho de golfe, e ninguém precisava ver aquilo.

– Chego lá assim que puder – ele disse. E se inclinou de novo. – Saiba que estou te beijando agora. Mesmo que só na minha cabeça.

Ela corou.

– Eu... te vejo mais tarde. Hoje à noite. Vou deixar a porta destrancada, caso você chegue tarde.

– Eu te amo.

318   Quando se virou, ele não gostou da expressão no rosto dela. Era impossível esconder o fato de que ele queria desesperadamente que ela repetisse aquelas palavras, não por educação, mas porque era o que sentia.

Porque o coração dela estava exposto... assim como o seu.

Com seu mundo tão fora dos eixos, Lizzie King certamente parecia a única coisa segura e firme no horizonte.

O som da porta se abrindo atrás dele fez com que virasse a cabeça.

Não era Edward.

Nem. Perto. Disso.

Seu pai, e não seu irmão, saiu da porta dos fundos do centro de negócios, e Lane ficou estático.

A primeira coisa que fez foi olhar para as mãos do homem, esperando encontrar sangue nelas. Mas não. Na verdade, a única coisa que viu foi um lenço branco, que ele pressionava na boca para cobrir discretamente uma tossida.

Seu pai não olhava para a frente, mas não parecia estressado. Preocupado, sim. Estressado? Não.

E o maldito seguiu bem para a picape velha, a ausência de posição social associada a tal veículo colocando a F-150 e quem quer que fosse o proprietário ou passageiro ao seu lado invisível em seu radar.

— Eu sei o que você fez.

Lane não percebeu que estava falando até que as palavras saíram da sua boca. Seu pai parou e se virou imediatamente.

Conforme uma das portas da garagem começava a se erguer ao fundo, os olhos de William se estreitaram e ele enfiou o lenço dentro do paletó.

— O que disse? – o homem perguntou.

Lane diminuiu a distância entre eles e sustentou o olhar do pai. Mantendo um tom baixo, disse:

— Você me ouviu. Sei exatamente o que você fez.

Era assustador o quanto aquele rosto se assemelhava ao seu. E era também estranho que nada nele tivesse se alterado. A expressão de William não mudou em nada.

— Você terá que ser mais específico, filho.

O tom frio sugeria que a última palavra podia ser substituída por "perda de tempo", ou quem sabe algo mais coloquial como "cretino".

Lane cerrou os dentes. Queria deixar tudo às claras, mas, a consciência de que seu irmão ainda estava no interior daquele centro de negócios – ou, pelo menos, esperava que ainda estivesse vivo ali dentro –, aliada ao fato de que o pai simplesmente redobraria seus esforços para encobrir seus passos, o deteve.

— Chantal me contou – Lane sussurrou.

William revirou os olhos.

— Contou o quê? As exigências dela em redecorar a suíte pela terceira vez? Ou a viagem que queria fazer a Nova York, de novo? Ela é sua mulher. Se ela quer esse tipo de coisa, precisa discutir com você.

Lane estreitou o olhar, perscrutando aquelas feições.

— Agora, se me der licença, Lane, eu vou…

— Você não sabe, não é mesmo?

O pai chamou com um gesto elegante o Rolls-Royce que estava sendo tirado da garagem.

— Vou chegar atrasado, e não gosto de adivinhações. Passar bem…

— Ela está grávida. — Quando a testa do pai se franziu, Lane se certificou de enunciar as palavras com bastante clareza. — Chantal está grávida, e ela alega que o filho é seu.

Ele esperou por um indício, por uma única demonstração de fraqueza, usando toda a sua experiência como jogador de pôquer para interpretar o homem diante de si.

E, subitamente, lá estava ela, a admissão sob a forma de num repuxão sutil debaixo do olho esquerdo.

— Pedi o divórcio — Lane disse, com suavidade. — Portanto, ela é toda sua, se a quiser. Mas o filho bastardo não vai morar debaixo do teto da minha mãe, entendeu? Você não a desrespeitará dessa maneira. Não vou permitir.

William tossiu algumas vezes, pegando novamente o lenço.

— Um pequeno conselho para você, filho. Mulheres como Chantal são tão confiáveis quanto fiéis. Nunca estive com a sua esposa. Pelo amor de Deus.

— Mulheres como ela não são as únicas que sabem mentir.

— Ah, sim, duplo sentido. Um refúgio conversacional para passivo-
-agressivos.

Que se foda, Lane pensou.

— Muito bem, também sei do seu caso com Rosalinda, e tenho quase certeza de que ela se matou por sua causa. Considerando que você se recusou a falar com a polícia, deduzo que saiba disso também, e está esperando que seus advogados lhe digam o que fazer.

O fluxo de raiva que se ergueu acima do colarinho francês da camisa engomada e com monograma de seu pai foi de um cetim escarlate, que tornou a pele dele tão rubra quanto uma lona.

— É melhor repensar o que disse, rapaz.

— E sei o que fez com Edward. — A essa altura, sua voz se partiu. — Sei que se recusou a pagar o resgate, e tenho quase certeza de que orquestrou o sequestro. — Afastando-se dos assuntos financeiros, prosseguiu. — Você sempre o odiou. Não sei por quê, mas sempre o perseguiu. Só me resta deduzir que se cansou de brincar com ele e resolveu pôr um fim no jogo nos seus termos, de uma vez por todas.

Interessante. Durante todos esses anos, sempre se visualizou confrontando o pai, em diferentes cenários, com diversos discursos virtuosos e gritos violentos.

A realidade foi muito mais tranquila do que ele teria imaginado. E muito mais devastadora.

O Rolls-Royce parou ao lado deles, e o chofer uniformizado da família saiu.

– Senhor?

William tossiu no lenço, o anel de sinete reluziu na luz do sol.

– Passe bem, filho. Espero que aproveite a sua ficção. É mais fácil do que enfrentar a realidade... para os fracos.

Lane agarrou o braço do homem e o puxou.

– Você é um bastardo.

– Não – William disse com enfado. – Sei quem são meus pais, um detalhe bem importante na vida de uma pessoa. Pode ser muito determinante, não concorda?

William se livrou da mão dele e caminhou até o carro, e o chofer abriu a porta do banco de trás para que o homem entrasse. O Drophead se afastou um momento depois, e seu passageiro se manteve virado para a frente, composto, como se nada tivesse acontecido.

Mas Lane não se deixaria enganar.

O pai evidentemente não sabia da gravidez de Chantal... e estava muito, mas muito no páreo de ser apontado como responsável.

Devia estar na primeira posição.

Bom Deus.

Lane regressou para junto da picape de Mack, e voltou a esperar, como se não tivesse nada melhor para fazer do que ficar ali.

Em circunstâncias normais, provavelmente estaria explodindo em relação ao fato de que sua esposa e seu pai haviam consumado algum tipo de relacionamento.

Mas não se importava nem um pouco.

Concentrando-se na porta ainda fechada do centro de negócios, só rezava para que o irmão estivesse bem. E ficou se perguntando quanto tempo precisaria esperar antes de invadir o local.

Por algum motivo, ouvia a voz de Beatrix Mollie em sua cabeça, naquele dia em que a mulher ficara no corredor do lado de fora do escritório de Rosalinda.

Elas acontecem em três. A morte sempre vem em três.

Se fosse verdade, ele rezava para que o irmão não fosse o número dois... Mas tinha muita certeza de quem poderia recomendar para o Universo.

O corpo de Edward gritava quando ele ouviu, ao longe, a porta dos fundos se abrir e se fechar.

Apesar da dor, esperou mais uns dez minutos só para se certificar de que o escritório estava vazio.

Quando não ouviu mais nenhum som, tirou os pés debaixo da mesa com cuidado e mordeu o lábio inferior ao tentar endireitar as pernas, mover os braços, se esticar. E conseguiu chutar a cadeira de escritório para longe do seu caminho – graças a Deus a coisa tinha rodinhas.

Mas foi só isso.

Tentou ficar de pé. Uma vez e de novo. Grunhiu e praguejou, tentou toda estratégia concebível de voltar a ficar na vertical, quer se segurando na beirada da mesa e puxando, se apoiando nas mãos e empurrando e até se arrastando como um bebê.

Fez bem pouco progresso.

Era como estar preso no fundo de um poço com nove metros de profundidade.

E, para piorar a situação, estava sem um celular.

Mais xingamentos ecoaram em sua mente, criando crateras em seus padrões de pensamento. Mas, depois desse período, conseguiu pensar mais claramente. Esticando-se o máximo que conseguia, agarrou o fio do telefone que subia da parede até um buraco na escrivaninha.

Era um bom plano, a não ser pela trajetória, que estava ao contrário. Quando puxou, só conseguiu afastar ainda mais o aparelho.

Ele tinha que ligar para Lane, não só porque não conseguiria chegar à saída. Se não falasse logo com o irmão, o homem era bem capaz de se impacientar, derrubar a maldita porta e acabar com o plano deles.

Respirando fundo, Edward balançou para a frente uma vez, duas vezes...

Na terceira, suspendeu o tronco usando uma reserva de energia que nem sabia que tinha.

Foi feio. Seus ossos literalmente sacudiram debaixo da pele, batendo com força sem o amortecimento dos músculos, mas ele conseguiu tirar o fone do gancho e arrastar o aparelho pelo tampo da mesa até que aterrissasse em seu colo.

Suas mãos tremiam tanto que ele teve que discar algumas vezes porque ficava errando a sequência, e estava quase desmaiando quando, por fim, levou o fone ao ouvido.

Lane, ainda bem, atendeu ao primeiro toque.

– Alô? – ele disse.

– Você precisa vir me...

– Edward! Você está bem? Onde...

– Cala a boca e escute. – Passou a senha para o irmão e fez Lane repeti-la. – Estou atrás da mesa do escritório da assistente de papai.

Desligou, bateu o fone na base, fechou os olhos e se curvou ao encontro das gavetas. Engraçado, ele vinha trabalhando sob a falsa impressão de que varrer os corredores dos estábulos com regularidade significava que sua resistência e mobilidade tinham melhorado. Não era o caso. Pensando melhor, sua imitação de pretzel debaixo da mesa poderia ser um desafio para muitos.

Ao ouvir a porta dos fundos se abrir e se fechar pela segunda vez, sentiu uma súbita necessidade de tentar se colocar de pé de novo, só para que ele e Lane se poupassem do embaraço. Mas seu corpo não queria cooperar, mesmo que seu ego estivesse nas alturas.

Um momento depois, interrompeu Lane antes que o homem proferisse uma sílaba sequer.

– Consegui – disse com secura. – Consegui o que precisamos.

Ele tinha que salvar o seu orgulho de alguma maneira.

Os joelhos de Lane estalaram quando ele se agachou.

– Edward, o que acont...

– Me poupe. Só me leve até aquela cadeira. Preciso deslogar o computador ou estaremos comprometidos. Para onde foi papai? Sei que ele saiu pelos fundos.

– Saiu no carro com o motorista, eu o vi indo embora. Foi para a corrida.

– Graças a Deus. Agora me levante.

Mais uma coisa feia de se ver, Lane segurando-o por baixo das axilas como se ele fosse um cadáver e arrastando-o pelo carpete púrpura real. Quando, por fim, se viu sentado, uma repentina queda de pressão o deixou tonto, mas ele procurou aguentar e ligou o monitor.

– Vá até a mesa dele – ordenou a Lane. – Gaveta de cima no centro. Há um maço de papéis lá. Não se dê ao trabalho de lê-los, vá até a copiadora e tire uma cópia para nós. Ele acabou de assinar. – Quando Lane apenas ficou ali parado, como se precisasse chamar a emergência primeiro, Edward cortou o ar com a mão. – Vá! E recoloque-os exatamente onde estavam. *Vá!*

Quando Lane finalmente mexeu o traseiro, Edward voltou a se concentrar na tela do computador. Depois de transferir um documento final, começou a sair da rede com atenção, fechando tudo o que havia aberto.

Lane regressou apenas um segundo depois de ter terminado sua tarefa.

– Tire-me daqui – Edward disse com rispidez. – Mas antes coloque o telefone aqui na mesa.

Foi o ápice da impotência precisar que seu irmão caçula, forte e corpulento, recolocasse tudo em ordem e depois o suspendesse de pé para arrastá-lo para fora do escritório, como se ele estivesse na terceira idade.

Mas o pior foi quando chegaram ao tapete com o brasão da família, e Lane teve que parar de tentar ajudá-lo a caminhar.

– Vou ter que te levantar.

– Faça o que precisa fazer.

Edward virou o rosto no ombro do irmão quando seu peso foi suspenso do chão. O trajeto foi difícil, e seu nível de dor subiu e se propagou por tantos lugares novos… No entanto, o progresso foi melhor.

– O que era aquela papelada? – Edward exigiu saber ao passarem rapidamente pelo corredor das salas de reunião e escritórios.

– Você vai ter que andar quando chegarmos lá fora.

– Eu sei. E a papelada, o que era?

Lane apenas sacudiu a cabeça ao chegarem à porta dos fundos.

– Preciso te colocar no chão.

– Eu sei…

O grunhido de dor não foi algo que ele conseguiu abafar, por mais que tivesse preferido isso. E teve que esperar até ter certeza de que suas pernas sustentariam seu peso, com a mão agarrada ao braço de Lane enquanto usava o corpo do irmão para equilibrar o seu.

– Você está bem? – Lane perguntou. – Vai conseguir chegar até a picape?

Como se tivesse escolha.

Edward assentiu e empurrou o boné mais para baixo no rosto.

– Dê uma olhada primeiro.

Lane entreabriu a porta e se inclinou para fora.

– Ok, vou segurar o seu braço.

– Quanto cavalheirismo.

Maldição, mas Edward conseguiu que suas pernas se movessem na direção da picape como se o centro de negócios estivesse pegando fogo e aquela F-150 fosse o único abrigo disponível; não importava o quanto estivesse doendo, ele apenas cerrou os dentes e fez aquilo dar certo.

Quando, por fim, foi colocado no banco do passageiro com a porta fechada, seu estômago se revirava tanto que ele teve que fechar os olhos e respirar pela boca.

Lane saltou para o seu lado e ligou o motor. Houve um rangido de protesto debaixo do capô antes de o veículo começar a se mover, e logo eles...

Quando não avançaram, Edward olhou para ele.

– O que foi?

Num movimento lento, a cabeça do seu irmão se virou para ele, e uma circunspecção estranha cobria o belo rosto de Lane.

– O que aconteceu? – Edward exigiu saber. – Por que não está dirigindo?

Soltando o cinto de segurança, Lane disse:

– Tome, leia isto aqui. Eu já volto.

Os papéis se espalharam sobre o colo de Edward, e ele reclamou:

– Aonde diabos você está indo?

Lane apontou para os papéis e saiu.

– Leia.

Quando a porta do motorista foi fechada na sua cara, Edward quis ter algo para jogar nele. O que, em nome de Deus, Lane estava pensando? Tinham acabado de invadir o escritório do pai...

Por algum motivo, relanceou para o que estava em seu colo.

E viu as palavras "instrumento" e "hipoteca".

– Mas o quê...? – murmurou, juntando os papéis e colocando-os em ordem.

Quando terminou de ler, fechou os olhos e deixou a cabeça pender para trás. Em troca de "US$ 10.000.000,00 ou dez milhões de dólares" concedidos para a senhora Virginia Elizabeth Bradford Baldwine... Sutton Smythe receberia uma renda de 60 mil dólares mensais até que a soma total lhe fosse devolvida.

O pior, claro, era a cláusula referente à inadimplência: se os pagamentos mensais não fossem feitos no prazo, Sutton poderia executar a hipoteca de toda a propriedade Easterly.

Tudo, incluindo a mansão, as construções externas e as fazendas, seria dela.

Não era um investimento de risco, considerando que a última avaliação feita havia quatro anos estimava o valor da propriedade em cerca de 40 milhões de dólares.

Edward abriu os olhos novamente e os correu até a assinatura. Ela havia sido previamente reconhecida em cartório, uma prática costumeira na CBB, na surdina. E William Baldwine assinara na linha designada à Virginia Elizabeth Bradford Baldwine com sua própria assinatura, seguida por uma palavra: procurador.

Portanto, mesmo o nome da mãe sendo o único naquele acordo e, sem dúvida, sem ter ciência alguma dele e sem ver nenhum centavo daquele dinheiro, tudo estava muito bem legalizado.

Maldição.

Quando a porta da picape se abriu ao seu lado, ele praguejou e encarou Lane.

Só que não era seu irmão.

Não, Lane estava mais ao longe, debaixo de uma magnólia.

A senhorita Aurora tinha perdido peso, Edward pensou, meio entorpecido. O rosto dela era o mesmo, mas estava mais magro do que ele se recordava. Em retrospecto, isso valia para os dois.

Ele não conseguia fitá-la nos olhos.

Simplesmente não conseguia.

No entanto, olhou para as mãos dela, suas lindas mãos negras, que tremiam ao se erguerem para tocá-lo no rosto.

Abaixando as pálpebras, o coração dele trovejou quando sentiu o contato. E ele se preparou para algum comentário sobre a sua aparência horrível, ou alguma coisa num tom que lhe dissesse como ela estava mortificada pelo que ele se tornara.

Ela até chegou a tirar o seu boné.

Ele esperou, se preparando...

– Jesus te trouxe de volta para casa – ela disse, comovida, ao amparar seu rosto e beijá-lo na face. – Menino precioso, Ele te trouxe de volta para junto de nós.

Edward não conseguia respirar.

Menino precioso... era assim que ela sempre o chamara quando ele era pequeno. Menino precioso. Lane era o predileto, sempre fora, e Max era tolerado porque era o que ela tinha que fazer, mas a senhorita Aurora chamava-o, ele, Edward, de precioso.

Porque ela era da velha guarda e o primogênito era importante.

– Rezei por você – ela sussurrou. – Rezei para que Ele te trouxesse de volta para casa. E o milagre aconteceu por fim.

Em seguida, viu-se inclinar na direção dela, e ela o envolveu nos braços.

Muito mais tarde, quando tudo tivesse mudado e ele estivesse vivendo uma vida jamais imaginada, ele viria a reconhecer que... aquele exato momento, com sua cabeça entre as mãos da senhorita Aurora, com o coração dela batendo debaixo do seu ouvido, com a voz tão familiar apaziguando-o e o seu irmão assistindo a tudo de uma distância discreta, foi o início da sua verdadeira cura. Por um breve instante, uma fração de segundo, um único respiro, a sua luz piloto se acendeu. A centelha não durou muito, morrendo quando ela, por fim, recuou um passo.

Mas a ignição, de fato, ocorreu. E mudou tudo.

– Rezei todas as noites por você – ela disse, esfregando seu ombro. – Rezei e pedi para que você fosse salvo.

– Não acredito em Deus, senhorita Aurora.

– Nem o seu irmão. Mas eu digo para ele: Ele te ama mesmo assim.

– Sim, senhora. – O que mais ele poderia dizer?

– Obrigada. – Ela lhe tocou a cabeça, o maxilar. – Sei que não queria me ver...

Ele a segurou pela mão.

– Não, não é isso.

– Você não tem que explicar.

A ideia de que ela, de alguma forma, se sentisse cidadã de segunda classe foi como um tiro no seu peito.

– Eu não... não vejo mais ninguém. Não sou mais quem eu costumava ser.

Ela levantou o rosto dele.

– Olhe para mim, menino.

Ele teve que se forçar a enfrentar os olhos negros.

– Sim, senhora.

– Você é perfeito aos olhos de Deus. Você me entendeu? E também é perfeito para os meus olhos. Não importa a sua aparência.

– Senhorita Aurora... não é só o meu corpo que mudou.

– Isso está em suas mãos, menino. Você pode escolher afundar ou nadar, baseado no que aconteceu. Você vai se afogar? Seria uma burrice agora que você já voltou para terra firme.

Se qualquer outra pessoa tivesse dito aquela canastrice para ele, ele teria revirado os olhos e nunca mais pensado na frase. Mas conhecia o passado dela. Sabia mais do que Lane sobre sua vida pregressa antes de ela começar a trabalhar em Easterly.

Ela era uma sobrevivente.

E o convidava a se juntar ao clube.

Então era por isso que não queria vê-la, pensou. Não queria aquele confronto, aquele desafio que claramente lhe era lançado.

– Mas e se eu não conseguir chegar lá? – ele se viu perguntando numa voz emocionada.

– Você vai conseguir. – Ela se inclinou e sussurrou ao ouvido dele. – Você vai ter um anjo cuidando de você.

– Também não acredito em anjos.

– Isso não importa.

Endireitando-se, ela o fitou por um longo momento. Nada sugeria que ela notava o quanto ele tinha envelhecido e emagrecido.

– A senhora está bem? – ele perguntou de repente. – Fiquei sabendo que foi para...

– Estou ótima. Não se preocupe comigo.

– Sinto muito.

– Sobre o quê? – Antes que ele pudesse responder, ela o interrompeu com sua voz estridente, tão familiar: – Não peça desculpas por cuidar de si mesmo. Sempre estarei com você, mesmo quando não estiver.

Ela não disse adeus. Apenas acariciou seu rosto uma vez mais e depois se virou. E foi interessante. A imagem dela caminhando até Lane e os dois conversando próximos, debaixo da copa verdejante da magnólia, foi outra coisa que permaneceu em sua memória.

Só que não pelos motivos que ele imaginou.

TRINTA E SETE

A chuva imprevista começou pouco depois das cinco da tarde. Enquanto dobrava a última das mesas debaixo da tenda, Lizzie sentiu o cheiro da mudança no ar e olhou para as heras no muro de tijolos do jardim. Como esperado, as folhas dançavam ao vento, reluzentes, encarando o céu cinzento.

– Não era para chover – murmurou para ninguém em especial.

– Você sabe o que dizem sobre o clima por estas partes – um dos garçons replicou.

É, pois é, ela sabia.

Onde estaria Lane?, perguntou-se. Estava sem notícias dele desde a conversa ao lado da picape, seis horas atrás.

O senhor Harris se aproximou.

– Você disse para eles que tudo isso vai para a área de carga e descarga?

– Sim – ela respondeu. – É sempre ali que ficam as coisas alugadas e, antes que pergunte, os copos e talheres também.

Já que o homem estava parado ali sem fazer nada, ela ficou tentada a pedir que ele a ajudasse segurando uma das pontas da mesa para carregá-la até a parte oposta do deque. Mas estava bem evidente que ele não era alguém que metia a mão na massa.

– Qual o problema?

– A polícia está aqui de novo. Estão tentando respeitar o evento, mas querem me interrogar mais uma vez.

Lizzie abaixou a voz.

– Quer que eu cuide das coisas?

– Sinto que eles não querem esperar.

– Pode deixar, tudo será feito da maneira correta.

O mordomo limpou a garganta. Em seguida, que Deus o abençoasse, ele se curvou levemente na sua direção.

– Agradeço imensamente. Obrigado. Não deve demorar muito.

Ela o viu se afastar, depois voltou ao trabalho.

Levantando a mesa, atravessou o espaço cavernoso e prosseguiu a céu aberto, onde o início de um chuvisco a molhou nos ombros e na cabeça. A área de carga e descarga ficava na parte oposta da casa. O sotaque carregado de Greta ressoava pelo lugar, enquanto dois empregados, um entrando com o lixo da festa, o outro saindo de mãos vazias, se apressavam.

Lizzie se dirigiu para junto deles, aproximando-se das mercadorias a serem devolvidas.

A tenda maior seria desarmada em vinte minutos, e a equipe de limpeza já estava trabalhando no chão, recolhendo guardanapos amassados, garfos perdidos e copos.

Os ricos não eram diferentes de qualquer outro rebanho de animais, capazes de deixar uma trilha de detritos depois de abandonarem o local de alimentação.

– Última mesa – disse, assim que se viu debaixo da tenda.

– Que bom. – Greta apontou para uma pilha. – Fica ali, *ja*?

– Isso mesmo. – Lizzie ergueu a mesa na altura da cintura e a deslizou no alto da pilha. – O senhor Harris teve que cuidar de umas coisas, por isso vou supervisionar a limpeza.

– Logo *terremos* tudo em *orrdem*. – Greta apontou o outro canto para dois rapazes com seis engradados de copos cada um. – Ali. Deixem debaixo da *coberrturra*, sim?

– Vou dar uma olhada na cozinha.

– Vamos *terrminarr dentrro* de uma *horra*.

– Como planejado.

– *Semprre.*

E Greta estava certa. Terminaram às seis em ponto; a tenda grande foi desmontada, a casa e os jardins foram liberados e o quintal estava limpo. Como de hábito, o esforço tinha sido tremendo. Os empregados se retiravam; a maioria se reuniria para beber e se livrar das dores, desconfortos e "Oh, meu Deus" do dia, mas não Lizzie nem sua colega. Casa. As duas iriam para suas respectivas casas. Lizzie esperaria por Lane, e Greta seria recebida por uma refeição preparada pelo marido.

As duas se encaminharam para o estacionamento dos funcionários, não disseram nenhuma palavra e, junto aos carros, abraçaram-se rapidamente.

– Mais uma vencida – Lizzie disse ao se separarem.

– *Agorra* vamos nos *preparrar parra* a festa de *aniverrsárrio* da Pequena V.E.

Ou a festa de casamento de Gin, Lizzie ponderou.

– Eu te vejo amanhã? – perguntou.

– Domingo? Não – Greta gargalhou. – Não *haverrá* uma alma *sequerr* se movendo aqui, nem um *marrtíni*, nem um rato.

– Ah, é mesmo. Desculpe, a minha cabeça já pifou. Te vejo na segunda, então.

– Está bem *parra dirrigirr*?

– Claro!

Com um aceno, Lizzie entrou no seu Yaris e depois se juntou à fila de carros e caminhões que saía pelo caminho dos funcionários.

Tomando a esquerda na estrada River, a garoa se transformou em chuva de verdade, e o dilúvio a fez pensar na corrida. Caramba, perdera a corrida. Esticando a mão para o rádio, sintonizou na estação local. Quando conseguiu ouvir comentários sobre a corrida, já estava no entroncamento, passando por cima do rio Ohio.

Mas não acompanhou o relato – e não só porque não entendia nada do esporte.

Franzindo o cenho, aproximou o rosto do para-brisa.

– Meu Deus…

Mais à frente, o horizonte estava carregado de nuvens negras pairando alto no céu. E o pior? Havia uma coloração meio esverdeada em tudo aquilo. E mesmo um olhar desacostumado perceberia que aquilo parecia estar girando.

Olhou por cima do ombro. Atrás dela, não viu nada anormal. Havia até uma faixa de céu azul.

Enfiando a mão na bolsa, pegou o celular e ligou para Easterly. Quando aquela voz carregada de sotaque inglês atendeu, ela disse:

– O tempo está piorando. Você vai ter que...

– Senhorita King?

– Escute, você vai ter que cobrir a piscina e os vasos...

– Mas o tempo não está piorando. Na verdade, a previsão deixou bem claro que deveríamos esperar apenas uns chuviscos esta noite.

Quando um raio cortou uma nuvem logo adiante, ela pensou que pelo menos se entendera com o homem uma hora antes.

– A previsão do tempo que se dane. Estou te contando o que está bem na minha frente: há uma tempestade maior que o centro da cidade de Charlemont atravessando o rio, e a colina de Easterly é a primeira coisa que ela vai atingir.

Droga, será que se lembrara de fechar as janelas da sua casa?

– Eu desconhecia os seus talentos de metereologista – o senhor Harris comentou com secura.

E o senhor é um cretino.

– Muito bem, mas depois você vai ter que explicar o seguinte assim que ela passar por aí: um, por que o abrigo ao lado da piscina saiu voando; dois, por que os quatro vasos da varanda da parte oeste caíram e terão que ser replantados; três, onde foi parar a mobília do jardim, porque, a menos que garanta que ela esteja na casa da piscina, ela acabará voando pelos canteiros do jardim. O que me leva ao número quatro, ou seja, quando as heras, as rosas e as hidrângeas serão reparadas. Ah, e depois você pode concluir isso fazendo um cheque de sete mil dólares para a família para cobrir todo o material de jardinagem que terá que ser reposto.

Tic, tac, tic, tac...

– Qual era o segundo item? – ele perguntou.

Te peguei.

Lizzie repassou todo o procedimento que ela e Greta desenvolveram, resultado do trabalho de vários anos com Gary McAdams, preparando--se para as grandes tempestades de primavera e de verão. O pior era que não era necessário um tornado F5 caindo diretamente em Easterly para criar o caos. Algumas tempestades eram mais do que capazes de estragar bastante coisa, se fossem atingidos por ventos diretos.

Era uma das coisas que aprendera rapidamente ao se mudar para Charlemont.

Como se provando que estava certa, ela logo atravessou uma cortina de chuva, que atingiu seu para-brisa com tanta força que pareceu uma dupla de sapateadores dançando "The Star-Spangled Banner".

Aumentando a velocidade dos limpadores, tirou o pé do acelerador porque seu Yaris era bem capaz de hidroplanar na estrada mesmo na mais ínfima quantidade de água sob os pneus finos.

– Entendeu? – ela perguntou. – Preciso desligar e dirigir no meio desta coisa.

– Sim, sim, claro... ah, meu Deus – o homem sussurrou.

– Então, está vendo a tempestade agora? – *Divirta-se*, ela pensou. – Melhor começar a se mexer.

– Sim, de fato.

Desligou e jogou o celular dentro da bolsa. Depois, só lhe restou se dobrar em cima do volante, segurar firme... e rezar para que nenhum exibido numa suv a jogasse para fora da estrada.

A situação piorou bem rápido.

E, puxa, depois de um dia atarefado e longo como o que tivera, a última coisa que precisava era enfrentar aquele aguaceiro reduzindo sua visibilidade para um metro e meio de distância, somado a trovões ensurdecedores e raios. O clima parecia disposto a acompanhar lado a lado o que acontecia em Easterly. Quase como se o drama na casa estivesse afetando o tempo.

Ok, talvez aquilo fosse exagero.

Mas, mesmo assim...

Levou uns quinhentos anos para chegar à sua saída. E mais setecentos ou oitocentos para chegar à entrada da sua casa. Nesse meio-tempo, a tempestade se transformou em Tempestade, com T maiúsculo: raios cruzavam o céu, parecendo querer atingir seu carro, e trovões rugiam. Ela foi atingida por uma rajada de granizo que poderia ter derrubado Fenway Park. Já com os nós dos dedos embranquecidos, irritada, preocupada com Lane e toda dolorida, finalmente chegou em casa, toda esbaforida e...

O dedo de Deus.

Foi só no que pensou.

Num momento, estava estacionando em seu lugar de costume próximo à casa. No seguinte? Um raio desceu do céu e atingiu a sua enorme e linda árvore bem no topo.

Faíscas se formaram, como se fosse 4 de julho.

E ela gritou, pisando no freio:

– Não!

Os pneus do Yaris derraparam no piso seco. Ou na estrada lamacenta e escorregadia.

E foi nessa hora que descobriu que Lane estava na sua casa.

Porque acabou batendo com tudo no para-choque traseiro do Porsche dele.

Lane já estava havia duas horas sentado à mesa da cozinha de Lizzie, lendo os relatórios financeiros da CBB, quando a chuva chegou. Enquanto a tempestade dava seu primeiro show, com trovões e raios sacudindo a casa, ele nem se deu ao trabalho de desviar o olhar do laptop, mesmo quando os antigos vidros tremeram e o telhado rangeu.

A quantidade de informação era tremenda.

E ele estava em pânico por entender apenas uma fração dela.

Mas, pensando bem, tinha sido muita ingenuidade da parte dele pensar que poderia lidar com os negócios do pai com algum tipo de diligência. Fora a quantidade incrível de arquivos, ele não tinha o conhecimento necessário para entender tudo aquilo.

Ainda bem que Edward tinha se preparado para algo assim, criando aquelas contas fantasmas, senhas e e-mails. Sem tais coisas, teria sido impossível exportar as informações sem disparar algum alerta interno.

Se bem que isso ainda poderia acontecer.

Ele não sabia de quanto tempo dispunham até que o pai deles descobrisse o vazamento de informações.

Fazendo uma pausa, recostou-se na cadeira e esfregou os olhos. Foi nesse instante que o segundo *round* da tempestade começou. Seja pelo cochilo forçado devido aos seus olhos cansados ou pelo fato de que suas células T estavam alertas, ele logo percebeu que a casa de Lizzie estava sendo atacada.

Levantou-se, deu a volta e fechou todas as persianas do andar de cima e de baixo. Enquanto corria de cômodo em cômodo, os raios iluminavam tudo como estrobos enlouquecidos, lançando sombras velozes sobre o piso de Lizzie, a mobília, o piano. O céu estava tão escuro como se fosse meia-noite, a chuva açoitava a fazenda, e Lane sentiu como se estivesse numa zona de guerra.

Tinha esquecido como aquelas tempestades de primavera vindas do leste podiam ser furiosas, as colisões das frentes frias e quentes correndo à solta por quilômetros e quilômetros da planície no centro-oeste.

De volta ao primeiro andar, relanceou para a varanda e praguejou. As mesinhas e as cadeiras de balanço de vime estavam todas amontoadas, numa agitação nervosa provocada pelas rajadas de vento.

Quando foi abrir a porta, a força da corrente fez com que ele tivesse que usar força para fechá-la novamente depois que saiu. Ao segurar tudo o que encontrava, moveu os objetos de Lizzie para o canto oposto da varanda, distante dos ventos mais fortes.

Estava voltando para apanhar a última cadeira quando viu faróis fazendo a curva na estrada principal. Só podia ser ela, e ele ficou aliviado.

Tivera a intenção de telefonar, mandar uma mensagem, sinal de fumaça ou um pombo-correio, mas sua mente acabara se concentrando em...

Tudo aconteceu numa estranha combinação de câmera lenta com a velocidade do som: um raio surgiu no céu, seguido por um barulho de explosão e uma bomba de iluminação.

Um galho do tamanho de uma viga se partiu e caiu no chão.

Bem onde Lizzie acabava de estacionar.

O som de metal se retorcendo fez o coração dele parar de bater.

– Lizzie! – ele berrou e voou para fora da varanda.

A chuva o atingiu no rosto e o vento parecia uma matilha de cães atacando suas roupas, mas ele seguiu em frente.

A morte vem em três.

– Não! – ele berrou na tempestade. – Nãããâooo!

O Yaris cedeu sob o peso, o teto amassou, a capota afundou, e a vida dele passou pela sua mente quando ele parou de súbito, descalço. Galhos com folhas novas atrapalhavam sua visão, assim como a chuva e o vento, e os raios e trovões continuaram, como se nada de importante tivesse acontecido.

– Lizzie!

Ele se enfiou na confusão verde, se contorcendo. Mesmo com todo aquele vento, ele sentia o cheiro de gasolina e óleo, e ouvia o sibilo do motor mortalmente atingido.

Talvez toda aquela umidade impedisse uma explosão?

Resolveu mudar de tática e começou a subir no carro, até dar a volta e chegar à frente do veículo. Por fim, sentiu algo molhado e escorregadio nas mãos, e começou a bater, para que ela soubesse que ele estava ali.

– Lizzie, vou te tirar daí!

Com puxões frenéticos, arrancou galhos e folhas até encontrar o vidro do para-brisa todo rachado. Fechando o punho, socou com força, e faltou pouco para que ele inteiro passasse pela abertura.

Lizzie estava de lado, com a cabeça apoiada no banco do passageiro, mexendo os braços como se estivesse tentando se orientar. Os dois *airbags* tinham sido acionados, e o pó branco e seco do interior contrastava com a umidade da tempestade.

– Lizzie!

Pelo menos ela estava se mexendo.

Merda. Ele não tinha como abrir as portas. Teria que puxá-la.

Esticando o braço, tocou-a no rosto.

– Lizzie?

Ela piscou, e havia sangue em sua testa.

– Lane...?

– Estou com você. Vou te tirar daí. Está machucada? O pescoço, como está? As costas?

– Desculpe, bati no seu carro...

Ele fechou os olhos por uma fração de segundo e murmurou uma oração. Em seguida, voltou a agir.

– Vou ter que te arrastar para fora.

Abrindo caminho pelo interior do carro, conseguiu, de algum modo, soltar o cinto dela, segurá-la pelos braços...

E parou.

– Lizzie? Presta atenção, tem certeza de que não está machucada? Consegue mover as pernas e os braços? – Quando ela não respondeu, ele sentiu uma onda de pânico. – Lizzie? Lizzie!

TRINTA E OITO

De volta a Charlemont, Edward não estava prestando atenção em seu último cavalo no Derby. Não estava sequer na pista.

Não, ele estava tentando um novo papel.

O de perseguidor.

Atrás do volante do caminhão do Haras Vermelho & Preto, olhou pela janela do passageiro para a enorme mansão de tijolos aparentes diante da qual estava parado.

Construída no início dos anos 1900, a grande casa georgiana era propositadamente maior do que Easterly. Já fazia quase um século que os Sutton eram arrivistas bem-sucedidos, e quando a fortuna da família por fim superou a dos Bradford, aquela casa transformou-se num troféu para o seu triunfo. Com seus vinte ou trinta quartos e um vilarejo para os empregados, a mansão era quase uma cidade, na segunda melhor colina com a segunda melhor vista do rio e o segundo melhor jardim.

Mas, sim, vencia Easterly em relação ao tamanho.

Assim como a Destilaria Sutton Corporation, que era um terço maior que a CBB.

Edward meneou a cabeça e relanceou para o relógio barato que passara a usar. Caso Sutton se ativesse aos seus costumes, não tardaria a chegar.

Pelo menos, nenhum funcionário uniformizado acompanhado por um pastor alemão a ladrar veio incomodá-lo pedindo para que fosse embora. A segurança da propriedade da família de Sutton Smythe era tão rigorosa quanto a de Easterly, mas ele tinha duas vantagens. A primeira era o logotipo em seu veículo; a marca registrada V&P era como uma garantia real, e mesmo que fosse um *serial killer* parado no vestíbulo do tribunal de justiça no centro da cidade, existia uma grande possibilidade que a polícia o deixasse em paz. A segunda coisa que tinha a seu favor era o Derby. Sem dúvida, todos ainda estavam comentando sobre a corrida, acertando apostas, deliciando-se com suas glórias.

Em breve. Muito em breve ela estaria em casa.

Depois que Lane o levou de volta à fazenda, ele tomou alguns remédios e um drinque. Em seguida, releu os papéis da hipoteca... E ficou só mais dez minutos ali antes de apanhar a bolsa de festa de Sutton e claudicar até um dos caminhões.

Moe e Shelby e o resto dos ajudantes estavam na pista junto aos treinadores e aos cavalos. Ao se afastar dirigindo, pensou que era uma lástima desperdiçar todo o silêncio e a tranquilidade da fazenda, mas aquilo era uma coisa que ele tinha que resolver pessoalmente.

A chuva começou a cair – primeiro uns pingos, depois um chuvisco.

Voltou a olhar para o relógio.

Treze minutos. Estava apostando que ela chegaria em treze minutos. Enquanto as outras 200 mil pessoas em Steeplehill Downs teriam que caminhar pelo longo trajeto até seus carros, para em seguida enfrentar um congestionamento na tentativa de entrar na autoestrada, pessoas como os Bradford e os Sutton tinham escolta policial, o que os fazia entrar e sair rápido dos lugares.

E ele estava certo.

Doze minutos e alguns segundos mais tarde, um dos Mulsannes pretos da família parou diante da casa. O motorista saiu de trás do volante, abriu um guarda-chuva e seguiu para a porta de trás. Um segundo segurança fez o mesmo do outro lado.

O pai de Sutton saiu primeiro, e precisou do braço do motorista para chegar à casa.

Sutton, por sua vez, saiu lentamente, com os olhos fixos no caminhão. Depois de conversar com o motorista, pegou o guarda-chuva dele e veio caminhando, sem se dar conta de que estava estragando os sapatos de salto alto.

Edward abaixou o vidro quando ela se aproximou, tentando ignorar o seu perfume conforme ela chegava cada vez mais perto.

– Entre – disse, sem olhar.

– Edward...

– Não vou discutir o que você assinou com o meu pai aí na sua casa. Nem no seu jardim.

Ela emitiu um xingamento agressivo e marchou para a frente do caminhão. Com um grunhido, ele tentou se esticar como um cavalheiro teria feito para lhe abrir a porta, mas ela chegou antes. Além disso, seu corpo não permitiria que ele se esticasse tanto assim.

Depois de se acomodar no banco, Sutton ficou imóvel ao ver sua bolsa.

Ligando o veículo, ele murmurou:

– Pensei que você gostaria de ter a sua habilitação de volta.

– Tenho que estar no baile em quarenta e cinco minutos – ela disse quando ele começou a descer a colina.

– Você odeia ir a esses eventos.

– Tenho um encontro.

– Tem? Que bom, parabéns. – Uma fugaz fantasia de raptá-la para impedi-la de ir se passou em sua mente. Como num filme, a fantasia culminaria numa Síndrome de Estocolmo, pois ela se apaixonaria pelo seu sequestrador. – Quem é ele?

– Ninguém que te interesse.

Edward virou à esquerda e apenas continuou dirigindo.

– Então você está mentindo.

– Veja as colunas sociais amanhã – ela argumentou num tom enfastiado. – Você poderá ler tudo a respeito.

– Eu não assino mais o *Charlemont Courier Journal*.

– Escute, Edward...

– Que *diabos* você está aprontando? Fazendo um hipoteca da minha própria casa?

Mesmo que não estivesse olhando para ela, ele sentia o olhar gélido cravado em seu rosto.

— Primeiro, foi seu pai quem me procurou. Segundo, se voltar a falar nesse tom comigo, executarei a hipoteca imediatamente.

Edward a encarou.

— Como pôde fazer isso? Você é mesmo tão gananciosa assim?

— Os juros são mais do que justos! Você queria que ele tivesse ido a um banco, que fosse exposto? Manterei tudo em segredo, desde que os pagamentos sejam feitos.

Ele apontou um dedo para os documentos no banco.

— Quero que suma com isso.

— Você não tem parte no acordo, Edward. E, ao que tudo leva a crer, o seu pai precisa do dinheiro. Ou não teria me procurado.

— Aquela casa pertence à minha mãe!

— Sabe, se eu fosse você, estaria me agradecendo. Não sei ao certo o que anda acontecendo debaixo daquele seu teto, mas dez milhões não deveriam ser nada para a grande e gloriosa família Bradford!

Edward virou à esquerda e estacionou num dos parques públicos do rio Ohio. Cruzando o estacionamento deserto, ele parou ao chegar ao atracadouro, e desligou o motor. Àquela altura, a tempestade caía a valer, e os raios no céu inflamavam a raiva dentro dele.

Virando-se no banco, ele engoliu um gemido de dor.

— Ele não precisa do dinheiro, Sutton.

Claro, era uma mentira. Mas a última coisa que a família precisava era de boatos. Por mais que ele estivesse frustrado com Sutton, sabia que poderia confiar nela, só que deviam haver outras pessoas envolvidas. Advogados, banqueiros. Pelo menos ela poderia negar essa conversa, caso fosse mencionada.

— Então por que ele assinou aquele documento? — ela inquiriu. — Por que o seu pai se desdobrou para me desviar de uma reunião de negócios para propor isso?

Enquanto ela o confrontava, ele teve uma rápida imagem mental da noite anterior, dela em seu colo, montando sobre ele, sendo gentil com seu corpo alquebrado.

Logo se lembrou do pai tentando abraçá-la no escritório.

Aquilo tinha como ficar mais confuso?, perguntou-se enquanto seu ódio por William Baldwine ressurgia.

Edward se concentrou nos lábios dela e pensou na esposa do irmão.

– Ele já te beijou?

– *O que disse?*

– O meu pai. Ele já te beijou?

Sutton meneou a cabeça em descrença.

– Vamos nos concentrar na questão da hipoteca de Easterly, está bem?

– Responda a maldita pergunta.

Ela levantou as mãos.

– Você me viu no escritório com ele. O que acha?

Então, sim, Edward pensou com uma onda de fúria.

– Escute – Sutton disse –, não sei o que está acontecendo com a sua família, ou por que ele quis fazer isso. Só o que sei foi que era um bom negócio para mim… e pensei que poderia ajudá-los. Fui idiota, pensei que manter isso em segredo poderia beneficiá-los.

Depois de um momento, ele murmurou:

– Bem, você está errada. E é por isso que quero que rasgue o documento.

– O seu pai também tem uma cópia – ela observou, seca. – Por que não vai falar com ele?

– Ele fez o acordo com você porque me odeia. Ele o fez porque sabe muito bem que a *última* pessoa na face da terra que eu gostaria de ficar devendo é você.

Pelo menos isso não era mentira, ele pensou quando ela arfou.

Deus bem sabia que ele já se sentia apenas meio homem perto dela…

Sutton se mexeu no banco, absorvendo as palavras de Edward. Não conseguiu esconder sua ansiedade.

O orgulho fez com que quisesse atingi-lo, mas as palavras iradas se atropelaram em sua cabeça, e só o que ela acabou fazendo foi contemplar o rio agitado e lamacento.

Os limpadores de para-brisa estavam ligados, movendo-se em intervalos, clareando a vista da margem oposta temporariamente. E, engraçado, a vida era meio assim também, não era? Você segue em frente, cuidando da sua vida, sem conseguir ver exatamente onde se encontra por causa dos tantos detalhes demandando atenção, quando, subitamente, as coisas se cristalizam e você recebe uma breve visão que a faz pensar "Ah, é aqui que estou".

Sutton pigarreou, mas não adiantou muito, pois, quando falou, as palavras saíram meio roucas.

– Sabe, acho que nunca vou entender por que me considera tão pouco. É um mistério para mim.

Edward disse algo, mas ela falou por cima dele:

– Você deve saber que me apaixonei por você há muito tempo.

Isso fez com que ele se calasse.

– Você deve saber. Como não saberia? Eu o segui por anos... É por isso que me odeia? – Olhou na direção dele, mas não conseguiu ver muito por causa do boné. O que era bom, provavelmente. – Você me despreza por isso? Sempre pensei que você foi deixando porque pensou que os meus sentimentos poderiam lhe ser úteis de algum jeito, mas é algo mais doentio do que isso? Sei que desprezo a mim mesma pela minha fraqueza. – Ela acenou para os documentos. – Quero dizer, esses papéis são um exemplo perfeito de como sou patética. Eu não teria feito um negócio assim, às escondidas, com ninguém mais. Mas imagino que seja um problema meu, e não seu.

Ela voltou a fitar além do para-brisa.

– Sei que não gosta de falar sobre o que aconteceu na América do Sul, mas... Eu não dormi o tempo todo que você estava lá, e tive pesadelos nos meses seguintes. E depois você voltou a Charlemont e não quis me ver. Disse a mim mesma que era porque você não estava recebendo ninguém, mas não é verdade, é?

– Sutton...

– Não – interrompeu-o com firmeza. – Não vou livrá-lo dessa hipoteca. Seria apenas mais uma estupidez nessa coisa que tenho com você.

– Você entendeu tudo errado, Sutton.

– Entendi? Não tenho tanta certeza assim. Então, que tal se terminarmos tudo aqui, agora? Você pode ir se foder, Edward. Agora me leve de volta para a minha casa antes que eu ligue para a polícia.

Ela esperou que ele discutisse. Depois de um instante, porém, ele engatou a marcha a ré e deu a volta.

Na estrada, ela o encarou de perfil.

– É melhor rezar para que aquele seu pai faça os pagamentos dentro do prazo. Se ele não fizer, não hesitarei em pôr a sua família no olho da rua. E se acha que isso não vai fazer as pessoas desta cidade comentarem a respeito, você perdeu o juízo.

Foi a última coisa dita no caminho de volta para a casa dela.

Quando ele parou diante da mansão, ela fez questão de pegar a bolsa de festa e levá-la consigo, e o caminhão mal tinha parado quando ela abriu a porta.

Sutton tinha quase certeza de que ele disse seu nome uma última vez antes de ela sair, mas talvez não.

Quem se importava?

Enquanto corria debaixo da chuva, o mordomo lhe abria a porta de entrada.

– Senhorita! – ele exclamou. – A senhorita está bem?

Ela não se dera ao trabalho de abrir o guarda-chuva, e uma rápida olhada no antigo espelho ao lado da porta mostrou que ela parecia tão exausta e abatida quanto se sentia.

– Na verdade, não estou me sentindo muito bem. – Não era nenhuma mentira. – Por favor, avise Brandon Miller que vou me deitar. Eu deveria me encontrar com ele para irmos ao baile de hoje.

Ele se curvou.

– Devo telefonar para o doutor Qalbi?

– Não, não. Só estou exausta.

– Eu lhe levarei uma bandeja com chá.

A ideia lhe pareceu nauseante.

– Quanta gentileza. Muito obrigada.

Enquanto o homem se afastava na direção da cozinha, ela seguiu para o elevador. Felizmente, ele já estava parado no térreo e ela pôde entrar imediatamente. A última coisa que queria era se encontrar com o pai ou com o irmão.

Tirou os sapatos e caminhou descalça pelo corredor, entrando sorrateiramente no quarto e batendo a porta atrás de si.

Fechou os olhos, mas continuou ouvindo a voz de Edward em sua mente.

Ele fez isso porque sabe muito bem que a última pessoa na face da terra que eu gostaria de ficar devendo é você.

Inacreditável.

E era engraçado. Mesmo com todo o dinheiro que ela tinha, toda a posição social e autoridade, o respeito e a adulação... Ela ainda podia ser reduzida a uma criança devastada.

Só era preciso ficar num local fechado com Edward Baldwine.

Por dez minutos.

Não mais, ela jurou. A obsessão doentia que tinha por aquele homem precisava cessar agora.

Nos recessos da mente, às vezes ela se perguntava se ele também não combatia uma obsessão por ela, a competição centenária entre as duas famílias impedindo-o de se aproximar. Mas isso, evidentemente, fora uma projeção injusta da parte dela, algum tipo de fantasia romântica nascida dos seus próprios sentimentos.

As únicas coisas gentis que ele lhe dissera foram quando ele pensou que ela era uma prostituta a seu serviço.

No entanto, a realidade estava visivelmente clara agora. Ele tinha acabado de apresentá-la num *outdoor* na proverbial praça central da sua cidade. Deixara tudo evidente, sem margem para dúvidas.

Ela podia ser patética.

Mas não era burra.

TRINTA E NOVE

Atingida na cabeça.

Enquanto Lizzie escorregava para o lado da cabine esmagada de seu Yaris, sentiu como se tivesse levado uma pancada na cabeça.

Por uma combinação de Wolverine, The Rock e talvez por Schwarzenegger em seus tempos de glória.

E, como resultado, nada estava sendo muito bem processado – o fato de ter batido na traseira do carro de Lane, o motivo pelo qual seu rosto estava molhado, o barulho alto…

– Lizzie!

O som do seu nome dissipou parte da sua confusão, e ela olhou ao redor, tentando descobrir por que Deus, de repente, estava com a voz muito parecida com a de Lane.

– Lane? – ela disse, piscando repetidas vezes.

Por que ele estava entrando pelo para-brisa? Seria aquilo um sonho?

– … machucada em algum lugar? – ele dizia. – Preciso saber antes de tentar te mover.

– Desculpe, o seu carro…

– Lizzie, você tem que me dizer se está machucada!

Caramba, quando ele ficava ansioso aquele sotaque sulista ficava mais evidente, não? Ela estava confusa. Machucada? Por que ela estaria…

E foi então que ela viu toda a folhagem.

Dentro do carro.

Muito bem, aquilo devia ser um sonho ruim, mas ela podia seguir a correnteza. Testou os braços, as pernas, inspirou fundo, moveu a cabeça... Tudo parecia funcionar bem.

– Eu estou bem – murmurou. – O que aconteceu?

– Vou te puxar para a frente, ajude se puder, ok?

– Claro. Eu...

Uau. Ai!

Mas ela estava determinada a participar daquele esforço. Mesmo quando seus músculos ficaram meio esticados demais, parecendo querer saltar para fora das juntas, ela apoiou os pés em qualquer coisa que conseguiu, se empurrando enquanto Lane a puxava e fez força para seguir em frente.

A chuva atingiu seu rosto, seus cabelos, suas roupas. Arranhões. O vento a cegou.

Mas ele a arrancou para fora.

E ela logo se viu nos braços dele, ao encontro do seu peito, sentindo-o estremecer.

– Ai, Deus – ele disse, rouco. – Ah, graças a Deus, você está viva...

Lizzie se segurou nele, ainda sem entender por que estavam sentados numa árvore. Como é que os carros tinham subido na...

Um raio espocou no céu tão perto deles que ela sentiu os ouvidos explodindo.

– Temos que entrar – Lane rugiu. – Venha.

Em algum momento no processo de tropeçar e cair no chão, o cérebro dela voltou à ativa, e o que ela viu quase a paralisou.

Metade da magnífica árvore que crescia ao lado da sua casa tinha esmagado seu carro.

No fim, ela não colidira com o Porsche.

A batida que ouviu era o seu sedãzinho sendo esmagado por todo aquele peso.

– Lane, o meu carro...

Foi tudo o que conseguiu dizer antes de ele a pegar nos braços e sair correndo na direção da casa. Quando ele saltou na varanda, ela o empurrou e saiu dos braços dele, recusando-se a ir mais longe. Cobrindo a boca com a mão ao ver seu carro daquele jeito, ela...

Sangue. Havia sangue por toda parte sobre ela.

Uma súbita tontura a acometeu, fazendo-a cambalear ao olhar para si mesma.

– Lane... Estou machucada?

– Para dentro – ele ordenou, conduzindo-a.

Enquanto a empurrava para dentro e empenhava todas as suas forças para fechar a porta, o coração dela começou a bater forte quando deu uma bela olhada no seu salvador: ele também estava todo molhado e ensanguentado.

Mas isso importava?

Os dois se abraçaram com tanta pressa que as roupas ensopadas se grudaram, os corpos voltando a se ligar, partilhando calor, segurando-se firmes um ao outro.

– Pensei que tivesse te perdido – ele disse ao ouvido dela. – Ah, meu Deus, pensei que...

– Você me salvou, você me salvou...

Ambos falavam apressadamente, tropeçando sobre as palavras, trêmulos pelo que quase acontecera. Ele a beijou e ela retribuiu.

Só que, depois de um tempo, ela se afastou.

– Acho que quem está sangrando é você.

– São só uns arranhões...

– Oh, Deus! Olhe para os seus braços, as suas mãos!

Ele estava todo machucado; sua pele tinha vários cortes por ter brigado com os galhos para chegar até ela, e havia contusões no rosto e no pescoço.

– Não estou nem aí – ele disse. – É com você que estou preocupado.

– Você precisa de um médico?

– Ora, por favor... A árvore caiu em cima de você, lembra?

E foi então que as luzes se apagaram.

Lizzie ficou imóvel um segundo, mas logo começou a rir com tanta intensidade que seus olhos arderam. Eram emoções demais, coisas demais para lidar... E, antes que se desse conta, Lane estava gargalhando também. Os dois se abraçaram, libertando-se de toda a tensão, dos problemas da família dele, do estresse do *Brunch*... até aquele horrendo acidente de carro.

– Banho? – ela sugeriu.

– Pensei que nunca fosse pedir.

Normalmente, ela ficaria irritada com as marcas dos pés na sala e nos degraus, mas não agora. A lembrança de todo aquele peso sobre seu carro a fazia priorizar o que era importante.

– Juro que pensei ter batido no seu carro – ela disse ao chegarem ao segundo andar.

– Não teria sido um problema, se tivesse mesmo.

Ah, as alegrias de ser um Bradford, ela pensou.

– Tenho certeza de que você tem um Porsche reserva.

– Mesmo se eu não tivesse, não teria tido importância, contanto que você estivesse bem.

Passaram ao mesmo tempo pelo batente do banheiro dela e se apertaram dentro do box, e quando ela ligou o chuveiro, ele partiu para cima dela, desabotoando sua roupa, abrindo zíperes, tirando tudo o que a deixava fria e molhada.

Arrepios se formaram nos braços e nas pernas dela, provocados mais pelo calor do olhar dele que pelo frio do ar. Logo Lane também se despiu, deixando as roupas caídas junto às dela.

– Para a água – ela grunhiu quando ele a acariciou no pescoço com o nariz, beijando um caminho até a boca.

Ele soltou um xingamento quando se colocaram debaixo do jato quente e suave. E quando a água os lavou, ela ficou aliviada: eram apenas arranhões, nada sério.

E esse foi seu último pensamento antes que as mãos grandes dele começassem a viajar pelos seus seios escorregadios, e a boca descesse com avidez sobre a dela, e aquele desejo erótico tão conhecido se reacendesse entre eles.

Eu te amo, ela pensou.

Eu te amo tudo de novo, Lane.

Algum tempo depois, quando a eletricidade voltou, depois de Lane ter feito amor com sua Lizzie duas vezes no chuveiro e mais uma na cama, depois que desceram e comeram os restos da lasanha congelada e boa parte do sorvete de pêssego, depois que voltaram para cima e foram para a cama de novo... todos os problemas do dia voltaram para ele.

Felizmente, Lizzie estava adormecida no escuro, por isso qualquer que fosse sua expressão, que já não tinha forças para esconder, não seria um problema.

Fitando o teto, sua mente começou a girar, e ele mal percebeu que o sol se levantava no horizonte. Deu uma rápida olhada para o rádio-relógio de Lizzie e se surpreendeu ao ver que ficara acordado a noite inteira.

Deslizando para fora dos lençóis, pôs-se de pé e foi para o banheiro. Suas roupas não tinham salvação; pegou-as no chão e jogou-as no lixo. A única coisa que ainda podia ser usada era a cueca.

Era melhor que dirigir nu para casa no dia do Senhor.

De volta ao quarto, aproximou-se de Lizzie.

– Tenho que ir.

Ela despertou de pronto, e ele a acariciou até que ela voltasse a apoiar a cabeça no travesseiro.

– Tenho um encontro com uma linda mulher e não posso faltar – ele disse.

Lizzie sorriu de uma maneira sonolenta, que fez com que ele desejasse ficar olhando para ela para sempre.

– Mande um oi.

– Pode deixar. – Ele a beijou na boca. – A propósito, hoje eu trago o jantar.

– Congelado?

– Não, vai estar mais quente que o inferno.

O sorriso que ela lhe lançou o atingiu direto no sangue, excitando--o, apesar de não haver tempo para fazer nada a respeito.

– Eu te... – Lane se deteve, sabendo que ela não gostaria daquela despedida. – Eu te vejo às cinco da tarde.

– Estarei aqui.

Ele a beijou uma vez mais e foi para a porta.

– Espere. E as suas roupas? – ela disse em voz alta.

– Não podem me prender. As partes ofensivas estão cobertas.

O riso dela o acompanhou até a escada e a saída da casa. E a visão de metade da copa daquela árvore fez o coração dele saltar.

Quando inspirou fundo, seu primeiro instinto foi o de pegar o telefone e ligar para Gary McAdams para que ele retirasse o galho e levasse aquela lata amassada que era o carro dela para um pátio de demolição. Mas se conteve. Lizzie não era do tipo de mulher que apreciaria esse tipo de manobra. Ela devia ter os próprios contatos, ideias de como lidar com aquele problema, planos para seu Yaris.

Conhecendo-a, ela tentaria fazer com que ele voltasse a funcionar.

Sacudiu a cabeça e foi até seu carro. O Porsche quase foi destruído também, sendo oupado por pouco. Depois de tirar alguns galhos do teto, entrou, ligou o carro e seguiu seu caminho lentamente ao largo dos galhos caídos e faixas de terra cheias de água. Assim que chegou ao asfalto, acelerou na direção de Charlemont, atravessando o rio e subindo a colina de Easterly.

Estava na metade do caminho quando teve que desacelerar porque outro carro vinha descendo.

Um sedã Mercedes preto S550.

E, atrás do volante, com imensos óculos escuros e um véu preto como se estivesse de luto, sua futura ex-mulher.

Chantal não olhou para ele, mesmo sabendo muito bem quem estava passando.

Tudo bem. Com um pouco de sorte, ela estaria de mudança e poderiam deixar que os advogados cuidassem de tudo, dali por diante. Deus bem sabia que ele tinha outras coisas para se preocupar.

Estacionou o Porsche na frente da casa, entrou pela porta principal e parou quando viu bagagem no vestíbulo.

Não era de Chantal. Ela tinha conjuntos da Louis Vuitton. Aquelas eram Gucci, marcadas com as iniciais RIP.

Richard Ignatius Pford.

Uma cretina saindo, ele pensou. *E outro entrando.*

Que diabos Gin estava pensando?

Ah, espere. Ele sabia a resposta. Para uma mulher com pouca formação acadêmica e nenhuma experiência profissional, sua irmã tinha um talento incontestável: saber cuidar de si mesma.

Assustada com a questão financeira, ela seguiu as orientações do pai e se agarrou ao tolo endinheirado a fim de que, não importando o que acontecesse com a família, seu estilo de vida não fosse afetado. Ele só desejava que o custo para ela não se provasse alto demais. Richard Pford era um filho da puta odioso.

Só que aquele circo não era seu, tampouco os macacos que nele se apresentariam. Por mais que o entristecesse, fazia tempo que aprendera a deixar que Gin seguisse sua cabeça e fosse em frente. Na verdade, não havia uma estratégia para lidar com a sua irmã.

Subiu os degraus rapidamente, foi para o quarto, tomou banho, se barbeou e vestiu o terno risca de giz. Precisou de duas tentativas para acertar a gravata borboleta.

Caramba, como odiava aquelas coisas.

Desceu pela escada dos empregados, cortou caminho pela cozinha e foi parar diante da porta da senhorita Aurora. Como fizera na primeira vez em que fora visitá-la quando ali chegou, verificou se estava com a camisa bem enfiada dentro da calça antes de bater à porta.

Mas parou antes de bater. Por algum motivo, sentiu um medo insano de que desta vez ela não atenderia. Que ele esperaria... e repetiria, e esperaria um pouco mais...

E então teria que invadir, forçando a porta como fizera no escritório de Rosalinda... E encontraria mais uma morta.

A porta se abriu, e a senhorita Aurora mostrou uma carranca.

– Está atrasado.

Lane se sobressaltou, mas logo se recobrou.

– Desculpe.

A senhorita Aurora resmungou e deu um tapinha em seu chapéu azul-claro de igreja. O conjunto dela era tão brilhante quanto um céu primaveril, e ela usava luvas e sapatos combinando, e uma perfeita bolsa do tamanho de uma raquete de tênis. O batom era vermelho-cereja, os brincos, os de pérola que ele lhe dera três anos atrás, e ela também usava o anel de pérola que lhe dera no ano anterior a esse.

Ofereceu-lhe o braço quando ela fechou a porta, e ela o aceitou.

Juntos, caminharam até a porta da frente, passando pelo senhor Harris, que sabia que não deveria comentar sobre a porta que estavam usando.

Lane acompanhou a senhorita Aurora até o Porsche e a acomodou no carro. Depois deu a volta e colocou-se atrás do volante.

— Vamos chegar atrasados — ela disse com rispidez.

— Farei com que cheguemos a tempo. Fique só observando.

— Não gosto de alta velocidade.

Ele se viu olhando para ela, piscando.

— Então feche os olhos, senhorita Aurora.

Ela deu um tapa no braço dele e o encarou.

— Você não está velho demais para levar uma surra?

— Sei que quer se sentar num dos bancos da frente.

— Tulane Baldwine, não ouse infringir a lei.

— Sim, senhora.

Com um sorriso maroto, ele pisou no acelerador, voando colina abaixo. Quando relanceou para a senhorita Aurora, viu que ela estava sorrindo.

Por um momento, tudo estava certo em seu mundo.

353

QUARENTA

A Igreja Batista de Charlemont ficava no West End e suas tábuas brancas se destacavam em meio aos quarteirões e quarteirões de unidades residenciais de baixa renda. Pense em algo imaculado. Desde o gramado muito bem aparado, o estacionamento recém-varrido, os vasos de plantas ao lado das portas duplas até as quadras de basquete nos fundos, o lugar era tão bem cuidado que parecia ter saído de um cartão postal dos anos 1950.

E às 9h20 da manhã de domingo, a igreja estava lotada.

No instante em que Lane se aproximou com o carro, as saudações surgiram tão rápido e de tantos lados que ele teve que desacelerar. Abaixando os dois vidros, ele apertou mãos, cumprimentou as pessoas pelos seus nomes, aceitou desafios para algumas partidas. Estacionou nos fundos, ajudou a senhorita Aurora a sair e depois a conduziu pela calçada que ladeava a igreja.

Havia crianças por toda parte, com vestidinhos florais e terninhos, tão coloridos quanto uma caixa de lápis de cor; o comportamento delas era muito melhor que o do grupo de adultos que participava das festas em Easterly. Todas as pessoas, *todas* mesmo, pararam para falar com ele e com a senhorita Aurora, querendo saber como estavam, colocando a conversa em dia. Nesse processo, ele se deu conta do quanto sentia falta daquela comunidade.

Engraçado, ele não era de frequentar a igreja, mas sempre que estava em casa, nunca deixava de acompanhar a senhorita Aurora.

Lá dentro, devia haver umas mil pessoas; as fileiras de bancos estavam repletas pelos féis, todos conversando, se abraçando, rindo. Era muito cedo ainda para que ligassem os ventiladores, mas isso logo aconteceria, bastava chegar junho. Lá na frente, havia uma banda com guitarras elétricas, bateria e baixos, e ao lado dela os cantores que compunham o coro. Atrás disso tudo, estava o admirável órgão – do tipo capaz de arrebentar as portas e as janelas e até mesmo o telhado –, ligando a congregação diretamente aos céus.

Max deveria estar aqui, Lane pensou. Seu irmão tinha participado do coro por diversos anos antes de partir para a faculdade.

Mas era uma tradição perdida. Ao que tudo levava a crer, para sempre.

A duas filas a partir da frente, havia espaço para eles, pois uma família de sete se espremeu para que coubessem.

– Muito obrigado – disse Lane, apertando a mão do pai. – Ei, você não é irmão de Thomas Blake?

– Sou, sim – o homem assentiu. – Sou Stan, o mais velho. E você é o menino da senhorita Aurora.

– Sim, senhor.

– Por onde andou? Faz tempo que não o vejo aqui.

Enquanto a senhorita Aurora erguia uma sobrancelha na sua direção, Lane pigarreou.

– Estive no norte.

– Meus sentimentos – disse Stan. – Mas, pelo menos, agora voltou.

– Aqueles são os meus sobrinhos. – A senhorita Aurora apontou para o outro lado do corredor. D'Shwane está jogando para os Colts de Indiana agora. É recebedor. E Qwentin, ao lado dele, é atacante no Miami Heat.

Lane ergueu a mão quando os dois homens perceberam o olhar da senhorita Aurora.

– Lembro de quando jogavam na faculdade. Qwentin foi um dos melhores atacantes que os Águias já tiveram, e eu estava lá quando D'Shawne nos ajudou a ganhar o Sugar Bowl.

– São bons meninos.

– Toda a sua família é.

O órgão deu a primeira nota e a banda começou a tocar, e do nártex, o coral com beca vermelho-sangue entrou, cinquenta homens e mulheres andando lado a lado, cantando durante a procissão. Atrás deles, o reverendo Nyce seguia com a Bíblia junto ao peito; o homem era alto e distinto e fitava o seu rebanho com afeto. Ao ver Lane, estendeu o braço e apertou-lhe a mão.

– É bom tê-lo de volta, filho.

Quando chegou a hora de todos voltarem a se sentar, Lane sentiu uma sensação estranha. Perturbado, esticou o braço e segurou a mão da senhorita Aurora na sua.

Só conseguia pensar naquele galho de árvore caindo na noite anterior. A visão do carro amassado de Lizzie. O medo eletrizante que sentira ao se arrastar pelos galhos no meio da tempestade, gritando o nome dela.

Quando a banda começou o seu hino gospel predileto, ele olhou para o altar e só balançou a cabeça.

Claro que tinha que ser essa música, pensou.

Como se a própria igreja o estivesse acolhendo em casa também.

Levantou-se com a senhorita Aurora, e começou a se mover com o resto da congregação, para a frente e para trás, para a frente e para trás.

E se viu cantando junto:

– Quero que saiba que Deus está ao meu lado…

Uma hora e meia mais tarde, o culto terminou e era hora do lanche. A congregação se dirigiu para o andar inferior para tomar ponche, comer uns cookies e conversar.

– Vamos descer – Lane disse.

A senhorita Aurora meneou a cabeça.

– Preciso voltar. Tenho trabalho.

Ele franziu o cenho.

– Mas nós sempre…

Ele se deteve. Não havia nada que requeresse cuidados em Easterly. Portanto, a única explicação era a que o fazia querer ligar para a emergência.

— Não olhe para mim assim, menino — ela murmurou. — Não é uma emergência médica, e mesmo que fosse, não vou morrer na minha igreja. Deus não faria isso com esta congregação.

— Vamos, apoie-se no meu braço.

Pareceram despreocupados ao andarem contra a maré e, puxa, ele preferiria levá-la nos ombros tal qual um bombeiro, abrindo caminho como um jogador da linha de defesa. Na metade do trajeto até a porta, teve que parar para conversar com Qwentin e D'Shwane — além dos dezessete outros membros da família da senhorita Aurora. Normalmente, ele teria adorado as conversas, mas não naquele dia. Não queria ser rude, só estava muito ciente do quanto a senhorita Aurora se apoiava em seu braço.

Quando, por fim, chegaram à porta da igreja, ele disse:

— Espere aqui. Vou trazer o carro. E não, não tem discussão, pode parar já.

Ele meio que esperou que ela se opusesse, e quando ela não o fez, afastou-se correndo, indo para a parte mais distante do estacionamento.

Voltando com o Porsche, quase esperou encontrá-la desmaiada.

Nada disso aconteceu. Ela estava conversando com uma mulher magra, muito majestosa, que tinha o rosto de Nefertiti, um simples terno preto e um par de óculos sem aro diante de olhos muito aguçados.

Ah, uau, ele pensou. *Aquilo sim era podia ser chamado de vento do passado.*

Lane saiu do carro.

— Tanesha?

— Lane, como está? — Tanesha era a filha mais velha do reverendo. — É bom ver você.

Abraçaram-se e ele assentiu.

— Também é bom te ver. Já virou médica?

— Estou fazendo residência aqui na UC.

— No que vai se especializar?

— Oncologia.

— Ela está fazendo o trabalho do Senhor — disse a senhorita Aurora.

— Como está Max? — Tanesha perguntou.

Lane pigarreou.

– Eu é que não sei. Não falo com ele desde que ele foi para a costa oeste. Você sabe como ele é, imprevisível.

– Sim, ele era mesmo.

Momento. Embaraçoso.

– Bem, vou levar a senhorita Aurora de volta para casa – ele disse. – Foi bom te ver.

– Você também.

As duas mulheres falaram num tom baixo por um instante, e depois a senhorita Aurora permitiu que ele a conduzisse pelos degraus até o carro.

– Sobre o que falavam? – ele perguntou quando se afastaram.

– Sobre o ensaio do coral na semana que vem.

– A senhora não está no coral. – Olhou para ela quando ela não disse nada. – Senhorita Aurora? Quer me contar alguma coisa?

– Sim.

Ai, Deus...

– O quê?

Ela o segurou pela mão, mas não olhou para ele.

– Quero que se lembre do que lhe disse antes.

– E o que foi?

– Tenho Deus. – Apertou a mão dele com força. – E tenho você. Sou mais rica do que poderia imaginar.

Ela o segurou pela mão durante todo o trajeto de volta a Easterly, e ele soube... *ele soube*. Ela estava tentando prepará-lo para o que estava por vir. Também percebeu que era por isso que ele tinha insistido que Edward a visse no dia anterior, quando o irmão estivera na casa.

Se ao menos houvesse um modo de localizarem Max.

– Não quero que você parta – Lane disse, emocionado. – Vai ser duro demais.

A senhorita Aurora ficou calada até chegarem à base da colina de Easterly.

– Falando em partir – ela disse –, fiquei sabendo que Chantal foi embora.

– Sim, estou pondo um fim nisso.

— Bom. Talvez você e Lizzie finalmente voltem a ficar juntos. Ela é a mulher para você.

— Sabe, senhorita Aurora, eu concordo. Agora só preciso convencê-la.

— Eu ajudo.

— E eu aceito a sua ajuda. – Olhou para ela de relance. – A propósito, ela mandou um oi.

A senhorita Aurora sorriu.

— Isso quando você a deixou hoje cedo?

Enquanto Lane gaguejava e ficava vermelho como o Mercedes que lhe dera, a senhorita Aurora riu dele com gosto.

— Você é um menino levado, Lane.

— Sei disso. É por isso que a senhora precisa ficar por perto, para me fazer andar na linha. Não canso de lembrá-la.

Em vez de parar na frente da casa, ele deu a volta até os fundos para parar mais perto dos aposentos dela. Aproximando-se da porta de trás, freou, desligou o motor… e não saiu.

Olhando para ela, sussurrou:

— Estou falando sério. Preciso da sua ajuda aqui, na Terra… Nesta casa, na minha vida.

Deus, foi impossível ignorar o fato de que três dias atrás ela estivera berrando com ele, dizendo que não iria a parte alguma, mas, agora, algo mudara. Havia alguma coisa diferente.

Antes que ela conseguisse dizer qualquer coisa, a porta da garagem subiu e o motorista saiu com o Phantom. O carro de 500 mil dólares passou por eles e seguiu até a frente da casa.

— Ele é maligno – Lane disse. – Esse meu pai…

A senhorita Aurora ergueu as mãos.

— Amém.

— Onde diabos ele vai hoje cedo?

— Pra igreja é que não.

— Talvez tenha ido atrás de Chantal.

No instante em que proferiu as palavras, soltou um xingamento.

— Do que está falando?

Lane sacudiu a cabeça e saiu.

– Venha, vamos entrar.

Mas não entraram. Quando ele deu a volta e abriu a porta dela, ela continuou sentada com a bolsa no colo, com as mãos enluvadas uma sobre a outra.

– Pode contar.

– Senhorita Aurora...

– O que ele fez com você?

– Isso não é sobre mim.

– Se é sobre aquela sua esposa horrível, pode apostar o seu traseiro como é da sua conta.

Lane combateu o desejo de bater a cabeça no capô do Porsche.

– Não tem nenhuma importância.

– Eu sei que ela se livrou do seu bebê.

Quando aqueles olhos negros se ergueram para ele, Lane xingou uma vez mais.

– Senhorita Aurora. Não faça isso. Deixe estar. Existem muitas outras coisas com as quais vale a pena se preocupar.

Só o que ela fez foi erguer uma sobrancelha.

Lane se acomodou sobre os calcanhares. Deus, como ele amava aquele rosto, cada uma das rugas e marcas de expressão, cada curva e todas as linhas. E ele amava o fato de ela ser uma dama no comportamento, mas forte como um homem.

Ela e Lizzie eram muito parecidas.

– Existem algumas coisas que não valem a pena saber.

– E outras que você não deveria guardar para si.

Por algum motivo, ele se viu abaixando o olhar, como se tivesse algo de que se envergonhar.

– Ela está grávida, senhorita Aurora. E o filho não é meu.

– De quem é? – ela inquiriu.

O resto da história foi transmitido silenciosamente. E o mais engraçado foi que ela não se mostrou totalmente surpresa.

– Tem certeza? – ela perguntou baixinho.

— Foi o que ela disse. E quando o confrontei, a resposta apareceu na cara dele.

A senhorita Aurora fitou adiante, com a testa crispada e a cabeça tão baixa que ele já não enxergava os olhos dela.

— Deus o punirá.

— Eu não esperaria sentado, se fosse a senhora. — Ele se levantou e lhe estendeu a mão. — Está ficando quente aqui fora. Venha.

A senhorita Aurora voltou a fitá-lo nos olhos.

— Eu te amo.

Foi o jeito de ela se desculpar pelo que sabia que todos eles tiveram que aguentar por causa do pai. Não apenas aquela história hedionda com Chantal, mas todas as décadas de tudo o que se passara, desde que eram crianças.

— Sabe — ele disse —, eu nunca te agradeci. Por todos estes anos em que esteve presente, eu nunca... Foi a senhora quem nos manteve nos trilhos, especialmente eu. Sempre esteve ao meu lado. Sempre está ao meu lado.

— Deus me deu esse trabalho sagrado quando cruzou a minha vida com a de todos vocês.

— Eu te amo, mãe — disse emocionado. — Para sempre.

361

QUARENTA E UM

O som da serra elétrica nas mãos de Lizzie era tão alto que ela não ouviu a aproximação do carro. E foi só depois que deixou de acelerar e o motor da máquina silenciou que ela ouviu uma voz muito sensual e máscula anunciar que ela já não estava mais sozinha.

– Você é a mulher mais sexy que eu já vi.

Girando e olhando para baixo, ela encontrou Lane encostado no seu Porsche, de braços cruzados, pés fincados no chão e expressão intensa.

Do seu ponto de vista vantajoso – de cima do capô amassado do seu Yaris –, ela suspendeu a serra elétrica acima da cabeça e deu umas duas aceleradas.

– Ouça o meu urro.

– Ouça a minha súplica.

Ela teve que rir ao pular para o chão.

– Fiz algum progresso, mas não acho que…

Lane a interrompeu encostando a boca na dela, e o beijo rapidamente se tornou tão erótico que ele quase a dobrou para trás. Quando se separaram um pouco, os dois arfavam.

– Então, oi – ele disse.

– Você, por acaso, sentiu a minha falta?

– Todos os segundos. Deus, como eu amo v… amo o modo como você maneja essa serra.

Foi impossível não perceber o que ele quis dizer, e ela também teve que se bloquear mentalmente quando o instinto quase fez com que deixasse escapar a mesma declaração.

Contudo, Lane encobriu o desconforto com desembaraço.

– Como prometi, trouxe o jantar. Comida do clube. Peguei aquela salada que espero que ainda goste, e uma montanha de lombo fatiado. Sabe, para o caso de termos que nos recobrar.

– Do quê? – perguntou, com malícia, abaixando a serra.

– Ah, você sabe do que... – Só que ele franziu o cenho. – A menos que... bem, você esteja dolorida por causa da noite passada.

Lizzie sacudiu a cabeça.

– Nem um pouco.

– Uma pena.

– Como é?

Aproximando-se, deixou a boca pairar sobre a dela e lambeu seus lábios.

– Pensei que eu poderia dar uns beijinhos para melhorar.

– Você ainda pode fazer isso.

363

Quando ele a girou e a encostou contra o carro, ela sentiu o coração começar a flanar e pensou que podia muito bem se soltar. Uma árvore tinha destruído seu carro, seu quintal estava uma bagunça, e havia galhos espalhados em toda a sua propriedade... mas Lane estava ali, e se lembrava que ela gostava de salada Cobb e, maldição, ele era o melhor beijador do planeta.

Amanhã ela voltaria a andar nos trilhos. Amanhã ela se lembraria de tomar cuidado...

Lane se afastou um tantinho.

– Me diz uma coisa: o que você acha de fazer sexo a céu aberto?

Ela acenou para as três vacas que estavam perto da varanda.

– Acho que a nossa plateia pode duplicar quando o meu vizinho descobrir que essas senhoras vieram explorar minha terra de novo.

– Então vamos entrar agora mesmo antes que eu fique louco.

– Longe de mim me colocar entre você e a sua sanidade mental.

Ele tinha até uma maleta de roupas, ela percebeu, levando as coisas para dentro.

– Tenho novidades – ele disse ao fechar a porta da frente.

– O quê?

– Chantal saiu de casa hoje cedo.

Lizzie parou e o fitou. Ele estava vestindo sua roupa casual: bermuda e uma camisa polo IZOD, mocassins Gucci, óculos escuros Ray Ban, e o relógio Cartier, o conjunto fazendo com que ele parecesse saído de uma foto cuja legenda era "Os belos e os ricos". Até o cabelo estava alisado para trás, embora se devesse ao fato de ele ter acabado de sair do banho e ainda estar úmido.

O coração dela oscilou, e ela sentiu um medo momentâneo. Lindo como estava, ele parecia o pôster de um homem em quem não se podia confiar, ainda mais no que se referia a mulheres como Chantal...

Como se ele pudesse ler sua mente, Lane tirou os óculos escuros, revelando seus olhos. Em contraste com tudo o que sua aparência dizia, eles eram límpidos, firmes e tranquilos.

Honestos.

– É mesmo? – ela sussurrou.

– Mesmo. – Ele se aproximou e a virou na sua direção. – Lizzie, acabou. Tudo acabou. E antes que me pergunte, não é só por sua causa. Eu deveria ter metido uma bala nesse casamento há muito tempo. Falha minha.

Fitando seu rosto, ela xingou baixinho.

– Desculpe, Lane. Desculpe ter duvidado de você, eu só...

– Psiu. – Ele a silenciou com os lábios. – Não vivo no passado. É perda de tempo. Só me importo com o presente.

Passando os braços ao redor do pescoço dele, ela curvou o corpo.

– Entããããooo... Não consegui ficar naquela coisa de sermos só amigos, consegui?

– Estou perfeitamente de acordo.

– Acho que esse foi o melhor jantar da minha vida.

Lane fitou-a da outra ponta do sofá e viu quando Lizzie se largou sobre as almofadas, pousando a mão sobre a barriga. Quando as pálpebras dela começaram a pesar, ele a visualizou sobre aquele galho como um anjo vingador, cortando os galhos que mataram seu carrinho.

Mesmo tendo passado a primeira hora desde a sua chegada um em cima do outro, Lane sentiu a ereção engrossar de novo.

– É um milagre – murmurou.

– Eu ter gostado tanto assim do lombo? Acho que não.

– Quero dizer, estar aqui com você.

Os olhos azuis voltaram a se abrir lentamente.

– Sinto a mesma coisa. – Quando ele começou a rir no fundo da garganta, ela o deteve, levantando as mãos. – Não, você não pode dormir sobre os louros da vitória.

Deixando o guardanapo de lado, ele pairou sobre seu corpo, e montou nela.

– Sabe, tenho outras opções de comemoração.

Movendo os quadris, ele sentiu uma pontada de desejo quando ela mordeu o lábio inferior, como se estivesse pronta para mais dele.

– Quer que eu demonstre? – perguntou, esfregando o nariz no seu pescoço.

As mãos dela o afagaram nas costas.

– Quero sim.

– Hummm...

O som do telefone sobre a mesinha lateral fez com que ele saltasse para pegá-lo, assustado.

– Não a senhorita Aurora... Por favor, que não seja sobre a senhorita Aurora...

– Ah, meu Deus... Lane, ela está...

Assim que ele viu que a ligação começava com o código de área 917, relaxou, aliviado.

– Graças a Deus. – Olhou para ela. – Tenho que atender. É um amigo de Nova York.

– Vá em frente.

Ele atendeu e disse:

– Jeff.

– Sentiu minha falta? – seu velho colega de quarto disse. – Sei que é por isso que deixou recado.

– Não chegou nem perto.

– Bem, não vou mandar aqueles bolinhos de canela que você come de manhã, à tarde e à noite pelo correio...

– Preciso saber quanto tempo você tem de férias.

Silêncio absoluto. Em seguida:

– A Série Mundial de Pôquer não está acontecendo agora. Por que está me perguntando isso?

– Preciso da sua ajuda. – Distraído, ele se encostou nas almofadas e posicionou as pernas de Lizzie sobre o seu colo. Depois do banho, ela tinha vestido shorts, e ele adorava ficar alisando aquelas panturrilhas macias e musculosas. – Estou com um problema sério aqui.

Jeff deixou a brincadeira de lado.

– Que tipo de problema?

– Preciso que alguém me diga se o meu pai está desviando dinheiro da empresa. Algo em torno de cinquenta milhões de dólares.

Jeff assobiou baixinho.

– É muita grana, cara.

– O meu irmão conseguiu me dar acesso a... sei lá, umas quinhentas páginas de relatórios financeiros e planilhas, mas eu não faço a mínima ideia do que tenho nas mãos. Quero que você venha para cá e me diga o que aconteceu, e isso tem que ser feito agora, antes que ele descubra que estou de olho e se livre de tudo o que possa incriminá-lo.

– Escuta aqui, Lane, você sabe que eu te amo como o irmão que nunca tive, mas o que você precisa é de um perito contábil. Existem pessoas que se especializaram nisso, e por um bom motivo. Deixe que eu encontre alguém em quem você possa confiar...

– É exatamente essa a minha preocupação, Jeff. Não posso confiar em ninguém com relação a esse assunto. Estamos falando da minha família.

– Podemos blindar todos os documentos. Posso ajudá-lo com isso, de modo que quem for fazer o...

– Quero você.

– Porra, Lane.

Por conhecer o homem há anos, Lane sabia muito bem que sua tarefa agora era se calar e deixar que Jeff ruminasse o assunto sozinho. Nada o convenceria nem o persuadiria, e se ele continuasse a falar, o tiro sairia pela culatra.

Em vez disso, Lane sabia que, se ficasse calado, todos aqueles anos de amizade resolveriam a questão.

Bingo!

— Insisto para que depois alguém revise o meu trabalho – Jeff murmurou. – Cacete, isso não é negociável. Não vou me responsabilizar por ferrar com tudo só porque você tem uma noção romântica de que sou brilhante com números.

— Mas você é.

— Maldição, Baldwine.

— Não posso mandar o meu avião. Chamaria muita atenção.

— Tudo bem. Um da minha família está na costa leste. Viajo amanhã de manhã e, não, não posso ir antes. Vou ter que ajeitar umas coisas no trabalho.

— Fico te devendo.

— Claro que fica. E pode começar a me pagar amanhã. Quero bebida grátis e mulheres à vontade, se vou ter que fazer isso.

— Cuido de tudo. Vou até te pegar no aeroporto, é só me dizer que horas vai chegar.

Jeff estava murmurando obscenidades quando desligou sem nem se despedir.

Quando Lane abaixou o aparelho, soltou um longo suspiro.

— Graças a Deus.

— Quem era?

— Acho que posso chamá-lo de meu melhor amigo. Foi com ele que me hospedei enquanto estive no norte. Jeff Stern. Financista brilhante. Se existe alguém que pode entender o rastro do dinheiro, Jeff é o cara. E, depois... – Lane esfregou os olhos. – Deus, acho que vou ter que procurar a polícia. Talvez a Comissão de Valores Imobiliários. O que eu queria mesmo era lidar com tudo isso sem alarde.

— E se o seu pai tiver infringido a lei?

Uma súbita imagem de William Baldwine num macacão laranja o deixou aliviado, de uma maneira doentia, por sua mãe estar desconectada da realidade.

— Não vou interferir com as autoridades. O que me preocupa é ele ter usado seu poder como procurador da minha mãe para secar as contas dela, mas não tenho acesso aos registros. Está tudo em poder da Fundos Prospect.

— Se a polícia ou o FBI se envolverem, eles vão conseguir descobrir isso.

Lane assentiu, lembrando-se do saco com o corpo de Rosalinda saindo de Easterly.

– Se Rosalinda cometeu suicídio por causa disso, o meu pai tem o sangue de outra pessoa nas mãos. Ele precisa ser levado à Justiça.

– Sabe, sempre tento olhar o lado positivo de tudo, mas... – Lizzie balançou a cabeça. – Bem, não importa o que aconteça, estou do seu lado, está bem?

Olhando para ela, ele disse, sério:

– É só disso que preciso. Não importa como tudo vai terminar, se eu tiver você...

O telefone tocou novamente, e ele riu ao apanhar o aparelho.

– Lá vem ele se arrependendo... Não, Jeff, não vai poder recuar agor...

– Você está perto de alguma TV?

Lane se endireitou.

– Samuel T.?

– Está ou não?

– Não. O que está acontecendo?

– Preciso que venha para a minha casa imediatamente. A polícia está à sua procura, e quando não o encontraram em Easterly, Mitch me ligou.

– O que... do que você está falando? – Depois pensou... *ah, merda*. – Olha só, sei que Edward e eu tecnicamente invadimos o centro de negócios sob falso pretexto, mas o maldito escritório está dentro da nossa propriedade, pra começo de conversa. E quanto aos documentos...

– Não sei do que você está falando e, neste instante, pouco me importo. Chantal foi parar no pronto-socorro hoje cedo, toda surrada. Ela disse às autoridades que você fez isso com ela assim que entrou com o pedido de divórcio, quando descobriu que ela estava grávida. Estão te acusando de violência doméstica, e eles podem ter o suficiente para acusá-lo de tentativa de homicídio também.

– O quê? – Lane se levantou. – Ela está louca!

– Não, ela está na sala operatória. Estão reparando o maxilar dela neste instante.

– Nunca toquei em Chantal! E posso provar! Eu nem estava em casa ontem à noite...

– Apenas venha para a minha casa. Vou intermediar a sua entrada no meio da noite para que não haja nenhuma foto sua indo para a delegacia, e depois te libero com uma fiança…

– Isso tudo é uma grande idiotice – Lane ralhou. – Não vou dançar de acordo com a música dela…

– Não é nenhuma brincadeira. E, a menos que compareça na delegacia, vai ser considerado fugitivo da justiça.

Lane olhou para Lizzie. Ela estava ereta, alarmada, preparada para receber más notícias.

De repente, lembrou-se de Chantal passando naquele Mercedes ao sair de Easterly. O rosto estava coberto com óculos escuros e um véu preto.

Até onde ele sabia, ela podia ter dado uma de *Garota Exemplar* e provocado os ferimentos ela mesma. Nunca colocara a mulher no campo da patologia antes, mas talvez tivesse subestimado a loucura dela.

– Muito bem. Estou a caminho. Chego na sua fazenda em vinte minutos.

Desligando, ouviu-se dizer:

– Tenho que ir.

– Lane, o que está acontecendo?

Os pratos do lindo jantar que tinham partilhado ainda estavam sobre a mesa, as almofadas do sofá afundadas no lugar em que ele estava recostado, alisando as pernas dela.

No entanto, tais momentos já pareciam pertencer a um passado muito, muito distante.

– Vou cuidar do assunto – ele disse. – Vou dar um jeito. Ela está mentindo. De novo, ela está mentindo.

– O que posso fazer para ajudar?

– Fique aqui. E não ligue o rádio. Ligo assim que puder para explicar tudo. – Segurou o rosto dela entre as mãos. – Eu te amo. Preciso que acredite. Preciso que se lembre disso. E vou cuidar de tudo, juro pela vida da minha mãe.

– Você está me assustando.

– Vai ficar tudo bem. Prometo.

Dito isso, saiu da casa dela.

Em disparada.

QUARENTA E DOIS

Enquanto o Porsche de Lane voava pela escuridão que se avolumava, Lizzie ficou por um bom tempo sentada onde ele a havia deixado. Só conseguia pensar que não deveriam estar surpresos. Chantal Baldwine não era flor que se cheirasse, e de jeito nenhum ela perderia sua posição social e o acesso ao estilo de vida dos Bradford sem lutar bastante.

Portanto, o que quer que fosse aquilo seria apenas o começo.

Pondo-se de pé, juntou os pratos e pensou que não era bem assim que tinha imaginado sua noite.

Mas talvez ele ainda voltasse. Tinha deixado a mala ali.

Maldita seja Chantal.

De volta à cozinha, deixou tudo na pia e despejou um pouco de detergente sobre a bagunça, depois abriu a torneira de água quente.

Então seu celular tocou sobre a bancada.

– Graças a Deus – disse, esticando a mão sobre os azulejos. – Lane? Pode me contar o q...

– Lizzie? Você está em casa?

– Greta? – Havia um zumbido na ligação, como se a mulher estivesse ao volante. – Greta? Não estou conseguindo te ouvir direito.

– ... em casa?

– Sim, sim, estou em casa. Você está bem?

– ... a caminho – *buzz, brrrr, quick* – ... em dez minutos.

– Ok, mas não vou terminar de cortar os galhos agora. Já quase anoiteceu e, pra falar a verdade, não estou com vontade...

– ... o telefone.

– O que foi?

A interferência sumiu e o sotaque carregado se fez alto e claro:

– Você *prrecisa desligarr* o telefone.

– Por quê? Não. – Lane poderia telefonar. – Olha só, não estou com muita vontade de ter companhia e...

Houve um estalido alto e a ligação foi interrompida.

– Maravilha.

Enfiando o celular no bolso, voltou para junto da pia, lavou os pratos e os talheres, secou e guardou tudo.

Estava na sala de estar, sentada no sofá, folheando nervosamente a última edição da revista *Garden & Gun*, quando luzes de faróis brilharam na frente da sua casa e os pedriscos da sua entrada fizeram barulho.

Pondo-se de pé, ajeitou a blusa e deu uma segunda olhada para ver se o seu cabelo não estava todo bagunçado. Não havia motivos para parecer que tinha acabado de sair da cama com Lane.

Ainda mais porque boa parte do sexo que fizeram foi sobre o tapete do corredor. E nas escadas. E de pé no chuveiro.

Ao abrir a porta, ela...

Conforme Greta saía do Mercedes, Lizzie viu que o rosto de sua colega estava muito sério e que ela tinha os ombros encurvados. E ela parecia estar enxugando lágrimas debaixo daqueles óculos.

– Ai, meu Deus – disse Lizzie. – Aconteceu alguma coisa com seus filhos?

A mulher não respondeu, apenas subiu até a varanda e entrou direto na casa. Lizzie a seguiu, fechando a porta.

– Greta?

Ela deu uns passos. Depois parou, por fim.

– Você esteve com ele ontem à noite?

– O que disse?

– Lane. Só... Apenas diga, esteve ou não? A noite *inteirra*?

– Do que você está falando?

– Chantal está acusando Lane de surrá-la a ponto de mandá-la *parra* o hospital.

– O QUÊ?

E foi assim que ficou sabendo de tudo. Chantal. O hospital. A polícia. A imprensa.

Lane.

Quando Greta finalmente se calou, Lizzie se deixou cair sobre uma cadeira, às cegas.

– Eu...

– Aquele homem pode *serr* um monte de coisas – disse Greta –, mas nunca soube de ele *terr* levantado a mão *parra* uma *mulherr*.

– Claro que não. Deus, não. Absolutamente não.

– Ele ficou aqui ontem à noite?

– Ficou. Cheguei em casa durante a tempestade e ele já estava aqui. E não foi embora até hoje de manhã para levar a senhorita Aurora para a igreja. – Levantou-se de um salto. – Tenho que ajudá-lo! Tenho que contar à polícia que ele estava comigo e...

– Tem mais uma coisa.

– Pode me levar? Estou tão atarantada que acho que eu não deveria...

– Lizzie.

Ante o seu nome, ela parou, um medo gélido se instalando em seu peito.

– O quê...?

Agora os olhos de Greta estavam ficando marejados.

– Sinto muito.

– O quê? Fale de uma vez antes que a minha cabeça exploda!

– Chantal está *grrávida*. E ela disse à polícia... que Lane é o pai.

Lizzie piscou enquanto tudo freava de repente: seus pensamentos, seu coração, seus pulmões... até mesmo o tempo e as leis da física.

– Ela disse que é *porr* isso que ele bateu nela. Quando ela contou. Ela disse que ele ficou *furrioso*.

Uma onda de náusea a atingiu no meio do estômago. Mas não... Não, ela não poderia estar revivendo tudo. Não poderia estar exatamente na mesma situação com Chantal e Lane.

Já vivi isso, ela pensou. *Já vivi esse pesadelo.*

Deus, não. Por favor, não.

— Quando... – Lizzie pigarreou. – Quando ela procurou a polícia?

— Logo cedo. Lá pelas nove ou dez.

Se estivesse muito machucada, não esperaria para ser receber cuidados médicos, Lizzie pensou.

Se a mulher estava grávida, e contou a ele quando ele voltou para Easterly... ele poderia muito bem...

Com uma náusea absurda, Lizzie fugiu para o corredor e mal chegou ao banheiro a tempo antes de vomitar todo o lombo.

Quando chegou à fazenda de Samuel T., Lane estava tão irado que poderia morder latas e cuspir pregos.

Afundando o pé no freio, parou diante da mansão do amigo e quase deixou o motor ligado ao sair.

Samuel T. abriu a porta antes de ele dar a volta no carro.

— Liguei para o Mitch. Ele vai estar aqui em quarenta e cinco minutos, sem viatura. Não querem esperar para te levar para interrogatório, mas vão te deixar entrar por uma porta lateral. Ninguém com câmera tem acesso a essa parte, então vai ficar tudo bem.

Lane passou pelo cara.

— Isso é a mais absoluta mentira! Ela é louca e vai... – Ele parou e ficou confuso ante o olhar do amigo. – O que foi? Por que está olhando assim para mim?

Em vez de responder, Samuel T. esticou a mão e segurou o braço de Lane.

— Como conseguiu todos esses arranhões nas suas mãos, nos braços, no rosto e no pescoço?

Lane olhou para si mesmo.

— Jesus Cristo, Sam, isso foi de ontem à noite. Fui para a casa da Lizzie e um galho caiu no carro dela. – Quando o amigo apenas o encarou, ele perdeu as estribeiras. – Ela pode testemunhar, se quiser. Eu a tirei daquele maldito Yaris. Pensei que ela tivesse morrido.

— Você está saindo com ela de novo?

— Sim, estou.

— E acha que ela vai querer te ajudar quando descobrir que Chantal está grávida de um filho seu? De novo? Vocês dois não passaram por todo esse drama dois anos atrás?

Lane sentiu noventa por cento do seu sangue abandonar a sua cabeça.

— Não é meu, Sam. Eu te disse quando assinei todos aqueles papéis. Não estive com Chantal desde que fui embora.

— Não é o que ela contou para a polícia. Ela disse que tem ido e vindo de Manhattan no último ano, tentando fazer o relacionamento de vocês dar certo.

— Não é meu. — Ele abaixou a voz, mesmo não havendo mais ninguém por perto. — É do meu pai.

Foi a vez de Samuel T. ficar chocado.

— Do seu... pai?

— Você ouviu.

— Tem certeza?

— Tenho, falei com os dois.

Samuel T. tossiu no punho fechado.

— Sabe, essa sua família é uma coisa do outro mundo.

— É o que as pessoas me dizem. — Lane cruzou os braços sobre o peito. — Posso me submeter a um teste de detecção de mentiras. Juro sobre a Bíblia... Inferno, eles deveriam verificar debaixo das unhas dela. Não vão encontrar nada de mim nela. Nem dentro dela. Não toquei nela, Sam.

— Ela disse que tem uma testemunha.

— Rá! Só nos sonhos dela. Diabos, ela mesma deve ter feito isso consigo...

— É uma criada chamada Tiffany.

Lane se retraiu.

— Uma criada? Tiff... Espere, é "p-h-a-n-i-i"?

Visualizou a moça das toalhas, que se apresentara com aquele olhar de interesse.

Samuel T. deu de ombros.

— Não sei como se soletra o nome dela. Ainda tenho que ver os detalhes com Mitch. Mas a mulher disse que ouviu você e Chantal discutindo, e que você a ameaçou. E, segundo a criada, você jurou "acabar com a vida dela".

– Eu nunca disse isso!

– Vocês estavam no segundo andar e a criada apareceu no meio da discussão.

– Ela está mentindo… – Lane parou e meneou a cabeça, uma lembrança retornando. – Espere, não, não. Não foi assim, eu disse isso porque Chantal havia desrespeitado a senhorita Aurora. Fiquei irritado. Mas não falei pra valer.

Samuel olhou para os cortes nos braços dele.

– Vou ser bem franco. Você parece ter respostas bem convenientes…

– É a verdade! Não estou inventando nada!

– Escuta só, não quero brigar com você.

– Samuel T. – ele disse, num tom controlado. – Você já me viu ser violento? Ainda mais com uma mulher?

Samuel T. o encarou longamente. Depois, levantou as mãos.

– Não, nunca o vi assim. E quero acreditar em você, quero mesmo. Mas mesmo que esteja dizendo a verdade, temos dois problemas aqui: um legal e outro publicitário. A parte legal pode ser facilmente resolvida, caso Lizzie testemunhe a seu favor e não houver nenhuma evidência forense no seu corpo ou no de Chantal. Agora, o problema publicitário será muito mais difícil de controlar. A notícia vai se espalhar, Lane. Ainda mais se você estiver certo e o seu *pai* tiver um *filho* com a sua *esposa*. Diabos, isso vai virar notícia nacional… E você sabe como a imprensa nunca deixa a verdade atrapalhar uma boa história. E esse tipo de coisa afeta o preço das ações e o valor intrínseco dos produtos da sua família. Não estou dizendo que seja certo, mas é a realidade. Você *é* a Cia. Bourbon Bradford. A sua família *é* a Cia. Bourbon Bradford. Posso ter conseguido apagar a passagem da sua irmã pela cadeia, mas isso aqui… Não tem como. A história já está no noticiário local.

Lane andou em círculos no átrio da casa do amigo. Depois olhou para ele.

– Falando em família, você tem bourbon nesta casa?

– Sempre. E só me sirvo do melhor, portanto é um Bradford.

Lane pensou em Mack e nos silos fechados. E depois no pai…, E em tudo o que o homem tinha aprontado.

– Veremos por quanto tempo mais – Lane murmurou.

QUARENTA E TRÊS

Seis horas mais tarde, enquanto ainda estava na sala de interrogatórios da delegacia do condado, Lane tentou ligar para o celular de Lizzie pela sexta vez, e concluiu que ela devia ter ficado sabendo da situação. Talvez alguém tivesse ligado para ela. Ou, quem sabe, ela tinha ligado o rádio, pois não tinha televisão.

Inferno, talvez alguém tivesse colocado uma placa luminosa no centro de Charlemont e ela conseguia ver lá de Indiana.

— Estamos quase terminando aqui — Samuel T. disse quando voltou à saleta cinza. — A boa notícia é que você foi rebaixado a apenas uma pessoa de interesse, mas as coisas ainda vão ficar no limbo até a investigação ser concluída. Mas, pelo menos, agora você pode voltar para casa e não vai ser fichado.

Lane desligou o telefone e esfregou os olhos cansados. Tinham lhe entregado a carteira e o celular uns quinze minutos antes, e a primeira coisa que fez foi tentar falar com Lizzie.

Visto a maneira como saíra da casa dela, não havia a menor possibilidade de ela não atender, caso quisesse falar com ele.

Evidentemente, ela não tinha interesse nenhum em ouvir a sua versão dos fatos.

— Quanto tempo mais? — perguntou, esfregando a cabeça dolorida. — Posso ir embora agora?

– Quase. Só estamos verificando com o promotor público, que, por acaso, é um companheiro meu de caçada. – Samuel T. se sentou. – Sei que é politicamente incorreto, mas graças a Deus a rede de amizades masculinas ainda vai muito bem, obrigado, nesta cidade. Ou você estaria sendo submetido a uma revista pessoal neste exato minuto.

– Você faz milagres – Lane disse, entorpecido.

– Ajuda o fato de a história de Chantal ter alguns buracos. Ela, evidentemente, estava trabalhando sozinha quando teve essa brilhante ideia. Quem é que toma banho logo depois de ser atacada? E toma tanto cuidado para limpar as unhas quebradas? Não faz o mínimo sentido. E também há o pequenino detalhe de ela ter ligado tanto para a imprensa quanto para dois canais de tv... do leito hospitalar.

– Eu te disse. – Olhou para o telefone para ver se Lizzie tinha retornado a ligação sem ele perceber. – Essa aí está arruinando a minha vida.

– Não se eu puder impedir.

Lane tentou falar com Lizzie pela sétima vez. Depois abaixou o celular.

– Como ela estava? Chantal, quero dizer. Quando chegou ao hospital.

– Tem certeza de que quer ver as fotos?

– Tenho, preciso saber a gravidade da situação.

Samuel T. voltou a se levantar.

– Vou ver o que posso fazer.

Enquanto a porta da sala de interrogatórios se abria e se fechava uma vez mais, Lane ficou mexendo no telefone. Pensou em mandar uma mensagem de texto, mas duvidou que fizesse alguma diferença.

Inacreditável. Literalmente, custava a acreditar que aquilo estivesse acontecendo de novo com ele: duas mulheres, as mesmas palavras... onde isso ia parar?

Estava morrendo de medo de já ter a resposta. Lizzie o excluíra uma vez. Claramente, era daquela maneira que ela pretendia lidar com o assunto de novo.

Samuel T. voltou uns dez minutos depois com um envelope pardo.

– Aqui está.

Lane o pegou e levantou a aba. Segurou quatro fotos, e franziu a testa ao ver a de cima.

Dois olhos roxos. Hematomas dos dois lados do rosto. Marcas de estrangulamento no pescoço.

– Isso é muito ruim – disse com voz partida. – Jesus...

Ele não sentia o menor afeto por Chantal, porém não gostava de ver ninguém naquelas condições, ainda mais uma mulher. E ele ponderou que não havia como ela ter feito aquilo sozinha. Alguém devia ter batido nela, repetidamente e com força.

Será que ela pagou para que alguém fizesse aquilo?, ficou imaginando.

A segunda e a terceira fotos eram *close ups*. A quarta...

Lane voltou para a terceira. Aproximando-se, estudou um detalhe na face, um corte profundo debaixo do olho.

De repente, deixou as fotos na mesa e se recostou na cadeira, fechando os olhos.

– O que foi? – Samuel T. perguntou.

Demorou um pouco para ele poder responder. Mas, por fim, virou a foto e apontou para o corte aberto na face de Chantal.

– Meu pai fez isso com ela.

378

– Como você sabe?

Com uma claridade impressionante, Lane se lembrou mais uma vez daquela terrível noite de Ano Novo, quando era criança e seu irmão mais velho foi surrado.

– Quando ele batia em Edward, o anel de sinete deixava exatamente essa marca. O meu pai estapeava com o dorso da mão... e o ouro provocava o corte.

Samuel T. xingou baixinho.

– Está falando sério?

– Muito sério.

– Espere um instante, deixe-me ver se consigo fazer o investigador voltar. Eles vão querer saber disso.

Enquanto dirigia para o trabalho, ao romper do dia, Lizzie não conseguiu deixar de se lembrar daquele mesmo trajeto poucos dias atrás, quando a ambulância a ultrapassou antes da colina para Easterly.

Sentia o mesmo mau presságio de então. E o mesmo medo de ver Lane.

Nada de rádio ligado desta vez. Não queria se arriscar a ouvir a estação local com a grande notícia sobre como um dos mais proeminentes homens de Charlemont tinha mandado sua esposa gestante para o hospital. Detalhes adicionais sobre a situação não mudariam a história, e ela já estava se sentindo bem mal com tudo aquilo.

Passando pelo portão principal da PFB, tomou o caminho dos empregados e seguiu em meio a campos abertos e estufas até o estacionamento na parte superior. Era tão cedo que não havia mais ninguém por perto, nem mesmo Gary McAdams.

Era assim que tinha planejado.

No piloto automático, manobrou sua caminhonete e se virou para trás para pegar a bolsa.

– Droga.

Deixara-a em casa. O que significava que ficaria sem óculos de sol, protetor solar, nem chapéu.

Tanto faz. Não voltaria para casa.

E devia ser muito bom o fato de também estar sem telefone. Lane não parara de ligar desde as quatro da manhã.

A caminhada até a porta dos fundos de Easterly levou algum tempo, e ela refletiu se não era apenas um indício do seu cansaço. Depois que Greta finalmente foi embora lá pela uma da manhã, ela ficou acordada vendo o nascer do sol acima da bagunça do quintal.

Uma metáfora da sua vida.

Entrando na cozinha, encontrou a senhorita Aurora diante do fogão.

– Bom dia – disse, com o que esperava ser sua voz normal. – Viu o senhor Harris?

A senhorita Aurora girou os ovos com a sua espátula.

– Ele está no quarto. Não tenho nenhum pedido da família hoje, então isso aqui é para mim, para você e para quem estiver por perto. Levo tudo para a saleta de descanso em dez minutos.

– Desculpe, mas tenho que…

– Te vejo lá.

Lizzie inspirou fundo.

– Vou tentar ir.

– Faça isso. – A senhorita Aurora olhou por sobre o ombro, seus olhos negros reluziam. – Senão, vou ter que ir atrás de você e falar até você entender que a gente não pode acreditar em tudo o que ouve.

Abaixando os olhos, Lizzie saiu da cozinha e foi até a porta do senhor Harris. Antes de bater, olhou para a de Rosalinda. Uma fita isolante fora colocada em toda a volta da porta, assim como uma amarela de "atenção" entre os batentes.

Mais uma cena de crime na casa, pensou. *Como será que está o quarto de Chantal?*

O mordomo abriu a porta e recuou um passo.

– Senhorita King?

Lizzie se recompôs.

– Ah, desculpe… Hum, preciso falar com o senhor.

Ele franziu a testa, mas algo na postura dela deve ter afetado sua atitude pomposa.

– Entre, por favor.

Previsivelmente, a decoração era bastante inglesa, com todo tipo de livros com capa de couro, cadeiras antigas e artigos orientais preenchendo os espaços. Além da área de estar, havia uma cozinha embutida e, como nos aposentos da senhorita Aurora, na parte oposta havia uma porta fechada, onde ela imaginava que deviam ficar o quarto e o banheiro dele.

O cheiro era agradável, cítrico e de limpeza, nada abafado.

– Estou apresentando o meu pedido de demissão – disse abruptamente. – Com duas semanas de aviso prévio. Eu teria informado Rosalinda, mas…

O senhor Harris a encarou por um momento; depois se afastou e se sentou atrás de uma escrivaninha entalhada. Havia uma pilha de papéis sobre o tampo, mas nenhum computador.

– É uma surpresa.

– Está no meu contrato. Só preciso avisar duas semanas antes.

– Posso perguntar o motivo?

– Apenas uma mudança de objetivos. Tenho cogitado já há algum tempo.

– De fato. – Ele cruzou as mãos. – Então isso não está nada relacionado aos noticiários da noite passada?

– Lamento muito que a família tenha que lidar com assuntos tão desagradáveis.

O senhor Harris ergueu uma sobrancelha.

– Não há nada que eu possa fazer para convencê-la a ficar?

– Já tomei minha decisão, mas obrigada.

Ela saiu depois disso, voltando para o corredor e fechando a porta atrás de si. Sozinha, piscou para afastar as lágrimas, erguendo a cabeça enquanto rezava para que o nariz não começasse a escorrer.

Dentre todas as maneiras que imaginara sair um dia de Easterly, nada nunca se parecera com aquilo. Mas não havia volta. Chegara à decisão de se demitir enquanto ela e Greta acabavam com um litro de sorvete de flocos, depois do seu primeiro acesso de choro e antes do segundo.

No fim, não acreditava que Lane tivesse machucado Chantal daquela maneira, era simplesmente impossível. Mas a questão não era essa.

Não importava se a mulher estava ou não grávida, ou quem seria o pai, caso ela estivesse mesmo.

A verdade nua e crua era que, depois de quase uma década com aquela família, Lizzie percebeu que eles eram diferentes de uma maneira fundamental, e não porque os Bradford tinham mais dinheiro do que ela conseguiria ver em toda a sua vida. A questão era que, de onde ela vinha, as pessoas se casavam e tinham filhos, planejavam suas aposentadorias, saíam de férias uma vez ao ano para lugares como Disney ou Sandals. Pagavam seus impostos em dia e comemoravam casamentos e nascimentos com festas triviais, e não traíam seus maridos e suas esposas.

Tinham vidas dignas e modestas, sem serem afetadas pelos dramas loucos que aconteciam com os Bradford.

E a questão era que, por mais que se sentisse atraída por Lane – diabos, talvez se sentisse atraída pela mesma loucura que a repelia –, ela simplesmente não tinha mais as forças e os recursos para continuar com ele de qualquer maneira possível. Tinha se apaixonado rápido demais, intensamente e, assim como no passado, o que ele trouxe para a sua vida foi um buraco no estômago, mais noites insones... e uma sensação de profunda tristeza.

Alguns riscos é melhor não correr. Doenças, acidentes ou outros tipos de tragédias são imprevisíveis... nem sempre é possível reduzir as chances de se machucar, porque estamos vivos, e é a realidade dos seres vivos neste planeta.

Já para outros problemas, questões ou perigos, havia uma certa liberdade para se afastar, para recuar. E quando se é um adulto responsável, que deseja viver uma existência meio que saudável, é uma obrigação cuidar de si próprio, se proteger... amar a si mesmo.

Obviamente, ela não confiava em si mesma para agir com sensatez no que se referia a Lane Baldwine, por isso resolveria o problema da sua falta de autocontrole com a falta de proximidade.

Era hora de partir.

Como uma viciada no período de abstinência, ela simplesmente se afastaria. E não, não pretendia conversar com ele sobre o assunto. Seria o mesmo que um viciado querendo bater papo com uma seringa de heroína. Sem dúvida, Lane apresentaria o seu lado, mas não importava qual fosse, não mudaria o fato de que o coração dela se estilhaçara de novo e que a sua decisão de deixar o trabalho não estava sujeita a negociações.

E agora, ela daria o seu melhor para chegar ao fim do dia.

Descendo até as estufas, entrou na primeira e se sentiu mais do que pronta para trabalhar com as mudas, que no momento nem eram mudas ainda. Mas, antes de seguir para a estação de suprimentos para juntar o necessário, parou e pegou o celular.

O que fez em seguida não levou mais do que um momento.

E, provavelmente, foi uma estupidez.

Mas transferiu 17 mil, 486 dólares e 79 centavos da sua poupança... para a conta da hipoteca.

Terminando de pagar a sua fazenda.

Bom, aquela não devia ser uma decisão muito sensata, considerando-se que a colocaria à venda. O orgulho, contudo, fez com que aquela transação fosse necessária. Orgulho e a sensação de que precisava alcançar o objetivo estabelecido ao comprar aquele lugar.

Sempre quisera algo só seu no mundo, um lar que ela mesma estabelecesse, pagasse e sustentasse, sem a ajuda de mais ninguém.

O fato de agora não ter um centavo sequer era um contrapeso para tudo o que estava sentindo.

Prova de que fracassara completamente ao tentar cuidar de si própria.

Lane voltou a Easterly assim que foi liberado.

Isto é, depois de voltar à casa de Samuel T. para pegar o seu Porsche.

Entrou na propriedade da família pelos fundos, atravessando os campos e as estufas, porque queria evitar a imprensa no portão principal e porque queria saber se Lizzie estava ali.

Estava. A caminhonete marrom da fazenda estava no estacionamento junto aos veículos dos outros empregados.

– Droga – exalou.

Subiu até a garagem, estacionou o carro debaixo da magnólia e foi diretamente para a entrada dos fundos do centro de negócios. Depois de inserir a senha que Edward lhe fornecera, escancarou a porta e foi abrindo caminho até a recepção, cruzando escritórios, a sala de reuniões e a sala de jantar.

Homens e mulheres em ternos levantaram as cabeças, alarmados, mas ele os ignorou.

Não parou até se ver dentro do escritório envidraçado da assistente do pai.

– Vou vê-lo agora.

– Senhor Baldwine, o senhor não pode…

– Até parece que não.

– Senhor Baldwine…

Lane abriu a porta e…

Parou no lugar. O pai não estava atrás da escrivaninha.

– Senhor Baldwine, não sabemos onde ele está.

Lane olhou por sobre o ombro.

– Como assim?

– O seu pai… Era para ele ter viajado hoje de manhã, mas ele não apareceu no aeroporto. O piloto o esperou por uma hora.

– Você ligou para a casa, claro.

– E para o celular dele. – A mulher cobriu a boca com a mão. – Ele nunca fez isso antes. Ninguém na mansão o viu.

– Merda.

Bom Deus, o que fazer agora?

Enquanto Lane saía do escritório, a voz da assistente o acompanhou.

– Pode, por favor, pedir que ele ligue para mim?

De volta à luz matutina, disparou na direção da porta da cozinha de Easterly. Assim que entrou, passou pelas bancadas de aço inoxidável e empurrou a porta que dava para o corredor dos empregados. Subiu a escada dos fundos de dois em dois degraus, quase atropelando uma criada que passava aspirador no corredor do segundo andar.

Passou pelo seu quarto e pelo de Chantal.

Chegou ao do pai.

Parou diante da porta e pensou que não estava pronto para um "Rosalinda, parte II" com seu próprio pai. Não por não desejar ver o cadáver de um dos seus progenitores.

Não, era mais porque, se o homem precisasse de um caixão, Lane queria se responsabilizar por colocar a cabeça do maldito sobre o travesseiro acolchoado.

Abriu a porta.

– Pai! – exclamou. – Onde você está?

Marchando quarto adentro, aguçou os ouvidos e fechou a porta atrás de si – só para o caso de o homem estar vivo. Pois iria machucar o filho da puta, que os céus o ajudassem, mas estava preparado para machucá-lo muito.

Chantal podia ser uma vadia e uma mentirosa, mas nenhuma mulher merecia apanhar. Não importavam as circunstâncias.

– Onde diabos você está? – exigiu saber ao abrir a porta do banheiro.

Quando não encontrou a toalha sobre o box do banheiro, refez seus passos e foi para o *closet*.

Nada ali também.

Não, espere.

A mala do pai, aquela com monograma que ele costumava usar, estava aberta e parcialmente cheia. Mas mal arrumada. As roupas estavam mal acomodadas, jogadas às pressas por alguém com pouca experiência em fazer aquele tipo de tarefa.

Vasculhando o conteúdo, Lane não percebeu nada de extraordinário.

Mas notou que o relógio predileto do pai, o Audemars Piguet Royal Oak, não estava junto aos perfilados na gaveta forrada. E a carteira também estava faltando.

Retornando para o quarto, perscrutou a mobília, os livros, a mesa, mas não fazia ideia se havia algo fora do lugar. Estivera ali apenas um punhado de vezes... e não voltava havia uns belos vinte anos.

– O que está aprontando, pai? – perguntou baixinho, no ar parado.

Seguindo seus instintos, saiu, fechou a porta e voltou correndo pelas escadas até o primeiro andar. Levou menos de um minuto para entrar na garagem e contar os carros. O Phantom ainda estava ali, mas faltavam dois Mercedes. Chantal, evidentemente, estava com um.

O pai devia ter saído com o outro.

A pergunta era... para onde?

E quando?

QUARENTA E QUATRO

— Você não pode estar fazendo isso de novo. Vamos lá, acorda.

Edward bateu na mão que o puxava.

— Me deixa em paz.

— Eu não. Tá frio aqui fora e você não vai aguentar.

Edward abriu os olhos lentamente. A luz entrava pela porta aberta da baia no fundo do estábulo, ressaltando a poeira do feno e o perfil de um dos gatos vadios que perambulavam por lá. Uma égua relinchou do lado oposto, e outra coiceou a baia. Ao longe, ele percebeu o ronco de um dos tratores.

Puta merda, como a sua cabeça doía. Mas não era nada comparado ao seu traseiro. Engraçado como uma parte do corpo conseguia estar absolutamente entorpecida e dolorida ao mesmo tempo.

— Você vai ter que se levantar, inferno.

Toda aquela conversa o fez praguejar... e tentar focar a vista.

Ora, ora, vejam só. Havia duas Shelbys falando com ele. Sua nova empregada estava parada de pé como uma professora severa, com as mãos nos quadris estreitos, as pernas cobertas pela calça jeans e os pés com botas afastados, como se estivesse considerando a possibilidade de chutar sua cabeça tal qual uma bola de futebol.

— Pensei que você não falasse palavrão — ele murmurou.

— Não falo.

— Ora, mas acho que você acabou de falar.

Os olhos dela se estreitaram.

— Você vai se levantar ou vou ter que te varrer para fora daqui com o resto da sujeira?

— Você não sabia que "inferno" é apenas o primeiro passo? É como maconha. Sem se dar conta, logo, logo, você vai estar lançando bombas de "cacete" a torto e a direito.

— Tudo bem. Pode ficar aí. Espera pra ver se me importo.

Quando ela se virou para sair, ele a chamou.

— Como foi o seu encontro ontem à noite?

Ela girou sobre os calcanhares.

— Do que você tá falando?

— Com o Moe.

Dito isso, ele se esforçou para se erguer do piso de concreto do estábulo. Quando não conseguiu, ela levantou uma sobrancelha.

— Sabe, acho que vou mesmo te deixar aí.

Acima da cabeça dele, Neb relinchou, como se estivesse rindo.

— Não pedi a sua ajuda — Edward disse entre dentes.

Sem aviso, sua mão escorregou e seu corpo se chocou no concreto com tanta força que seus dentes bateram.

— Você vai acabar se matando — ela resmungou ao marchar de volta.

Shelby o ergueu com todo o cuidado que alguém dispensaria com uma forquilha caída, mas ele tinha que dar a mão à palmatória. Mesmo ela chegando apenas na metade do peito dele, era forte o suficiente para levá-lo pelo corredor, para fora do estábulo, e pela grama até o chalé.

Uma vez lá dentro, ele indicou sua poltrona com a cabeça.

— Ali já está...

— Você vai ficar com hipotermia. Isso *não* vai acontecer, não.

Em seguida, ele a viu sentando-o sobre o vaso sanitário e começando a aquecer a água da banheira.

— Pode deixar comigo a partir daqui — ele disse, pendendo para o lado e deixando que ela o segurasse. — Obrigado.

Ele estava fechando os olhos quando ela lhe deu um tapa.

– Acorda.

O ardor da batida o fez despertar e esfregar a face.

– Gostou de fazer isso?

– Gostei. E posso fazer de novo. – Enfiou uma escova de dentes na boca dele. – Use isso.

Era difícil falar com aquela maldita coisa na boca, portanto ele obedeceu, limpando o lado esquerdo, o direito, a frente e as partes inferiores. Depois se inclinou sobre a pia e cuspiu.

– Não está tão frio assim – ele disse.

– Como é que você sabe? Está pra lá de bêbado.

Na verdade, não estava, não. E isso era parte do problema. Pela primeira vez em muito tempo, ele não tinha tomado nenhuma bebida alcoólica na noite anterior.

– O que está fazendo? – ele perguntou quando as mãos dela se apossaram da sua malha.

– Tirando a sua roupa.

– É mesmo?

Enquanto ela se ocupava com as roupas dele, ele olhou para o corpo dela. Era difícil ver grande coisa, já que ela estava com uma blusa larga de moletom, então ele resolveu esticar a mão e testar a cintura dela.

Ela parou. Recuou.

– Não estou interessada.

– Então por que está tirando as minhas roupas?

– Porque os seus lábios estão roxos.

– Desliga isso. – Ele apontou para a torneira. – Assumo daqui.

– Você vai se afogar.

– E daí? Além do mais, não quero que você veja o que tenho debaixo da roupa.

– Vou ficar esperando lá fora, perto da sua poltrona.

– Ah, maravilha – ele disse baixinho.

Ela fechou a porta ao sair, e ele não fez mais nada. Só se encostou na parede e ficou olhando para a água fumegante.

– Não estou ouvindo barulho de água – ela comentou do lado de fora.

– Não está fundo o bastante ainda para eu nadar.

Toc. Toc. Toc.

– Entre logo, senhor Baldwine.

– Esse é o meu pai. E ele é um idiota. Atendo por Edward.

– Cale a boca e entre na banheira.

Mesmo na névoa do seu estupor, ele sentiu algo chamejar por ela. Achou que fosse respeito.

Mas quem se importav…

Bum, bum, bum!

– Você vai acabar derrubando a maldita porta – ele exclamou acima de todo aquele barulho. – E pensei que você não quisesse me ver nu.

– Água. Agora! – ela ralhou. – E não quero mesmo, mas melhor do que te encontrar morto.

– É apenas uma questão de opinião, minha cara.

No entanto, por algum motivo inexplicável, ele resolveu fazer como ela mandava.

Apoiando os braços na pia e na parte traseira do vaso sanitário antigo, suspendeu o corpo. Suas roupas eram um estorvo, mas conseguiu tirá-las e logo se colocou na banheira. Estranho, mas a água quente provocou o efeito contrário ao esperado. Em vez de aquecê-lo, fez com que ele sentisse frio, e começou a tremer tanto que criou ondulações na superfície da água.

Cruzando os braços diante do peito, seus dentes tiritaram, e seu coração saltou.

– Você está bem aí dentro? – ela perguntou.

Quando ele não respondeu, Shelby o chamou mais alto:

– Edward?

A porta se escancarou e ela invadiu o banheiro como se estivesse preparada para bancar a salva-vidas, resgatando-o de cinquenta centímetros de profundidade de água. E foi horrível… Quando ela o fitou, só o que ele conseguiu fazer foi ficar encarando a água agitada, na esperança de que ela cobrisse suas pernas raquíticas, seu sexo flácido e sua pele branca coberta de cicatrizes.

Ele teve quase certeza de que ela arquejou.

Sorrindo-lhe, ele disse:

— Bonito, não sou? Mas acredite ou não, eu funciono muito bem. Bem, digamos que um pouco de Viagra ajude. Seja boazinha, sim? E me traga alguma bebida... Acho que estou me desintoxicando, e é por isso que estou tremendo tanto.

— Você... — Ela pigarreou. — Você precisa de um médico?

— Não, só de um pouco de Jim Beam. Ou Jack Daniel's.

Quando ela simplesmente continuou olhando para ele, Edward apontou para a porta aberta.

— Estou falando sério. O que eu preciso é de álcool. Se quer me salvar, vá buscar um pouco. Agora.

Quando saiu do banheiro e fechou a porta, Shelby Landis tinha toda intenção de fazer o que Edward lhe pedira. Afinal, ela tinha muita experiência com alcoólatras, e por mais que não aprovasse nada daquilo, ela levara bebida ao pai milhares de vezes, e isso também costumava ser pela manhã.

Pelo menos, esse era o plano. Só que ela não parecia capaz de se mexer, de pensar... sequer de respirar.

Não estava preparada para ver aquele homem lá dentro, com a cabeça pensa como se ele tivesse vergonha de ser magro demais, do seu corpo alquebrado, do seu orgulho masculino tão esfarrapado e maltratado quanto suas carnes. Um dia ele fora uma grande força; seu pai tinha lhe contado histórias sobre o domínio de Edward nos negócios, nas pistas, na sociedade. Puxa, ouvira falar dos Bradford desde que era criança. Seu pai se recusava a beber qualquer outra coisa que não o nº 15 deles, assim como boa parte das pessoas que lidavam com cavalos que ela conhecia.

Levando as mãos ao rosto, sussurrou:

— O que fez comigo, pai?

Por que ele a mandara ali?

Por que...

— Shelby? — exigiu a voz de lá de dentro.

Deus, ele era como seu pai. O modo como Edward pronunciara seu nome com uma pontada de desespero... era exatamente igual ao pai quando estava desesperado por uma bebida.

Fechando os olhos, praguejou bem baixinho. Depois sentiu culpa.

– Perdoe-me, Senhor. Não sei o que estou dizendo.

Ao procurar pelo cômodo, encontrou uma fila de garrafas na parte da frente de uma das prateleiras de troféus, e a ideia de lhe entregar o veneno a deixou nauseada. Mas ele mesmo acabaria saindo e pegando... e provavelmente caindo e batendo a cabeça no processo. Então, em que pé estariam? Além disso, ela sabia como aquelas coisas funcionavam. Aquele tremor terrível não cessaria até que a fera dentro dele fosse alimentada de acordo com sua necessidade, e o corpo dele já parecia tão frágil...

– Já estou indo – disse em voz alta. – O que prefere?

– Tanto faz.

Direcionando-se para as garrafas às cegas, pegou uma de gim e voltou para a porta fechada do banheiro. Não se deu ao trabalho de bater, simplesmente entrou.

– Pronto. – Tirou a tampa. – Pode beber direto do gargalo.

Só que as mãos dele tremiam tanto que não havia um modo de ele conseguir erguer a garrafa sem derrubar tudo.

– Deixa que eu seguro pra você – ela murmurou.

Houve um instante de hesitação por parte dele, mas logo ele ergueu a boca como um potrinho recém-nascido abandonado pela mãe.

E deu umas duas ou três belas goladas.

– Isso sim é que esquenta.

Deixando o gim ao lado da banheira onde ele conseguiria alcançar caso quisesse, ela pegou uma toalha de banho e submergiu na água, atrás dele. Quando ficou encharcada, ela a passou pela protuberância da coluna e das costelas dele. Depois tratou de cuidar da cabeça com uma esponja de banho, molhando o cabelo, alisando-o para trás.

Sem que ele pedisse, ela ergueu a garrafa mais uma vez e ele bebeu, sorvendo direto do gargalo.

Banhá-lo com sabonete e xampu fez com que ela se lembrasse dos cuidados oferecidos a um animal recém-resgatado. Ele estava assustado. Desconfiado.

Meio morto.

– Você precisa comer – ela disse numa voz partida.

Não tenho isso dentro de mim, Senhor. Não vou conseguir fazer isso de novo.

Não conseguira salvar o pai alcoólatra. Perder dois homens numa vida só parecia um fracasso grande demais para superar.

– Vou te preparar o café da manhã depois, Edward.

– Você não tem que fazer isso.

– É – respondeu, rouca –, eu sei.

QUARENTA E CINCO

– Então, vamos repetir tudo de novo?

Ante o som da voz máscula, Lizzie parou no meio do transplante de uma *Hedera helix* para um vaso novo. Fechando os olhos, inspirou fundo e ordenou às mãos que não tremessem e nem derrubassem nada.

Estava à espera que Lane a procurasse para conversar. Ele não demorou muito.

– E então? – disse ele. – Voltamos aos dias em que você ouve alguma coisa que não gosta e me exclui? Porque se for o roteiro que vamos seguir, e é bem isso o que está parecendo, acho que só me resta subir num avião e voltar para Nova York e pôr um fim à história. Vai ser muito mais eficiente, e não vou acabar com uma conta telefônica quilométrica por deixar mensagens na sua caixa postal.

Forçando as mãos a continuarem a trabalhar, enfiou as raízes no buraco que cavara no vaso e começou a transferir terra nova para enchê-lo.

– Algo que eu não queria ouvir – ela repetiu. – Sim, acho que podemos dizer que descobrir que a sua esposa está grávida de novo é uma notícia que eu preferiria não ouvir. Especialmente porque fiquei sabendo logo depois de termos feito sexo. Em seguida, veio a notícia maravilhosa de que você estava sendo preso por mandá-la para o pronto-socorro.

Quando ele não respondeu, ela se voltou na direção dele. Lane estava parado na entrada da estufa, junto à estação de trabalho em que Greta deveria estar, caso Lizzie não tivesse avisado à mulher que precisava ficar um tempo sozinha.

– Acha mesmo que eu seria capaz de fazer uma coisa do tipo? – ele perguntou num tom baixo.

– Não cabe a mim decidir nada disso. – Ela voltou a se concentrar no que estava fazendo e odiou as próprias palavras. – Mas uma coisa que eu posso dizer é que o melhor indicador de um futuro comportamento é o modo como a pessoa se comportou no passado. E eu não posso... Não posso mais fazer isso com você. Não importa se os boatos são verdadeiros ou não, não é essa a questão.

Depois de colocar a terra nova, ela pegou o regador e o inclinou sobre o vaso de trepadeira. Em três meses, a planta estaria pronta para ser levada para o lado externo, para o muro ou para um dos vasos do terraço. Tinham muita sorte com aquela variedade, mas era bom planejar reposições antes que elas fossem necessárias.

Limpando as mãos na frente do avental, virou-se para ele.

– Entreguei meu pedido de demissão. Portanto, não precisa se preocupar em voltar para Nova York.

Não teve dificuldades para sustentar o olhar dele. Para encará-lo. Enfrentá-lo.

É incrível como você fica determinado com os outros quando sabe em que pé está.

– Você acha mesmo que eu faria aquilo com uma mulher? – ele repetiu.

Claro que não, ela pensou. Mas permaneceu em silêncio porque sabia que, se quisesse mesmo que ele a deixasse em paz, a insinuação feriria seu orgulho masculino e isso, infelizmente, agiria em seu favor.

– Lizzie, responda.

– Não é da minha conta. Não é.

Depois de um instante, ele assentiu.

– Ok. Muito justo.

Quando ele se virou e se dirigiu para a porta, ela teve que admitir que ficou um pouco surpresa. Esperava ouvir algum tipo de explicação demorada. Uma torrente de persuasão da qual ela teria que se esquivar. Algum tipo de "Eu te amo, Lizzie, de verdade".

– Desejo tudo de bom para você, Lizzie – ele disse. – Cuide-se.

E foi... só isso.

A porta se fechou sozinha. E, por uma fração de segundo, ela sentiu o impulso absurdo de ir atrás dele e gritar na sua cara que ele era um cretino colossal por tê-la seduzido do jeito como seduziu, que era um mau caráter, que era exatamente quem ela temia que ele fosse, um usurpador de mulheres, um mentiroso, um elitista enganador e sádico que não saberia...

Lizzie forçosamente se afastou desse precipício.

Se aquela despedida significava alguma coisa, o fato de ela permanecer ou não na vida dele parecia não importar nem um pouco para ele.

Bom saber disso, ela pensou com amargura. *Bom saber.*

Colocando-se atrás do volante do 911, Lane pensou que havia momentos na vida em que, por mais que você quisesse lutar, era melhor simplesmente desistir.

Você não precisava gostar do fracasso.

Não tinha que se sentir maravilhoso com relação ao resultado das coisas.

E, por certo, não se afastava de tudo sem arranhões, sem ficar seriamente ferido pela perda, aleijado, até.

Mas você precisava abrir mão de tudo, porque desperdiçar energias não o levaria a parte alguma, e você poderia muito bem já ir se acostumando com a perda.

Era a única lição que o seu relacionamento com o seu pai lhe ensinara. Se ele teria apreciado a presença de uma figura masculina que pudesse admirar, se espelhar, se orgulhar e sentir respeito? Sim, claro. Teria sido maravilhoso não crescer numa casa onde o som de chinelos sobre o piso de mármore ou o cheiro de cigarro não o obrigasse a procurar um lugar para se esconder. Óbvio. Poderia ter se beneficiado de conselhos paternos, ainda mais em tempos como aquele?

Sim, poderia.

Entretanto, não foi assim para ele. E ele teve que se acostumar com isso para não enlouquecer negociando com um fracasso que jamais conseguiria mudar ou melhorar.

Seguindo o mesmo raciocínio, se Lizzie King de fato acreditasse que havia a mínima possibilidade de ele ter botado as mãos numa mulher daquela forma, que ele tivesse mentido descaradamente a respeito de Chantal, que qualquer bebê que aquela mulher tivesse pudesse ser seu... então não havia esperanças para eles dois. Não importaria o que ele lhe dissesse ou como tentasse explicar as coisas... ela não o conhecia de verdade e, mais importante, não confiava nele.

E o fato de aquilo tudo ser uma mentira, de Chantal, mais uma vez, ter lhe roubado a mulher que ele amava...

Bom, a vida é dura.

Buá, buá, buá.

Peça um pai novo para o Papai Noel. Peça à Fada do Dente que te dê uma nova ex-esposa.

Tanto faz.

Deixando Easterly, entrou na estrada e dobrou o limite de velocidade a caminho do Aeroporto Internacional de Charlemont, não porque estivesse com pressa ou atrasado, mas porque podia. O carro aguentaria o tranco e, naquele exato instante, ele estava sóbrio e no controle.

A entrada para as chegadas e partidas particulares era a primeira saída do caminho que cercava a enorme construção. Lane estacionou à direita das portas duplas e deixou o motor ligado.

Jeff Stern já estava próximo do espaço luxuoso. Só tinham se passado poucos dias, mas parecia um século desde aquele jogo de pôquer em que a loira burra o incomodava, quando ele se levantou para atender ao telefone.

Como era de se esperar, seu colega de apartamento estava vestido como o homem de Wall Street que era: óculos, terno escuro e camisa branca engomada. Até estava com a poderosa gravata vermelha.

— Poderia ter vindo de bermuda — Lane comentou quando se cumprimentaram batendo as mãos.

— Estou vindo do escritório, idiota.

Aquele sotaque, ao mesmo tempo estranho e familiar, era exatamente o que ele precisava naquele instante.

— Deus, você está com uma aparência péssima — Jeff comentou, enquanto sua bagagem chegava num carrinho. — A vida familiar evidentemente não combina com você.

— Não a minha, pelo menos. Me diz uma coisa, o seu avião ainda está aqui?

— Não por muito tempo. Está sendo reabastecido. Por quê? — Quando Lane apenas olhou para a pista, o amigo praguejou. — Não. Não, não, não, não, não. Você *não* me arrastou para cá, abaixo da Mason-Dixie, para atender um alarme falso e agora quer voltar para Manhattan. Sério, Lane.

Por um instante, Lane hesitou. Queria ficar, só para ferrar o pai em múltiplas instâncias, mas também queria partir, porque estava cansado de tanta insanidade.

Parecia que ele e Lizzie, no fim, tinham algo em comum.

Os dois queriam se afastar.

— Lane?

— Vamos — convidou, dando uma gorjeta para o carregador e pegando as duas malas de couro do amigo. — Quando foi a última vez que veio a Easterly?

— Num Derby, há um milhão de anos.

— Nada mudou.

Colocou as malas no Porsche e saíram de lá, acelerando para longe do aeroporto e entrando na estrada.

— Então, vou ou não conhecer essa sua mulher, Baldwine?

— Provavelmente não. Ela pediu demissão.

— Puxa, que rápido. Lamento muito.

— Não finja que não leu as notícias.

— Pois é, está em todos os lugares. Acho que você é o responsável por ressuscitar os jornais impressos. Parabéns.

Lane praguejou e ultrapassou um carro.

— Não era um prêmio que eu queria, eu garanto.

— Espere um instante. Você disse "se demitindo"? Quer dizer que ela trabalha para a sua família? Isso é tipo *Sabrina*, meu velho?

— Lizzie é a horticultora-chefe da propriedade. Ou era.

— Não uma simples jardineira, hein… faz sentido. Você odeia mulheres burras.

Lane o encarou.

– Sem ofensas, mas podemos falar sobre outra coisa? Talvez sobre o fato de a minha família estar perdendo todo o seu dinheiro? Preciso me alegrar.

Jeff balançou a cabeça.

– Você, meu amigo, leva uma vida e tanto.

– Quer trocar de lugar? Por que, neste exato instante, estou procurando uma saída.

QUARENTA E SEIS

Naquela noite, Lizzie chegou em casa e não havia nenhuma árvore caída no seu quintal.

Saindo da caminhonete da fazenda, olhou ao redor. O Yaris ainda estava esmagado no mesmo lugar, destroçado, com as janelas quebradas e o interior molhado e cheio de folhas, e parecia ter saído de um jogo de videogame. Mas o galho tinha sumido, e não restava nada além de serragem fresca e perfumada espalhada por lá.

Não ouse, Lane, ela pensou.

Não ouse tentar cuidar de mim agora.

Levantou o olhar e viu que o corte onde o galho se partira do tronco fora feito com cuidado, selado de modo que cicatrizaria e o bordo maravilhoso sobreviveria aos estragos.

– Maldito.

Pelo menos ele tinha deixado o carro no lugar. Se tivesse cuidado disso também, ela teria que procurá-lo para descobrir onde deveria recuperar a carcaça.

Devia ter desconfiado que as coisas entre eles estavam inacabadas.

Ao marchar rumo à varanda, ficou discutindo mentalmente com ele o tempo inteiro... Mas parou no primeiro degrau. Na tela da porta, um bilhete fora afixado à moldura.

Maravilha. Agora isso. Algum tipo de "Agora que nossas cabeças esfriaram, blá-blá-blá…".

Ele era um homem doentio.

E ela estava agindo bem partindo dali. Por mais que estivesse sofrendo por ir embora, precisava se afastar dele, de Easterly, daquela parte bizarra da sua vida que só podia ser descrita como um pesadelo.

Forçou-se a se mover, subiu e arrancou o papel da porta. Queria jogar fora aquela coisa maldita, mas algum impulso masoquista tornou isso impossível. Abrindo o bilhete, ela…

Olá, vizinha. As vacas se espalharam pelo seu quintal. Estragaram as moitas de flores dos fundos. Como sou péssimo com flores, cuidei da sua árvore. Minha mulher te mandou uma torta. Deixei na bancada.

Buella e Ross

Expirou, sendo acometida por uma onda de exaustão, e em vez de entrar na casa, atravessou a varanda e se sentou no balanço. Empurrando as tábuas do piso com um pé, ficou atenta aos grilos e aos rangidos das correntes afixadas no teto acima da sua cabeça. Sentiu a brisa suave e cálida no rosto e observou as luzes alaranjadas do entardecer criarem sombras alongadas sobre a terra.

Precisava replantar os canteiros…

Não, não precisava.

Bem, pelo menos teria uma bela sobremesa; Buella fazia tortas de outro mundo. Talvez fosse de pêssego. Ou, quem sabe, de mirtilos.

Lizzie se descobriu enxugando os olhos e fitando as lágrimas nas pontas dos dedos.

Era horrível ter que sair dali para se salvar… Era bem parecido com… serrar um galho doente.

Estava dando tudo certo.

Mas Lane tinha que chegar e estragar tudo.

– Foi tudo o que Edward conseguiu tirar de lá – disse Lane ao andar de um lado para o outro no quarto de hóspedes em que acomodara Jeff.

Era a melhor suíte, com vista para os jardins e o rio, e também tinha uma escrivaninha com tampo tão comprido que poderia ser qualificada como balcão de cozinha. Na verdade, um bilhão de anos antes, aqueles aposentos tinham sido do avô de Lane, e depois da morte do homem, nada fora tocado a não ser nas faxinas regulares.

O comentário de Jeff ao entrar foi típico dele. Algo relacionado à possibilidade de a Guerra Civil ter sido comandada de lá.

Contudo, conforme esperado, assim que o cara acessou os dados financeiros, deixou de lado as brincadeiras e se tornou totalmente profissional.

– Bem, já está quase na hora do jantar. – Lane olhou para seu relógio de pulso. – Nos vestimos formalmente. Bem, todos fazem isso, menos eu. Então o seu terno vai estar de acordo.

– Mande me trazer alguma coisa aqui mesmo – Jeff murmurou ao arrancar a gravata, sem despregar os olhos da tela do computador. – E vou precisar de papel e caneta.

– Está querendo me dizer que não quer testemunhar a troca de olhares furiosos entre mim e o meu pai por sobre o suflê? – Sim, porque Lane estava *mais do que* ansioso para isso. – Você também poderia aproveitar para conhecer o novo e fabuloso noivo da minha irmã. O cara é tão charmoso quanto um tumor.

Quando Jeff não respondeu, Lane andou e espiou por cima do ombro dele.

– Diga-me que isso faz algum sentido para você.

– Ainda não, mas vai fazer.

É o homem certo para este trabalho, Lane pensou ao finalmente se retirar.

Já no corredor, descobriu-se encarando a porta do quarto da mãe. Talvez Edward estivesse certo. Talvez se tudo virasse pó, a mãe deles nem ficaria sabendo. Todas aquelas drogas a mantinham encasulada e segura em seu delírio. Algo que, pela primeira vez, estava começando a entender.

Falando nisso, que tal um pouco de bourbon?

Seguindo para as escadas da frente, resolveu que também pularia o jantar. Ainda estava louco de vontade de socar o pai, mas, com Jeff cuidando de tudo, ele tinha, quem sabe, chances muito maiores de pegar o homem de jeito.

E depois seguiria o exemplo de Lizzie e iria embora daquele lugar de uma vez por todas.

Tudo ali era demais, bizantino demais, poluído demais.

Talvez voltasse para Nova York. Ou talvez estivesse na hora de alargar seus horizontes. Quem sabe ir para o exterior...

Lane parou na metade da escada.

Mitch Ramsey e dois policiais estavam parados no átrio de entrada logo abaixo, sem os chapéus. Seus rostos pareciam saídos de um texto de justiça criminal: estavam totalmente impassíveis.

Merda, Lane pensou ao fechar os olhos.

Pelo visto, Samuel T. tinha conseguido tirar vantagem da boa e velha camaradagem masculina só até certo ponto.

– Vou pegar a minha carteira – Lane avisou. – E vou ligar para o meu advogado...

Mitch levantou o olhar bem quando o senhor Harris vinha da sala de jantar.

– Ah, senhor Baldwine – disse o mordomo –, estes cavalheiros vieram vê-lo.

– Foi o que imaginei. Só vou pegar a...

Mitch falou:

– Podemos conversar reservadamente?

Lane franziu a testa.

– Quero a presença do meu advogado.

Quando Mitch sacudiu a cabeça, Lane encarou os outros policiais. Nenhum deles o olhava de frente.

Lane terminou de descer e indicou a sala com a mão.

– Na sala de estar.

Enquanto os quatro seguiam para o elegante cômodo, o senhor Harris deslizou as portas duplas que davam para o vestíbulo. E, num acordo tácito, ninguém disse nada até que o homem atravessasse a sala e fechasse as outras portas.

Lane cruzou os braços diante do peito.

– O que foi, Mitch? Está querendo completar um trio? Primeiro Gin, depois eu... e agora, que tal o meu pai?

– É com muito pesar que preciso informar que...

Uma pontada fria de medo perpassou seu corpo.

– Não o Edward, ah, Deus, por favor não o Edward...

– ... um corpo foi encontrado no rio duas horas atrás. Temos motivos para acreditar que seja o seu pai.

A expiração que escapou dos pulmões de Lane foi estranhamente lenta e controlada.

– O quê... – Ele limpou a garganta. – Onde ele foi encontrado?

– Na parte oposta à cachoeira. Precisamos que nos acompanhe para identificar o corpo. Um parente é preferível, mas eu jamais peço à esposa, se puder evitar.

Como resposta, Lane se aproximou do carrinho de bebidas e se serviu de uma bela dose do Reserva de Família. Depois de tomá-la, acenou para Mitch e para os outros dois membros da força policial.

– Me dê um minuto. Eu já volto.

Ao passar por Mitch, o homem esticou a mão e o segurou pelo braço.

403

– Eu sinto muito, Lane.

Lane franziu a testa.

– Sabe, não consigo dizer o mesmo.

QUARENTA E SETE

Lane não contou a ninguém onde estava indo e nem o motivo.

Voltou do quarto com seu celular e sua carteira, e tomou cuidado para ficar longe das vistas das pessoas que comiam e conversavam baixo na sala de jantar.

Não, não contaria nada a ninguém. Não até ter certeza.

Entrando na parte traseira do SUV do delegado Mitch, fechou a porta e fitou adiante, através do para-brisa.

Quando o policial se colocou atrás do volante, Lane perguntou:

– Alguém já sabe?

– Mantive em segredo por enquanto. O corpo apareceu num ancoradouro coberto a uns quinhentos metros da catarata. As pessoas que o encontraram são gente boa. Estão assustadas e não querem a atenção da mídia nem repórteres em sua propriedade. Mas isso não vai durar para sempre.

O trajeto até o necrotério foi meio bizarro. O tempo se arrastava, tudo era muito brilhante, claro demais, volumoso demais. E assim que entrou naquele prédio sem graça, frio, a sensação piorou até ele sentir como se estivesse aos tropeços, o surrealismo de tudo aquilo fazendo com que parecesse algo saído de um desenho animado de Jerry Garcia.

A única coisa que conseguia fazer era acompanhar Mitch onde quer que o cara fosse. Não muito tempo depois, Lane se viu numa saleta de espera do tamanho de uma despensa.

No meio da parede diante dele havia uma cortina que cobria, segundo ele imaginava, uma grande janela. Havia uma porta ao lado.

– Não – Lane disse a Mitch. – Quero vê-lo cara a cara.

Houve um instante de constrangimento.

– Veja bem, Lane, o corpo não está nada bonito. Caiu da cascata e pode ter se chocado num barco maior. Seria mais fácil...

– Não estou interessado em nada fácil. – Lane estreitou o olhar na direção do delegado. – Quero entrar.

Mitch praguejou.

– Me dá um minuto.

Enquanto o delegado desaparecia pela porta, Lane ficou satisfeito que o homem não tivesse se oposto. Não queria admitir que o motivo pelo qual necessitava chegar perto era por querer ter certeza de que o pai estava de fato morto.

O que era estupidez.

405

Como se todos aqueles policiais fossem perder tempo inventando a história.

Mitch retornou e segurou a porta aberta.

– Pode entrar.

Entrar naquela sala azulejada se tornou algo de que Lane se recordaria pelo resto da vida. E, Jesus, era igualzinho aos filmes: no meio do recinto, sobre uma mesa de aço com rodinhas, havia um saco mortuário.

Absurdamente, notou que era do mesmo tipo em que Rosalinda fora colocada.

Ao lado da maca, uma mulher de jaleco branco estava de pé com luvas descartáveis e uma prancheta nas mãos.

– Está pronto, senhor?

– Sim. Por favor.

Ela esticou a mão e puxou o zíper. Desceu-o até os pés e afastou a lona.

Lane se inclinou, mas o cheiro da água e da podridão o fez se retrair.

Não esperava encontrar os olhos do pai abertos.

– É ele – Lane disse, com uma voz partida.

– Lamento pela sua perda – a médica legista disse ao voltar a subir o zíper.

Quando ela terminou, deduziu que quisessem que ele se retirasse, mas ele só conseguiu ficar ali parado olhando para o saco mortuário.

Todos os tipos de imagem invadiram seus pensamentos, uma mistura de coisas do passado e do presente.

Mas não há mais futuro algum, pensou. *Não haveria mais nada com aquele homem.*

Deus, dentre todos os modos como as coisas entre eles poderiam terminar… aquele momento silencioso, naquela fria sala médica, com Mitch Ramsey de um lado e uma completa estranha do outro… não tinha imaginado nada daquilo.

– E agora? – ouviu-se perguntar.

Mitch pigarreou.

– Extraoficialmente, e não me obrigue a sustentar isso, temos quase certeza de que foi suicídio. Considerando tudo o que tem acontecido… bem, você entende.

– Sim. Sim, claro. – E a polícia nem desconfiava da questão financeira.

Que covarde filho da puta, Lane pensou. *Primeiro ele provoca toda essa confusão, e depois resolve fugir se jogando de uma ponte.*

Cretino.

– Gostaríamos do consentimento para realizar a autópsia – disse Mitch. – Só para excluir a possibilidade de um crime. Mas, repito, não é nisso que acreditamos.

– Claro. – Lane olhou para o delegado. – Escute, preciso de um tempo antes que isso chegue à imprensa. Tenho que contar à minha mãe e aos meus irmãos. Nem sei como localizar Maxwell, mas não quero que ele fique sabendo disso no noticiário das seis. Ou pior, na TMZ.

– A polícia está determinada a trabalhar com você e com a sua família.

– Serei o mais rápido que puder.

– Isso facilitaria tudo para nós também.

Uma prancheta surgiu de sabe-se lá onde, e ele assinou uma variedade de coisas. Quando devolveu a caneta ao delegado, pensou: "Merda, vamos ter que planejar um funeral".

Ainda que, sendo bem franco, a última coisa que o interessava era honrar o pai de qualquer maneira.

— Não estou com fome.

Edward se acomodou na sua poltrona no chalé, bem ciente de que parecia um garotinho de quatro anos se recusando a jantar, mas não se importou.

O fato de o aroma vindo da sua cozinha embutida fazer sua boca salivar não era relevante.

Shelby, contudo, sofria de audição seletiva.

— Aqui está.

Ela colocou uma tigela de cozido na mesinha ao lado da sua garrafa de... o que era mesmo que estava bebendo? Ah, tequila. Ora, vejam só se não combinava à perfeição com o molho de carne.

— Coma — ela ordenou, num tom que sugeria que ou ele mesmo cuidava disso ou ela amassaria tudo e o forçaria a comer por meio de um canudo.

— Sabe, você pode ir quando quiser — ele murmurou.

Pelo amor de Deus, a mulher ficou na sua casa o dia inteiro, limpando, lavando a roupa, cozinhando. Ele lhe disse algumas vezes que ela tinha sido contratada para cuidar dos cavalos, e não do proprietário deles, mas, de novo, a audição dela era seletiva.

Maldição, isso aqui está muito bom, pensou ao encher a boca.

— Quero marcar um horário com o seu médico.

O som de um carro chegando foi uma interrupção bem-vinda. Esforçou-se para se lembrar que dia era, e desejou que, de algum modo, já fosse sexta-feira de novo, pois até gostava da ideia de ela ver uma prostituta vindo servi-lo. Inferno, ela até podia ficar olhando se quisesse. Não que fosse um bom espetáculo...

Por uma fração de segundo, lembrou-se de Sutton sobre ele, movendo-se para cima e para baixo, fitando-o nos olhos.

Uma dor afiada em seu peito o fez comer mais rápido só para se livrar da sensação.

A batida foi alta.

— Você se importaria de fazer as honras? – disse a Shelby. – Se for uma mulher, convide-a a entrar. Se não, diga que vá para o inferno. E use a palavra "inferno", sim? Nós dois sabemos que ela faz parte do seu vocabulário agora.

O olhar furioso que ela lhe lançou provavelmente o teria derrubado se ele já não estivesse sentado.

Mas ela foi até a porta.

Abrindo-a, disse:

— Ah, nossa.

— Quem é? – Edward murmurou. – A sua fada madrinha?

Só que não era. Era Lane.

Enquanto seu irmão entrava no chalé, Edward já meneava a cabeça.

— O que quer que seja, você vai ter que ir para outro lugar. Já disse, não vou mais ajudar...

— Podemos falar em particular.

Não era uma pergunta.

Edward revirou os olhos.

— Não importa o que você vai dizer.

— É assunto de família.

— E não é sempre? – Quando Lane não cedeu, Edward praguejou. – O que quer que tenha a dizer, pode falar na frente dela.

A presença de Shelby talvez apressasse o assunto.

Lane olhou para a mulher. Voltou a olhar para ele.

— Nosso pai está morto.

Enquanto Shelby arfava, Edward lentamente abaixou a colher. Depois disse, numa voz grave:

— Shelby, você pode, por favor, nos dar licença? Muito obrigado.

Engraçado como os bons modos surgiam nele em momentos de crise.

Depois que Shelby saiu rapidamente, Edward limpou a boca no guardanapo de papel.

— Quando?

— Em algum momento na noite passada, é o que estão acreditando. Ele se jogou de uma ponte, provavelmente. O corpo apareceu do outro lado da cascata.

Edward se recostou na poltrona.

Tinha a intenção de dizer alguma coisa. Tinha mesmo.

Só... não se lembrava o que era.

Lane, evidentemente, se sentia do mesmo modo, porque seu irmão caçula se aproximou da única outra cadeira no cômodo e se sentou.

– Contei para mamãe antes de vir para cá. Não acho que ela entendeu o que eu disse. Ela não está acompanhando nada. E também contei para a Gin. A reação dela foi igual à sua.

– Confirmaram se é ele?

Por algum motivo, aquilo parecia de importância vital. Ainda que... Como seria possível cometer um erro dessa magnitude?

– Fui eu quem identificou o corpo.

Edward fechou os olhos. E, por um breve instante, aquela luz piloto dele se acendeu novamente.

– Não deveria ter sido você. Eu deveria ter feito isso.

– Tudo bem. Eu não... – Lane inspirou fundo. – Acho que não estou tendo reação alguma. Tenho certeza de que ficou sabendo o que aconteceu ontem.

Edward olhou para o irmão.

– O que aconteceu ontem?

Lane teve que gargalhar.

– Às vezes não ter TV a cabo é uma coisa muito boa, não? Tudo bem, não importa. Não mesmo.

Ficaram sentados em silêncio por um bom tempo. Edward percebeu que estava esperando por algum tipo de reação emocional de si mesmo. Tristeza. Diabos, talvez até alegria.

Mas não sentiu nada. Apenas um torpor ressonante.

– Tenho que encontrar Max – disse Lane. – A polícia vai segurar a informação até estarmos prontos para dar uma declaração, mas não pode demorar muito.

– Não sei onde ele está – Edward murmurou.

– Fico ligando para o número que ele tinha há dois anos. Também mandei um e-mail, o último que ele tinha. Acho que ele deve estar mesmo fora do radar.

Mais silêncio.

– Gin está bem? – Edward perguntou.

Lane meneou a cabeça, depois percorreu o cômodo com o olhar.

– Algum de nós está?

Infelizmente, Edward pensou, *a resposta é não.*

QUARENTA E OITO

Na manhã seguinte, quando subiu pelas escadas dos fundos com um arranjo floral nas mãos, Lizzie tentou se encorajar.

Tudo bem ficar escondida nas estufas, mas convenhamos, ela ainda tinha treze dias no emprego em Easterly e não pretendia fazer corpo mole até lá. Sempre fora a responsável pelas flores dos quartos. Tinha seu cronograma e ia fazer muito bem o seu trabalho.

No segundo andar, aprumou os ombros e se encaminhou para a segunda melhor suíte de hóspedes. O senhor Harris lhe dissera que um hóspede tinha chegado inesperadamente e que também não havia mais a necessidade de trocar as flores no quarto de Chantal.

Muito bom saber disso, senhor Harris. Muito obrigada.

Pelo menos, era uma pessoa a menos na sua lista de "Pessoas a não encontrar".

Uma pena que o número um ainda estivesse sob o teto de Easterly.

– Treze dias – disse baixinho. – Apenas treze dias.

Bateu à porta e esperou. Um momento depois, uma voz masculina disse:

– Entre.

Empurrando a porta, viu um homem sentado à escrivaninha do avô de Lane, com as costas curvadas como uma vírgula enquanto trabalhava sobre o laptop. Ao lado dele, uma impressora cuspia páginas com tabelas e colunas e, aos seus pés, bolas de papel amarelo amassado salpicavam o chão.

Ele não levantou a cabeça.

– Só vim colocar um vaso de flores – explicou.

– Á-há.

Ao lado dele, sobre o peitoril da janela, havia uma bandeja de café da manhã vazia. Ao ajeitar o vaso sobre uma cômoda antiga, ofereceu:

– Posso levar essa bandeja para baixo para você?

– O quê? – ele murmurou, ainda concentrado na tela.

– A bandeja?

– Sim, claro. Obrigado.

Concluiu que ele estava ali para examinar os arquivos que Rosalinda tinha deixado para trás.

Mas se lembrou que não era da sua conta.

Dando a volta na escrivaninha, viu duas malas caras. Uma estava aberta e remexida, mas ainda assim tinha a impressão de que o homem não tinha trocado de roupa desde a sua chegada. A camisa branca estava toda amassada, bem como as calças.

Também não era da sua conta.

Pegando a bandeja, ela...

– Ah, meu Deus.

Quando ele falou, ela quase deixou de olhar na direção dele, imaginando que ele tivesse encontrado algo no que quer que estivesse examinando. Mas logo percebeu que ele estava olhando para ela.

– O que foi? – perguntou.

– Você é a Lizzie. Certo?

Retraindo-se, ela olhou ao redor. O que foi meio ridículo, pois não havia ninguém atrás dela, não é?

– Hum... sim.

– A Lizzie do Lane. A horticulturista.

– Não – ela negou. – Não dele.

O homem esticou os braços acima da cabeça, e seu corpo todo estalou; ela notou que ele era muito bonito, com cabelos e olhos escuros – poderiam ser castanhos ou azuis.

O sotaque definitivamente era de Nova York.

– Uau – murmurou ele. – Pensei que você fosse de mentira.

– Se me der licença, tenho trabalho a fazer.

– E agora eu entendo por que ele não foi atrás de mais ninguém por dois anos.

Não pergunte, Lizzie se ordenou, *não pergunte*.

– O que disse? – ouviu-se perguntar.

Droga.

– Por dois anos, nada. Quero dizer, fizemos faculdade juntos, por isso vi em primeira mão como ele conquistou sua reputação. Mas nos dois últimos anos, ele não chegou perto de nenhuma mulher. Pensei que ele fosse gay. Até perguntei se ele era gay. – Ele mostrou as palmas num gesto defensivo. – Não que exista algo de errado com isso.

Isso faz parte de algum diálogo do Seinfeld?,[23] ela se perguntou.

– Eu… hum…

– Agora estou entendendo. – O homem deu um amplo sorriso. – Mas ele disse que você está de partida? Não é da minha conta, mas… por quê? Ele é um bom homem. Não é perfeito, mas é bom. Só não sugeriria que você jogasse pôquer contra ele. Não a menos que tenha dinheiro sobrando para perder.

Lizzie franziu a testa.

– Eu… hum…

– A propósito, eu nem sabia que ele era casado. Ele nunca falou dela. Eu, por certo, nunca a vi… E agora, pensando bem, foi tudo por sua causa… Bem, de todo modo, tenho que voltar a trabalhar.

Como se o cara não tivesse acabado de lançar uma bomba no meio do quarto.

Quando o coração de Lizzie começou a bater forte, ela perguntou:

– Desculpe. Mas você disse… que não sabia que ele era casado?

Ele voltou a olhar para ela.

– Não, ele nunca mencionou. Nenhuma vez nos dois anos em que dormiu no meu sofá. Só fiquei sabendo quando ele me ligou uns dias atrás.

23 *Seinfeld* foi uma série de TV produzida pela NBC. Tendo sido transmitida entre 1989 e 1998, foi eleita pelo TV *Guide*, em 2002, como "melhor programa de todos os tempos". (N.E.)

— Mas você deve tê-la conhecido, não? Quando ela o visitou.

— Quando o visitou? Querida, ele nunca recebeu nenhuma visita, e eu sei disso porque ele nunca saía da minha casa. Jogávamos pôquer à noite e eu saía para trabalhar, só para voltar à noite e encontrá-lo no meu sofá na exata posição da manhã. Ele não via ninguém. Não atendia a telefonemas. Nunca voltou para cá. Nunca viajou. Só ficava trancado no meu apartamento, bebendo. Pensei que a próxima parada seria numa unidade de diálise.

— Nossa.

O cara arqueou uma sobrancelha, como se quisesse saber se ela precisava de alguma outra informação.

— Obrigada.

— Obrigado pelas flores. Nunca recebi flores de uma mulher antes.

E voltou a trabalhar, concentrado na tela.

Lizzie saiu do quarto num estado de torpor e teve que se lembrar de fechar a porta.

Depois de parada por um instante, virou a cabeça e olhou na direção do quarto do senhor Baldwine.

Nenhuma visita. Nenhum telefonema. Dois anos em Nova York no sofá do amigo.

E, supostamente, Chantal estava grávida.

De Lane.

Lizzie não teve ciência de quando se decidiu a andar. Mas, antes que se desse conta, deixou a bandeja no chão ao lado do quarto de hóspedes e andou nas pontas dos pés sobre a passadeira. Ao chegar ao quarto do senhor Baldwine, encostou a orelha na porta.

Depois bateu com suavidade.

Quando não obteve resposta, entrou sorrateiramente e se fechou ali dentro.

Havia algo de estranho no ar. Pensando bem, estava invadindo o lugar, visto que não tinha nenhum motivo válido para estar ali.

Bem, nenhum motivo profissional válido.

Relanceando para se certificar de que não havia ninguém no banheiro adjacente, apressou-se para junto da enorme cama, arrumada com precisão militar.

Ajoelhando-se, estendeu o pescoço debaixo do criado-mudo, debaixo da própria cabeceira da cama.

O tecido de seda ainda estava ali, no chão.

Lizzie esticou o braço e...

Toc, toc, toc.

– Serviço de quarto, senhor Baldwine.

Mergulhando rapidamente, Lizzie se enfiou embaixo da cama, encolhendo as pernas enquanto a criada abria a porta e entrava no quarto.

Um assobio suave e passadas leves sobre o carpete anunciavam o progresso da mulher conforme ela ia para o banheiro.

Por favor, não limpe, Lizzie suplicou em pensamentos, deitada no escuro. *Só deixe as toalhas e siga com a sua vida.*

Deixe as toalhas.

Siga em frente.

Deus, seu coração batia tão forte que foi um milagre a criada não ouvir nada.

Momento depois, um milagre aconteceu e as passadas recuaram para a porta, fechando-a novamente.

Lizzie relaxou e cerrou os olhos. Certo, riscaria ladra de galinhas da lista das suas possíveis escolhas de carreira para quando partisse de Easterly.

Segurando a lingerie, enfiou a peça no cós dos seus shorts e a cobriu, soltando a blusa por cima. Depois saiu dali, ficou de pé e tratou de se apressar.

Junto à porta, ouviu...

Caramba, o aspirador de pó estava ali no corredor bem na sua frente.

Nos aposentos da senhorita Aurora, Lane se esforçava para terminar o bacon com ovos.

– Você não precisa terminar, se não quiser – ela lhe disse ao seu lado.

– Nunca pensei ouvir isso da senhora.

– As regras estão suspensas hoje.

Recostando-se na poltrona reclinável, ele observou a pequenina cozinha embutida. Todos os pratos estavam lavados, já secando no escorredor. A esponja estava na pia. O pano de pratos estava dobrado com esmero sobre o puxador do fogão.

— Acha que o reverendo Nyce faria o funeral? — perguntou. — Na igreja batista de Charlemont?

A senhorita Aurora o fitou, curiosa.

— Mesmo?

— É a minha igreja. De Edward, Gin e Max também. — Olhou para ela. — A senhora foi a única pessoa que nos levou para rezar.

— Acho que ele ficaria honrado.

— Que bom. Vou ligar para ele.

Quando se calaram, Lane ficou olhando para a frente, sem ver nada, se concentrando no vazio. Também não havia nada na cabeça dele. Estava entorpecido, era um receptáculo vazio reagindo ao mundo ao seu redor, sem viver de verdade.

— Não vou te dar a minha bênção, menino.

Ele estremeceu e voltou a olhar para ela.

— O que disse?

— Não vou dizer que vai ficar tudo bem se você for embora.

Lane franziu o cenho e abriu a boca. Depois a fechou.

Engraçado, não se lembrava de ter dito isso em voz alta, mas ela o conhecia melhor do que qualquer outra pessoa.

— Não deu certo com a Lizzie. De novo. Papai morreu. Edward se mudou. Mamãe está... bem, você sabe como ela está. Gin vai se casar com aquele idiota e provavelmente vai levar Amelia com ela. Esta era chegou ao fim, senhorita Aurora. E o que é pior: já não sei o que o futuro nos reserva. Easterly... — Moveu a mão no ar, pensando na propriedade e em todas as pessoas que dependiam dela. — Easterly faz parte do passado. Sabe, não posso viver aqui. É venenoso. Esta família, esta casa, este estilo de vida... tudo isso é simplesmente venenoso.

A senhorita Aurora meneou a cabeça.

— Você está encarando do jeito errado.

— Não estou, não.

Ela se colocou mais para a frente na poltrona e se esticou para tocar-lhe as mãos.

– Este é o seu momento, Lane. Deus lhe deu o dever sagrado de manter esta família unida. Você é o único que pode fazer isso. Tudo vai se ajeitar porque é o seu destino unir o seu sangue uma vez mais. É o tipo de coisa que acontece com algumas gerações. Está acontecendo agora. Esta é a *sua* hora.

Lane ficou encarando suas mãos juntas, o preto e o branco entrelaçados, e disse:

– Era para ser Edward, sabe?

– Não, ou ele não estaria onde está agora. – A voz da senhorita Aurora demonstrou força. – Eu não te criei como um covarde, Lane. Não te criei para que abandonasse o seu dever e saísse correndo. Se quiser me honrar quando eu tiver partido, vai cumprir o seu dever fazendo com que esta família siga em frente, juntos. Cumpri o meu dever sagrado com você. Agora, você, filho do meu coração, vai fazer o mesmo com eles.

Lane fechou os olhos e sentiu um peso repentino cair sobre seu corpo, como se as paredes e o teto de Easterly tivessem se afundado sobre ele.

– Você vai fazer isso por mim, Lane. Porque se não fizer, tudo o que eu fiz por você não vai ter significado nada. Se não fizer, terei fracassado no meu dever.

Por dentro, ele gritava.

Por dentro, ele já estava num avião, indo para qualquer lugar distante de Charlemont.

– Deus não nos dá mais do que podemos suportar – disse ela com seriedade.

Mas e se Deus não nos conhece de verdade?, Lane pensou consigo. *Ou pior... e se os planos de Deus estiverem simplesmente errados?*

– Não sei, senhorita Aurora.

– Bem, eu sei. E você não vai me desapontar, filho. Simplesmente não vai.

QUARENTA E NOVE

A verdadeira definição da eternidade, Lizzie concluiu, *é quando se está preso num lugar em que não se deveria estar.*

Com um *babydoll* que não é seu enfiado no cós dos seus malditos shorts.

Quando os sons por fim cessaram, ela aguardou mais uns cinco ou dez minutos antes de dar uma espiada.

Hora do almoço, deduziu. *Graças a Deus.*

Foi para o meio do corredor, deixou que a porta se fechasse atrás de si e ficou ali, com os ouvidos aguçados.

A próxima parada ficava além do quarto de Gin: o quarto de Chantal.

Bateu à porta. Nenhuma resposta. A mulher tinha ido embora, certo?

Esgueirando-se para dentro, fechou-se ali e...

– Ai, meu Deus! – murmurou, agitando a mão diante do nariz.

A fragrância do perfume caro fez com que seus olhos se enchessem de lágrimas, mas como tinha peixes maiores para pescar, foi rapidamente para o *closet* de Chantal, parando diante de um armário grande o suficiente para rivalizar com o departamento feminino inteiro da Nordstrom. Ou da Saks. Ou quaisquer outros lugares elegantes onde mulheres como Chantal compravam suas roupas.

Puxa, seria capaz mesmo de fazer aquilo?

Concluiu que era provavelmente uma ideia bem idiota, enquanto procurava em meio aos cabides, passando por todo tipo de seda, cetim e renda. E terninhos, jaquetas, vestidos de gala...

– Onde está a sua lingerie, Chantal?

Claro, na cômoda.

No meio do *closet*, como uma ilha de organização, havia um móvel com gavetas dos dois lados. Começou a puxá-las aleatoriamente.

Ok, isso é uma idiotice, pensou. Achou mesmo que encontraria a parte de baixo d...

Estava na terceira gaveta, de baixo para cima, à esquerda do lado que dava para o norte quando encontrou o que procurava.

Mais ou menos.

No meio dos conjuntos de calcinha e sutiã perfilados e separados por papel de seda, encontrou... um *babydoll* roxo idêntico àquele encontrado debaixo da cama do quarto do senhor Baldwine.

Só para ter certeza de que não estava imaginando coisas, pegou o que trazia consigo, cor de pêssego, e os colocou lado a lado sobre o carpete branco e fofo. O mesmo tamanho, a mesma marca... La Perla? Tudo idêntico, a não ser a cor.

Sentou-se e ficou olhando para as peças.

E foi então que viu a mancha no tapete.

Do outro lado do quarto, havia uma penteadeira alinhada a uma alcova com janelas com vista para o jardim. Era o lugar ideal para fazer a maquiagem – ou para que alguém fizesse em você – sob a luz natural.

E debaixo das pernas de marfim, num canto, havia uma mancha amarela, redonda, meio escondida.

O tipo de coisa que se encontra em casas com cachorros.

Só que não existiam cachorros em Easterly.

Engatinhando até lá, enfiou-se debaixo da segunda peça de mobília e colocou o dedo sobre a mancha. Estava seca. Mas, ao aproximar os dedos do nariz... isso mesmo, aquela era a origem de todo o perfume no ar.

Franzindo o cenho, Lizzie se ajoelhou.

– Ai, meu Deus.

O tampo de vidro da penteadeira estava rachado no meio. E o espelho estava partido.

419

Com sangue bem no centro.

Hora de sair daqui, disse a si mesma.

Voltando para o *closet*, pegou a lingerie que deixara no chão, devolveu a roxa na gaveta e depois, numa inspiração, usou a cor de pêssego para limpar suas impressões digitais dos puxadores. De todos eles.

A última coisa que precisava era que a polícia fosse até ali e descobrisse que ela estivera bisbilhotando, por assim dizer...

Ficou imóvel ao ouvir uma voz masculina vinda do quarto ao lado, de Gin.

Ouviu duas pessoas conversando. Bem alto.

Indo até a parede, encostou a orelha ao lado da pintura de uma mulher francesa basicamente nua.

– Não me importo – Gin disse. – Vai ser apenas no cartório.

– O seu pai está morto.

Lizzie se retraiu, cobrindo a boca com a mão. *O quê?*

Richard Pford prosseguiu:

– Vamos esperar, nos casaremos depois do enterro.

– Não estou de luto por causa dele.

– Claro que não está. Para isso, você precisaria ter um coração, e nós dois sabemos que essa é sua anomalia física.

Lizzie recuou e tropeçou. Caiu sobre a cômoda.

Depois de um instante, continuou a limpar suas impressões e voltou para a porta que dava para o corredor. Como seu coração batia acelerado e forte, ela não estava conseguindo ouvir direito, mas mandou tudo às favas. Se fosse descoberta, o que fariam com ela?

Ela podia muito bem dizer que estava verificando as flores.

Mas não havia ninguém ali.

Seguiu às cegas para a escada dos empregados, com a mente num torvelinho, os pensamentos se debatendo, dissonantes, se partindo.

No meio de tudo aquilo, contudo, chegou a uma conclusão inescapável.

Tinha cometido um erro terrível.

Do tipo que seria impossível obter perdão.

Já no primeiro andar, parou de súbito. E percebeu que, de todos os lugares em que poderia ter se detido, escolhera parar diante do escritório de Rosalinda.

William Baldwine também estava morto.

Como?, ficou se perguntando. *O que tinha acontecido?*

Numa série de flashes, viu Lane parado na estufa, com a expressão fechada, a voz sem nenhuma emoção. Ouviu o amigo dele dizendo que, em vez de transar alegremente com Chantal às escondidas, ele não recebera ninguém e não fizera nada por dois anos.

E depois veio a bomba com aquele espelho quebrado no andar de cima. E a lingerie.

Lembrou-se da última imagem de Chantal à piscina, pedindo uma limonada.

Naquela hora, o fato de ela estar usando uma saída de seda não lhe parecera muito significativo. Mas agora...

Ela estava grávida e a barriga começava a aparecer. Motivo pelo qual ela pedira a bebida virgem, ou seja, sem álcool.

Chantal estava dormindo com William Baldwine. Traindo o filho com o pai. E tinha engravidado.

Ela deve ter contado a William, Lizzie concluiu. *Depois do Derby.*

E o homem perdeu as estribeiras. E bateu nela perto da penteadeira.

E depois a expulsou da casa. Ou algo assim.

Balançando a cabeça, Lizzie levou as mãos ao rosto rubro e tentou respirar.

Seu único pensamento foi o de precisar se acertar com Lane. Tinha o condenado com base em seu próprio medo de se magoar novamente...

Quando, na verdade, existia uma possibilidade muito, mas muito grande, de ele não ter nada a ver com todo o alvoroço.

Abaixando os braços, soube que palavras não bastariam. Não naquele caso.

Quando a solução surgiu, ela consultou o relógio. Se corresse...

Atravessou a cozinha às pressas, e a senhorita Aurora ergueu o olhar da panela no fogão.

– Aonde vai? – a mulher perguntou. – O que está pegando fogo?

Lizzie derrapou junto à porta que dava para a garagem.

– Preciso ir para Indiana. Se vir Lane, diga que vou voltar. Eu vou voltar!

CINQUENTA

Lane pensou que a área externa estava bem agradável, ao se sentar no jardim.

Olhando para os muros cobertos de heras e os canteiros de flores ao longo da piscina azul e das portas francesas do centro de negócios, imaginou todo o árduo trabalho necessário para manter aquela beleza "natural".

Era impossível não visualizar Lizzie ali, mas refreou o impulso rapidamente.

Não havia motivo para se aborrecer com esse tipo de coisa.

Curvando a cabeça, esfregou os olhos. Samuel T. tinha telefonado para falar da situação de Chantal, e sabia que tinha que retornar a ligação. Mitch também tinha deixado uma mensagem, provavelmente a respeito dos resultados preliminares da autópsia. Nesse meio-tempo, lá no segundo andar, Jeff avaliava todos os relatórios financeiros.

As decisões quanto ao funeral precisavam ser tomadas.

Mas não tinha forças para lidar com nada daquilo.

Maldição, senhorita Aurora, pensou. *Deixe-me ir. Só me deixe fugir de tudo.*

Amava tanto aquela mulher. E devia-lhe muito mais. Ela era sua mãe, e mesmo que estivesse lhe dando uma surra moral, ele simplesmente já não estava mais envolvido naquela luta.

Erguendo os olhos para a incrível extensão branca de Easterly, fitou a mansão como um corretor imobiliário o faria. Não obstante a hipoteca de Sutton Smythe, poderia quitar boa parte da dívida junto à Fundos Prospect apenas com a venda do lugar.

Inferno. Com o pai morto, talvez pudessem procurar Sutton e pedir que ela não depositasse o dinheiro e rasgasse o documento.

Pensou em Edward. *Deveria mandar Edward resolver esse assunto.*

Ou talvez não. Talvez devesse simplesmente lavar as mãos.

Talvez, em vez de tentar pilotar o avião danificado no qual todos estavam, devesse deixar que a maldita aeronave se chocasse com a montanha.

Podia morrer como um covarde, podia desapontar sua mãe, mas, pelo menos, terminaria mais rápido do que se tentasse adivinhar os controles numa tentativa de aterrissar numa pista longe, muito longe dali...

Lane?

Fechou os olhos. Maravilha. Estava começando a alucinar.

Como se Lizzie fosse mesmo procurá-lo...

– Lane?

Virando-se no banco de pedra, ele viu... bem, hipoteticamente, ele a viu parada a poucos metros de distância.

E, vejam só, sob a luz do entardecer, ela estava mais linda do que nunca. Natural, adorável, com os límpidos olhos azuis e os cabelos iluminados pelo efeito do sol, e aquele uniforme de Easterly, que na verdade não deveria deixá-la sexy, mas que nela era simplesmente demais.

– Lane, posso falar com você?

Ele limpou a garganta. Sentou-se ereto.

Ao que tudo levava a crer, não era fruto da sua imaginação.

– Sim, claro. Do que precisa? Se for uma carta de referência, posso pedir ao mordomo que...

– Desculpe. – Quando a voz dela se partiu, ela respirou fundo. – Sinto muito, muito mesmo.

O que ela estava...

– Ah, meu pai. – Encolheu os ombros. – Acho que deve ter ficado sabendo. Sim, ele morreu. O enterro será na semana que vem. Obrigado pelas palavras gentis.

– Não estou falando disso. Embora, sim, eu lamente que você tenha perdido o seu pai. Sei que o relacionamento entre vocês não era dos melhores, mas ainda assim deve ser difícil.

– Bem, acontece que me supero em relacionamentos que não são bons. Parece uma habilidade minha.

Até para os próprios ouvidos, sua voz soou falsa. As palavras não eram as que normalmente usaria.

Edward, pensou, entorpecido. *Estava parecendo Edward.*

Lizzie se aproximou, e ele ficou mais do que surpreso por vê-la se ajoelhar diante dele. E ela estava...

– Por que está chorando? – perguntou. – Você está bem?

– Deus, como você pode perguntar isso? Depois de tudo o que eu fiz...

– Do que você está falando?

Então começaram a falar um por cima do outro, do modo típico deles. Mas como Lane não tinha forças para tentar decifrar nada, calou-se, na esperança de que ela explicasse e esclarecesse as coisas.

– Eu errei – disse, emocionada. – Sinto muito por não ter acreditado em você. A respeito de Chantal. Eu só... Eu não queria me magoar de novo, e me precipitei em tirar conclusões. E, ah, meu Deus, eu sei que foi o seu pai. Eu sei que foi ele. Foi ele quem bateu nela, foi ele quem a engravidou. Sinto muito.

Lágrimas rolaram pelo rosto dela, uma chuva de lágrimas, aterrissando na grama aos pés dele.

Lane piscou. Foi só o que ele conseguiu...

Jesus, seu cérebro não seria capaz de processar tantas informações. Ele literalmente não entendia o que ela estava dizendo...

Levando a mão às costas, ela pegou algo. Um maço de papéis dobrados ao meio?

– Lamento que não baste – ela disse. – Magoei você demais. Então preciso fazer algo concreto, para provar que estou ao seu lado, que eu te amo e que... que estou ao seu lado mesmo.

Entregou as folhas para ele.

– Eu preciso te mostrar, e não te dizer.

Lane balançou a cabeça.

– Lizzie, eu não sei o que...

– Pegue – ela disse.

Fez o que ela pediu porque não tinha motivos para não fazê-lo. Alisando a dobra, olhou para...

Um monte de palavras. Seguidas de alguns números.

A segunda folha era um mapa?

– É a escritura da minha fazenda – ela sussurrou. – Sei que não é nada comparado ao que você tem. Mas é tudo o que tenho neste mundo.

– Não estou entendendo...

– Sei dos problemas financeiros que você está enfrentando, e sei que não vai ajudar a saldar a dívida, mas vale o bastante para ajudá-lo a pagar bons advogados, pessoas que podem ajudá-lo a resolver a questão. – Apontou para o documento. – Quitei o empréstimo ontem. Não devo mais nada. E já fui abordada várias vezes para que a vendesse. A terra é boa. Vale bastante. E agora é sua.

O ar saiu do corpo dele.

O coração parou de bater.

A alma se partiu ao meio.

– Eu te amo, Lane. Desculpe por ter duvidado de você. Eu sinto que... Deus, você não faz ideia de como estou me sentindo mal. Deixe-me recompensá-lo do único modo que posso. Ou jogue esses documentos na minha cara, se quiser. Não vou te culpar. Mas eu tinha que fazer alguma coisa relevante. Eu tinha que... te oferecer tudo o que sou e tudo o que tenho...

Lane não se deu conta de que estava se aproximando dela.

Mas soube no instante em que ela foi de encontro ao seu peito.

Envolvendo-a com os braços, descontrolou-se por completo, as represas se abriram, e tudo saiu aos soluços.

E Lizzie, com seu corpo forte e coração grande, abraçou-o pelo tempo que foi necessário.

– Vai ficar tudo bem – ela lhe disse. – Eu te prometo. De algum modo, tudo vai ficar bem.

Quando, por fim, ele conseguiu se controlar o suficiente para se afastar, sentiu uma súbita vontade de se apalpar entre as pernas só para ver se ainda era homem. Mas Lizzie não parecia se importar por ele estar fragilizado.

Enxugou o rosto dela com os polegares e a beijou.

– Eu te amo, Lizzie. – Depois balançou a cabeça. – Mas não sei quanto a Deus.

– O que disse?

Lane expirou, estremecendo.

– É só uma coisa que a senhorita Aurora sempre me disse.

– E o que era?

Ele beijou sua mulher uma vez mais.

– Não sei se tenho Deus. Mas tenho certeza de uma coisa: eu tenho você. E isso me torna mais rico do que preciso ser.

Trazendo-a de volta para junto de si, ele a abraçou e ficou olhando para Easterly.

Ao diabo com a ideia de jogar o avião numa montanha, pensou.

A partir daquele instante, ele seria o chefe da família, a seu modo.

E ele estaria ferrado caso as coisas ruíssem na sua vigília.

UMA PRÉVIA DO PRÓXIMO LIVRO DA SAGA BOURBON KINGS

A bomba seguinte caiu um dia depois.

Na verdade, depois de tudo, Lane não poderia estar nem um pouco surpreso. Graças ao modo como as coisas vinham acontecendo em Easterly, os dominós ainda estavam caindo, o caminho para a destruição ou a glória da família ainda estava sendo definido nas retas e curvas que apenas o destino ou a sina – ou Deus, caso você acredite Nele – diria.

Lane estava na sala de estar, servindo-se de uma dose do Reserva de Família para se preparar para a reunião com seu advogado, Samuel T., quando ouviu um barulho vindo de fora. Alguém gritando. Uma voz de mulher. Alguém estava...

Andou até a porta da frente e abriu, percebendo, então, que as palavras estavam sendo ditas em alemão.

– ... *Scheisse! Oh mein Gott ein Finger! Ein Finger...*

Disparando e derramando o bourbon do copo, correu para a lateral da casa com vista para o rio.

Sua amada Lizzie estava de pé ao lado da sua colega horticultora, Greta, enquanto a alemã apontava para a terra e gritava toda sorte de impropérios.

– Está tudo bem? – perguntou.

Entendeu a resposta quando viu que os olhos de Lizzie estavam arregalados debaixo do chapéu de abas largas.

– Lane... – ela disse sem olhar para ele. – Lane, temos um problema.

Ela esticou a mão e afastou Greta até que a mulher caísse de bunda no chão sobre a grama recém-cortada.

– Não toque em nada. Lane, venha até aqui, por favor.

Aproximando-se dela, passou o braço ao redor da sua cintura, mais preocupado com a sua mulher do que com qualquer verme ali na terra.

– O que quer que seja, estou certo de que...

– É um dedo. – Lizzie apontou para uma parte remexida da hera. – Aquilo é um dedo. Na terra.

Os dois joelhos estalaram quando ele se agachou. Apoiando as mãos no chão, inclinou-se para dar uma olhada no buraco raso que...

Sim, era um dedo. Um dedo humano.

A pele estava suja de terra, mas dava para ver que o dedo estava intacto... E, Deus, era grosso, como se a coisa estivesse inchada desde que fora cortada fora... ou sabe-se lá. A unha estava bem aparada, e a base mostrava um corte preciso, a carne de dentro estava acinzentada, e o osso circular no meio era visível.

Mas nada disso interessou-lhe de fato.

A questão era o círculo de ouro ao redor dele.

– Esse é o anel de sinete do meu pai – ele disse, num tom neutro.

Tateando o bolso, sacou o celular, mas não ligou para ninguém.

Em vez disso, levantou o olhar. Olhou para cima, observando a janela do quarto da mãe.

O corpo do pai fora encontrado do lado das cascatas no rio Ohio, poucos dias antes. A opinião não oficial, pré-autópsia, do médico legista era que tratava-se de um suicídio, e graças a tudo o que Lane vinha descobrindo a respeito da situação abismal das finanças da família, ele teve que concordar.

Uma dívida superior a 50 milhões de dólares não era motivo para piada quando se supunha que você tivesse uma renda líquida de quase um bilhão de dólares.

Mas parecia muito improvável que alguém cortasse o próprio dedo anular e o enterrasse debaixo da janela da futura viúva. Ainda mais se o marido em questão tivesse acabado de engravidar outra mulher.

– Meu Deus – sussurrou.

Naquele instante, o som de alguém se aproximando pelo caminho de pedriscos interrompeu o silêncio.

– Posso me juntar à festa? – Samuel T. disse ao sair do seu Jaguar *vintage*. – Ou essa pequena reunião só aceita convidados?

Quando a mão de Lizzie apertou o ombro de Lane, ele olhou para ela, se dirigindo ao advogado:

– Ligue para a polícia, Sam. Agora.

– Por quê? Se encontraram um tesouro escondido, seria melhor mantê-lo em segredo...

– Não acredito que o meu pai tenha cometido suicídio.

Samuel T. parou de falar.

– O que disse?

– Eu acho... – Lane olhou para seu advogado e depois voltou a se concentrar em Lizzie, porque mais uma vez precisava da força dela. – Acho que alguém pode ter matado o meu pai.

E o pior? Ele seria o principal suspeito.

Afinal, a esposa da qual estava se divorciando... era a mulher que o pai engravidara.

AGRADECIMENTOS

Muito obrigada a todos na NAL, em especial a minha chefe, Kara Welsh, e Leslie Gelbman. Muito obrigada também para o Team Waud, para a minha família e amigos.

Aproximadamente dez anos atrás, mudei-me para o sul, e tenho que dizer com toda sinceridade, amei. Demorou um tempo até que eu me acostumasse com tudo, mas hoje tenho uma profunda paixão pelo basquete nas faculdades (#L1C4), uma quantidade de amigos maravilhosos, e uma casa que se parece com um lar, e ficou claro que esta nortista adotou tudo o que se refere a morar na cidade do Derby. Dizer que este livro não teria sido possível sem esta cidade e todas as pessoas que conheço aqui seria pouco. E, de maneira inédita, existem algumas ligações entre certas personagens do livro a algumas pessoas que conheço. Com estas personalidades, como não escrever sobre elas?

Nesse sentido, eu gostaria de agradecer, sem nenhuma ordem específica: Leonard, minha filha, minha mãe, Nomers & Jonah, meu filhotinho e TatSon, minha melhor amiga de todos os tempos e seus filhos, meu pai, Bob Melzer, Nique & Clarke, senhor Henry Camp, também conhecido como tio Stank, doutor Michael "Bad Boy" Haboubi e sua família, doutor e senhora Gary Edlin (chefe, seu apelido ficará sempre de fora neste fórum público), Chuck Mitchell e a adorável Renee e Cya, senhor e senhora Ballard & Gracie & SophSoph, meu afilhado adotivo, Jacob (quem é o cara?), minha sobrinha, Polly, e meu sobrinho, William (vamos lá, Cardinals!) e seus pais, tia Betsey e tio Bob, e toda a família deles, vovó Sue & Geegaw, meu sogro Padre & vovó Gray, vovó & tia Lee, Pequena Lee e os gêmeos, doutor e doutora Fox, a família Norton, o incomparável Roderick Hodge e sua família inteira, Kathy Cary, os Robinson (especialmente a esposa que me conta as coisas boas), os dois Ronalds (os meus e os da minha mãe), todos os membros da família Brown em quem, de maneira alguma, nada disso se baseou (e estou falando sério), Sandra Frazier, os Fellon, Ghislain & Nicholas, Karl & Elizabeth, Steph & Robert & BOB, Leslie & Andy Hyslop, e muitos mais.

E, para encerrar, tenho que agradecer à maravilhosa avó do meu marido, a senhora Neville Blakemore, que para sempre permanecerá no meu coração como a derradeira Dama Sulista.

Procurei não deixar ninguém de fora, mas, se deixei, peço sinceras desculpas.

TIPOGRAFIA	ADOBE GARAMOND PRO
PAPEL DE MIOLO	*NORBRITE* 66,6g/m^2
PAPEL DE CAPA	CARTÃO 250g/m^2
IMPRESSÃO	IMPRENSA DA FÉ